La Serpiente Roja

PETER HARRIS

La Serpiente Roja

Círculo de Lectores

Agradecimientos

La Serpiente Roja debe mucho a numerosas personas que me han prestado su colaboración, su estímulo y su apoyo. Sería prolijo citarlas a todas, pero no puedo dejar de mencionar a algunas de ellas, sin cuya aportación este libro no habría sido posible.

Mi gratitud a mi editora, María Casas, por su ánimo y sugerencias. A Valery, por su información sobre importantes aspectos de la vida parisina. A More, por sus correcciones y sobre todo por su comprensión.

Como siempre, este libro debe mucho a Christine, cuya atenta lectura del original permite dar forma definitiva al texto.

Peter Harris

1

TROYES, CHAMPAÑA (FRANCIA), AÑO 1114

Apenas quedaba un atisbo de luz. El monje, con la capucha sobre el rostro y envuelto en su amplio manto, caminaba con paso presuroso sin dejar de lanzar furtivas miradas a su espalda. No deseaba un encuentro inoportuno y tampoco que se supiese adónde dirigía sus pasos porque Troyes, la ciudad que albergaba la animada corte de los condes de Champaña, no dejaba de ser un pequeño burgo donde todo el mundo se conocía.

«¿Qué querría Jacob Tam?»

Desde que había leído el mensaje, el peso de la incertidumbre agobiaba su ánimo, pues el trazo nervioso de la escritura reflejaba la prisa de su autor.

Sin perder la compostura a que le obligaba su dignidad eclesiástica, aceleró el paso. Las calles estaban solitarias; rodeó la maciza catedral y avanzó sigilosamente por el dédalo que formaba la judería. Allí, el espacio se estrechaba tanto que los pronunciados aleros de las casas casi se tocaban. Las angosturas convertían los pasajes en lugares tenebrosos porque, apenas se insinuaba el crepúsculo, las tinieblas se apoderaban del lugar y se retorcían en recodos que infundían miedo a quien deambulase por ellos sin compañía. Eran sitios propicios para tender una emboscada rápida y desvalijar a un caminante solitario sin que tuviese tiempo de decir amén.

El monje se sintió aliviado cuando dobló la esquina de la última calleja.

Golpeó con los nudillos la recia tablazón de una puerta tachonada con una cadencia establecida, indicada por el judío en su misiva. El silencio, denso, se rompió con unos ruidos secos al otro lado, y el monje comprobó cómo, sin preguntar, alguien descorría el cerrojo que aseguraba la puerta. Al abrirla, los goznes chirriaron y su quejido cobró mayor dimensión en medio del silencio.

–Pasad, fray Bernardo.

Quien lo invitaba era un joven de piel atezada y cabello negro y ensortijado. Portaba un candil que apenas rompía la penumbra del portal, sobriamente amueblado.

Se hizo a un lado franqueándole la entrada, aseguró la puerta y le pidió que lo acompañase. El fraile se echó atrás la capucha y descubrió un rostro blanco en el que resaltaban unos ojos grandes, garzos y de mirada penetrante, sobre una nariz aquilina y unos labios finos, apenas una línea, que indicaban determinación. La tonsura dejaba un círculo de pelo rojizo alrededor de su cabeza. Atravesaron un gran patio que más parecía un huerto; en mitad de la oscuridad se adivinaban las verduras. Sus dimensiones llamaban la atención: nadie podía imaginar que, tras la pequeña fachada de la casa, hubiese una heredad tan grande. Subieron por una escalera y cruzaron una azotea antes de llegar al gabinete de trabajo del rabino.

Jacob Tam tenía fama de puntilloso, y entre los estudiosos se comentaba su precisión en la interpretación del Talmud. Hasta su estudio acudían gentes de lejanos lugares para beneficiarse de sus enseñanzas o en busca de orientación en los estudios rabínicos. Era el heredero espiritual del gran Raschi, quien lo consideraba su discípulo predilecto, y el que recibió el precioso legado de sus profundos conocimientos. Sobre sus hombros recayó también la responsabilidad de que los estudios de la Torá y del Talmud continuasen por la senda que, en su día, abriera el maestro.

Estaba encorvado sobre la mesa, con los ojos pegados al pergamino que examinaba porque su vista había menguado mucho tras una vida dedicada al saber. Hacía tiempo que la lectura había dejado de ser un placer para convertirse en una dura labor. Días atrás había cumplido cincuenta y cinco años, y ya era un anciano gastado por el estudio. Un paño de lino blanco adornado con listas de un azul desvaído cubría su cabeza.

El joven carraspeó para indicarle la presencia del visitante, pero no fue suficiente para sacarlo de su ensimismamiento.

–Rabí.

La voz del joven sonó reverencial, como si temiese molestar. Tuvo que llamarlo una segunda vez para que Jacob Tam alzase la cabeza con expresión confusa. Las arrugas de su cara eran huellas profundas, surcos tallados por el paso del tiempo. Tenía enrojecido el borde de los ojos por la febril y prolongada lectura. Su larga barba, de una tonalidad gris blanquecina, le daba un aire venerable.

–¡Fray Bernardo!

Apoyó las manos sobre la mesa y, con mucho esfuerzo, enderezó su cuerpo hasta incorporarse, luego se acercó a Bernardo de la Saure, quien, en un gesto amistoso, abrió los brazos para estrechar los frágiles huesos del anciano.

–*Shalom* –musitó el judío a su oído.

–Que la paz de Dios os acompañe.

–Sabéis que, por la memoria de mi maestro, sois bienvenido a esta mi humilde morada, que también es la vuestra. Quitaos la capa y tomad asiento, amigo mío. –Jacob señaló un banco adosado a la pared.

Bastó un gesto del rabino para que el joven se hiciera cargo de la capa y se retirara. El monje se sentó y dejó escapar un suspiro.

–¿Suspiráis?

–Este gabinete trae a mi mente viejos recuerdos. –Fijó su mirada en los estantes donde reposaban los rollos de manuscritos–. Es como si su espíritu todavía permaneciese vigilante entre estas paredes. ¿Sabíais que fue Raschi quien me enseñó vuestra escritura cuando cumplí los diez años?

–No.

–Era un ferviente deseo de mi madre, pero el maestro hizo mucho más. Llenó mi espíritu de un anhelo por escudriñar en el conocimiento, indagar en la búsqueda de la esencia de las cosas, que no ha hecho sino crecer con el paso del tiempo. Desde que nos dejó, añoro su sabiduría y sus consejos.

El rabino hizo un ligero movimiento de hombros y apostilló:

–Era un hombre sabio.

Rechazó la bebida que Jacob le ofrecía con una palabra de agradecimiento y se dispuso a escuchar.

Por fin iba a saber el motivo de aquella apresurada cita. Bernardo pensaba que estaba relacionada con Raschi, nombre con que se conocía a Salomón ben Itzjak, su viejo maestro, un reputado alquimista a quien se atribuían poderes extraordinarios. Los doce años que había pasado bajo su tutela antes de tomar el hábito de la Orden del Císter le habían acercado al mundo de lo oculto. A los catorce años ni el latín, ni el griego ni el hebreo tenían secretos para él, y el dominio de esas lenguas le permitió el acceso a conocimientos vetados para casi todo el mundo. La diferencia de religión nunca había sido un obstáculo entre monje y rabino; al contrario, había servido para forjar una relación de amistad y confianza en la que Bernardo gozaba de gran aprecio por parte del sabio judío, lo que a muchos llamaba la atención.

El paso del tiempo había convertido al joven discípulo en un personaje influyente en los dominios del conde de Champaña y fue el monje quien evitó que en el condado se produjesen ataques como los que con frecuencia tenían lugar en algunas de las más prósperas juderías de otras partes del reino.

–He de agradeceros vuestra rápida respuesta a mi llamada; lo que he de comunicaros es de vuestro interés y no admite espera.

–El contenido de vuestro mensaje me ha turbado el ánimo desde que llegó a mis manos.

–¿De veras no deseáis un vaso de vino? Hace buena sangre y ayuda al flujo de los humores.

Fray Bernardo pensó que era el rabino quien deseaba beber y decidió complacerle.

–Espero que también serene mi ánimo.

Jacob sacó una jarrilla que guardaba en una pequeña alacena y sirvió dos vasos de un vino espeso, rojo como la sangre de un buey. Entregó uno al fraile y paladeó el suyo con delectación. Como si se tratase de algo habitual, comentó:

–Hace dos días me trajeron nuevas de Jerusalén.

Fray Bernardo se limitó a preguntar:

–¿Qué dicen?

Un ramalazo de tristeza brilló en las pupilas del judío.

–Todo indica que hay mucha agitación, las gentes viven en un continuo sobresalto. Los cambios son demasiado bruscos y demasiado... demasiado...

–¿Violentos? –le ayudó el fraile.

–Me dicen que los disturbios no cesan, a pesar de que hace casi quince años que los cruzados conquistaron la ciudad.

–¿Qué os han contado?

–Muchas cosas, y en distintas versiones. Me temo que en Jerusalén el final de la violencia no es cosa que tenga fecha, sino que se trata de algo mucho más grave.

–¿A qué os referís? –preguntó el cisterciense, que seguía sin encontrar una explicación para la angustia que denotaba la carta.

–A la intransigencia, fray Bernardo, a la intransigencia. En ese lugar, cuyo nombre implica un deseo de paz, porque eso y no otra cosa significa Jerusalén, se ha derramado demasiada sangre y no parece que las luchas vayan a terminar.

–Esperemos que la misericordia de Dios lo haga posible.

–Que el Altísimo escuche vuestras palabras, amigo mío.

El rabino se sumió en un profundo y largo silencio del que fray Bernardo tuvo que sacarlo.

–Supongo que vuestra llamada no está motivada por los conflictos que perturban esa tierra sagrada.

–¡Oh! No, no, disculpad. Disculpad a este pobre viejo, pero ocurre que cuando ciertas cosas se agitan, otras afloran. Como si una mano misteriosa escudriñara en las entrañas de la tierra.

El cisterciense notó cómo se le aceleraba el pulso. ¿Querría decirle algo con aquellas palabras? Tomó un sorbo de su vino y preguntó:

–¿Ha llegado a vuestro conocimiento noticia de algo que os inquieta?

Jacob Tam cerró los ojos. La edad y el cansancio cobraron intensidad en su rostro.

–Ésa es, probablemente, la palabra que mejor define mi estado de ánimo. Ha llegado hasta mí noticia de algo de lo que he de hablaros.

–¿Por alguna razón especial?

El rabino abrió sus enrojecidos ojos, lo que acentuó el aire fatigoso de su semblante.

–Una razón más fuerte que mis propias convicciones.

Fray Bernardo arrugó la frente y fijó su mirada en las cansadas pupilas del anciano.

–No os entiendo. ¿Qué puede haber más fuerte que vuestras convicciones?

Jacob, con mano temblorosa, dio un largo trago. Era evidente que no se sentía cómodo.

–El respeto a la memoria de mi maestro.

–¿Qué queréis decir?

–Que sólo porque me liga un juramento voy a revelaros algo. Ésa es la única razón por la que os he llamado.

–Sigo sin comprenderos.

–A pesar de que no sois de los nuestros, el maestro depositó en vos una confianza absoluta. Esa confianza y mi juramento, sobre todo mi juramento –elevó la voz como si quisiese recalcar el compromiso que tenía contraído–, me han obligado a llamaros. Si os he hecho venir es porque en su lecho de muerte Salomón ben Itzjak me hizo prometer, poniendo a Yahveh por testigo, que si alguna vez caían en mis manos textos con un cierto contenido os los haría llegar.

Bernardo de la Saure notó cómo la sangre se le agolpaba en las sienes, y su voz se encallaba hasta tal punto que le costó trabajo preguntar:

–¿Qué clase de textos? ¿Por qué?

–Escritos relacionados con vuestra religión. La razón por la que me encomendó tal cosa la ignoro, amigo mío. No sé por qué lo quiso así, pero hice un juramento sobre una posibilidad que hace dos días cobró forma.

–No os comprendo.

–Con las noticias que he recibido de Jerusalén, me han llegado algunos textos antiguos, y al menos el contenido de uno de ellos está relacionado con aquello de lo que hablaba Raschi.

Quien dio ahora un largo sorbo fue el monje. Sintió la fuerza del vino bajando por su garganta.

–¿Os importaría explicármelo?

Jacob Tam se acarició la barba; la piel de su huesuda mano era casi transparente.

–Hace unos días arribó a nuestra ciudad un comerciante. Venía de Jerusalén, traía mirra de las riberas del mar Rojo, áloe de Arabia, alfombras de Persia y vino de Chipre; también noticias y unos viejos manuscritos. Como os he dicho, las noticias que trae sólo hablan de violencia: se quejaba de que no hay seguridad en los caminos porque están llenos de bandidos y salteadores, y los comerciantes se enfrentan a grandes peligros. Los cristianos controlan Jerusalén y las ciudades fortificadas, pero en el campo reina la anarquía; me decía que las condiciones de vida se han vuelto tan difíciles que la prosperidad y la riqueza de antaño son hoy escasez y pobreza. En medio de esa situación se ha desatado, con la fuerza de una epidemia, una verdadera pasión por descubrir objetos relacionados con la vida de Jesús, el Nazareno, a quien llamáis el Cristo. En muchos lugares aparecen trozos de madera y se afirma que pertenecen a la cruz en la que se dice fue crucificado; también gran cantidad de clavos, al parecer excesivos para sujetar un solo cuerpo a la cruz; espinas de la corona con que fue atormentado; pajas del pesebre donde nació, según señalan vuestros escritos, vestiduras que pertenecieron a él o a sus primeros seguidores.

Bernardo de la Saure se removió incómodo.

–Este mercader me ha explicado que se busca por los rincones, se escarba por todas partes, se abren zanjas hasta en los cimientos de las murallas. Es tal el frenesí que salen a la luz viejos textos ocultos durante siglos que no son del interés de los buscadores enloquecidos, ya que el ansia de reliquias hace que no se les conceda el valor que realmente tienen. Algunos de esos escritos hablan de historias de vuestro Cristo pero como os digo, a los viejos pergaminos no se les concede demasiada importancia. Uno de ellos, por lo que he visto muy por encima, habla por extenso de la doctrina del Nazareno.

La incomodidad de fray Bernardo se había convertido en tensión.

–¿Se trata de una historia de Jesucristo?

–Lo que cuente al detalle es algo que ignoro, porque me he limitado a hojearlo, pero según ese comerciante tiene algo que ver con su vida. En cualquier caso se trata de un texto muy antiguo, no os quepa duda. Creo que ahí puede radicar su principal valor.

Fray Bernardo dio otro sorbo al vino.

–No sé cómo manifestaros mi agradecimiento por ponerme al corriente de todo ello; sois un hombre de palabra.

Jacob Tam se encogió de hombros.

–Simplemente he cumplido con el juramento que hice. Debéis saber que tiene en su poder algunos pergaminos, pero como os he dicho, no podría señalaros su contenido, sólo me interesan los textos escritos en mi lengua. Lo que elucubren los gentiles o quienes utilizan su lengua carece de interés para mí. Tal vez podáis preguntárselo vos mismo. Por eso os he llamado con tanta premura.

El fraile apreció cierta dureza en sus palabras, dio un largo trago, apuró el contenido del vaso y preguntó:

–¿Está en Troyes?

–Mañana parte hacia París, desea llegar a Inglaterra lo antes posible. Según me ha dicho, allí tiene buena clientela. Si no lo veis esta noche...

La mirada de fray Bernardo era más elocuente que su reputada oratoria. Jacob batió palmas y al instante apareció el joven.

–Vete presto a casa de David el tintorero y pregunta si su cuñado Ismael puede recibir una visita.

–¿A estas horas, maestro?

Al rabino no le gustó la pregunta.

–¡A estas horas! Y cuando llames a su puerta, no olvides hacerlo de la forma convenida o no te abrirán. ¡Haz lo que te digo y regresa rápido!

–Dice que si el rabino sale fiador, lo recibirá al instante.

–Trae la capa y acompaña a fray Bernardo.

La casa del tintorero estaba cerca, a un par de calles, en el límite de la judería, al fondo de un callejón sin salida. El olor que llenaba el ambiente era fuerte y penetrante.

Los cadenciosos golpes del joven obtuvieron por respuesta unos nerviosos:

–¡Ya va! ¡Ya va!

Quien abrió la puerta no se molestó en disimular el enfado que le producía ver al monje. Gruñó algo ininteligible y, con gesto desabrido, le indicó que lo siguiesen por un pasillo donde cajas, fardos, sacos, jaulas y tinajas de barro entorpecían el paso. Las mercancías se amontonaban desde el suelo hasta el techo.

–¡Tened cuidado!, ¡no vayáis a tirar algo! –protestó como si estuviese enfadado–. ¡Por aquí! ¡Con cuidado!

Apenas se veía por dónde pasar porque aquel individuo tapaba con su cuerpo la poca luz que proporcionaba el candil y, pese a sus advertencias, no se molestaba en levantarlo por encima de la cabeza. Con pocos miramientos, abrió la puerta donde moría el corredor. Hasta la nariz del monje llegó una vaharada ácida y pestilente. Entraron en un lugar más espacioso, con el suelo lleno de tinajas empotradas.

–¡Mirad dónde ponéis los pies! ¡A ver si termináis coloreados como un trozo de lienzo!

El bellaco se reía de sus propias palabras, pero no hacía nada por mejorar las condiciones de visibilidad. Cruzaron la pieza y desembocaron en una estancia iluminada por un velón. En el centro había una mesa recia, rodeada de sillas.

–¡Aguardad aquí! ¡Mi amo vendrá enseguida!

Se perdió al otro lado de una cortina, que tapaba un marco sin puerta por donde poco después apareció un individuo canijo, vestido con un ropón negro cuyos bordes rozaban el suelo. Tenía la cabeza cubierta por un bonete de fieltro que se ajustaba como un guante, y lo que se veía de su cara, oculta tras una espesa barba negra donde apuntaban las primeras canas, era una tez curtida. Su expresión indicaba que el recado del rabino no había sido de su agrado, o quizá lo que agriaba su gesto era el hábito del visitante.

–El rabino Jacob dice que deseabais verme. El respeto que me merece ha hecho que os reciba a deshora. Decidme qué queréis y hacedlo rápido; no dispongo de mucho tiempo.

Fray Bernardo optó por morderse la lengua. ¿Qué se había creído aquel individuo para hablarle así?

–Lamento importunaros, pero tengo entendido que mañana mismo os ponéis en camino.

–Cuando apunte el sol. ¡Ya debería estar descansando!

–Seré muy breve.

El mercader miró de soslayo al joven ayudante del rabino.

–¿Ése ha de estar presente?

El discípulo de Jacob se ruborizó y se marchó a toda prisa, murmurando unas palabras de despedida.

–¡Al grano, pues! –apremió el mercader.

–Me han dicho que venís de Jerusalén.

–Así es.

Sus palabras sonaron cortantes; resultaba evidente que estaba molesto con una visita a aquellas horas y más aún tratándose de un monje.

–El rabino dice que habéis adquirido algunos manuscritos.

–¡Ah! ¿Conque se trata de eso? –En su rostro apareció un asomo de sonrisa–. ¿Qué queréis exactamente?

–Me gustaría verlos. Podría estar interesado en alguno.

Fray Bernardo vio que la duda brillaba en sus ojos, y el astuto mercader olfateó la posibilidad de hacer negocio.

–Se trata de documentos muy antiguos.

–No es necesario que os esforcéis, el rabino ya me ha informado de ello.

–Los que conservo en mi poder están en griego.

–Puedo leer en griego.

El mercader asintió con ligeros movimientos de cabeza y lo invitó a tomar asiento. Su actitud había cambiado.

–¿Cuánto estaríais dispuesto a pagar?

–Eso dependerá de lo que me mostréis.

–¿En verdad estáis dispuesto a comprar o sólo habéis venido a fisgonear?

–Dependerá de lo que me mostréis –insistió fray Bernardo–. Puedo aseguraros que estoy interesado; a mí tampoco me resulta agradable estar fuera del monasterio a estas horas.

–Es cierto que tengo valiosos pergaminos antiguos, pero antes de enseñároslos quiero ver el brillo de vuestro oro.

Al cisterciense se le vino el cielo encima. Su bolsa, como era habitual, estaba vacía. No había previsto aquella situación cuando acudió a la llamada de Jacob Tam.

–Lo siento, pero no llevo dinero encima. ¡Todo ha sido tan de improviso! Pero os aseguro que si...

No acabó la frase.

–¡Gabriel! –gritó el mercader–. ¡Gabriel, ven y acompaña al monje! ¡Ya se marcha!

En un movimiento instintivo fray Bernardo se llevó la mano al pecho y notó, a través del grueso paño de su hábito, la cadena que llevaba al cuello. Había pertenecido a su madre. Su padre se la entregó poco después de que ella muriese. A pesar del dolor que significaba desprenderse del único recuerdo material que tenía de ella, no lo dudó un instante.

–¡Aguardad un momento!

Sacó la cadena por el cuello y la giró hasta encontrar el cierre. Era una pieza valiosa, labrada con primor y formada por pesados eslabones. La sopesó y la dejó caer en la mano del mercader, que la peritó sin decir palabra.

–¿Os parece suficiente?

–Digamos que evita que os acompañen hasta la calle.

–¿Me llamabais? –preguntó el criado.

–Trae la arqueta que está junto a mi equipaje.

Al sirviente le sorprendió la orden de su amo; creía haber escuchado que debía acompañar al fraile a la calle.

–¿No he de conducirlo a la puerta?

–¡Haz lo que te digo y no seas indiscreto!

–¿La pequeña?

–¡Sí, y date prisa!

Aguardaron en medio de un silencio algo hostil. Ismael no dejaba de calibrar el valor de la cadena; calculaba que su peso estaría próximo a una libra de oro.

Era una arqueta forrada de cuero. El criado la dejó sobre la mesa y cuando se retiró, el judío sacó un voluminoso fajo de viejos y amarillentos pergaminos que esparció sobre la mesa.

–¡Aquí está lo que buscáis!

–¿Puedo acercar una luz?

El mercader colocó el velón de manera que alumbrase adecuadamente y, bajo su atenta mirada, el fraile los examinó uno por uno. Efectivamente, todos estaban escritos en griego; se trataba de textos muy diferentes y seguramente de diversa procedencia. Para no dar alas al mercader, los examinó con cierta displicencia. Cuando cogió el último, después de leer las primeras líneas, se concentró en las páginas siguientes. Tuvo que hacer un esfuerzo para disimular su agitación. En aquel momento no acertaba a comprender cómo el rabino no se había quedado con el pergamino que sostenía en sus manos.

El mercader trataba de adivinar el pensamiento del fraile pendiente del menor de sus gestos.

–¿Qué os parecen?

–Efectivamente se trata de escritos muy antiguos, pero su contenido no ofrece gran interés.

El judío apretó la cadena como si fuese a escapársele.

–Veo que habláis con mucha ligereza.

El monje había colocado las manos sobre la mesa para evitar que se notase el ligero temblor que lo agitaba. Sólo el desprecio que el rabino acababa de confesarle, por tratarse de unos textos que no estaban escritos en hebreo, explicaba que hubiese pasado por alto el último de los pergaminos, formado por seis hojas cosidas que configuraban un cuaderno. Hizo un gran esfuerzo para que el tono de su voz no lo delatase.

–¿Os importaría devolverme la cadena?

Ismael la apretó de nuevo.

–¿Acaso no os interesan?

Fray Bernardo dio un tono displicente a sus palabras:

–Ya os he dicho que su antigüedad es considerable, pero su valor muy escaso. Entiendo que el rabino Jacob no haya mostrado interés por ellos.

–Están en griego, no en hebreo.

–Ésa no es la razón de su desprecio, sino su contenido.

El mercader dio un puñetazo en la mesa y el aceite del velón estuvo a punto de derramarse; las llamas oscilaron vacilantes.

–¡El rabino Jacob apenas los ha hojeado! ¡No le interesan los textos escritos por gentiles!

Había mordido el anzuelo. Ya tenía la razón por la que aquel mercachifle todavía conservaba el último de los textos.

–¿Dónde los conseguisteis?

–En Jerusalén. Me los vendió un comerciante cuya tienda está próxima al muro del Templo.

–¿Sabéis cómo llegaron a su poder?

–Según me dijo, por diferentes vías; de un tiempo a esta parte, en Jerusalén se escarba por doquier. ¡Todo el mundo anda a la búsqueda de reliquias! ¡Los cristianos se han vuelto locos!

Las palabras del comerciante confirmaban por qué los textos versaban sobre asuntos tan diferentes. ¡Habían aparecido en diversos lugares!

–Pero éste –cogió el que tanto había alterado el ánimo de

Bernardo de la Saure– lo adquirí en Patrás, en la costa norte del Peloponeso. Me han asegurado que es una vida del Nazareno, a quien vosotros llamáis el Cristo.

–¿Cuánto queréis?

El mercader abrió la mano y contempló la cadena.

–Creo que sería un buen trato.

Fray Bernardo pidió perdón a su madre, pero si quería el pergamino tendría que entregarla.

–Será bueno para vos. Esa cadena vale no menos de diez sueldos.

–Puedo aseguraros que los pergaminos son muy antiguos, algunos proceden de Jerusalén. Traerlos hasta aquí no ha resultado fácil, los caminos están llenos de salteadores y yo no llevo un hábito que infunda respeto a cierto tipo de malhechores. He tenido que pagar a precio de oro la escolta que me protegía; no lo dudéis, hacéis una buena compra. En vuestro monasterio tendrán en alta consideración poseer unos textos procedentes de Jerusalén y de una época muy importante para los cristianos. ¡Podríais darles el carácter de reliquias y, sin duda, atraerán numerosos peregrinos y abundantes limosnas! ¡Y de ése –señaló el adquirido en Patrás–, me aseguraron que fue escrito por uno de los que acompañaron al Nazareno!

Fray Bernardo midió con la mirada al individuo que tenía delante.

–¡Sois un redomado bribón!

–¿Significa eso que aceptáis? La arqueta también va incluida en el precio.

Aquella noche fray Bernardo de la Saure no pudo conciliar el sueño, a pesar de que sus maltratados huesos reposaban en la cama que le proporcionaba la hospitalidad de su tío André de Montbard, uno de los hombres de confianza del conde Hugo de Champaña. Tendido en el blando colchón relleno de vellones, que nada tenía que ver con el jergón de su celda monacal, no dejaba de pensar en el contenido del último de los pergaminos que acababa de adquirir. Lo había leído media docena de veces y no albergaba dudas. El rabino tenía razón: aquel texto era un evangelio cuyo contenido podía conmover los cimientos de la cristiandad. Iba más allá al revelar algo de interés incluso para un judío, y únicamente el comentario del mercader acerca del poco aprecio que Jacob Tam tenía a los textos no escritos en hebreo podía explicar que en ese momento aquel pergamino estuviese en sus manos. Sin duda, la providencia había dispuesto las cosas de aquel modo.

Poco después de medianoche se levantó para cumplir con la vigilia y rezó sus oraciones. A la luz de un grueso cirio leyó de nuevo el pergamino y ratificó una vez más el contenido de aquellas líneas.

Al amanecer, fray Bernardo estaba convencido de que Dios había hecho posible aquel hallazgo. El compromiso de Jacob Tam con su maestro, el que Jacob despreciara los textos que no estuviesen escritos en hebreo o arameo, que aquel mercader pasara por Patrás, que llegase hasta Troyes. ¡Todo un cúmulo de coincidencias! No creía en ellas, sino en la voluntad divina de disponer que un texto que guardaba un secreto tan extraordinario llegase hasta él. Si el mundo lo supiera, sufriría una convulsión. Aquella noche de comienzos de 1114 estaba desconcertado y no sabía qué decisión tomar, pero estaba seguro de que tenía que hacer algo.

2

JERUSALÉN, ENERO DE 1119

Los murmullos entre los cortesanos bajaron de intensidad cuando el chambelán, dando unos golpes con el bastón de ceremonias, anunció con voz potente la presencia de los tres caballeros.

–¡Hugo de Payens, Godofredo de Saint-Omer y André de Montbard!

Se trataba de tres hombres en la plenitud de su vida; su porte resultaba atractivo, a pesar de vestir con sencillez. Entraron en el salón y avanzaron con decisión por el camino que se abría a su paso en el centro de la estancia.

Lo austero de su atuendo contrastaba con las sedas y brocados de las galas cortesanas, aunque entre los presentes también había algunos hábitos de estameña. Vestían como guerreros. Bajo las limpias sobrevestes de blanco lienzo, donde llevaban cosida una gran cruz roja, podían verse los bordes de las cotas de malla. Los tres llevaban la mano izquierda cerrada sobre la empuñadura de la espada y en la derecha el yelmo de combate.

Su presencia hizo que los murmullos se apagasen del todo. Llegaron hasta el borde del sitial donde, sentado en el trono, les aguardaba Balduino II, el monarca del llamado reino latino de Jerusalén. Los tres hincaron la rodilla en tierra e inclinaron la cerviz en señal de sumisión.

–Alzaos.

La voz de Balduino sonó cálida y acogedora. Cuando se incorporaron, se había hecho un silencio expectante. A una señal del rey, uno de sus secretarios les preguntó el motivo de su presencia. Era una fórmula protocolaria.

–Majestad –quien hablaba era Hugo de Payens–, nos acogemos a vuestra magnanimidad y benevolencia para solicitar vuestra protección en nombre de un grupo de nueve caballeros. Comparecemos para exponeros que, bajo la autoridad del patriarca de esta Ciudad Santa y para el mejor servicio de Dios Nuestro Señor, hemos hecho profesión de vivir según la costumbre de las reglas por las que se rige la vida de los canónigos del Santo Sepulcro, observando la castidad y obediencia que son propias a su corporación. En tales circunstancias esperamos de la generosidad de Vuestra Majestad que nos sea concedido lugar a propósito para el desarrollo de nuestras actividades. Agradecemos la acogida que Vuestra Majestad ha dispensado a estos humildes y pobres caballeros, que aspiran a convertir sus miserables vidas en ejemplo del mejor servicio a Dios Nuestro Señor.

Balduino asintió con un leve movimiento de cabeza, después hizo un gesto al secretario, quien desplegó un pergamino y leyó con voz solemne:

> Nos, Balduino, rey de Jerusalén, príncipe de Antioquía, conde de Edesa, señor de Sidón y de Acre, defensor del Santo Sepulcro. Por cuanto vos, Hugo de Payens y otros ocho caballeros de renombrado linaje y vida ejemplar, nos habéis solicitado, en forma conveniente, que os concedamos lugar a propósito para constituir una comunidad u Orden de caballeros, según las reglas que presiden la actividad de los canónigos del Santo Sepulcro.
>
> Item más, que por ser pobres y haber hecho pública renuncia a los bienes terrenales, con el propósito de engrandecer, exaltar y defender el nombre de Dios Nuestro Señor, no disponéis de lugar a propósito para el desempeño de vuestra loable misión de dar protección a los fieles cristianos que acuden a orar y a rendir la debida adoración al Santo Sepulcro de Nuestro Señor Jesucristo, y a visitar los lugares en los que vivió el Verbo cuando se hizo carne mortal para redimirnos de nuestros pecados.
>
> Ítem más, que habéis hecho solemne promesa de defender con vuestra propia sangre, si menester fuere, estos Santos Lugares, os concedemos y otorgamos por la presente un solar en el interior de las murallas de la ciudad de Jerusalén, junto a nuestro palacio, en el que tuvo asiento el Templo de Salomón, cuyas caballerizas os servirán de refugio. Os lo concedemos para siempre jamás porque ésta y no otra es nuestra voluntad.

En prueba de ello Nos, Balduino, Hyerosolymae Rex, os otorgamos, a vos Hugo de Payens y a vuestros hermanos, el presente testimonio para que conste a todos que ésta es nuestra real voluntad.

Dado en la Ciudad Santa de Jerusalén a dieciocho días del mes de enero del año del Nacimiento de Nuestro Señor de mil ciento y diecinueve.

El secretario cerró el pergamino y, con gesto reverencial, lo depositó en manos del monarca.

–Acercaos, Hugo de Payens.

El caballero entregó el yelmo a uno de los compañeros, y con humilde actitud se aproximó al trono, hincó la rodilla y humilló la cabeza. Balduino colocó su mano izquierda sobre el hombro derecho del caballero y le susurró algo al oído. Lo hizo en un tono tan bajo que ni siquiera los más cercanos pudieron escuchar una sola palabra. A continuación, le entregó el pergamino que les otorgaba la posesión de una parte del solar, donde en otro tiempo se había alzado el Templo de Salomón.

La casa, de aspecto humilde, estaba situada al fondo de un callejón del barrio de los tinajeros. En una sala de la planta baja, en el fondo de la vivienda, tras un patio al que durante el día daban sombra dos esbeltas palmeras, un grupo de hombres se arracimaba en torno a una mesa. Por sus atuendos se veía que se trataba de caballeros, y discutían acaloradamente. En el ambiente flotaba un aire de crispación al que contribuía la oscilante luz de los candiles, que iluminaba pobremente la estancia. El contraste de luces y sombras daba a los reunidos, ocho en total, aspecto de conspiradores.

–En mi opinión –afirmaba con vehemencia uno de los congregados–, mañana mismo deberíamos iniciar esos trabajos que presumo largos y arduos.

Varios de los presentes negaron con movimientos de cabeza. Uno de ellos puso voz a la negativa.

–No me parece lo más procedente, levantaríamos demasiadas sospechas. Creo más conveniente aguardar a que se acallen los rumores. Será cuestión de pocos días, a lo sumo un par de semanas.

–¡Ya tenemos el título de propiedad! –insistió quien se había mostrado partidario de iniciar los trabajos.

–Si hubieras sido testigo de las miradas de esos cortesanos, no hablarías de ese modo. ¡No has visto cómo brillaba la envidia en sus pupilas! Muchos consideran que el rey se ha excedido.

–Y así ha sido –terció André de Montbard.

–¿Quieres explicarte?

–Muy sencillo. El lugar es demasiado extenso para dar cobijo a un grupo tan reducido como el nuestro. En una ciudad donde escasea el suelo, hay quienes lo consideran un despilfarro sin sentido y, hasta cierto punto, se comprende que lo piensen porque ignoran nuestra verdadera intención.

–¿Por qué dices hasta cierto punto?

–Porque buena parte de su maledicencia está dictada por la envidia, que suele ser moneda corriente en los círculos cortesanos. Lo mejor es permanecer tranquilos durante cierto tiempo y aguardar a que se remansen las aguas. ¡Tanto dan unas semanas de más o de menos! Esta tarea puede durar muchos meses. ¡Es como buscar una aguja en un pajar!

–Además –señaló otro de los presentes–, tenemos que esperar a que lleguen las órdenes del patriarca.

Quien proponía no perder un solo día golpeó la mesa con su puño. Lo hizo con tal fuerza que los restos de comida bailaron.

–¡Yo no sigo más órdenes que las de fray Bernardo! ¡Os recuerdo que fueron muy claras! ¿Acaso se os han olvidado?

Se hizo un silencio momentáneo que permitió escuchar un ruido lejano. Eran los goznes de una puerta que sonaron estridentes en el silencio de la noche; después, se oyó ruido de pasos. Instintivamente se pusieron en guardia.

–¿No os parece demasiado pronto para que regrese? –preguntó uno de los caballeros.

Dos de ellos se levantaron con sigilo y tomaron posiciones a los lados de la puerta. Los pasos sonaban ya en el patio; por lo menos eran dos las personas que se aproximaban.

Unos golpes en la puerta anunciaron que los desconocidos no pretendían sorprender a nadie.

–¿Quién va?

–Sión.

Al escuchar aquella palabra se rebajó la tensión, pero se mantuvo la alerta. Aunque era la contraseña, en Jerusalén el peligro acechaba en cada esquina. En las últimas semanas, en diferentes lugares de la ciudad, los sicarios –nombre con que se conocía a unos asesinos profesionales– habían atacado objetivos a plena luz del día. Nadie podía sentirse a salvo con aquellos esbirros pululando por calles y plazuelas.

Hugo de Payens tomó uno de los candiles y abrió la puerta.

–Nos alegra verte.

El caballero que había pronunciado la contraseña se hizo a un lado y cedió el paso al abad Gormondo, responsable de la Hermandad del Santo Sepulcro, fundada por Godofredo de Bouillón, el primer gobernante de Jerusalén, quien rechazó el título de rey y se proclamó, humildemente, defensor del Santo Sepulcro. La hermandad estaba integrada por los canónigos que constituían el capítulo del patriarcado de la ciudad, un grupo cercano al medio centenar, al que se añadían numerosos cofrades laicos. Resultaba fácil identificar a los hermanos porque todos ellos vestían un manto blanco con una cruz roja sobre el hombro. Su misión era servir a los numerosos santuarios que, desde la conquista, habían surgido tanto en el interior de la ciudad como extramuros.

Su sede principal estaba en una gran basílica, situada en la zona del Anastasis y el Martyrium, cuya construcción había sido ordenada por el emperador Constantino en el siglo IV. Se la conocía como la madre de todas las iglesias de la cristiandad, y Godofredo de Bouillón ordenó reconstruirla sobre sus ruinas. También era lugar principal para los cultos y liturgias de la hermandad la abadía de Monte Sión, una auténtica fortaleza, situada fuera del perímetro de las murallas, en una colina al sur de Jerusalén.

–Os noto tensos.

–No te aguardábamos tan pronto.

–A estas horas las calles están desiertas y el resplandor de la luna nos ha facilitado el camino. Además, el abad conoce este laberinto de callejas como la palma de su mano.

–¿No habéis traído escolta?

–Hemos venido solos.

Hugo no dijo nada, pero movió la cabeza en un claro gesto de reproche.

–Tomemos asiento –ordenó el abad–, el tiempo apremia.

Los diez hombres se sentaron en torno a la mesa sin dejar de hacer comentarios.

–Escuchadme con mucha atención –requirió Gormondo para acallar los murmullos–. Una vez que el rey ha accedido a nuestra pretensión, urge que vuestra misión no sufra el menor retraso. A partir de mañana comenzarán los trabajos.

–Disculpe vuestra paternidad, ¿no creéis precipitado actuar de ese modo? –lo interrumpió André de Montbard.

–¿Precipitado?

–Vuestra paternidad ha sido testigo, al igual que Hugo de Payens y Godofredo de Saint-Omer, de las reacciones provocadas por la concesión del rey.

–¿Y qué? –El tono del abad era desafiante.

–En opinión de algunos de nosotros, resultaría conveniente dejar pasar algunas semanas.

–¡Ni hablar! –protestó el patriarca–. No hay ningún problema. ¡Cuanto más tarde se empiece, más se retrasará nuestro objetivo! Fray Bernardo es de la misma opinión. Ahora, resuelto este punto –era evidente que Gormondo daba la cuestión por zanjada–, escuchadme sin interrumpir.

Nadie replicó.

–Por lo que sabemos –prosiguió el abad–, el trazado de las galerías forma un verdadero laberinto. Esa circunstancia se ve agravada por el hecho de que no se haya conservado plano alguno. Solamente contamos con las referencias que nos proporciona el manuscrito, lo cual no es mucho. –Gormondo paseó su mirada por los presentes–. Posiblemente, alguno de vosotros haya oído hablar de ciertos pergaminos que permiten orientarse por ese mundo subterráneo, pero se trata de burdas falsificaciones realizadas por gentes sin escrúpulos y ansiosas de hacerse con un buen puñado de monedas que algún incauto les entregue. La verdad es que no hay nada seguro en las historias que circulan. Todo son rumores que nadie puede confirmar, porque la inmensa mayoría son el producto de la fantasía de mentes exaltadas. Lo más sensato es que nos atengamos al sentido común.

»Y ¿qué dice el sentido común? –se preguntó Gormondo, que parecía dirigirse a un amplio auditorio, como si estuviese predicando–. Nos dice que es probable que, con el paso de los siglos, el acceso a las galerías resulte complicado porque en tantos años han debido de producirse derrumbes y muchas estarán cegadas. Pero éste no es el principal problema, al menos en estos momentos. La clave está en que hasta la fecha, nadie, que sepamos, ha encontrado la forma de acceder a ellas. El primer trabajo será buscar la puerta de entrada. Una vez descubierta, la paciencia y el método, además de la ayuda de Nuestro Señor Jesucristo, serán las mejores armas para afrontar la misión que vais a comenzar. Como habéis podido comprobar, las caballerizas son extensas. En opinión de algunos podrían albergar hasta mil camellos y una cifra aún mayor de caballos. Sólo sois nueve y nadie más ingresará en vuestra cofradía hasta que hayáis cumplido la misión que se os ha encomendado. Tendréis que realizar tareas que no se corresponden con vuestra categoría: habréis de excavar, remover tierra, romper piedra y realizar otros trabajos que no resultan acordes a vuestra condición de caballeros, pero ésa es vuestra misión para mayor gloria de Dios Nuestro Señor. Vosotros habéis sido los elegidos para desvelar este misterio y ello deberá alegrar vuestro ánimo y reconfortar vuestro espíritu.

Gormondo sacó de entre sus amplias vestiduras talares un manoseado ejemplar de la Biblia y lo colocó sobre la mesa; después miró uno por uno a los presentes. Lo hizo de forma pausada, ceremoniosa, como si estuviese celebrando un ritual. Clavaba sus pupilas en los ojos de aquellos hombres aguerridos que lo habían dejado todo, familia, riquezas y posición, para cumplir la sagrada misión que les había sido encomendada en el más absoluto de los secretos.

–Aunque estéis obligados a guardar silencio por el juramento que habéis realizado, poniendo como prenda la salvación de vuestras almas, yo, Gormondo, abad del monasterio de Santa María de Sión, os conmino, en esta Tierra Santa que pisaron los pies de Jesucristo Nuestro Señor, donde sufrió el ignominioso tormento de la crucifixión por redimirnos de nuestros pecados, donde fue sepultado y donde al tercer día resucitó de entre los muertos, a que renovéis vuestro juramento. ¡Arrodillaos!

Los nueve hombres hincaron la rodilla en tierra.

–Decid ahora vuestros nombres.

Un murmullo se elevó en la estancia.

–Extended vuestra mano derecha sobre la Sagrada Biblia y repetid conmigo: «Juro, por la salvación de mi ánima, guardar secreto absoluto sobre mis trabajos y afanes encaminados a la búsqueda que nos ha sido encomendada. Si faltase al sagrado compromiso que en este acto renuevo, que mi ánima sufra por los siglos de los siglos los tormentos del infierno. Amén».

Concluida la ceremonia, el rostro del patriarca rebosaba satisfacción.

–Ahora, amados en Cristo, dos buenas noticias. La primera, no por esperada, carece de interés.

–¿De qué se trata? –preguntó Hugo de Payens.

–Mañana al alba, los canónigos del Santo Sepulcro, que constituyen el cabildo eclesiástico de mi patriarcado, abandonarán las dependencias que se os han prometido; hoy han dado por concluido su traslado. Ello significa que podréis tomar posesión de las mismas.

–Ésa es una buena noticia porque, si bien los canónigos de vuestro cabildo son personas de confianza, soy de la opinión de que cuantos menos ojos vean y menos oídos escuchen, mejor. ¿Cuál es la otra nueva?

Los labios de Gormondo dibujaron una sonrisa.

–Cuando mañana se haga pública, serán muchos los que no darán crédito a sus oídos.

–¡Por el Santo Sepulcro que me tenéis sobre ascuas! –lo apremió De Payens.

–Desde hace meses he venido señalando al rey la conveniencia de que trasladase su residencia y las dependencias de la corte.

–¿Le habéis pedido que abandone su palacio?

–Así es. He realizado todos mis movimientos con gran sigilo, a fin de preservarlos en secreto, y todo se ha hecho con tal discreción que nada ha trascendido. Antes de venir, Su Majestad me ha recibido en audiencia privada. Balduino acaba de comunicarme la decisión de abandonar el recinto del Templo.

Los caballeros intercambiaron significativas miradas.

–¿Dónde se instalará?

–No lejos de donde nos encontramos, en la ciudadela que tiene como eje la torre de David.

–¿Por qué habéis hecho una cosa así, Gormondo?

–Porque, como habéis dicho, cuantos menos testigos haya, mejor. El rey os concederá mañana la plena posesión de todas las edificaciones que hay sobre el solar del Templo de Salomón. Vuestra misión podrá llevarse a cabo lejos de miradas y oídos indiscretos. Podréis actuar con entera libertad, sin temor a que os molesten u os espíen.

–¡Es increíble! ¡Sólo somos nueve! –exclamó De Payens.

–Serán muchas las lenguas que se desatarán y los rumores que correrán y hasta es posible que se alcen algunas voces contra vosotros. Pero... ¿acaso en alguna corte las lenguas se refrenan? ¿Acaso no abundan los que levantan rumores por el placer de procurarse motivos de conversación? Se dice que más han muerto por el filo de una lengua, que por el de una espada.

–El rumor y la maledicencia no benefician nuestra misión. Mi sobrino insistió, una y otra vez, en que nuestra mejor arma sería la discreción –señaló André de Montbard.

–¡Cierto! Por ello he obrado de esa forma. ¡Nadie os molestará! ¡Podréis trabajar con toda tranquilidad! ¡Lejos de miradas indiscretas! ¿Qué son unos rumores, incluso algunas protestas dictadas por la envidia, en comparación con las ventajas que nos reporta la decisión de Su Majestad?

El patriarca miró al tío de fray Bernardo.

–Os lo voy a decir, mi buen André. Esos rumores se disolverán y en muy poco tiempo no serán más que una gota de agua en el mar.

Al día siguiente, los nueve caballeros llevaron sus escasas pertenencias a los sótanos que, a salvo de miradas indiscretas, se extendían por una parte del gran solar que un día ocupara el templo levantado por Salomón en honor de Yahveh.

Aquel mismo día, siguiendo las instrucciones de Gormondo y obligados al secreto por el juramento realizado con sus almas como garantía de cumplimiento, comenzaron los preparativos de la misteriosa búsqueda. Todos eran conscientes de que sería un trabajo arduo y largo en el tiempo.

Lo que ignoraban aquellos nueve hombres, cuya misión oficial era custodiar caminos y lugares para tranquilidad de peregrinos y viajeros –poca tropa para tan importante tarea–, eran las consecuencias de su presencia en Jerusalén.

3

París, abril de 2006

Pierre levantó el teléfono, molesto porque la llamada había interrumpido su concentración.

–Blanchard, ¿dígame?

–Soy Madeleine.

–¿Madeleine Tibaux?

–¿Acaso hay otra Madeleine en tu vida? –ironizó la voz.

–¡Cuánto me alegro de oírte! ¿A qué feliz conjunción de los astros se debe tu llamada?

–A que soy una buena amiga.

–Eso ya lo sé.

–Tengo una historia que tal vez te interese.

–¡Cuenta!

–¡Ah, no! Por teléfono ni hablar.

–¿Por alguna razón especial?

–Porque tengo que entregarte algo.

–Un anticipo, por favor... –simuló implorar Blanchard.

–Ni una palabra; esto te costará una buena cena. ¡Qué menos!

–No ando muy bien de fondos.

Aunque lo dijo en un tono despreocupado, su situación económica no era muy boyante. Su cuenta corriente llevaba meses sin recibir una inyección sustancial de ingresos. Hacía demasiado tiempo que no había dado con una buena historia y, aunque sabía que varias puertas se abrirían en cuanto llamase, su decisión continuaba siendo firme. Algunas conferencias y la participación, de forma ocasional, en ciertas tertulias radiofónicas habían permitido que su situación no fuese desesperada; también ayudaba el no tener que pagar una renta por el apartamento. La herencia de sus padres le había permitido comprarse un ático en uno de los mejores lugares de París: el cruce de la rue de Vivienne con el boulevard Montmartre, muy cerca del edificio de la Bolsa.

–En tal caso, Madeleine la generosa correrá con los gastos, pero lo que debo contarte no quiero hacerlo por teléfono.

–Quien paga, manda. ¿Cuándo te viene bien que nos podamos ver?

–¿Qué tal esta noche?

Pierre no tenía ningún compromiso.

–Dime hora y sitio.

–¿Conoces Le Vieux Bistro, en la rue de Cloître, junto a Notre-Dame?

–Nunca he comido ahí, pero conozco el lugar. ¿A qué hora?

–¿Te viene bien a las ocho?

–Allí estaré, puntual como un relevo de guardia.

Pierre iba a colgar el teléfono pero antes de hacerlo, susurró con voz seductora:

–No me dejes así. ¡Un adelanto, por favor!

–¡Ni hablar!

El tono de Madeleine indicaba que no había nada que hacer.

–Está bien, nos vemos a las ocho.

Mantuvo la mano sobre el auricular después de colgarlo, mientras imaginaba qué querría contarle. Madeleine no era persona que hablase por hablar.

Suspiró profundamente. Quizá su suerte cambiara esa noche.

Después de haber viajado por medio mundo como corresponsal de varios rotativos parisinos, por lugares que en el argot periodístico se califican como «puntos calientes», Pierre Blanchard había sido corresponsal de *Le Figaro* en Londres durante catorce meses. Hacía dos años que había decidido dar un giro a su vida, instalándose en París como *free-lance* para dedicarse al periodismo de investigación. Estaba cansado de vagar por el mundo y aún más de ver el lado más duro de la miseria humana. Había logrado un par de buenas historias que había vendido al mejor postor, con las que obtuvo unas ganancias que le permitieron vivir con cierta holgura.

A sus cuarenta y dos años andaba de vuelta de algunas cosas, pero no había llegado a ese punto en que el escepticismo agosta los ideales de otro tiempo. Estaba lejos de caer en una crisis, como les ocurría a muchos cuando tocaba afrontar el difícil momento de convertirse en cuarentones.

Decían las mujeres que su atractivo radicaba en sus grandes ojos negros, en su canosa melena, ligeramente ondulada y peinada hacia atrás, y en el color de su piel, una combinación del blanco casi lechoso de su padre y de la tez aceitunada de su madre. Su progenitor, el coronel Blanchard, había estado al mando de uno de los regimientos que combatieron en Argelia contra los independentistas del FLNA. Eso no había sido obstáculo para que, pocos meses antes de que los franceses abandonasen el territorio, se casara con una argelina de gran belleza, hija de un próspero comerciante, a la que llevaba catorce años.

Tenía una hermana mayor con la que apenas mantenía contacto, tras la muerte de sus padres en un accidente aéreo. Precisamente éstos viajaban a Estados Unidos, donde ella vivía desde que se casara con un militar estadounidense. El último destino del que tenía noticia –de eso hacía ya varios años– era Fort Knox.

Su vida sentimental había sido un verdadero desastre. Se casó muy joven con una compañera de estudios y se separó dos años después. Afortunadamente no tuvieron hijos. Después enlazó varias relaciones sentimentales, todas ellas muy breves, que no le habían proporcionado mayor satisfacción que la de los orgasmos. Un segundo intento de pareja estable acabó dinamitado antes de un año cuando sorprendió a Sandra poniéndole los cuernos en su propio apartamento. La puso de patitas en la calle porque no era tan moderno como para admitir ciertas cosas. Ahora se habían cumplido cuatro años de aquello y recordaba perfectamente la fecha, el 10 de mayo, y la escena. Sandra estaba mirando a la pared, los brazos extendidos con las manos apoyadas en el muro, desnuda y con el culo en la posición adecuada para que aquel individuo la penetrase fácilmente.

Después sólo había tenido encuentros ocasionales, fines de semana y poco más.

Llegó a Le Vieux Bistro con un cuarto de hora de retraso.

Era un local pequeño y alargado, con las mesas muy apretadas y casi pegadas a la pared, de la que estaban separadas por la anchura de unos bancos. Madeleine aguardaba, fumando un cigarrillo. Se acercó, la besó en las mejillas y, mirando su reloj, murmuró una disculpa.

–¡Qué jeta tienes! ¡No cambiarás nunca!

Decidió que darle explicaciones empeoraría su situación porque, a pesar de la reconvención, ella lo había recibido con una sonrisa en los labios. Conocía a Madeleine Tibaux desde sus años de universidad. Estudiaban carreras diferentes –él, periodismo y ella, historia–, pero habían coincidido en algunas fiestas y reuniones con amigos comunes. A pesar de que sus vidas habían discurrido por caminos muy distintos, no habían dejado de verse. Su amistad estaba lo suficientemente cimentada para que pasaran meses sin mantener contacto alguno y pudiesen retomar la relación con facilidad. Probablemente, el último año había sido el mayor período de tiempo transcurrido sin que hubiesen hablado.

Acabada su licenciatura en historia, Madeleine había opositado al Cuerpo de Archivos y Bibliotecas del Estado, y había ganado una plaza con excelentes calificaciones. Ello le había permitido acceder, en su primer empleo, al sueño de todo bibliotecario: la Biblioteca Nacional de Francia, un destino al que se llegaba después de una larga carrera. Desde entonces, en octubre haría ya quince años, la vida de Madeleine había sido bastante rutinaria, aunque no había dejado de ascender en su trabajo. Era la responsable de la denominada sección Y, dedicada a los impresos raros y a la que únicamente tenían acceso profesores universitarios, investigadores cualificados y personal debidamente autorizado por la dirección facultativa de una institución que era el orgullo de los franceses.

Pierre se sentó, sacó su paquete de Gauloises y encendió un cigarrillo. Los fumaba desde sus años de estudiante de bachillerato y se había mantenido siempre fiel a la legendaria y dura marca de tabaco.

El camarero se acercó y les entregó la carta.

–¿Para beber?

–Vino tinto –dijo ella.

–También yo.

–¿Alguno en especial?

–¿El de la casa...? –aventuró Pierre buscando la aprobación de Madeleine.

–Me parece muy bien.

Decidieron los platos. Un *foie de canard* como entrante para compartir; de segundo, ella pidió una *salade crottin* y él, aconsejado por el camarero, se decantó por la especialidad de la casa, *andouille grillée*.

–Desde que me llamaste no he hecho otra cosa que pensar en ti.

–¡Bobo!

–Es cierto, no he conseguido quitarme de la cabeza esa historia que me vas a contar y que me sacará de apuros.

–Una cosa soy yo, y otra la historia que tengo que contarte.

–Tienes toda la razón, pero admite que en este caso, dadas las circunstancias, las dos vais cogidas de la mano.

–¿En qué andas ahora? –Ella le dedicó una suave sonrisa.

Pierre se había distraído momentáneamente mirando los numerosos cascos de bombero, de diferentes épocas y países, que decoraban el establecimiento. Resultaba extraña, mucho más que los numerosos sacacorchos, toda una colección, que también formaba parte del adorno.

–Ya sabes, sigo por libre. Una conferencia por aquí, un reportaje por allá y siempre a la caza de algo sustancial. Mañana por la noche hablaré para la Asociación de Amigos de Occitania. A las... –sacó su teléfono móvil y buscó– veinte treinta en su sede.

–La vieja tierra del Languedoc siempre tan agitada –comentó Madeleine.

–¿Por qué dices eso?

–Porque no creo que haya otro lugar en el mundo donde la historia haya pasado con tanta fuerza. Es tierra de leyendas que hablan de tesoros ocultos, de herejes perseguidos con saña, de misteriosos castillos donde recitaron los trovadores, tierra de fuertes raíces templarias. No sabía que tuviesen una asociación en París.

–La tienen y, por lo que sé, muy activa.

–¿Dónde está?

–En la rue de Sèvres, frente al hospital Laennec. Si mañana no tienes nada mejor que hacer, estás invitada.

–¿A qué hora has dicho?

–A las veinte treinta.

–¿De qué va la charla?

–Sobre magia y religiosidad.

–¡Uf! –bufó Madeleine.

–¿Por qué resoplas?

–Porque lo que voy a proponerte está relacionado con algo de magia y religiosidad.

–¡Venga ya!

–¿Te vendría bien una historia que, si le afilas la punta, puede levantar polvareda?

Dio un aire de picardía a sus ojos azules que, con cuarenta años cumplidos, conservaban el brillo y la limpieza de una mirada que no había sido testigo de las miserias que Pierre había presenciado.

–¿Tan interesante es?

–Creo que mucho, si sabes sacarle partido. Aunque tendrás que documentarte muy bien.

–No hay problema. Si la historia lo merece, buscaría hasta debajo de las piedras. Me sobra tiempo para hacerlo.

–Verás... En la revisión periódica que hacemos de los fondos de mi sección, me he encontrado con un legajo difícil de clasificar. –Sacó de su bolso una pequeña agenda de piel y buscó–. Está catalogado con la signatura 7JCP070301. No se trata de un manuscrito valioso, ni de un impreso antiguo. En realidad, es una vulgar carpeta de plástico duro con una documentación... –Madeleine buscó la palabra adecuada– una documentación un tanto extraña.

–¿Por qué dices eso?

–Porque se trata de papeles muy diversos y, a mi modo de ver, muy poco interesantes. Lo que contiene esa carpeta son folletos bastante vulgares, páginas que parecen haber sido arrancadas de libros, algunos folios mecanografiados y otros manuscritos, algunos anotados al margen. También hay cartas pegadas sobre cartulinas, como si se tratase del trabajo de unos escolares.

Lo que más abunda son los documentos genealógicos; hay varias series.

–Con un material como el que acabas de describir, ¿dónde está el interés?

–Precisamente en su insignificancia, Pierre. La pregunta es ¿por qué algo así está en esa sección?

–¿Y bien? –preguntó el periodista.

–Todavía no lo sé. Las obras que se encuentran en la sección Y, que está dedicada a textos raros, son por decirlo de alguna manera piezas de valor. Algo que, a primera vista, no reúne ese legajo; hasta la carpeta es vulgar. Tal vez por ese motivo se encuentra ahora en la nueva sede de la biblioteca, la de Tolbiac. Normalmente los manuscritos han quedado en la sede Richelieu; están divididos en dos grandes áreas, la dedicada a los llamados «textos occidentales» y la que guarda los documentos calificados bajo la denominación de «orientales». Ignoro quién tomó la decisión de catalogarlo en la sección de raros cuando fue depositado en la biblioteca porque se trata de un material que no debería estar en esa sección. Como te digo todo resulta muy sospechoso.

–¿Adónde quieres ir a parar?

–Déjame terminar. –Pierre levantó las manos con las palmas extendidas y murmuró una disculpa–. Existe otro hecho llamativo: desde que esos papeles –lo dijo con cierto desprecio– fueron depositados en la biblioteca, en 1984, hay alguien que no ha dejado de alterar su contenido.

Pierre la miró sorprendido.

–¿Qué quieres decir?

–Que en algún momento una mano oculta se ha dedicado a hacer cambios, alguien ha sustraído e incorporado material, y también ha realizado anotaciones. Es como si hubiese remodelado el legajo a su antojo.

–¿Cómo lo sabes?

–Porque esos papeles se microfilmaron hace más de veinte años.

–¿Y?

–En una reciente revisión he podido comprobar que el contenido de la carpeta actual ha variado sustancialmente respecto al que se microfilmó en su día.

–Qué extraño...

Por primera vez el periodista parecía interesado en la historia que su amiga le estaba contando.

–Pero hay más. Llama la atención el nombre del legajo: *Le Serpent Rouge*. Y todo apunta a que alguien está empeñado en crear una atmósfera de misterio en torno a algo que, como te digo, resulta insignificante.

–¡Qué extraño...! –reiteró Pierre, cada vez más atento.

–Hay otra cosa que me intriga.

–¿Qué?

–Como autor aparece un tal Louis Chardonet. Pero resulta que en la propia documentación se indica que se trata de un seudónimo, tras el que se esconde el verdadero autor, un individuo llamado Gastón de Marignac. Y, prepárate, porque ahora viene lo mejor.

La llegada del camarero con el *foie de canard* y un cestillo con pequeñas rebanadas de pan recién sacado del horno, protegidas por un paño, interrumpió a Madeleine. Cuando se retiró, ella prosiguió:

–Durante varias semanas me he dedicado a indagar sobre el tal Gastón de Marignac, pero no he conseguido dar con él ni tampoco con ningún dato acerca de su persona. Mis pesquisas, sin embargo, me condujeron a un bibliotecario llamado Andreas Lajos, que tuvo una estrecha relación con De Marignac y que murió en extrañas circunstancias. Me ha costado mucho localizar a una hija suya, que vive en Londres. Al principio se mostró muy recelosa, no quería hablar; después de decirle que soy bibliotecaria y que había encontrado algunas referencias sobre el trabajo de su padre, se mostró más abierta. Me contó que éste había fallecido en 1986, y también que nunca sintió interés por la genealogía, ni por nada relacionado con esa disciplina.

–¿Por qué dijo eso?

–Porque, por alguna razón que ella desconoce, mucha gente debía de considerarlo un experto en el tema, ya que tras su muerte muchos llamaron pidiendo que les ayudase con cuestiones relacionadas con la genealogía. Me ha contado que no dejaba de recibir correspondencia y llamadas telefónicas de personas que, al parecer, estaban informadas de su muerte, que deseaban consultar con él asuntos sobre los que me aseguró que su padre no tenía grandes conocimientos.

–¡Qué extraño...! –repitió Pierre por tercera vez.

–Sí que lo es.

Madeleine cogió una pequeña porción de *foie* con la punta del cuchillo, lo untó en una tostada y lo paladeó lentamente.

–Muy bueno, aunque todavía está algo duro. No hace mucho que lo han sacado del frigorífico.

–Has dicho que ese bibliotecario murió en extrañas circunstancias. ¿Qué le ocurrió?

–Apareció muerto en una estación de metro. Supuestamente alguien le empujó, y cayó a la vía justo antes de que pasase el tren. Hubo testigos, pero el asesino logró escapar. He averiguado que Lajos llevaba un maletín del que se perdió la pista y también que unos días antes había hecho un viaje a la entonces República Democrática Alemana.

–¿Qué opinas de todo esto? –preguntó Blanchard.

–Tengo la impresión de que la misma mano que asesinó a Andreas Lajos es la que remueve ese legajo. He consultado con algunos colegas de la biblioteca el hecho, a mi parecer insólito, de que unos papeles como ésos llegaran a nuestra sección. Nadie ha podido darme una explicación. Cuando lo comento, todos muestran extrañeza o guardan un sorprendente silencio. Barrunto que aquí hay algo oscuro. He estudiado con cierto detenimiento el contenido de algunos de esos documentos –le costó trabajo darles esa denominación–, y se refieren a una extraña organización o secta, no sé muy bien cómo calificarla, llamada Hermandad de la Serpiente, a la que también se conoce como Fraternidad de Oficus. Según se afirma en esos papeles, Oficus estaba vinculada con los templarios. Hay una lista que recoge los nombres de los máximos representantes de esa hermandad y también la de los grandes maestres del Temple.

–¿Son los mismos?

–No, no coinciden, pero te quedarás de piedra cuando veas los nombres de los maestres de la Hermandad de la Serpiente.

–¿Por qué lo dices?

–Porque es increíble.

–¿Qué nombres están en esa lista?

Madeleine hizo ver que no había escuchado la pregunta y untó otra pizca de *foie*.

–Tengo la sensación de que, con una investigación a fondo y el asesoramiento adecuado, podría construirse una historia atractiva porque, te lo aseguro, un espeso misterio rodea todo este asunto. Demasiadas cosas que no tienen explicación y, como te digo, no hay razón para que esos papeles estén catalogados en una sección donde únicamente tienen cabida incunables, impresos y manuscritos antiguos. Todo ello, unido al hecho de que alguien haya modificado su contenido, da mucho que pensar.

Pierre, que había seguido con atención la explicación de la bibliotecaria, se quedó un buen rato en silencio. Probó el *foie* y coincidió con ella en que era delicioso.

–Has dicho que la lista de los responsables de la Hermandad de la Serpiente es increíble, ¿por qué?

–Porque hay nombres muy conocidos. ¡Imagínate, están Leonardo da Vinci e Isaac Newton!

El periodista se pasó varias veces la mano por la mejilla.

–Tendría que conocer el contenido de ese legajo. ¿Cómo has dicho que se llama?

–En la portadilla está rotulado como *Le Serpent Rouge*.

Madeleine acabó de degustar otro trozo de *foie*. Se limpió las manos con la servilleta y sacó de su bolso un pequeño sobre acolchado.

–Aquí tienes un DVD que contiene el primer microfilm del legajo, y una copia más reciente de cuando se digitalizó. Podrás comprobar las diferencias de contenido entre ambos.

–¡Madeleine, eres una joya!

Pierre lo guardó en el bolsillo de su chaqueta.

–Creo que debes ser tú quien pague la cena –comentó jocosamente la bibliotecaria.

–Por supuesto, faltaría más.

–Es una broma. Quedamos en que invitaba yo.

–¡De ninguna manera! Era yo quien bromeaba esta mañana por teléfono. ¿Sería posible acceder directamente a los papeles?

–¿Por qué lo preguntas?

–Porque me serviría de mucho ver los originales.

–Te advierto que no hay mucho de original, pero si es tu deseo... ¿Cuándo quieres verlo?

–¿Mañana, a primera hora?

–Veo que no quieres perder ni un minuto.

–Estas cosas se atrapan al vuelo, Madeleine.

–En ese caso, ¿qué te parece si nos vemos a las ocho y media en la cafetería de la Torre de las Letras?

El camarero llegó con la *salade crottin* y el *andouille grillée*. Había tardado más de la cuenta.

Ninguno de los platos mereció la pena, a lo que se añadió una acidez excesiva en el vino. La cuenta fue mucho más allá de lo que recomendaba la calidad de lo ofrecido y Pierre, que se hizo cargo de la factura, se prometió no volver por allí, o al menos no por propia iniciativa.

Cuando salieron de Le Vieux Bistro, era noche cerrada y la temperatura había bajado considerablemente. La calle estaba solitaria y los andamios que se alzaban en el costado de la catedral estrechaban el lugar, reducido a poco más que un pasaje oscuro. Caminaron medio centenar de pasos y llegaron a la explanada que se extendía ante la fachada principal, donde las viejas piedras del templo ofrecían un suave tono amarillento proporcionado por la iluminación. Pierre alzó la vista y se sintió empequeñecido bajo la mirada de las esculturas alineadas en el friso, por encima de las arquivoltas. Sintió un ligero escalofrío y se alzó el cuello de la gabardina.

–Te acompaño a casa.

–No, no te molestes, es muy tarde. Tomaré un taxi en la rue de Saint Jacques.

–¿Seguro?

–Sí, seguro.

–Como quieras. –Se despidió con un beso en la mejilla–. Nos vemos mañana a las ocho y media.

La vio alejarse mientras encendía un cigarrillo y pensó que, a pesar de su larga relación, apenas sabía nada de Madeleine. El sonido de sus tacones se apagó lentamente, absorbido por el silencio de la noche. Echó a andar en dirección opuesta, y sintió en su rostro una suave brisa que anunciaba lluvia; sin embargo, le apetecía pasear y su apartamento no estaba demasiado lejos. Conforme caminaba, le invadió una extraña sensación; algo en su interior lo estaba alertando; era como si una vocecilla le advirtiese de que empezaba a transitar por un camino peligroso.

4

Cuando llegó a su apartamento abrió el DVD y lo imprimió. Preparó una cafetera y decidió que primero cotejaría las dos versiones para constatar las diferencias. El principal problema era que no tendría forma de saber en qué orden ni en qué fechas se habían producido las alteraciones.

Se sumergió en la lectura, que interrumpía de vez en cuando para consultar alguno de los datos que aparecían. Su olfato le decía que tenía una historia que, sin duda, atraería a un editor avispado. No tanto por el contenido de los papeles, que, no obstante, tenía cierto interés, sino por lo que Madeleine le había contado sobre las circunstancias que rodeaban aquel legajo. Después de dos horas ya sabía que la bibliotecaria le había hecho un regalo de Reyes.

Fue anotando todo lo relativo a la Hermandad de la Serpiente, que, según se contaba, fue constituida en el tiempo de las Cruzadas.

A las cuatro decidió acostarse para dormir algunas horas, antes de su cita con la bibliotecaria. A pesar del cansancio, le costó trabajo conciliar el sueño. En su cabeza flotaban las mismas preguntas que Madeleine se había hecho durante la cena: ¿Quién había depositado allí aquellos papeles? ¿Con qué propósito? ¿Por qué se había alterado su contenido? ¿Qué había de verdad en lo que allí se contaba? ¿Existió la Hermandad de la Serpiente? ¿Estuvo relacionada con los templarios? ¿Habría algo de cierto en ello o era el producto de una mente perturbada? ¿Qué podría esconderse detrás de todo aquello?

Quizá si lograba llegar hasta la persona que se había tomado la molestia de recopilar el material que constituía el legajo, el tal Gastón de Marignac, habría dado un paso de gigante. Recordó que Madeleine le había dicho que era el nombre que se ocultaba tras el seudónimo de Louis Chardonet. ¿Sería Gastón de Marignac otro seudónimo?

En cualquier caso, Madeleine le había hecho un magnífico regalo; tenía una historia extraordinaria: un enigma que se cerraba en torno a una misteriosa sociedad secreta relacionada con los templarios. Lo que el periodista ignoraba en aquellos momentos era hasta qué punto el enigma y el misterio podían convertirse en una grave amenaza.

Hizo un verdadero esfuerzo para saltar de la cama cuando a las siete y media sonó su viejo despertador infantil. Tenía la sensación de que acababa de dormirse cuando lo estremeció aquel sonido. Era el trote de un caballo que cada cinco segundos emitía un desagradable relincho.

Una ducha, más rápida de lo que hubiese deseado, lo reconfortó momentáneamente. Se vistió a toda prisa y, poco después de las ocho, salía a la calle. Tuvo la suerte de encontrar en la puerta un taxi del que se apeaba un viajero.

–A la Biblioteca Nacional, por favor.

El taxista lo miró sorprendido.

–La tiene a doscientos metros.

–Disculpe, me refiero a la sede de Tolbiac.

–¿La que está en el Quai de la Gare, en el distrito XIII? –preguntó el taxista para asegurarse.

–Sí, al otro lado del puente de Bercy, frente al Palacio de los Deportes.

Quince minutos después Pierre caminaba por la explanada que se abría ante el imponente edificio, flanqueado por cuatro grandes torres en sus esquinas que simbolizaban otros tantos libros abiertos. Era la nueva sede de la biblioteca, aunque la mayor parte de las secciones manuscritas permanecían en el antiguo edificio de la rue Richelieu, frente a la sede de la Bolsa de valores. La nueva biblioteca llevaba el nombre de François Mitterrand en honor del presidente de la República que había impulsado su creación.

Cruzó el amplio vestíbulo, por cuyos ventanales se veía el gigantesco jardín interior, y llegó a la cafetería de la Torre de las Letras con cinco minutos de adelanto. Después de su retraso de la víspera, se alegró de ser él quien esperase. Decidió aguardar en la barra. Sería cuestión de unos minutos porque Madeleine era persona muy metódica y, desde su época de estudiante, había convertido la puntualidad en un hábito.

Cuando comprobó que los minutos transcurrían sin que apareciese, pensó que algo pasaba. Le resultaba tan sorprendente el retraso que llegó a dudar del lugar y de la hora en que habían quedado. A las nueve menos cuarto la bibliotecaria continuaba sin dar señales de vida.

La llamó al teléfono móvil, pero saltó el buzón de voz: «Ha llamado al número seis-ocho-siete-cuatro-ocho-seis-seis-tres-siete. En este momento no le puedo atender. Si lo desea, puede dejar un mensaje después de oír la señal».

–Madeleine, soy Pierre, estoy en la biblioteca y ya son las nueve menos cuarto. ¿Dónde estás?

Aguardó otros diez minutos, cada vez más impaciente. Volvió a llamarla, pero otra vez saltó el buzón de voz. No dejó mensaje y se decidió a preguntar en información.

–¿Ha dicho Madeleine Tibaux?

–Sí, la responsable de la sección Y, la de libros raros.

–Un momento, por favor. ¿Quién pregunta por ella?

–Pierre Blanchard.

La chica marcó un número y aguardó unos segundos, sin obtener respuesta.

–Lo siento, señor, pero la señorita Tibaux no se encuentra en su despacho.

Pierre, contrariado, miró su reloj y comprobó que ya eran las nueve. Un retraso de media hora era algo inconcebible en Madeleine.

–Perdone –se dirigió otra vez a la señorita de información–, ¿podría hablar con algún bibliotecario de su sección?

–Un momento, por favor.

El momento se prolongó varios minutos.

–Señor Blanchard, suba a la cuarta planta de la Torre de las Letras. Pregunte allí por el señor Vaugirard.

Antoine Vaugirard lo recibió inmediatamente, aunque con frialdad y marcando las distancias. Era un tipo enjuto, de rostro alargado y unas llamativas cejas grises. Era el bibliotecario más antiguo de la sección y estaba a menos de un año de la jubilación. Aunque el ascenso de Madeleine le produjo una herida profesional porque se consideraba con mayores méritos para acceder a la jefatura, no mostró en ningún momento su profundo malestar por una decisión que consideraba injusta. Ese puesto tenía que haber sido para él.

–¿Quería verme? –le preguntó sin levantarse de su sillón y sin invitarlo a que tomase asiento.

Al periodista le molestó su actitud.

–Mi nombre es Blanchard; en realidad, quería hablar con alguien que pudiese darme información sobre Madeleine Tibaux. Había quedado con ella a las ocho y media y no ha aparecido.

Vaugirard hizo una expresiva mueca, dando a entender que él no tenía nada que ver con ese asunto. Lo remachó verbalmente:

–¿Acaso soy yo el guardián de la señorita Tibaux?

Al desprecio de sus palabras se añadía la desagradable entonación de su voz.

Pierre le lanzó una mirada aviesa.

–Si estoy aquí es porque me han indicado que le preguntase a usted y sobre todo porque, conociendo los hábitos de Madeleine, un retraso tan largo resulta de lo más extraño.

–No conozco los hábitos de la señorita Tibaux, pero es cierto que para ella la puntualidad es una obsesión que roza lo patológico.

Blanchard hubiese apostado que aquel individuo disfrutaba con la situación. Sintió deseos de gritarle, pero si quería sacar algún provecho del encuentro, tenía que transigir.

–Precisamente por eso me desconcierta que no se haya presentado a la cita que tenía con ella.

–¿La ha llamado?

–A su teléfono móvil, pero salta el buzón de voz.

–¿Y a su casa?

–No tengo el número porque hace unos meses perdí la agenda, donde estaba su nueva dirección; se mudó de domicilio hace un año.

–Aguarde un momento, por favor.

Vaugirard sacó del cajón de su mesa una gruesa agenda de tapas negras y buscó con calma. Sin decir palabra, hizo una llamada telefónica. No marcaba el número por hacerle un favor al desconocido que tenía delante, sino porque si Madeleine contestaba, podría regodearse, indicándole que un caballero la esperaba desde hacía cerca de una hora. Agotó los tonos de llamada sin obtener respuesta. Vaugirard compuso una expresión de falsa desolación.

–Parece ser que no está en su casa –a continuación añadió con calculada malicia–: Desde luego, no coge el teléfono.

Pierre sintió otra vez ganas de gritarle, pero se contuvo. Aquel individuo era un mal bicho. ¿Por qué lo habían dirigido a él? ¿No había más bibliotecarios en aquella sección? Todo apuntaba a que no iba a ser su día de suerte.

–¿Podría facilitarme su nueva dirección?

Un brillo de malicia asomó en los ojos del bibliotecario.

–Por lo que veo, era muy importante lo que tenía que hablar con la señorita Tibaux.

No pudo evitarlo.

–Eso es algo que a usted no le importa.

–Evidentemente, señor, no es asunto de mi incumbencia, como tampoco lo es facilitarle la dirección particular de un funcionario de la casa. Si me disculpa, tengo mucho trabajo. Cuando salga, no haga ruido al cerrar la puerta.

Supo que ya nada tenía que perder.

–¿Le han dicho en alguna ocasión que es un hijo de puta?

Vaugirard no se inmutó, descolgó el teléfono y marcó dos dígitos.

–¿Seguridad?

–¡Maldito cabrón!

El portazo hizo vibrar las paredes.

A las diez menos cinco Pierre Blanchard salía por la puerta principal de la Biblioteca Nacional de Francia acompañado por dos fornidos guardias de seguridad.

Hizo un tercer intento de hablar con Madeleine, pero escuchó de nuevo la maldita cantinela del buzón. Entró en una cafetería y buscó en una guía de teléfonos, pero Madeleine no constaba en la lista de abonados. Sabía que su nueva vivienda estaba por el parque de los Príncipes, cerca de la puerta de Saint Cloud, pero ignoraba la dirección exacta porque había extraviado su agenda. Con esa referencia era poco menos que buscar a ciegas.

Pensó qué podría haberle sucedido. En cualquier caso, en aquellas circunstancias, lo único que podía hacer era aguardar a que ella diese señales de vida; no se le ocurría forma alguna de localizarla.

Decidió regresar a su apartamento y continuar leyendo *Le Serpent Rouge*. Recordó que debía dedicar un tiempo, aunque para eso había previsto la tarde, a los apuntes de su conferencia en la sede de la Asociación de Amigos de Occitania.

Los asistentes seguían atentos y absortos la disertación de Pierre. Se sabía poseedor de un verbo cálido que, en ciertos momentos, alcanzaba cotas brillantes. Era un cruzado de la palabra en una sociedad dominada por la imagen. Durante algunos minutos, antes de comenzar, albergó la ilusión de que Madeleine apareciese por allí, pero sus esperanzas se desvanecieron.

–En definitiva –la conferencia tocaba a su fin–, resulta evidente que el método fue mantener en vigor durante siglos la prohibición de que el vulgo pudiese leer la Biblia. Sólo así la Iglesia pudo sostener una patraña como ésa. Voy a ponerles un último ejemplo, antes de concluir. –Cogió una cuartilla y leyó–: Jesús nació en Belén de Judea, en tiempos del rey Herodes. Unos magos de Oriente se presentaron en Jerusalén, preguntando: «¿Dónde está el que ha nacido, el rey de los judíos? Porque hemos visto su estrella en Oriente y venimos a adorarlo».

Alzó la vista para comprobar el efecto de sus palabras en el auditorio.

–Es una cita de los Evangelios. Según san Mateo, quienes visitaron la cueva de Belén eran unos magos, es decir, gentes que practicaban la magia, conocedoras de las llamadas ciencias ocultas, condenadas por la Iglesia. Estamos en presencia de tres de los personajes más atractivos del Evangelio, que la propia Iglesia elevó a los altares con los nombres de Melchor, Gaspar y Baltasar. Pero he aquí que eran tres personas que practicaban algo que la Iglesia ha anatematizado a lo largo de los siglos. Pero hay más, el mismo evangelista nos dice que para llegar hasta Belén los magos fueron guiados por una estrella, lo cual nos pone en contacto con otra parcela de ese mundo oculto, considerado peligroso. Me estoy refiriendo a la astrología. Es muy poco lo que sabemos de los Reyes Magos. Para algunos estudiosos, Melchor, Gaspar y Baltasar eran miembros de una de las órdenes de iniciados más antiguas del mundo, la de los llamados Magos de Persia. La opinión de los expertos es que supieron del nacimiento de Jesús a través de una práctica muy común entre ellos, la de la llamada visión espiritual. Gracias a ella recorrieron una distancia enorme, si tenemos en cuenta cuáles eran las posibilidades de desplazamiento de la época, guiados por una estrella en movimiento que se detuvo sobre un lugar insignificante, una pequeña aldea judía, y allí realizaron un rito de adoración cargado de simbolismo. No deja de llamar la atención el hecho de que, después de protagonizar una historia tan sugestiva, que ha embelesado a millones de niños de todo el mundo a lo largo de los siglos, desapareciesen de la historia sin que se supiese más de ellos. Aunque...

Pierre, que sabía manejar los tonos y los tiempos con verdadera maestría, se detuvo un momento, cogió la copa que tenía sobre el atril y le dio un sorbo. El silencio en la sala, donde había un centenar de personas, era tan absoluto que podía escucharse el vuelo de una mosca.

–Aunque, en honor a la verdad, he de señalar que sí dejaron alguna pista. Hoy sabemos dónde está su sepulcro. Los restos mortales de Melchor, de Gaspar y de Baltasar reposan en una preciosa urna que se guarda, como el mayor de los tesoros, en la catedral de Colonia.

Hubo sonrisas y un amago de aplauso, que el propio conferenciante detuvo con un gesto de su mano.

–En definitiva, señoras y señores, la Iglesia ha condenado, perseguido y tratado de exterminar, he de decir que con éxito relativo, unas prácticas que aparecen en los propios Evangelios, unos textos considerados, sencillamente, la palabra de Dios.

Hubo murmullos de asentimiento entre el auditorio.

–La astrología en el mundo antiguo –elevó la voz para dar la entonación final– era una ciencia respetada. Se asumía que tenía una importante relación con la vida de los individuos. El propio Salomón, considerado uno de los mayores sabios de todos los tiempos, la tenía en alta consideración; sin embargo, la Iglesia católica desarrolló una intensa campaña para condenarla como algo abominable. El nuevo análisis de algunos textos, cuyo contenido puede resultar clarificador, tendrá como consecuencia, sin duda alguna, una profunda revisión de ciertas actitudes mantenidas por la Iglesia a lo largo de los siglos. Muchas gracias por la atención que me han dispensado.

La ovación fue cerrada y prolongada. Pierre la recibió con una sonrisa en la boca y corteses inclinaciones de cabeza. A continuación se abrió un intenso coloquio en el que se habló de los mandeos, una secta que pervive en el actual Irak y que considera las enseñanzas del Bautista superiores a las de Jesús. Su Evangelio sostiene que la visita de los Magos de Oriente fue a Juan el Bautista.

Se habló también sobre la visita de los Magos a Herodes, lo que suponía, en opinión de algunos de los presentes, que en algún momento de su viaje perdieron el rumbo. Eso llevó a la matanza de los inocentes, negada por algunos, que afirman que no existe un solo testimonio sobre un acontecimiento que, por su crueldad, no debió de pasar desapercibido entre los contemporáneos. Por último, algunos plantearon, ante la duda de la matanza de los inocentes, la veracidad de la huida a Egipto de la Sagrada Familia. Se abrió un debate que alcanzó momentos de vehemencia, en relación con las posibles enseñanzas que durante su infancia pudo recibir Jesús de ciertas escuelas mistéricas, muy abundantes en Egipto. Alguien apuntó que adquirió conocimientos de un grupo conocido como los terapeutas.

El moderador se vio en la necesidad de dar por concluido un coloquio cuya intensidad hacía que no se vislumbrase el final.

Pierre estaba recogiendo las cuartillas que le habían servido de guión, cuando un individuo de unos sesenta años, vestido de forma impecable, se acercó hasta el atril.

–Discúlpeme, señor Blanchard, ¿podría concederme un minuto?

–Por supuesto. –Alzó la vista un momento y continuó ordenando sus papeles.

–¿Ha estado alguna vez en Jerusalén?

A Pierre le extrañó una pregunta como aquélla. Se detuvo con las cuartillas en sus manos. Su mirada y la del individuo se quedaron fijas la una en la otra.

–¿Por qué me pregunta usted eso?

–Porque tengo evidencias acerca de algunas de las cuestiones que ha formulado a lo largo de su conferencia.

El individuo lo miraba sin pestañear. Había hablado con tanta seguridad que impresionó al periodista, curtido en numerosas experiencias de aquel tipo. Mantuvo la mirada, tratando de calibrar la personalidad del sujeto que tenía delante. El pelo blanco, abundante para su edad, estaba perfectamente cortado. Sus facciones, alargadas, le conferían un aire aristocrático, a lo que colaboraban sus ademanes. Sus ojos, de un azul acerado, taladraban cuando miraban. La ropa era de calidad.

–¿Por qué está tan seguro?

–Porque eso forma parte de las tradiciones secretas de mi familia desde hace dos mil años.

En el salón sólo quedaban algunas personas que comentaban, en un par de corrillos, ciertos aspectos del interesante coloquio. Al fondo, el presidente de la Asociación de Amigos de Occitania charlaba animadamente con otras dos personas. Pierre no recordaba haberlos visto entre el público. El periodista bajó la voz, como si temiese que un oído indiscreto pudiese escucharlo.

–¿Quiere repetir eso que ha dicho?

–Mi familia guarda una tradición desde hace casi dos mil años. Una tradición que ha ido pasando de padres a hijos, en la que mantenemos vivo el recuerdo de nuestra ascendencia. Algunos sostienen que estamos obligados a mantenerla en secreto bajo la amenaza de una terrible maldición, que se abatiría sobre quien la revelase.

–¿A qué ascendencia se refiere usted?

–A las dinastías reales del judaísmo bíblico.

Los ojos de Blanchard mostraron incredulidad. No estaba en condiciones de determinar si el individuo que tenía delante era un loco que trataba de tomarle el pelo. Intentó calibrarlo por su aspecto y percibió una elegancia innata, una prestancia natural que parecía dar veracidad a sus palabras.

–¿Le importaría decirme su nombre?

–Disculpe que no me haya presentado, mi nombre es Gabriel d'Honnencourt.

–Muy bien, señor D'Honnencourt. ¿Tendría algún inconveniente en ser un poco más explícito?

–¿Sobre mi nombre o sobre lo que acabo de decirle? –ironizó.

Pierre encajó el golpe con una sonrisa.

–Me refiero a eso que ha denominado como la descendencia de las dinastías reales del judaísmo bíblico.

–Le hablo de la casa de David, de la dinastía de los Asmoneos y de la de los veinticuatro sumos sacerdotes que formaban el Colegio del Templo de Jerusalén antes de que fuese destruido por las legiones romanas de Tito, en el año setenta de la era cristiana. Los llamados linajes *rex deus*.

–¿Es usted descendiente de la casa de David? –La pregunta llevaba implícita la devolución de la ironía.

D'Honnencourt negó con absoluta tranquilidad.

–No, la ascendencia de mi familia corresponde a uno de los linajes de los sumos sacerdotes.

Había terminado de recoger sus apuntes. A pesar de la apariencia de aquel sujeto y de que se expresaba con corrección y tranquilidad, como si estuviese comentando un axioma, no podía dar crédito a lo que escuchaba. Por el mundo había demasiado loco suelto, capaz de cualquier cosa con tal de conseguir su minuto de gloria. Como periodista había vivido situaciones que iban desde lo grotesco hasta lo dramático. No sabía cómo catalogar aquel momento.

–¿Puede usted acreditar lo que acaba de afirmar?

El caballero movió los hombros de forma casi imperceptible.

–Por una serie de circunstancias familiares, me resultaría muy complicado.

«Acaba de cantar la gallina. Este tipo es un farsante», pensó Pierre. Lo miró de nuevo a los ojos antes de preguntarle con dureza:

–¿Puede o no puede?

–Ya le he dicho que me resultaría muy complicado.

Gabriel d'Honnencourt respondía con serenidad. Pierre pensó que se trataba de alguien que buscaba a un periodista para contarle la más sensacional de las historias. Cuando llegaban a ese punto, las reacciones eran, invariablemente, las mismas: nervios, respuestas desagradables, poca educación y algún exabrupto del tipo «¡Usted se lo pierde!», «¡Qué se habrá creído!». O algo más grosero. Sin embargo, este sujeto no perdía la compostura.

–En ese caso, lamento decirle que no dispongo de tiempo para elucubraciones y fantasías. –Era consciente de que lo estaba provocando–. Además, no quiero que esa terrible maldición, a la que se ha referido, vaya a caer sobre usted.

«Ahora vendrá el grito», pensó Pierre.

–Le pido disculpas, señor Blanchard. Si me he acercado a usted es porque, a lo largo de su intervención, me ha inspirado una gran confianza, pero veo que me he equivocado. Lamento haberle hecho perder unos minutos de su precioso tiempo; tenga la completa seguridad de que no era ésa mi intención. Buenas noches.

Acababa de desarmarlo. Dio media vuelta y comenzó a alejarse. Apenas había dado unos pasos cuando se volvió y, como si tratase de justificarse, comentó:

–Por lo que respecta a la maldición, he de decirle que a estas alturas ha perdido buena parte de su valor, porque en diversas ocasiones han salido a la luz algunos aspectos de nuestro secreto. Hace algún tiempo que ciertas publicaciones han revelado datos sueltos de esta historia que durante siglos varias familias hemos mantenido oculta.

–¿A qué se refiere? –Pierre hizo la pregunta a modo de desagravio por su anterior desconsideración.

–¿No ha oído usted hablar de la Hermandad de la Serpiente?

Si le hubiese explotado una bomba en las manos, el efecto no habría sido más devastador. Se quedó tan desconcertado que no acertaba a guardar los papeles en la cartera. Gabriel d'Honnencourt ya se alejaba de nuevo. Solamente un estúpido dejaría marcharse a aquel hombre. Tuvo la certeza de que no buscaba notoriedad. Lo llamó por su nombre.

–¡Gabriel, disculpe! ¡Disculpe un momento! –Pierre bajó de la tarima y se acercó a él. La sala estaba ya casi vacía–. Le presento mis excusas. Supongo que después de la conferencia y de un coloquio tan... tan...

–... tan intenso –le ayudó D'Honnencourt.

–Eso es... tan intenso. Me gustaría, si a usted no le importa, que mantuviésemos una conversación tranquila y relajada. ¿Tiene algún inconveniente?

–En absoluto.

–¿Sería tan amable de facilitarme un número de teléfono para ponerme en contacto con usted?

–Prefiero ser yo quien le llame.

Pierre sacó del bolsillo superior de la americana una tarjeta de visita, anotó el número de su teléfono móvil y se la entregó.

–Ahí tiene mi dirección postal y electrónica, el número de teléfono de casa y también le he anotado el de mi móvil.

Gabriel leyó la tarjeta.

–¿Cuándo le viene bien que lo llame?

Pierre se acordó de Madeleine. La conferencia le había servido para alejarla un rato de su cabeza. Lo mejor sería posponer el encuentro un par de días, hasta que pudiese acceder al texto original de *Le Serpent Rouge.*

–¿Le vendría bien el próximo viernes por la mañana?

–Lo llamaré a las once.

Se quedó inmóvil mientras lo veía alejarse; no sabía si se trataba de una sugestión, pero sus andares le parecieron principescos. Volvió a la mesa, guardó los papeles en la cartera y hasta él se acercaron su anfitrión y los dos individuos con quienes charlaba.

–¿Un admirador? –preguntó el devoto de Occitania.

–Una persona interesada en los asuntos que hemos abordado esta noche.

–Quiero felicitarle por su conferencia, señor Blanchard. Ha sido magistral.

–No exagere.

–No exagero. Además el coloquio ha sido de lo más interesante. –Trazaba arcos ampulosos con las manos–. No, más que interesante, ha sido brillante.

–Muchas gracias, es usted muy amable.

El presidente se volvió entonces hacia los dos individuos que lo acompañaban.

–Permítame que les presente. Estos caballeros son el inspector Gudunov y el agente Duquesne.

Pierre notó cómo se le alteraba el pulso. Trató de disimular la impresión y alargó la mano para estrechar las de los policías.

–Encantado.

–¿Desearían pasar a mi despacho? –ofreció el presidente.

Pierre miró alternativamente a los tres hombres.

–¿Qué ocurre?

–¿Podemos hablar en privado? –propuso Gudunov.

–¿Qué ocurre? –insistió Pierre.

–¿Conocía usted a la señorita Tibaux?

Sintió cómo se le formaba un nudo en el estómago. La pregunta salió de su boca casi por inercia.

–¿Ha dicho usted «conocía»?

Los dos policías intercambiaron una mirada. El tono del comisario al responder parecía indicar que temía que alguien más escuchara sus palabras.

–La señorita Tibaux ha muerto.

Le invadió una sensación de agobiante bochorno a la vez que los poros de su cuerpo se abrían; y sintió cómo la camisa se le mojaba. Había roto a sudar.

–¿Se siente mal? –le preguntó Gudunov.

–Creo que deberían pasar a mi despacho –insistió el presidente–. Allí estarán mucho más cómodos. Acompáñenme, por favor.

Pierre lo siguió en silencio al despacho, un lugar pequeño pero acogedor. Una especie de santuario, donde quedaba patente la admiración que los miembros de la asociación sentían por un famoso occitano: Berenguer Saunière, el cura de Rennes-le-Château. Libros sobre el famoso abate y el misterioso lugar llenaban dos estanterías. Una fotografía de Saunière ocupaba uno de los testeros. Llamaba la atención un cartel con una horrible escultura que representaba al demonio Asmodeo; se trataba de una reproducción de la imagen del diablo que había en la parroquia de Rennes-le-Château, sosteniendo la pila del agua bendita.

–¿Desea un poco de agua, señor Blanchard? –preguntó solícito el presidente, que también se había puesto nervioso.

–Sí, por favor.

Dejó caer la cartera en el suelo y se desplomó en un sillón. Gudunov aprovechó la ausencia del presidente para comentar:

–Veo que le ha impresionado la noticia de la muerte de la señorita Tibaux.

Pierre movió la cabeza, en un gesto difícil de interpretar.

–Había quedado con ella esta mañana.

–¿Por alguna razón especial?

–Iba a mostrarme un legajo que había despertado mi interés. Exactamente ¿qué le ha ocurrido a Madeleine?

El policía pareció no escuchar la pregunta.

–¿Era amiga suya?

–Sí.

–Lamento decirle, señor Blanchard, que a su amiga la han asesinado.

–¿Que han asesinado a Madeleine? ¡Eso... eso no es posible!

Se dio cuenta demasiado tarde de que acababa de decir una tontería.

–Desgraciadamente, sí lo es.

La llegada del dueño del despacho interrumpió la conversación. Traía una bandeja con varias botellas pequeñas y un par de copas. Vertió agua en una de ellas y se la ofreció a Pierre, quien apenas dio unos pequeños sorbos. No podía tragar, como si la garganta se le hubiese cerrado. A lo largo de su azarosa existencia, sólo la noticia de la muerte de sus padres le había afectado de manera similar.

–Dispongan del despacho a su comodidad y tómense el tiempo que necesiten; yo esperaré fuera.

El presidente salió cerrando la puerta con suavidad, y dejó a los tres hombres solos, en un ambiente donde se percibía tensión.

Gudunov, que hasta entonces había permanecido de pie, se sentó en un sillón frente al periodista.

–¿Cómo ha sido? –preguntó Pierre.

–Alguien la ha estrangulado.

–¿Estrangulada?

El comisario asintió.

–¿Cuándo ha ocurrido?

–A falta de la confirmación definitiva que nos proporcionará la autopsia, el forense opina que debió de morir entre las once y las doce de la noche de ayer.

–¿Le importa que fume?

El comisario negó con un movimiento de mano y Pierre ofreció su paquete de Gauloises, pero Gudunov lo rechazó: llevaba varias semanas luchando contra el tabaco y había logrado un relativo éxito. Fumaba de forma controlada, solamente unos cigarrillos en momentos establecidos de antemano. Pierre encendió un cigarrillo, le dio una profunda calada y expulsó el humo lentamente.

–¡Pobre Madeleine! ¿Por qué le habrán hecho una cosa así?

–Eso es, precisamente, lo que tratamos de averiguar. ¿Tendría inconveniente en respondernos a una serie de preguntas?

Estaba anonadado, sin fuerzas. No podía creer que apenas veinticuatro horas antes estuviesen charlando tranquilamente mientras cenaban en el *bistro*. Se reprochó no haberla acompañado a casa, tal vez... Dio mecánicamente otra calada al cigarrillo, y estaba ausente cuando escuchó cómo Gudunov le repetía la pregunta.

–¿Tendría inconveniente, señor Blanchard, en respondernos a una serie de preguntas?

–Pregunte –indicó él con desgana.

Al verlo tan abatido el comisario supo que tenía que aprovechar el momento. Su larga experiencia le había mostrado que los interrogatorios eran mucho más eficaces si el interrogado bajaba la guardia.

–Si lo desea, podemos dejarlo para mañana; veo que la noticia le ha afectado profundamente –mintió.

–Ayer, poco antes de esta hora –miró su reloj–, estábamos cenando en un restaurante de la Cité.

–¿En qué restaurante?

–Se llama Le Vieux Bistro; está junto a Notre-Dame, en la rue de Cloître.

Duquesne ya tenía en sus manos una libretilla donde tomaba nota.

–¿Se veían con frecuencia?

–La verdad es que no. Madeleine y yo nos conocíamos hace años, desde la época de la universidad, y nunca perdimos el contacto. Quizá la temporada más larga sin vernos ha sido esta última.

–¿Qué quiere decir?

–Que hasta que me llamó ayer, llevábamos bastantes meses sin vernos.

–¿Dice usted que lo llamó la señorita Tibaux?

–Así es.

–¿A qué hora?

–No lo recuerdo con exactitud, pero serían más o menos las once de la mañana.

–Disculpe que me inmiscuya, pero...

–No se preocupe.

–¿Lo llamó por alguna razón especial?

–Bueno, soy periodista y me dedico a hacer reportajes de investigación. Madeleine creyó que podía facilitarme material para una buena historia. Algo que podía ser del interés del público.

–¿Alguna historia macabra? ¿Algún asunto turbio?

Dio un sorbo al agua de su copa. En parte para ganar unos segundos porque las preguntas le habían hecho reaccionar y se sentía en una encrucijada: o lo contaba todo o era selectivo y no hablaba de *Le Serpent Rouge*. Decidió ser cauto, pero no mentir. Ese equilibrio era, por principio, una buena táctica con la policía.

–En realidad, se trataba de un legajo que había en la sección que ella dirigía en la Biblioteca Nacional, la sección Y, dedicada a manuscritos y libros raros. Un asunto relacionado con los templarios... Ya sabe... Los caballeros medievales están de moda. Los encontramos por todas partes, en las revistas, en los libros, en el cine... Se han convertido en una mina de oro.

–¿Le importaría, señor Blanchard, contarme qué ocurrió después?

Antes de empezar el relato, apagó la colilla en un pequeño cenicero de cristal. Después explicó, en medio de numerosas interrupciones provocadas por las preguntas del comisario, lo ocurrido hasta que se despidió de Madeleine sobre las diez de la noche, cuando ella le indicó que no la acompañase a casa y que tomaría un taxi. Nada mencionó acerca de lo relacionado con el contenido del legajo 7JCP070301.

–¿Vio cómo subía al taxi?

–No, me dijo que tomaría uno en la rue de Saint Jacques y no dejó que la acompañase.

–¿Cree que tuvo alguna razón especial para rechazar su ofrecimiento?

El periodista se encogió de hombros.

–No lo creo, supongo que pensó que la parada estaba muy cerca y que no habría problemas.

Después contó que no había aparecido por la cafetería de la biblioteca donde habían quedado a las ocho y media, y que le extrañó mucho porque Madeleine era obsesiva con la puntualidad. Luego se refirió al desagradable encuentro con Vaugirard y no escatimó descalificaciones al bibliotecario. También contó que la había llamado varias veces a su teléfono móvil, pero que siempre saltaba el buzón de voz.

–Creo recordar que en la primera de las llamadas le dejé un mensaje grabado.

Pierre no se percató de que al referirse a las llamadas telefónicas los policías intercambiaron una mirada.

–¿Está seguro de que el señor Vaugirard llamó a la casa de la señorita Tibaux?

Meditó la respuesta. Antes de contestar encendió otro cigarrillo; la atmósfera del pequeño despacho empezaba a cargarse. Gudunov estaba pasándolo mal porque la tentación le resultaba casi insoportable.

–Creo que sí, al menos marcó un número del que no recibió contestación. Creo que llamaba a casa de Madeleine o, al menos, eso me dio a entender.

Gudunov dejó que transcurriesen unos segundos, como si procesase la información recibida.

–Después de que la seguridad de la Biblioteca Nacional lo acompañase a la calle, ¿qué hizo?

Pierre miró al comisario. Empezaba a sentirse molesto porque, conforme avanzaban, las preguntas del policía se parecían más a un interrogatorio y tenía la sensación de que lo trataban como a un sospechoso. Decidió ser muy escueto. Explicó su desazón porque Madeleine no llegaba y no sabía cómo ponerse en contacto con ella.

–He pasado toda la jornada preparando la conferencia que acabo de pronunciar.

Gudunov metió el dedo por el cuello de la camisa, tratando de aflojar la presión.

–¿No sabía dónde vivía la señorita Tibaux?

–No, se mudó hace poco más de un año y no conocía su dirección. Hace unos meses perdí mi agenda. Conservaba el número de su teléfono en la memoria de mi móvil.

El comisario hizo una mueca que, en esta ocasión, a Pierre no le pasó desapercibida.

–Durante la cena, ¿la señorita Tibaux le hizo algún comentario acerca de que hubiese recibido amenazas o presiones? ¿Algo que le hiciese albergar algún tipo de temor?

–En absoluto, Madeleine se mostró relajada en todo momento. Recuerdo que bromeamos acerca de quién debía pagar la cuenta. Si hubiese albergado algún temor, posiblemente no hubiese rechazado mi ofrecimiento de acompañarla, ¿no cree?

Gudunov, con muchos años de oficio a las espaldas, ofrecía un rostro inexpresivo.

–Está bien, señor Blanchard, quiero agradecerle su colaboración y pedirle disculpas por las molestias, pero como comprenderá estamos cumpliendo con nuestra obligación. –Sacó una tarjeta y se la entregó–. Si recordase algo, no dude en llamarme a ese teléfono, a cualquier hora del día o de la noche; mejor peque por exceso que por defecto, aunque a usted le parezca algo nimio y sin importancia.

Pierre asintió con ligeros movimientos de cabeza, mientras leía la tarjeta. El comisario Gudunov estaba adscrito a una comisaría cercana a su domicilio, en el boulevard Haussmann, cerca del teatro de la Ópera.

–Muy bien. ¿Puedo hacerle unas preguntas?

Ahora era él quien sorprendía al comisario.

–¿Unas preguntas...?

–Sí.

–Por supuesto, por supuesto, hágalas.

–¿Cómo han descubierto el... –le costó trabajo pronunciar la palabra– el cadáver de Madeleine?

–Lo encontró la asistenta.

–¿Esta mañana?

–No, ha sido por la tarde, a eso de las cuatro. La mujer empieza a trabajar a esa hora.

–¿Por qué razón han venido a buscarme?

–Porque, como usted ha dicho, dejó grabado un mensaje en el buzón de voz del teléfono de la señorita Tibaux. Ésa es la vía por la cual lo hemos localizado; como comprenderá, no nos ha resultado excesivamente complicado. El mensaje que grabó dejaba claro que ella no había acudido a una cita que tenía con usted y también nos informó de que habían quedado en la cafetería a primera hora de la mañana. Hicimos las cuentas y, efectivamente, tal como usted nos ha confirmado, nos salían las ocho y media. Usted hablaba del tiempo de retraso y nos bastó con mirar la hora en que grabó el mensaje.

–¿Cómo han averiguado que estaba aquí?

–Su compañía telefónica nos ha facilitado su dirección y usted le dijo al portero de su inmueble que iba a dar una conferencia a la Asociación de Amigos de Occitania.

Gudunov se levantó y también lo hizo Duquesne, quien no había abierto la boca pero no había dejado de tomar notas. Pierre también se puso en pie. Se estrecharon la mano y el comisario le reiteró su agradecimiento, recordándole de nuevo que no tuviese reparo en llamarlo si recordaba algún detalle, por muy insignificante que fuese. Pierre asintió; se sentía tan cansado como si hubiese pasado una jornada entera caminando por el desierto.

El comisario tenía ya la mano en el picaporte de la puerta cuando se volvió para preguntar:

–¿Le dice a usted algo una serpiente roja?

Tuvo que hacer un esfuerzo para controlarse, pero su larga experiencia le había enseñado a dominar sus emociones. Ahora, tras el impacto de la noticia de la muerte de Madeleine, podía estar cansado, pero alerta.

Pensó que Gudunov le estaba tendiendo una trampa. Había esperado a que se relajase, viendo cómo se marchaba, para sorprenderlo. Sólo aquello podía explicar que no le hubiese hecho la pregunta a lo largo del interrogatorio.

Decidió que, si no le había contado nada acerca del legajo, no era conveniente revelarle que ése era su rótulo. Además, le molestaba la actitud de Gudunov. No le gustaba que dejase caer la pregunta cuando todo parecía concluido. Aparentó hacer memoria.

–¿Ha dicho una serpiente roja?

–Sí, ¿le suena de algo?

Pierre negó.

–¿Por qué me lo pregunta?

–Porque junto al cadáver de la señorita Tibaux hemos encontrado un pequeño pergamino donde aparece dibujada, con tinta roja, una serpiente. El asesino ha querido dejar un mensaje, aunque por el momento ignoramos quién puede ser su destinatario.

5

JERUSALÉN, COMIENZOS DEL AÑO 1126

Los cuatro hombres se preparaban para tomar el relevo de sus compañeros. Acababan de terminar su colación que, al ser tiempo de cuaresma, consistía en unos arenques secos, un puñado de dátiles y medio azumbre de vino. Habían transcurrido siete años desde que comenzaron a excavar en aquellos subterráneos, donde removían sin descanso montañas de tierra con tanta paciencia que, como decía Archimbaud, hacía tiempo que habían superado los límites soportados por Job.

Tras el impacto que produjo su instalación en las ruinas del Templo de Salomón, las habladurías perdieron fuerza. Colaboró a ello el que llevasen una vida discreta, aunque a cierta gente le llamaba la atención que no hubiesen admitido en aquellos siete años a un solo miembro en su cofradía. Se había extendido el rumor de que todo se debía a que el nueve era un número mágico, que respondía a la fórmula sagrada de tres veces la Trinidad. Los que llamaban a su puerta recibían siempre idéntica respuesta: «Hermano, estamos en un tiempo de preparación, un adviento. A su debido tiempo tu solicitud será estudiada con la mejor de las disposiciones».

También resultaron proféticas las palabras del abad Gormondo: el manto protector de Sión los cubrió de las insidias de quienes los acusaban de no cumplir su obligación de proteger a los peregrinos que acudían a prosternarse ante los Santos Lugares. En ningún momento pasaron de ser comentarios pronunciados en voz baja, a pesar de que los caminos estaban infestados de bandidos y eran muchos los musulmanes que desde sus refugios, en las zonas montañosas, atacaban a los peregrinos. Particularmente peligroso resultaba el que conducía de Jaffa a Jerusalén.

A lo largo de aquellos años, por una circunstancia casual, tomó cuerpo el nombre con que empezó a conocérseles. La gente se refería a ellos como los caballeros del Templo o simplemente templarios, en alusión al lugar que les servía de residencia y donde permanecían encerrados a cal y canto. Muchos creían que los templarios se dedicaban a la oración y llevaban una vida casi contemplativa. También era cierto que circulaban extraños rumores acerca de sus actividades en un lugar como el antiguo Templo de Salomón, pero nadie podía imaginar las duras jornadas de trabajo que acumulaban a sus espaldas.

–Prepara las antorchas y los candiles, Gundemaro –indicó Hugo de Payens, cuya barba ya blanqueaba–. Nuestros hermanos estarán ansiosos por que les demos el relevo.

Mientras llenaba las cazoletas de aceite, los demás se dispusieron para descender por el pozo de veintitrés codos que los conducía al laberinto de galerías que habían abierto a pico y pala.

Un ligero resplandor les anunció la presencia de uno de sus compañeros y hasta sus oídos llegó una voz crispada, que llamaba a quien todos consideraban su jefe.

–¡Hugo, Hugo!

Pensaron en un accidente. A lo largo de aquellos años habían sufrido numerosos derrumbes, cuatro de ellos de consideración, aunque siempre salieron bien parados; a lo sumo algunas contusiones y rasguños. La Divina Providencia los había protegido, al menos hasta entonces.

Hugo de Payens se asomó a la boca de la abertura por la que descendían al submundo que se abría bajo los cimientos del célebre Templo.

–¿Qué sucede?

–¡Venid, venid! ¡Venid todos, deprisa!

–¿Qué ha ocurrido?

–Hemos encontrado un escondite, un lugar disimulado. Creo... creo...

–¿Qué es lo que crees? –lo apremió De Payens, mientras intercambiaba inquietas miradas con los otros hombres–. ¡Habla, por el amor de Dios!

–Creo que hemos encontrado lo que buscamos.

Lo dijo con un hilo de voz, como si no creyese en absoluto en sus palabras.

Los cuatro templarios descendieron por la escala de cuerda con la pericia de quien realiza una tarea cotidiana.

–¿Qué habéis encontrado?

–Es algo nuevo; no hemos querido hacer nada hasta que todos estuviésemos presentes. –Su voz, embargada por la emoción, era poco más que un murmullo.

–¡Vamos! –ordenó De Payens–: ¡No perdamos un instante!

Recorrieron las apuntaladas galerías que se abrían en las entrañas del monte Moriah, el lugar donde la tradición señalaba que tuvo lugar la terrible prueba vivida por el patriarca Abraham cuando Yahveh le ordenó sacrificar a su hijo Isaac. También era el lugar donde el profeta Mahoma alzó el vuelo para abandonar la vida terrenal y ascender a los cielos. A la luz de los candiles, las pétreas paredes proyectaban reflejos tenebrosos. Caminaban en fila y a toda prisa, en silencio.

Ninguno quería hacerse ilusiones porque la alarma había saltado en numerosas ocasiones, demasiadas; por ello un sentimiento de duda les atenazaba. Mientras avanzaba, Hugo de Payens rememoraba el inicio de la misión que les condujo a abandonar sus hogares, renunciar a los bienes terrenales y a sus propias familias para emprender la tarea que les encomendara fray Bernardo de la Saure.

Todo comenzó en una lejana tarde de primavera en la ciudad de Troyes, cuando el monje cisterciense, a quien en el occidente cristiano empezaban a conocer como Bernardo de Claraval, en honor al cenobio que había fundado bajo la protección del conde de Champaña, les contó una extraña historia relacionada con un viejo manuscrito.

André de Montbard también notaba cómo se agitaba su respiración mientras recorría los túneles excavados con sus manos. Recordaba su primera llegada a Tierra Santa, acompañando al conde Hugo de Champaña. Jamás hubiese imaginado que aquel viaje, no recordaba si habían transcurrido diez u once años, iba a cambiar su existencia. Entonces ignoraba la razón por la que formó parte del menguado séquito que acompañaba al conde y ahora, aunque no tenía certeza, albergaba fundadas sospechas sobre la causa por la cual cruzó el Mediterráneo por primera vez. A pesar del tiempo transcurrido, aún resonaban frescas en su memoria, como si las hubiese escuchado la víspera, las palabras que susurró a su oído Esteban de Harding, prior de los cistercienses, en el momento de la despedida de su tierra natal: «Mira mucho, habla poco y recuerda todo lo que veas y oigas».

Entonces no calibró su verdadero significado.

Acompañó a su señor a todas partes, incluso a secretas reuniones en lugares apartados. En aquel viaje todo estaba rodeado de una aureola de misterio. Rememoró encuentros con extraños personajes, visitas a lugares inhóspitos, conversaciones en voz baja sobre asuntos que le parecían arcanos. Se movieron, como si fuesen anónimos comerciantes, por mercados y zocos, buscaron información e hicieron comprobaciones; todo de forma sigilosa, sin dejar huella de su paso. Siguió al pie de la letra la recomendación del prior, aunque apenas entendía nada. Más aún, se le escapaba casi todo.

Permanecieron cerca de tres meses recorriendo Palestina y pronto descubrió que no era la piedad el principal impulso que había llevado a decenas de miles de hombres, procedentes de los más apartados rincones de la Europa cristiana, hasta los Santos Lugares. Durante aquellas semanas el conde buscó información, realizó comprobaciones, se cercioró de algunos datos y sacó conclusiones. Entonces ignoraba lo que su señor se traía entre manos. Lo único que sabía era que cumplía una misión tras la cual estaba su sobrino Bernardo y que tenía relación con cierto texto contenido en un antiguo manuscrito.

El viaje de regreso tampoco estuvo exento de misterio. Cuando tomaron tierra en el puerto de Brindisi, después de tres semanas de viaje en una galera chipriota, poco más que un cascarón que en dos ocasiones estuvo a punto de zozobrar, se apartaron de la ruta habitual que conducía a viajeros y a peregrinos en su camino hacia el norte. Encaminaron sus pasos hacia Calabria, hasta un imponente monasterio que más parecía fortaleza que cenobio, perdido en las fragosidades montañosas de aquella accidentada región. Estaba construido sobre un roquedo más a propósito para que anidasen las rapaces que para llevar una vida de rezos y meditaciones.

Allí no se llegaba por casualidad, había que ir por alguna razón especial.

El lugar tenía algo de inquietante, al igual que sus moradores. Una extraña comunidad, mitad monjes y mitad eremitas, que cubría su cuerpo con raídas vestiduras y se alimentaba de lo que les ofrecía la madre naturaleza y de las provisiones que recibían, una vez al mes, junto a la visita de una comisión de los campesinos del valle. Unas hogazas de pan, algo de queso y requesón, miel, nabos y verduras según el tiempo, también pescado en salazón, a modo de diezmo. Las cantidades no debían de ser muy abundantes a tenor del aspecto que ofrecía la comunidad. Se les veía a todos enjutos de carnes, aunque sus cuerpos parecían fibrosos y fuertes.

La biblioteca monacal le causó una profunda impresión; era la más grande de cuantas había visto en su vida, aunque su experiencia en ese terreno resultaba más bien escasa. Pudo contar no menos de cuatrocientos manuscritos, apilados en las baldas que llenaban las paredes. Todos encuadernados en recio pergamino, y muchos de ellos adornados con preciosas miniaturas, que era el principal y casi exclusivo trabajo en que se ejercitaban aquellos frailes, despreocupados de otras actividades más allá de los rezos establecidos por las horas canónicas. La biblioteca era el único lugar del recinto convenientemente protegido, cuidadosamente ordenado y limpio en extremo. Muchos de los textos estaban escritos con extraños caracteres que correspondían a la lengua de los judíos y sobre todo a la de los musulmanes, y con cuyas grafías había tenido contacto durante su estancia en Tierra Santa, aunque sin alcanzar los conocimientos necesarios para descifrar su significado. Allí pasaron varios días, compartiendo con los monjes el hambre habitual entre los miembros de la comunidad. El conde empleó el tiempo en mantener largas conversaciones, siempre apartadas de cualquier oído, con el abad del monasterio y con uno de los copistas.

Tuvieron que pasar varios años para que las vivencias de entonces tomasen forma y, poco a poco, comprendiese algunas de las claves y el verdadero alcance de un viaje tan extraordinario. El conde estaba cumpliendo una misión: comprobar, hasta donde le fuera posible, la veracidad del contenido del manuscrito que había llegado a manos de su sobrino.

Ahora el recorrido por las galerías, tantas veces realizado que casi podía hacerlo con los ojos vendados, le resultó eterno. Cuando llegaron al lugar donde sus compañeros aguardaban, encontraron a éstos tensos y sudorosos. Ante ellos se apilaban unos montones de cascotes que, con gran esfuerzo, habían apartado hasta dejar limpia una losa pulida y encajada en una pared de roca. Era de un negro brillante, un basalto pulimentado en el que no había dejado su huella el paso del tiempo.

–¿Qué es? –preguntó un jadeante Hugo de Payens.

–No lo sabemos. Estaba oculta tras una espesa capa de mortero y un muro de mampostería –respondió uno de los hombres, señalando los montones de escombros.

Se acercó para inspeccionar las juntas, que encajaban a la perfección. Palpó la piedra con suavidad, como si con la caricia pretendiera arrebatarle el secreto que ocultaba.

–¿Quién tiene el plano?

–Aquí está.

Uno de los caballeros, aunque por su aspecto más parecían gañanes, desplegó el ajado y manoseado pliego confeccionado conforme abrían túneles y galerías. A la mortecina luz de los candiles, Hugo de Payens lo escrutó con detenimiento. Los ocho hombres aguardaron expectantes hasta que preguntó:

–¿Alguien puede situar con precisión el lugar donde nos encontramos?

Los hombres intercambiaron miradas.

–Creo que estamos a una profundidad de veintiocho o tal vez veintinueve codos –indicó Archimbaud–, y sobre nuestras cabezas debe de alzarse la mezquita de Omar. Es posible que la Cúpula de la Roca quede a nuestra derecha, a no más de diez pasos. Para estar más seguros, podríamos medir con la cadena a partir de uno de los lugares que tenemos identificados.

–¿Estás seguro de que la profundidad es la que has dicho?

–Sí, codo arriba codo abajo.

–Muy bien, luego mediremos con la cadena, pero primero vamos a ver qué hay al otro lado de esa puerta.

El pequeño espacio donde se encontraban los hombres era

poco más que un ensanchamiento de la galería por la que se accedía hasta él. La oscilante luz de los candiles proyectaba sombras espectrales.

–Lo haremos por parejas y en turnos cortos; picaremos de arriba abajo –ordenó Hugo de Payens.

Dos de los hombres que habían llegado de refresco comenzaron el trabajo golpeando con unos pesados picos en la parte superior de la losa, mientras que los demás se echaron hacia atrás, dejándoles espacio para moverse sin agobios. Muy pronto los golpes adquirieron una cadencia perfecta: un pico subía y otro bajaba, como si alguien les marcase el ritmo. Poco a poco los bordes de la piedra empezaron a descarnarse y, de vez en cuando, saltaban cortantes esquirlas, pero la losa, cuyo grosor todavía no era posible determinar, parecía desafiarlos.

No se desanimaron, sabían por experiencia que los primeros golpes eran siempre los menos agradecidos. Cuando abriesen brecha, podrían ayudarse con palancas y todo resultaría más fácil.

Los relevos se sucedieron durante cinco largas horas en turnos cada vez más breves, hasta que un certero golpe produjo un resquebrajamiento. A pesar del cansancio, de las gargantas de los hombres brotó un grito de salvaje alegría.

La grieta permitió el uso de palancas y dos horas después el negro bloque de basalto empezaba a ceder. Comprobaron el grosor: pie y medio. Moverlo tampoco resultaría fácil, pero les alentaba saber que estaban próximos a culminar el esfuerzo. Cuando la pesada piedra quedó aislada, se valieron de sogas y barras de hierro hasta que lograron que girase lo suficiente para permitir el paso de un hombre. Fue André de Montbard quien con una de las antorchas iluminó el interior: una cámara de pequeñas dimensiones excavada en la roca, eso era lo que protegía la negra losa de basalto. El templario percibió el olor de los siglos.

–¿Qué se ve? –escuchó a su espalda.

–Un cubículo y creo... creo...

Su boca temblaba y le costaba trabajo pronunciar las palabras, embargado por la emoción. André de Montbard no daba crédito a lo que aparecía ante sus ojos, después de tantos años de esfuerzos, penalidades y decepciones. Lo que creía ver en la penumbra del lugar era la recompensa a la fe que los había mantenido firmes.

–¿Qué ves? –insistió alguien.

–Creo que es un arca.

Cayó de rodillas y los demás lo imitaron. Entonó un *Pater noster* que rezaron llenos de devoción.

–André –ordenó De Payens cuando se apagaron los últimos «amén»–, serás tú quien cruce ese umbral para darnos la nueva.

André de Montbard se puso en pie y miró a sus compañeros: todos estaban emocionados.

Bernardo de Claraval los había elegido personalmente para aquella misión secreta en la que durante años habían trabajado a ciegas, buscando algo de lo que el conde de Champaña había tenido conocimiento y que fue lo que le condujo a Tierra Santa para comprobar, hasta donde fuese posible, que el contenido del viejo pergamino, adquirido a un mercader judío, no era la fantasía de un escriba. Todos los datos que entonces recopiló apuntaban a que era cierto, aunque únicamente tendrían la certeza cuando encontrasen lo que allí estaba señalado.

De Montbard tomó la antorcha y penetró en la pequeña estancia. Antes de entrar, aspiró todo el aire que admitieron sus pulmones. Había escuchado numerosas historias en las que se contaba que se protegían secretos dejando sustancias ponzoñosas en una estancia cerrada. Adosado a una de las paredes, efectivamente, había un arcón forrado con planchas de hierro. Se acercó lentamente, como si esperase que, de un momento a otro, se produjese algo inesperado. Alzó la antorcha y comprobó que no había nada más.

Con su mano libre tiró del asa que había junto a la cerradura, esperando resistencia, pero la tapa se abrió suavemente, mostrando su contenido. Al verlo, el templario se echó hacia atrás, antes de quedar paralizado.

–¡Por la Santísima Virgen!

6

Lo primero que hizo al llegar a su casa fue buscar en internet información sobre la Serpiente Roja. Sabía que no era una fuente fiable, pero en aquel momento no tenía nada mejor a mano.

Encontró varias referencias que apuntaban a una dinastía cuyos miembros habían llegado hasta el presente, enroscándose a través de los siglos como los anillos de una serpiente. En una se afirmaba que el color rojo era una alusión a una práctica consanguínea mantenida a lo largo del tiempo porque la fortaleza de ese linaje radicaba en la pureza de su sangre. Otras se referían, con bastante imprecisión, a una especie de hermandad secreta, cuyos fines no aparecían del todo claros. Las leyó todas y muy pronto se encontró sumido en un mar de dudas. También encontró referencias muy vagas a la Hermandad de la Serpiente, que algunos denominaban la Fraternidad de Oficus.

Estaba adentrándose en un territorio donde sus escasos conocimientos de historia hacían que se perdiese con facilidad. Si quería avanzar en aquel laberinto necesitaba ayuda, y sabía dónde podría encontrarla o por lo menos dónde podía intentarlo. Miró la hora y comprobó que era demasiado tarde; faltaba poco para la medianoche.

Dudó un momento, pero finalmente se decidió. Lo peor que podía ocurrirle era que le soltase algunas maldiciones y le lanzase una sarta de improperios. Todo era cuestión de aguantar el chaparrón, pero quizá mereciese la pena. Pensó en la mejor forma de abordar la situación e improvisó una estrategia.

Marcó el número y se recreó viendo cómo el dial de su viejo teléfono retornaba a la posición inicial cada vez que marcaba un dígito. El sonido le parecía agradable y tranquilizador. El aparato era casi una antigüedad, tenía más de medio siglo. Lo consiguió en Senegal, donde hasta hacía pocos años seguían en funcionamiento. Ahora estaban de moda y France Telecom los fabricaba para caprichosos y nostálgicos, pero el suyo era genuino. Esperaba que los tonos de llamada se alargasen, por ello le sorprendió que al tercero surgiese la voz cantarina de la medievalista.

–*Hello?*

–¡Margot, soy Pierre! ¡Pierre Blanchard!

–¡Oh, Pierre! ¡Qué alegría! Pero... ¿no te parece un poco tarde? Van a dar las once.

«¿Las once?» Por un momento pensó que Margaret estaba algo despistada, pero se dio cuenta de que en Londres era una hora antes. ¡Tampoco era tan tarde!

–Bueno... verás... Lamento llamarte a esta hora... Si lo hago, es porque... porque tengo un asunto de extrema gravedad. Es urgente que hable contigo.

–¿Algún problema?

–No exactamente, aunque necesito que me ayudes. Pero primero cuéntame, ¿cómo estás?

–Muy bien, estupendamente. Tengo una semana tranquila porque nos encontramos en vísperas de exámenes y los alumnos dejan de asistir a clase para concentrarse en la preparación de las pruebas. Mañana, a primera hora, doy las últimas de este cuatrimestre y pasado salgo para Edimburgo; quiero estar unos días con mi madre. Un descanso, antes del asalto final. Y tú ¿cómo estás?

Pierre pensó que acababa de escuchar una buena y una mala noticia. Buena porque, si durante algunos días Margaret no estaba sometida a su horario de clases, podía proponerle que viniese a París; mala porque ya había decidido cómo emplear esos días.

–Estoy bien, pero con muchos agobios.

–¿Qué clase de agobios, Pierre? ¿Qué te ocurre?

Pensaba, a toda velocidad, en el mejor modo de convencerla para que se olvidase de su madre y de Edimburgo.

Margaret Towers era una reputada medievalista, una de las mayores expertas en historia del Próximo Oriente durante la Edad Media, especializada en las Cruzadas. Aunque Pierre no podría precisar su edad, debía de rondar los treinta y cinco años. Alta, ojos azules muy vivos, que reflejaban inteligencia y también la vehemencia de su temperamento. Tenía una larga melena rubia, ligeramente rizada, y un busto generoso. Era una mujer hermosa en el más amplio sentido de la palabra.

Seguía soltera, aunque no le habían faltado oportunidades para casarse. Pierre siempre recordaba a un columnista del *Daily Telegraph*, muy pagado de sí mismo, que hubiese dado cualquier cosa por hacerla su esposa. Pero para una mujer del temperamento de la escocesa –había nacido en Cockenzie, una localidad costera a orillas del estuario de Forth, cercana a Edimburgo– aquel individuo resultaba insufrible.

Sin inmutarse, Margaret afirmaba que el único deseo de Donald Burton era meterse entre sus muslos porque sólo pensaba en satisfacer su ego o sus pasiones. El gran amor de la doctora Towers era la historia, a la que se dedicaba con verdadera devoción.

Pierre trabó con ella la mejor amistad que se trajo de su paso por la capital británica. Admiraba a Margaret por su inteligencia y por su fuerte personalidad, incluida su vehemencia; era de ese tipo de gente que llamaba a las cosas por su nombre, sin dar muchos rodeos. Siempre se alegró de no haberse metido en la cama con ella, aunque hubo ocasiones en que vislumbró una remota posibilidad. Probablemente habría estropeado una hermosa amistad que, en la distancia, resistía el paso del tiempo.

–Margot –siempre la llamaba así–, necesito que vengas a París.

A través de la línea telefónica se produjo un silencio. Pierre no sabía cómo interpretarlo, pero al menos no había recibido una negativa inmediata. Supo que su petición estaba siendo procesada y cuando escuchó el tono de voz de la historiadora, intuyó que tenía algunas posibilidades.

–No puedo, Pierre, lo siento mucho. Como te he dicho, tengo previsto pasar unos días en Edimburgo. Se lo prometí a mi madre.

De nuevo el silencio se apoderó de la línea. Las expectativas de Pierre se desinflaban como un globo al que se le escapa el aire. Sin embargo, fue ella la que preguntó; eso le hizo albergar esperanzas.

–¿Para qué me necesitas en París?

Supo que se lo jugaba todo en un envite.

–Verás, ha llegado a mi poder una interesante documentación. Creo que puedo escribir una buena historia, pero necesito que alguien me eche una mano. Alguien como tú.

–¿Por qué alguien como yo?

–Porque esa historia tiene raíces medievales.

Tras unos segundos de un intenso silencio, que al periodista se le antojaron larguísimos, ella le dijo:

–En París hay mucha gente que puede prestarte ayuda, ahí tienes algunos de los más reputados medievalistas. Yo misma podría llamar a algún...

Pierre la interrumpió. Sabía que era el momento de apostar con fuerza, si quería que Margaret viniese a París.

–Pero yo quiero que lo veas tú; no me fío de cualquiera.

Ahora era la escocesa quien estaba rumiando las palabras de su amigo.

–¿Hay en esa historia algún misterio inconfesable? –bromeó Margaret.

Sin pretenderlo, acababa de proporcionarle un magnífico argumento.

–Por lo pronto ha habido un asesinato.

–¡Qué me dices! ¿Una historia de la Edad Media que se cobra una víctima en el París de nuestros días?

Pierre supo que había llegado el momento decisivo. Tenía que poner boca arriba la mejor carta con que contaba.

–¿Has oído hablar de la Serpiente Roja?

La respuesta llegó de inmediato.

–¡Eso es una bobada! ¡Una de las muchas pamplinas a las que intrigantes, aficionados y novelistas están dando pábulo para contar historietas con las que embaucar a la gente!

La sangre escocesa de Margaret acababa de manifestarse. Pierre pensó que había perdido la mejor de sus armas y no sabía cómo reaccionar. Era consciente de que el vehemente carácter de la historiadora resultaba imprevisible. No podía enredarse en una discusión en la que llevaba todas las de perder. Tomó la decisión de abordarla por la única vía que le quedaba: apelar a sus sentimientos.

–Quien ha muerto es una amiga mía. Trabajaba en la Biblioteca Nacional, se llamaba Madeleine Tibaux y era la jefa de la sección Y, la de libros raros. Esta tarde la policía ha encontrado su cadáver; la han estrangulado en su apartamento. Sobre su cuerpo, el asesino dejó un pergamino que tenía dibujada una serpiente roja.

Un nuevo silencio le indicó que sus palabras no caían en saco roto. Margaret estaba calibrando la información. Después de unos segundos muy largos, preguntó:

–¿Qué tiene que ver su muerte con una historia de la Edad Media?

–Ayer me llamó para ofrecerme información acerca de un legajo, unos documentos que llamaron su atención por las extrañas circunstancias que los rodean.

–¿Extrañas circunstancias?

–Sí, Madeleine estaba convencida de que detrás de esos papeles se escondía un misterio. Lo que ignoraba era que husmear iba a costarle la vida.

–Pero ¿hay alguna prueba de que existan relaciones entre su muerte y ese legajo?

–¡Ya lo creo!

Pierre no tenía certeza alguna de lo que acababa de afirmar, tan sólo se trataba de una posibilidad, aunque con grandes probabilidades de ser cierta, dado el dibujo que los asesinos habían dejado sobre su cadáver. Eso no podía ser fruto de la casualidad. En cualquier caso, consideró que una afirmación tajante era lo más conveniente para tentarla.

–Pues explícate porque sigo sin comprender qué tiene que ver su muerte con la Edad Media.

–El contenido del legajo, Margot. Una buena parte de la documentación se refiere a cuestiones relacionadas con el mundo medieval y ése es un terreno donde...

–¡Eres un liante! –lo interrumpió.

Pierre contuvo la respiración. No daba crédito a lo que acababa de escuchar.

–¿Eso quiere decir que te vienes?

–No... no lo sé...

–Te aseguro que París está precioso en esta época del año.

–Ya empezamos con la *grandeur* y las bobadas.

–Como sé que no te gustan los aviones, te espero en Calais a la hora que me digas.

–Un momento, un momento... yo no he dicho que vaya a ir.

–Por favor, Margot –casi suplicó.

–¿Cuál es el contenido de los documentos?

–Se trata de un material muy heterogéneo. –Pierre no quería decirle que eran cartas pegadas sobre cartulinas, páginas arrancadas de libros o folios mecanografiados–. Hay largas listas genealógicas y referencias al origen de la Orden del Temple y a los primeros tiempos del reino latino de Jerusalén.

–Repite lo que acabas de decir. –La voz de la historiadora le llegó con una entonación especial.

–Documentos sobre los orígenes del reino de Jerusalén después de que los cruzados conquistasen la ciudad. Hay referencias a la elección de Balduino como rey, después de la muerte de Godofredo... Godofredo..., no recuerdo el apellido.

–Godofredo de Bouillón, el primer rey de Jerusalén, aunque él rechazó ese título y prefirió ser nombrado Defensor del Santo Sepulcro. ¿Dónde me has dicho que estaban esos documentos?

–En la sección Y de la Biblioteca Nacional, donde están los manuscritos y los libros considerados raros.

–¿Se trata de documentos muy antiguos?

Carraspeó; sabía que Margaret Towers estaba profundizando en sus últimas líneas de defensa. Si le confesaba la antigüedad del legajo, todo su esfuerzo se vendría abajo. Conocía sobradamente las reacciones de aquella escocesa capaz de poner firmes a todo un regimiento de highlanders.

–No sabría decírtelo, no soy un experto.

Buscaba desesperadamente una salida que no fuese una mentira descarada.

–Pero ¿cuál es su aspecto? ¿Se trata de papel o de pergamino? ¿Cómo es la tinta? ¿Y la letra?

Sin saberlo, Margaret volvió a facilitarle un argumento.

–En realidad, lo que yo tengo son copias sacadas de un microfilm, y ahí no se pueden apreciar esas cosas; al menos yo no soy capaz de hacerlo.

Había sonado convincente. Decidió que era el momento de dar la última vuelta de tuerca.

–En realidad, tengo dos microfilms porque, según Madeleine, uno de los misterios que envuelven a este legajo es que, sin que nadie sepa la causa, se han producido alteraciones en él.

–¿Qué quieres decir con alteraciones?

–Que a lo largo de los años ha desaparecido parte del material a la vez que alguien ha incorporado nuevos documentos. Una mano oculta ha estado manipulándolo.

–¡Qué me estás diciendo! ¡Eso es increíble!

–Pero es cierto.

–¡Vaya unos controles que tenéis establecidos en vuestra Biblioteca Nacional!

Pierre supo que la partida estaba definitivamente ganada, a pesar de la irónica pulla con que ella se había despachado. Lo mejor era pasarla por alto y atornillar definitivamente el asunto, aprovechando la impresión que acababa de recibir.

–Se pueden apreciar los cambios y las alteraciones por el contenido de los dos microfilms, ya que pertenecen a fechas distintas. Entre uno y otro hay algunos años de diferencia y durante ese tiempo se han producido las modificaciones que te he comentado; podrás comprobarlo por ti misma. Es como si una mano, hasta ahora invisible, tratase de llevar el contenido de esos papeles hacia una determinada dirección.

–¡Es increíble!

–¡Imagínate la historia! Eso fue lo que llevó a mi amiga a contarme lo que ella sabía acerca del legajo, pero su muerte lo ha echado todo abajo, además de que mis conocimientos de la Edad Media, como tú sabes, son escasos.

–Desde luego, ¡es una historia fantástica! En cuanto a la escasez de tus conocimientos, has sido excesivamente generoso porque la verdad es que no tienes ni puñetera idea.

–Por eso recurro a ti –ironizó.

–Está bien, iré a París.

Pierre no acababa de creérselo.

–Estaré en Calais a la hora que me digas.

–Mejor París. Aunque no me gusta volar, en este caso será lo mejor. Llegaré mañana por la tarde, ya te confirmaré la hora.

Aquella era Margaret Towers.

7

El Charles de Gaulle era como un hormiguero, pero mucho más desordenado. Largas filas de viajeros aguardaban pacientemente ante los mostradores de las compañías para obtener las tarjetas de embarque. Muchos otros curioseaban en las pequeñas tiendas, en busca de un regalo de última hora o, simplemente, matando el tiempo. Las cafeterías y los locales de comida rápida y bocadillos estaban concurridos. Al otro lado de los controles de ingreso, en la zona internacional, los viajeros aguardaban a que en las pantallas apareciese la definitiva puerta de embarque para su vuelo.

Pierre Blanchard esperaba a Margaret Towers junto a una baranda de acero inoxidable, que despejaba la zona por la que salían los pasajeros que llegaban a París. Hacía más de media hora que el vuelo de la British Airways, donde viajaba su amiga, había tomado tierra. Al menos eso señalaban los paneles electrónicos de llegadas, pero la medievalista no aparecía. La duda asomó a su cabeza. ¡No quería ni imaginar que lo hubiese perdido! Se tranquilizó pensando que no lo había llamado para comunicarle alteración alguna en sus planes y que la recogida de equipajes, a veces muy complicada, estaba añadiendo algunos minutos más a los retrasos habituales. Recordó que solía bromear con sus amigos acerca de las horas de llegada fijadas por las compañías aéreas, puesto que esas horas se refieren al momento en que las ruedas del tren de aterrizaje rozan la pista. Después viene el aterrizaje, la maniobra de aproximación, la conexión a la pasarela telescópica o la llegada del autobús si te dejan en medio de las pistas. Más tarde la apertura de las puertas y la salida de los viajeros en fila india. Acudir a las cintas transportadoras y aguardar, pacientemente, a que empiecen a vomitar los equipajes para, por fin, salir a la zona exterior del aeropuerto. Si todo funciona correctamente, cosa poco probable, una hora más.

El vuelo de su amiga estaba todavía dentro del margen establecido. No habían transcurrido tres cuartos de hora cuando la vio aparecer, tirando de un trolley. Sin ser una belleza en el sentido clásico, Margaret era una mujer atractiva que llamaba la atención. Vestía un suéter blanco de cuello de cisne, que se ajustaba a sus exuberantes formas, y llevaba suelta su larga melena rubia. Numerosas pecas salpicaban su rostro de piel blanca, dándole un aire juvenil, no exento de picardía.

Pierre compuso su mejor sonrisa y alzó la mano, agitándola suavemente.

Después de abrazarla la miró de arriba abajo, mientras sostenía sus manos, sujetas por la punta de los dedos.

–¡Margot, estás preciosa!

–¡No digas tonterías! Una mujer nunca está preciosa después de un vuelo. ¡Aunque sólo sea de una hora!

–Pues yo te veo así –se defendió el periodista.

–Será porque me miras con buenos ojos y porque estabas deseando que llegase... –Se detuvo un momento–. Estabas deseando que apareciese la historiadora a quien has llamado ¿o no?

Pierre se llevó una de sus manos a la boca y la besó suavemente.

–Eso es cierto, pero tú sabes que para mí siempre es un placer verte.

En los ojos de ella brilló algo parecido a la ironía.

–En todo caso, aquí me tienes. Si alguien me lo hubiese dicho hace sólo veinticuatro horas, lo habría tachado de loco. Aunque bien mirado, la loca soy yo.

–Espero que no te arrepientas.

Salieron de la terminal y cruzaron la calzada hacia los aparcamientos, donde estaba el coche de Pierre. Los cien euros que suponían un taxi era una suma de cierta consideración y, aunque su economía no estaba en las últimas, debía evitar gastos innecesarios.

El cielo era de un gris plomizo, amenazaba lluvia, y la temperatura bajaría rápidamente conforme avanzase la tarde.

–Menos mal que París es maravilloso en esta época del año –comentó ella.

–¿Por qué lo dices?

–¿No ves cómo está el cielo? ¡Va a llover a cántaros!

–¿Y qué?

–Eres olvidadizo, como la mayoría de los hombres. Ayer tratabas de engatusarme con los encantos de París en esta época del año.

Eran las cinco menos veinte cuando el Renault de Pierre subía por la rampa del aparcamiento para tomar la A1, dirección París. El tráfico era denso pero fluido; se haría más intenso conforme se acercasen a la ciudad, aunque peor lo tendrían quienes a aquellas horas la abandonaban, una vez concluida su jornada laboral. La lluvia arreciaba, dificultando la visibilidad porque los limpiaparabrisas, mal ajustados, eran más ruidosos que eficaces.

–Bueno, cuéntamelo despacio.

Llegó el momento que Pierre más temía. Con mucho cuidado, midiendo cada una de sus palabras, le explicó en qué consistía el legajo. Puso énfasis en la misteriosa mano que había efectuado los cambios de documentos y en que su contenido estaba relacionado con los primeros tiempos de la presencia de los cruzados en Palestina. Concluyó su explicación con una afirmación ambigua:

–Cuando veas los microfilms, sacarás tus propias conclusiones.

Esperaba que, en ese momento, Margaret le preguntase por el asesinato de Madeleine, pero se equivocó.

–Lo mejor será que vayamos directamente a la Biblioteca Nacional.

El periodista llevó el pie al pedal del freno, en un movimiento reflejo.

–¿Cómo dices?

–Que lo mejor será que vayamos a la Biblioteca Nacional. Creo que tenemos tiempo para echar un vistazo a ese legajo.

–Son cerca de las cinco.

–Por eso. ¿Tardaremos más de una hora?

–El tráfico se complicará conforme nos acerquemos a París.

–Por eso necesitaremos una hora. Si estuviese despejado, sería la mitad.

–Creo que será una pérdida de tiempo; no se puede acceder así como así a la sección de libros raros.

–Eso ya está resuelto –le espetó Margaret.

Pierre tuvo la sensación de que una mano apretaba su nuca.

–¿Qué es lo que está resuelto?

–Mi acceso a esa sección. Esta mañana, desde la facultad, hemos realizado las gestiones necesarias. Por cierto, me sorprende que esos documentos estén en Tolbiac.

–¿Por qué lo dices?

–Porque lo normal sería que estuviesen en la biblioteca antigua, en Richelieu; allí es donde está el departamento de manuscritos, con sus dos divisiones, la Occidental y la Oriental.

–¿Adónde llamaste esta mañana?

–La primera llamada fue a Richelieu, pero al no poder darles la signatura del legajo, me informaron de que nada podían hacer. Les indiqué que se trataba de la sección Y; entonces me dijeron que ese departamento estaba en Tolbiac.

–¿Y?

–Llamé a Tolbiac y pude hablar con el director adjunto. Me aseguró que me facilitaría la labor.

Era lo peor que podía ocurrirle: pensaba preparar el terreno para que cuando ella descubriese lo que en realidad eran los documentos resultase lo menos traumático posible. La cena prevista en un buen restaurante, unas copas de champán y una buena conversación se habían evaporado en un santiamén.

–¿Pasamos antes por casa para dejar el equipaje? –propuso como último recurso.

–No veo la necesidad, además perderíamos un tiempo precioso. Cierran a las ocho, y atienden peticiones sólo hasta las siete y media.

–En casa tengo los microfilms.

–No es lo mismo. Los originales permiten descubrir aspectos que se pierden en las reproducciones. Existe la misma diferencia que entre un cuadro y una copia.

–Pero con los microfilms podrías hacer comparaciones, ver lo que han añadido y sustraído.

Margaret se mostraba inflexible.

–Eso será después, primero los originales.

Pierre insistió con algunos argumentos más, aunque cada vez con menos convicción: era consciente de que se trataba de una batalla perdida. Si anteriormente estaba preocupado por la reacción que ella pudiese tener al descubrir el verdadero soporte del legajo, en ese momento sentía algo parecido al pánico.

El tráfico resultó menos complicado de lo que esperaba. Los problemas los tenían los conductores que salían de París. Dejó a su izquierda el Estadio de Francia, cruzó la puerta de la Chapelle y continuó por el boulevard de Magenta hasta la Plaza de la República. Allí enfiló por Temple hasta la Plaza de la Bastilla, para ganar la orilla del Sena por el boulevard Bourbon. Cruzó por el puente de Austerlitz para acceder a la orilla izquierda y llegó a la Biblioteca Nacional recorriendo la *rive gauche* hasta el Quai de la Gare.

Había tardado treinta y cinco minutos, casi un récord. Siempre ocurría igual: si acudía tarde, los minutos transcurrían más deprisa; si llegaba con antelación, se volvían pesados y lentos; la ley de Murphy funcionaba sin problemas.

Enseguida encontró aparcamiento, por lo que no eran aún las cinco y media cuando aguardaban a que un bibliotecario los recibiese. Mientras esperaba ante la puerta de su despacho, Pierre supo que aquel tampoco era su día, a pesar de haber conseguido que Margaret Towers estuviese en París.

Cuando el bibliotecario lo vio, no pudo evitar que una arruga apareciese en su frente y que el ceño se le quedase fruncido. El periodista disfrutó fugazmente con la sorpresa que su presencia le producía. Vaugirard no podía explicarse qué hacía allí el individuo que había echado de su despacho el día anterior. Aunque algo desconcertado por su presencia, se mostró afable con la historiadora; sin embargo, no la invitó a tomar asiento. Ignoró a Pierre, pese a que Margaret lo presentó como un colega.

–El señor Blanchard y yo ya nos conocemos –afirmó con evidente desprecio, como si la presencia del periodista fuese una carga que debía soportar.

La historiadora decidió que lo más adecuado era resolver cuanto antes su acceso al legajo.

–En ese caso, lo mejor será que no perdamos un instante.

–Me parece perfecto. –Vaugirard se frotaba las manos–. Como siempre, los investigadores buscando ganar segundos. El tiempo resulta insuficiente sobre todo si se viene de fuera. ¿Qué legajos desea usted consultar?

Remarcó el usted, dejando claro que su acompañante no tendría acceso a la documentación.

A Vaugirard la curiosidad le escocía como una herida a la que se aplica un desinfectante. ¿Qué tendría que ver Blanchard con la historiadora británica?

Margaret miró a Pierre: ella desconocía la signatura del legajo. Cuando llamó desde Londres, se limitó a señalar que se trataba de una investigación sobre documentos relacionados con las Cruzadas y los primeros tiempos del reino latino de Jerusalén.

–¿Cuál es la signatura?

–Siete-jota-ce-pe-cero-siete-cero-tres-cero-uno.

Al escuchar la signatura, Vaugirard se quedó rígido. Margaret la repitió; intuía que ocurría algo extraño, pero no podía precisarlo.

–¿Investiga usted o es una fórmula para que el señor Blanchard pueda acceder a una documentación que de otra forma le estaría vetada?

El sarcasmo del bibliotecario fue como un aldabonazo para la escocesa. Abrió su bolso, sacó de una billetera su tarjeta de investigadora y se la mostró.

–Sepa que quien solicita el legajo es la titular de esta tarjeta. Todo lo demás no es de su incumbencia.

Vaugirard la cogió y tecleó en su ordenador.

–¿Puede repetirme la signatura?

Margaret se volvió hacia Pierre y éste deletreó de nuevo:

–Siete-jota-ce-pe-cero-siete-cero-tres-cero-uno.

Los dedos del bibliotecario se movieron con agilidad sobre el teclado. Los segundos que el programa tardó en localizar la información se les hicieron eternos a los tres.

Margaret tenía la mirada fija en Vaugirard, mientras que éste aguardaba la respuesta de la pantalla. Cuando vio la sonrisa que afloró a los labios del francés, supo que algo no iba bien.

El bibliotecario hizo un ligero movimiento de cabeza, acompañado del tamborileo de sus dedos sobre la mesa, luego alzó la vista y se mostró falsamente compungido, como si lamentase lo que iba a decirle.

–Lo siento, profesora Towers, pero el legajo que solicita no está disponible.

–¿Qué quiere decir con que no está disponible? –preguntó ella con sequedad–. ¿Lo está utilizando otro investigador en estos momentos?

Vaugirard demoró intencionadamente su respuesta, recreándose en su propio silencio; estaba disfrutando con la situación. Ahora tenía una explicación para la presencia de Pierre Blanchard; sin embargo, no acababa de comprender el papel que desempeñaba en todo aquello la investigadora británica, de quien había leído una de sus obras más conocidas: *Historia de Outremar: El reino latino de Jerusalén a comienzos del siglo XII.*

–No exactamente.

–¿Entonces?

–Verá, profesora Towers, el siete-jota-ce-pe-cero-siete-cero-tres-cero-uno está siendo utilizado para una investigación, lo cual no significa que en este momento lo esté manejando algún colega suyo.

–¿Puede ser más explícito, por favor?

El bibliotecario, que ganaba aplomo conforme pasaban los segundos, se dejó caer en el respaldo de su sillón. Adoptó una posición relajada, que contrastaba con la tensión de Margaret y Pierre, que permanecían de pie delante de él. Vaugirard era consciente de que dominaba una situación que, debido a las órdenes recibidas de la dirección general de la biblioteca, no podría haber manejado como hubiera sido su deseo, en el momento que vio entrar a Blanchard acompañando a la doctora Towers. Le habían llegado instrucciones muy precisas para que a la historiadora británica se le diesen toda clase de facilidades para realizar el trabajo que la había llevado a París.

–La investigación a que me refiero es de otra índole; esa documentación está siendo investigada por la policía.

–¿Por la policía?

–En efecto, por la policía; como le digo, parece ser que esos documentos son de extraordinaria importancia para una investigación policial. –Mientras se regodeaba con su explicación, lanzó a Pierre una desafiante mirada–. Si no desea ninguna otra documentación, lamentaré no poder serle de utilidad.

–¿Por qué investiga la policía ese legajo?

Vaugirard cogió un abrecartas y, con gesto desconsiderado, se pasó la punta por el interior de una uña.

–Se ha cometido un asesinato. ¿No le ha dicho el señor Blanchard nada acerca de la muerte de una bibliotecaria de esta casa?

Antes de que Margaret abriese la boca, tiró de un cajón y sacó un recorte de prensa que arrojó sobre la mesa. La historiadora permaneció inmóvil; por nada del mundo estaba dispuesta a seguirle el juego a un impresentable como aquél.

–¿Qué tiene que ver el legajo con ese asesinato?

–Había una copia en casa de Madeleine Tibaux, que es el nombre de la difunta, y la policía ha dado instrucciones al respecto –indicó Vaugirard con morbosa delectación–. ¿No le ha dicho el señor Blanchard que era su amiga? Habían quedado en verse ayer por la mañana, pero ella no pudo acudir a la cita.

–¡Es usted un canalla! –Pierre no pudo contenerse.

El bibliotecario lo miró de soslayo.

–¡Ah! ¿Estaba usted ahí? –Cada sílaba destilaba desprecio.

–¡Maldito cabrón!

–Es la segunda vez que me insulta en menos de cuarenta y ocho horas.

Al igual que ocurriera la víspera, Vaugirard levantó el teléfono, pulso un número y preguntó:

–¿Seguridad? Soy Antoine Vaugirard, ¿pueden venir a mi despacho? Hay un pequeño problema.

Lo que más molestó a Pierre cuando, escoltado por dos gorilas, salía por su propio pie de la Biblioteca Nacional, fue que el bibliotecario le hubiese llamado «pequeño problema». Se arrepentía de no haberle partido la cara, aunque ello hubiera significado que, en lugar de salir como lo hacía, lo condujesen esposado a la gendarmería. Lo único bueno de todo aquello era que Margaret no tendría, al menos por el momento, la ocasión de ver el legajo original de *Le Serpent Rouge*.

Mientras caminaban hacia el coche, Pierre le explicó las razones por las que Vaugirard se había comportado de aquella manera.

Ya no llovía, y el sol asomaba tímidamente un palmo por encima del horizonte, proporcionando a la luz de la tarde unos hermosos reflejos dorados. Aunque la temperatura había bajado varios grados, el ambiente invitaba a pasear.

–¿Te importa que demos un paseo? París, en esta época del año, es una ciudad maravillosa –dijo ella.

Pierre la miró un instante; el altercado no parecía haberla afectado, al menos aparentemente. Era posible que disimulase sus verdaderos sentimientos, aunque en el caso de Margaret Towers eso resultaba poco probable. La sangre escocesa que corría por sus venas aportaba a su carácter una vehemencia que rompía todos los convencionalismos.

–¿Alguna preferencia?

–Simplemente pasear, aunque Notre-Dame y la Cité son siempre un estímulo.

–Sobre todo para alguien que ha convertido la Edad Media en el gran amor de su vida.

Pierre tuvo la sensación de que ella no había escuchado sus últimas palabras. Se había acercado a uno de los puestos de libros que llenaban una parte de la *rive gauche,* y escudriñaba en uno de aquellos armarios donde podían encontrarse viejas ediciones, desaparecidas desde hacía años de los anaqueles de las librerías. Aprovechó para mirarla de forma descarada.

El perfil que Margaret proyectaba en el ámbito académico era el de una profesora rigurosa en sus investigaciones y muy exigente en su actividad docente, pero también el de una mujer que emanaba sensualidad por todos los poros de su cuerpo. Sus medidas estaban mucho más en consonancia con los sueños masculinos que con el canon establecido por las pasarelas de alta costura, cuyas modelos rozaban la anorexia y ofrecían rostros de ojos hundidos, más cercanos a la enfermedad que a la belleza.

Trató de retener su imagen en la retina, hojeando un ajado volumen, con las brillantes aguas del Sena como fondo.

Pierre se fijó en el título del libro: *La Orden del Temple y la arquitectura gótica*. Margaret se volvió hacia él y le preguntó:

–¿Sabías que de un tiempo a esta parte los templarios constituyen un objetivo preferencial en mis investigaciones?

–No tenía la más remota idea.

–Se han convertido en una especie de obsesión intelectual. Me interesa todo lo que esté directa o indirectamente relacionado con ellos. La mayor parte de mis colegas niegan tener interés por un asunto que se ha convertido en objeto de atención del gran público. Ya sabes... las limitaciones y estupideces que imperan en los ambientes académicos. Sin embargo, tengo datos fidedignos de que a muchos de ellos les atraen aspectos relacionados con su poder económico, con la organización de sus encomiendas, con su actividad como banqueros o con el papel que desempeñaron en Tierra Santa. A otros les interesan las manifestaciones artísticas, materializadas en los templos que construyeron o en aquellos que inspiraron. –Alzó el libro que tenía en su mano–. Hay quien sostiene que la explosión del arte gótico no hubiese sido posible sin ellos.

–¿Por qué afirman tal cosa?

–Porque por todas partes surgió una fiebre constructora cuyos edificios rompían con lo que se había hecho hasta aquel momento. La aparición de las catedrales góticas sólo tiene parangón con las pirámides de Egipto.

–No te entiendo.

–Muy sencillo. La arquitectura anterior a las pirámides no tiene relación ninguna con esas impresionantes construcciones. En el ámbito académico nadie ha encontrado una explicación satisfactoria para su aparición. ¿Qué hay antes de las pirámides hablando en términos arquitectónicos? En realidad, muy poco. Piedras hincadas en el suelo o componiendo un dintel; habría que estudiar la cronología para determinar qué es más antiguo, y de pronto... ¡Ahí están la pirámides! Con el gótico ocurre igual. Algunos echaron mano de una explicación simplista y afirmaron que fue una evolución del románico. Se atuvieron a ello porque carecían de más argumentos. Románico y gótico son la antítesis uno del otro: oscuridad frente a luminosidad, pesadez frente a ligereza, achaparramiento frente a esbeltez. El gótico surgió de repente, como las pirámides de Egipto, y se difundió con una rapidez pasmosa, como si respondiese a un plan preconcebido. ¿De dónde salieron tantos arquitectos, tantos canteros, tantos carpinteros, tantos vidrieros? El origen del gótico coincide con la aparición de la Orden y su desarrollo, con la expansión de los templarios. Luego... luego está el simbolismo que surge en cualquier rincón de esas catedrales y el misterio que las rodea.

–También los templarios están envueltos en el misterio –la animó Pierre.

–Porque la historia se confunde con la leyenda cuando nos acercamos a sus orígenes y a su terrible final y cuando eso ocurre... ya conoces el dicho.

–No conozco el dicho –protestó Pierre.

–Cuando la leyenda y la historia no coinciden, los historiadores se han perdido por algún camino equivocado.

–¿Por qué has dicho su terrible final...?

–¿Acaso no fue terrible?

–No me refería a eso; mucha gente piensa que el final del Temple no se produjo con la muerte de Jacques de Molay en la pira. Su condena no significó la aniquilación de la Orden.

Margaret lo miró fijamente.

–Hay algo de verdad en ello. La disolución de la Orden produjo una sacudida tremenda por todas partes. Los templarios eran, sin duda, el mayor poder de su tiempo. El rey de Portugal, para no enemistarse con el Papa, aceptó a regañadientes la disolución, pero creó otra orden militar, la Orden de Cristo, donde los templarios portugueses ingresaron en masa. Algo parecido ocurrió en las coronas de Castilla y de Aragón: muchos templarios se incorporaron a otras órdenes que allí existían, como la de Calatrava, Santiago o Montesa, y sus bienes fueron transferidos a ellas. Uno de los casos más llamativos se produjo en mi tierra.

–¿En Escocia?

–Sí.

–¿Qué ocurrió allí?

–Como el rey Robert Bruce estaba excomulgado y sobre todo el reino pesaba un interdicto papal, Escocia se consideraba al margen de las disposiciones que emanaban de Roma. Por esa razón muchos templarios buscaron refugio allí. Por entonces, escoceses e ingleses sostenían una dura pugna porque los bastardos de Londres trataban de someternos. La guerra se decidió en la batalla de Bannockburn, donde una carga de los templarios, que luchaban al lado de quienes los habían acogido, fue definitiva para la victoria escocesa.

–Me encanta que una reputada historiadora admita la supervivencia de los templarios después de 1314.

Margaret se detuvo un momento y calibró a Pierre con la mirada.

–Eso no significa que no esté hasta la coronilla de estupideces, pseudohistorias, falsedades y fantasías. ¡En los últimos diez años se ha escrito más sobre templarios que sobre la Segunda Guerra Mundial!

–Y ¿qué tiene eso de malo?

–¡Que se está confundiendo a la gente! En unos casos por pura y simple diversión y en otros con claros objetivos materiales. La mayor parte de esas publicaciones ven la luz con el propósito exclusivo de ganar dinero porque los templarios «venden», como dicen ahora.

–Si a la gente le interesa, no veo qué hay de malo en ello.

–¡Cómo se nota que eres periodista! ¡Sois como la peste con tal de conseguir un titular! ¡Fausto sería un simple aprendiz de brujo a vuestro lado! –La personalidad de Margaret afloraba de forma espontánea.

–Bueno, bueno. –Pierre levantó las manos con las palmas extendidas, como si pidiese sosiego–. No nos desviemos del tema. Me interesa mucho conocer tu opinión sobre el final de los templarios.

Margaret resopló con el fin de serenarse y dio a su voz un tono más sosegado.

–Como te decía, en muchos lugares de Europa, los reyes ofrecieron su protección a los templarios porque estaban en desacuerdo con la injusticia que un malvado como Felipe IV de Francia y un imbécil como el papa Clemente V urdieron contra la Orden. Esa realidad histórica ha dado pábulo a todo tipo de fantasías y leyendas sobre la pervivencia de los templarios en la sombra a lo largo de los siglos. Se les ha considerado como los custodios de un gran secreto. También se ha especulado con que aguardaban el momento oportuno para tomarse cumplida venganza contra quienes cometieron con ellos la gran injusticia. La leyenda de la venganza alcanzó considerables vuelos cuando Felipe IV y Clemente V murieron, en extrañas circunstancias, poco después de que Jacques de Molay fuese achicharrado en una hoguera.

–¿Qué quieres decir con eso?

–Que quienes han alimentado todas esas patrañas afirman que los dos fueron víctimas de la maldición lanzada por el último gran maestre de los templarios.

El sol ya se ocultaba en el horizonte e intensificaba sus reflejos dorados sobre los negros techos de pizarra de muchas de las construcciones que flanqueaban las orillas del Sena. El paseo los había llevado hasta la cabecera de Notre-Dame, rodeada por una diadema de arbotantes que daban la sensación de flotar en el aire, como si las piedras estuviesen sostenidas por una fuerza invisible.

En las alturas, las gárgolas surgían por rincones y esquinas con un vigor que el paso de los siglos no alteraba; se las veía tensadas como si desafiasen a los demonios que trataban de penetrar en el sagrado recinto de la catedral. Se decía que para ello, a modo de escudo protector, las tallaron los canteros, y con ese fin las encargaron los canónigos que constituían el cabildo de la catedral.

Sin decir nada, los dos se detuvieron para contemplar el costado del templo, antes de cruzar el puente que los llevaría a aquella pequeña isla cargada de historia, rodeada por las aguas del Sena. Durante unos segundos permanecieron inmóviles, en silencio, atraídos por la magia de aquella joya del gótico.

–Mira –señaló Margaret– allí, en aquel islote. A esa isla se le llamaba en la Edad Media la isla de los Judíos. En ella hay una pequeña placa que indica el lugar donde murió Jacques de Molay, poco después de lanzar su maldición, y eso fue lo peor que pudo ocurrir.

–¿Por qué?

–Porque, como te he dicho, la muerte del rey y del Papa, a los pocos meses del asesinato de De Molay, se convirtió en uno de los pilares fundamentales para dar pie a la leyenda.

–¿Quieres explicarte?

Margaret echó a andar.

–Como sabes, se afirma que, en los últimos instantes de su vida, Jacques de Molay emplazó al rey de Francia y al Papa a comparecer ante el tribunal de Dios, en el término de un año.

–Y ¿dónde está el problema?

–En que a lo largo de los siglos han sido numerosas las ocasiones en que se han inventado situaciones o hechos para poder construir a partir de ellos toda una historia a posteriori.

–¿Puedes ser más explícita?

–Imagínate la credibilidad que tendría la venganza de los templarios, si su gran maestre no hubiese lanzado desde la hoguera una maldición contra sus verdugos.

–¿Qué quieres decir?

–Muy sencillo, pudo ocurrir que la muerte del Papa y del rey en los meses siguientes al asesinato de Jacques de Molay diese pie a que alguien se inventase la historia de la maldición.

–¿Significa eso que Jacques de Molay no lanzó su maldición desde la hoguera, instantes antes de morir?

–Te responderé con otra pregunta: ¿estamos seguros de que Jacques de Molay lanzó su terrible maldición momentos antes de morir?

Pierre se detuvo, como si hubiese hecho un gran descubrimiento.

–¿No hubo entonces maldición?

–¿Qué pruebas tenemos de que la hubo?

El periodista se encogió de hombros, como si se sacudiese su responsabilidad en el asunto.

–No lo sé, tú eres la historiadora.

–Olvida por un momento que eres periodista y piensa en lo siguiente: ¿cuántas personas pudieron ser testigos de la muerte de Jacques de Molay? –Margaret extendió su brazo, señalando el espacio abierto que se abría ante la catedral–. Ten presente que todo esto estaría, en gran parte, ocupado por abigarradas construcciones. El espacio en las ciudades medievales estaba constreñido por el perímetro de las murallas; un acre de suelo en el interior de una ciudad era algo muy valioso que no podía desperdiciarse. Eso significaba calles pequeñas y estrechas, pocas plazas y escasos jardines; en realidad, no había jardines públicos, aunque sí sabemos que las casas de algunos nobles tenían amplios huertos en su interior. ¿Cuántas personas pudieron darse cita aquí, en marzo de 1314, para ser testigos de la ejecución de un personaje tan importante como el gran maestre de los templarios?

Pierre se encogió otra vez de hombros.

–¿Mil personas? ¿Dos mil? ¿Cinco mil? –se preguntó Margaret–. Admitamos que se trataba de un gran acontecimiento, capaz de reunir a un numeroso concurso de gente. Consideremos que una ejecución como la de Jacques de Molay y el senescal de la Orden, Geoffrey de Charnay, era un espectáculo, y admitamos que mucha gente se sintiese atraída ante tal acontecimiento, acudiendo en masa por consideraciones muy diferentes. Aquí estarían los que fueron enemigos de los templarios, ya que su poder había despertado grandes envidias; sin duda, habría también mucha gente que se sentiría atraída por el morbo de ver a un personaje tan poderoso morir en la hoguera. Es posible que entre el público también hubiese templarios disfrazados, dispuestos a aprovechar cualquier circunstancia que les permitiese dar un golpe de mano y salvar a su maestre, y sin duda, Felipe IV, contemplando esa posibilidad, habría distribuido agentes entre la muchedumbre, para evitar una posible actuación de los caballeros o alguna algarada, porque los templarios también tendrían gente dispuesta a apoyarlos. Todo eso podría sumar varios miles de personas, pero en cualquier caso hay algo que debemos admitir: la asistencia estaba forzosamente limitada por razones de espacio.

–Tal como lo has expuesto, entiendo que no podían ser muchos.

–Prosigamos. En todas las ejecuciones públicas se establecía un cordón de seguridad. En este caso serían los soldados del rey quienes se encargarían de ello y es de suponer que no tendrían grandes problemas porque se trataba de un islote, donde podían restringir con facilidad el acceso al lugar donde iba a llevarse a cabo la ejecución. Supongamos también que la gente guardaba un respetuoso silencio; la ocasión se prestaba a ello. Pero convendrás conmigo que son muchos quienes en tales circunstancias no permanecen callados. La gente es charlatana, sin olvidar a todos los que, en momentos como ésos, presumen de tener información confidencial. Aun suponiendo que la mayoría guardase silencio, porque la muerte siempre impone respeto, serían también muchos los que no permanecerían callados; incluso habría gente que proferiría gritos.

–¿Adónde quieres ir a parar?

–Muy sencillo; no podían ser muchos los que escuchasen la maldición de Jacques de Molay, si es que el gran maestre de los templarios llegó a pronunciarla. El espacio no permitía albergar a una muchedumbre que estuviese cerca de ellos y pocos estarían en condiciones de escuchar la voz de un anciano, en medio del crepitar de las llamas. Todo ello contando con que no hubiese tamborileros que redoblasen sus tambores, como era habitual en las ejecuciones, precisamente para evitar que se escuchase lo que pudiesen decir los reos.

–Todo eso es cierto.

–Piensa ahora –prosiguió Margaret– que, por un azar, tanto Felipe IV como Clemente V muriesen antes de que se cumpliese el primer aniversario de la ejecución de Jacques de Molay. Aceptemos, incluso, que fuesen templarios quienes acabasen con sus vidas. Ésa no es una hipótesis desdeñable porque eran muchos y poderosos, y en varios reinos no acabaron con ellos. ¿Qué impediría, en esas circunstancias, que alguien afirmase que sus muertes habían sido consecuencia de una maldición? El elemento fundamental para construir esa historia era inventarse la maldición. ¡Jacques de Molay lanzó una maldición desde la hoguera! ¿Quién podría negarlo? La muerte del rey y del Papa lo demostraba. No olvides que estamos en la Edad Media, una época propicia a admitir que tales cosas eran no sólo posibles, sino hasta probables. En esas circunstancias, un grupo organizado, con recursos y con unos intereses concretos, pudo difundir, en muy poco tiempo, el rumor de que dichas muertes eran la consecuencia de una maldición, lanzada en el postrer momento de su vida por el último de los maestres del Temple. Insisto en que no debes olvidar que estamos en el siglo XIV, una época donde esas cosas tenían un enorme atractivo y resultaba más fácil admitirlas que negarlas. El propio curso de los acontecimientos habría creado la leyenda y, como te he dicho, ésta tiene la suficiente fuerza, incluso morbo, para formar parte de la historia.

Pierre se pasó varias veces la mano por el mentón con gesto caviloso.

–Lo que acabas de decir puede conducirnos a una conclusión muy dura.

–Dímela –lo retó Margaret.

–Buena parte de la historia, sobre todo cuanto más nos alejamos en el tiempo, puede ser una burda invención de los historiadores.

Margaret se detuvo ante la imponente fachada de Notre-Dame. Aquellas piedras hablaban de historia. Hacía muchos siglos que arquitectos, canteros, carpinteros, vidrieros, pintores y peones trabajaron durante generaciones para convertir en realidad aquella obra extraordinaria. Se habían sucedido obispos y canónigos, que desempeñaron su papel en aquel recinto, sagrado para unos y monumental para otros; pero en cualquier caso, testimonio de un tiempo. También ella se encogió de hombros.

–Efectivamente, ésa es una dura conclusión. No albergues ninguna duda de que a lo largo de los siglos se han construido «verdades históricas» que nada tienen que ver con la realidad. Entre otras razones, porque la historia es una poderosa arma política, que ha sido puesta al servicio de los intereses de quienes han controlado el poder.

–Es decir, ¡que todo es una farsa!

–No, de ninguna manera. ¡Ésa es una actitud radical que resulta propia de muchos de los periodistas!

–¿Qué quieres decir?

–¡Titulares, Pierre! ¡Titulares! ¡Cuanto más escandalosos, mejor!

Pierre era consciente de que ella tenía razón. Gran parte de sus colegas haría cualquier cosa con tal de conseguir un buen titular. Él había sido testigo en numerosas ocasiones de cómo se había distorsionado una noticia con un titular, buscando el escándalo y más lectores. Otras veces, las motivaciones habían sido tan vergonzosas que prefería no recordarlas.

–Los historiadores –prosiguió Margaret– sabemos que la historia ha sido escrita por los vencedores, pero siempre quedan testimonios que permiten escudriñar en la verdad. Ésa es nuestra tarea para reconstruir el pasado. Algo que, la mayor parte de las veces, resulta bastante complicado. ¡Imagínate cuando quienes se ponen a hacerlo son simples aficionados!

–Como yo.

La historiadora, que tenía la mirada fija en las figuras que llenaban el tímpano de la puerta principal y las arquivoltas que lo rodeaban, se volvió hacia su amigo.

–No te lo tomes como algo personal, pero debes reconocer que llevo gran parte de razón.

–Te noto algo escéptica.

–No, simplemente te he contado, no sé por qué, un debate en el que muchos historiadores estamos inmersos, y eso es algo muy saludable para una ciencia.

–¿Qué piensas acerca de la divulgación de la historia?

–También hay una polémica sobre ello. Los partidarios de un academicismo a ultranza lo consideran algo detestable. Se aferran a los viejos presupuestos de que la historia sería como la alquimia, algo reservado para gente iniciada.

–¿Cuál es tu opinión?

Margaret lo miró a los ojos.

–¿No te la imaginas, teniendo en cuenta que en estos momentos estoy en París respondiendo a tu llamada? Soy una ferviente defensora de la divulgación de la historia entre lo que se denomina el gran público, siempre y cuando se sea riguroso con el conocimiento.

–Me dejas impresionado. Después de oírte, no sé si debo enseñarte los microfilms.

La historiadora frunció el ceño.

–¿Por qué?

Pierre se sentía cada vez más incómodo por la forma en que había implicado a Margaret en aquel asunto. Por un momento estuvo a punto de explicarle el verdadero contenido del legajo, pero no se atrevió. Por primera vez, dudó sobre su modo de proceder.

–No lo sé, creo que unos papeles en los que se habla de la Serpiente Roja, que tú calificaste como una pamplina, posiblemente no tengan interés para ti.

El rostro de Margaret se había endurecido.

–¿En ese legajo se habla de la Serpiente Roja?

Pierre trató de disimular el agobio que sentía.

–¿No te lo había dicho?

Sus palabras sonaban a excusa falsa.

–No. Cuando anoche me llamaste por teléfono, me dijiste que eran documentos relativos a los orígenes del reino latino de Jerusalén, que había referencias a Balduino y a Godofredo de Bouillón. Mencionaste la Serpiente Roja para indicarme que quienes habían asesinado a tu amiga habían dejado un pergamino con una serpiente dibujada.

Margaret recordó que Pierre se había referido al legajo como un material heterogéneo.

–¿Qué es lo que contiene ese legajo, Pierre?

Habían llegado a la esquina de Notre-Dame que enfila la rue de Cloître. Allí fue donde Pierre se despidió de Madeleine y vio cómo se alejaba sin sospechar que no volvería a verla. Sintió la necesidad de alejarse de allí.

–Será mejor que lo veas por ti misma. ¡Vamos para casa!

–Antes tendremos que recoger mi equipaje; está en tu coche.

En ese momento sonó un tintineo que se asemejaba a los compases más populares de la «Sinfonía del Nuevo Mundo», de Antón Dvorák. Era el teléfono de Pierre.

–¿Dígame?

»Sí, sí. Soy yo.

»¿Ahora? –El periodista parecía extrañado.

»Muy bien, muy bien. Mejor dentro de una hora.

Cerró el móvil con expresión preocupada.

–¿Ocurre algo?

–Es Gudunov, el comisario que lleva el caso de Madeleine. Tiene mucho interés en hablar conmigo.

–¿Te preocupa?

–No, aunque siempre he pensado que la policía cuanto más lejos, mejor. Quiere verme en la comisaría dentro de una hora; apenas disponemos de tiempo para ir a por el coche y dejarte en casa.

–Tal vez sea mejor que te acompañe.

–¿Tú crees?

–El bibliotecario nos ha dicho que la policía está estudiando el legajo.

Margaret tuvo la desagradable sensación de que se estaba metiendo en algo mucho más complicado de lo que creía cuando tomó el vuelo de la British Airways. Tras la desagradable experiencia vivida con Vaugirard y la llamada de la policía, estaba convencida de que en aquel asunto, que se enredaba por momentos, la historia era algo que apenas tenía relevancia. Además, lo que había dicho Pierre acerca del legajo era un mal presagio.

8

Jerusalén, octubre de 1126

El viaje desde el puerto de Jaffa, donde tres caballeros aguardaban su llegada desde hacía varios días, les llevó dos jornadas; descansaron una noche en Torón, una aldea miserable a medio camino entre la ciudad costera y Jerusalén. Entraron en la ciudad por la puerta de Jaffa, abierta en uno de los costados de la impresionante fortaleza que dominaba la torre de David, y enfilaron hacia el bazar, dejando a su izquierda un pequeño templo coronado por una cúpula: se trataba de una iglesia consagrada, desde hacía poco tiempo, a Juan el Bautista. Llegaron al cruce con el cardo de la vieja ciudad romana, que la atravesaba de norte a sur, desde la puerta de Damasco hasta la de Sión, y divisaron al fondo la dorada cúpula de la mezquita de la Roca, que se alzaba en el centro de la explanada, donde los templarios tenían establecido su cuartel general. Avanzaron con dificultad por el laberinto de callejuelas atestadas de gente, que configuraban un abigarrado mundo de comerciantes, buhoneros, artesanos, vividores, clérigos y soldados.

Necesitaron cerca de una hora y mucha paciencia para llegar al promontorio del monte Moria, donde Salomón levantó su templo a Yahveh y donde dos mil años después de que el sabio entre los sabios erigiese aquella legendaria edificación veían alzarse un conjunto de mezquitas, construidas por orden del califa Abd-el-Malik en el año 685, inmediatamente después de que los musulmanes conquistasen la ciudad. Las más llamativas eran la mezquita de la cúpula de la Roca (Kubbat-el-Sakhra), la de la cúpula de la cadena (Kubbat-el-Silsileh) y la conocida como la de la cúpula Felicísima (Kubbat-el-Aqsa), esta última construida a instancias del califa Al-Walid y cuyas obras se prolongaron entre los años 705 y 715.

Desde que Balduino y su corte se trasladaron al otro extremo de la ciudad, a la torre de David, en la zona este de la muralla, el espacio que los musulmanes bautizaron como la explanada de las Mezquitas y que los cristianos, siguiendo la tradición judía, llamaban el monte del Templo era un lugar solitario. Tras sus muros habitaban nueve caballeros, cuya misteriosa presencia entre las venerables ruinas daba lugar a todo tipo de rumores y comentarios. Nadie sabía a qué se dedicaban, salvo que gozaban del favor del rey y contaban con el apoyo del patriarca de la ciudad y el importante auxilio del cabildo que conformaban los llamados canónigos del Santo Sepulcro.

Llevaban ya casi ocho años de encierro tras los muros que resguardaban el recinto y apenas mantenían contacto con el exterior, salvo para satisfacer sus necesidades más inmediatas.

Casi nunca recibían visitas, cumplían con sus obligaciones religiosas en la iglesia del Santo Sepulcro, sede oficial del patriarcado, y sólo en contadas ocasiones, las más solemnes, acudían a la abadía que se alzaba extramuros de la ciudad, en el monte Sión, puesta bajo la advocación de Santa María.

Una vez hubo llegado al Templo, el ilustre visitante, cuyo séquito, si es que podía dársele tal nombre al joven fraile que lo acompañaba, desdecía mucho de su aristocrática posición, no se detuvo ni a quitarse el polvo del viaje.

Hugo de Payens, que no había querido abandonar Jerusalén y acudir a recibirlo al puerto donde había rendido viaje, le dio una calurosa bienvenida.

–Señor, aguardábamos impacientes vuestra llegada. –Había hincado una rodilla en tierra y tomado su mano derecha entre las suyas en señal de acatamiento y homenaje–. Me alegra veros.

–Alzaos, mi buen Hugo. Las semanas se me han hecho meses y los meses, años. ¡Estoy ansioso por saber!

–¿No deseáis descansar, mi señor? ¿Queréis comer algo?

–Ni descanso ni comida hasta que haya saciado mi curiosidad. ¡Vuestro mensaje me ha tenido sobre ascuas!

–En ese caso... –De Payens hizo una respetuosa inclinación–. Archimbaud, di a los demás que se reúnan con nosotros en el refectorio.

Saludó a los caballeros uno por uno y les presentó al monje que lo acompañaba, fray Etelberto, cisterciense como Bernardo de Claraval, quien les enviaba su bendición. El conde los invitó a sentarse y pidió que se le explicase con todo detalle el hallazgo de que se hablaba en el mensaje.

André de Montbard, a instancias de Hugo de Payens, se encargó de explicar los pormenores del extraordinario descubrimiento.

–Fue entonces, señor, cuando nos topamos con aquella piedra negra, un basalto de extraordinaria dureza, oculta tras un muro de mampostería disimulado con arena y cascotes. Era la puerta de entrada a la estancia donde estaba lo que buscábamos sin descanso desde hacía tanto tiempo. Se cumplen hoy nueve meses y catorce días desde que nos topamos con el objeto de nuestros desvelos. Fui yo, quien, por deferencia de Hugo, entró el primero en aquel aposento, donde encontré un arca repleta de joyas y monedas; un verdadero tesoro. Era el principio del hallazgo.

–¿Por qué el principio?

–Porque el contenido de lo que allí había era sólo una pequeña parte.

–Explícate.

–Los sacerdotes que depositaron allí las riquezas estaban tan confiados en que nadie daría con el escondite, que en el fondo del arcón dejaron un plano minucioso indicando los diferentes lugares donde ocultaron el tesoro del Templo.

–¿A qué te refieres cuando dices el tesoro del Templo?

–Al tesoro del Templo de Jerusalén, mi señor.

–¿No se lo llevaron los romanos cuando las legiones de Tito saquearon la ciudad?

–Se trataría sólo de una parte, mi señor, y puedo aseguraros que no debió de ser la más importante.

–¿Dices que dejaron un plano con todos los escondrijos?

–En total son veinticuatro, y están señalados con gran detalle, mi señor.

Hugo de Champaña no daba crédito a lo que escuchaba. Siempre pensó que lo que contenía el pergamino de fray Bernardo no eran las pistas de un tesoro acumulado durante siglos por los sumos sacerdotes. Tanto el monje cisterciense como él estaban convencidos de que buscaban otra cosa, en ningún caso el tesoro del Templo. La providencia los había llevado a encontrar unas riquezas ocultas de las que no tenían conocimiento.

–Tal vez, la presencia del plano en ese baúl sea un indicio de que los sumos sacerdotes debieron de actuar con prisas –señaló Godofredo de Saint-Omer–. A nadie se le escapa que la situación por la que atravesaba Jerusalén era de extrema gravedad. Las legiones de Tito asediaban la ciudad desde hacía muchos meses, en medio de grandes penalidades y numerosas bajas; su sed de venganza no debía de conocer límites.

–Precisamente por ello, los sumos sacerdotes debían de ser conscientes de que cuando los romanos lanzasen el asalto definitivo todo estaría perdido. Eso significa que dispusieron de tiempo para esconder las riquezas del Templo; no creo que anduviesen con prisas de última hora. Estoy convencido –insistió De Montbard– de que lo tenían todo previsto. Si hubiesen actuado con prisa, como afirma el hermano Godofredo, no habrían dispuesto de tiempo para distribuirlo en veinticuatro lugares diferentes y elaborar un plano tan detallado como el que dejaron en esa arca.

–Por lo que he oído decir –terció el otro Godofredo, Bisol– los partidarios de la resistencia a ultranza, entre quienes se encontraban los sacerdotes del Templo, nunca perdieron la esperanza de que, en el último momento, un milagro salvara la ciudad. Por ello, precisamente, el desánimo fue terrible. A la derrota se sumó la profunda decepción de quienes esperaban la ayuda de Yahveh, que alzaría su poderosa mano contra los gentiles.

–¿Habéis encontrado los veinticuatro lugares? –preguntó el conde.

–Así es, mi señor. Fue una tarea penosa, pero con la ayuda del plano resultó relativamente fácil. Hubo que excavar con tesón, pero a diferencia del trabajo realizado anteriormente, sabíamos adónde dirigirnos.

–¿Es tan valioso como decís?

–¡Es algo que ni siquiera podéis imaginaros! –exclamó Hugo de Payens.

–Sin embargo, la existencia de ese plano plantea algunas cuestiones inquietantes.

Tan rotunda afirmación había sonado a la derecha del conde. La había pronunciado el más joven de los caballeros.

–Me gustaría escucharlas –indicó el conde.

–Veréis, señor, me resulta extraño que se oculte un tesoro y al mismo tiempo se deje un plano tan a mano para encontrarlo...

–¿Tan a mano, Gundemaro? –protestó Hugo de Payens–. ¿Acaso has olvidado los padecimientos sufridos y los años transcurridos para llegar hasta donde se encontraba? ¡Pardiez que no te entiendo!

El joven caballero se limitó a señalar:

–Respeto esa opinión, pero creo que, una vez encontrado el primero de los escondrijos, el plano que facilitaba la información acerca de los demás lugares donde estaban escondidas las riquezas se encontraba demasiado a la vista.

–Es posible que quienes actuaron de ese modo tuvieran poderosas razones para hacerlo –indicó el conde.

–¡Ya lo creo, señor! Cada día estoy más convencido de que quienes procedieron a poner a buen recaudo las inmensas riquezas del Templo estaban protegiendo algo mucho más importante que ese fabuloso tesoro. Lo que hicieron los sumos sacerdotes respondía a un plan para ocultar algo más valioso.

Hugo de Champaña miró fijamente al joven caballero. Lo que decía no sólo tenía sentido, sino que además encajaba con lo que fray Bernardo siempre había pensado.

–¡Más valioso que el tesoro que hemos encontrado! –gritó Hugo de Payens.

–Tranquilízate, Hugo. ¿Qué razones tienes para decir una cosa así, Gundemaro? –El conde estaba sumamente interesado en conocer la opinión del joven.

–Los sumos sacerdotes debieron de esconder algo que para ellos era mucho más valioso y, para ocultarlo mejor, decidieron desviar toda la atención sobre esas inmensas riquezas, de forma que a nadie se le ocurriese buscar ninguna otra cosa.

–No comparto tu opinión –protestó Hugo de Payens, que cada vez se sentía más incómodo.

–No te pido que la compartas, pero no encuentro explicación al hecho de que se dejase un plano detallado. Insisto en que su finalidad no era facilitar la búsqueda; si ése hubiese sido el propósito, en los demás escondrijos se habrían encontrado otros planos similares. Imaginemos por un momento que se hubiese encontrado primero cualquier otro escondrijo, ¿cómo habríamos continuado la búsqueda sin un plano?

–¿No había copias del plano en los demás lugares?

–No, mi señor.

El conde se sorprendió y preguntó a Gundemaro:

–¿Cuál es entonces, según tu opinión, la causa de que allí apareciese el plano?

–Satisfacer las ambiciones de quienes buscasen de tal modo que, guiados por el plano, llegasen hasta la inmensidad de esas riquezas, a la par que los apartaban de otros caminos. André de Montbard acaba de decir que después del primer hallazgo todo fue mucho más fácil.

–Pero ese supuesto objetivo de los sumos sacerdotes no se hubiese logrado si el escondrijo encontrado en primer lugar hubiese sido otro –protestó De Payens–. Tu planteamiento no se sostiene, Gundemaro. ¡Era una posibilidad entre veinticuatro!

–Sin embargo, el primer escondite al que llegamos era, precisamente, el que contenía el plano. ¿No resulta extraño, siendo una posibilidad entre veinticuatro?

–¡Una casualidad!

–No lo creo, en este asunto hay poco margen para las casualidades. He dedicado largas horas al estudio de ese plano y he llegado a la conclusión de que quien lo confeccionó sabía perfectamente lo que estaba haciendo. Los escondites no están elegidos al azar, responden a un plan perfectamente trazado. Se dispuso todo de manera que los buscadores llegasen al escondrijo donde se hallaba el plano. No fue el fruto de la casualidad, sino la lógica consecuencia de quien tramó este misterioso ocultamiento. Tengo la sospecha de que en este lugar se oculta mucho más que un tesoro distribuido en dos docenas de escondites.

Entre los presentes se hizo un silencio expectante.

El conde estaba impresionado con las deducciones del joven caballero, no sólo por la brillantez de su exposición, sino también porque su planteamiento encajaba con lo que él creía hasta aquel momento. Se mesó la barba con aire meditabundo porque Gundemaro expresaba lo que pensaba Bernardo de Claraval. El texto hacía referencia a algo que no se mencionaba, cuyo valor, al parecer, era incomparablemente mayor que las riquezas del Templo.

–¿Qué crees que trataban de ocultar?

Gundemaro se encogió de hombros.

–Lo ignoro, mi señor, pero desde luego algo mucho más valioso que esas riquezas, que, con su enorme valor, no son más que un señuelo.

–Sin embargo, todos coincidís en señalar que se trata del más fabuloso de los tesoros.

–Ciertamente, mi señor.

–Entonces me resulta difícil entender qué puede ser más valioso. –El conde estaba probando a Gundemaro.

–Tengo el convencimiento, mi señor, de que quienes trazaron el plan para ocultar el tesoro buscaban poner a salvo algo que para ellos era mucho más importante que las riquezas encontradas. Por ello lo dispusieron todo con extremo cuidado, calculando cada uno de los pasos que permitirían acceder al tesoro. He de reconocer que utilizaron el mejor de los cebos para desviar la atención de lo que verdaderamente les interesaba ocultar. Como os digo, mi señor, es muy extraño que se deje un plano que permita llegar sin dificultad a los demás escondrijos. ¡Carece de toda lógica!

–Esas riquezas colmarían grandes ambiciones –insistió el conde.

–En efecto, mi señor, y más aún cuando son el resultado de una búsqueda efectuada en veinticuatro lugares. Puedo aseguraros que crea un estado de febrilidad próximo a la locura. El proceso resulta agotador y el brillo del oro es tan fascinante que hasta el hombre más templado puede perder la cordura.

Tras estas palabras, la tensión era palpable entre los presentes. Hugo de Payens maldecía en su fuero interno a aquel jovenzuelo quien, durante las fuertes y acaloradas discusiones mantenidas durante los meses anteriores, jamás expuso el razonamiento que acaba de esgrimir. ¡Sin duda deseaba lucirse ante el conde!

–Habéis dicho que el plano reflejaba de forma exacta los lugares donde estaba oculto el tesoro.

–Con fidelidad absoluta, señor; jamás tuve en mis manos algo tan preciso. Su exactitud es tal que causa asombro. Ignoro cómo pudieron llevar a cabo mediciones en estos subterráneos, muchos de ellos cegados por derrumbamientos y en lugares aislados unos de otros.

–¿Junto a las riquezas ha aparecido alguna otra cosa? –preguntó el conde, después de un breve silencio.

–¿Os referís a algo en concreto, señor?

–Alguno de los objetos que se empleaban en los complejos rituales que practicaban los sumos sacerdotes.

–Nada de eso, señor. Grandes cantidades de oro y de plata, y en menor medida piedras preciosas. Por cierto, las diferencias entre lo aparecido en los diferentes escondrijos son muy grandes. En unos casi todo es plata, en otros predomina el oro. Hay monedas de épocas diferentes y una gran variedad de joyas labradas.

–¿Qué clase de joyas?

–Anillos, pulseras, zarcillos, collares, broches... y demás.

El conde asintió con ligeros movimientos de cabeza.

–Veamos ese tesoro.

El conde se levantó y todos los caballeros se pusieron en pie. En silencio, abandonaron el refectorio y recorrieron el dédalo de largos corredores y estrechos pasillos, donde era perceptible la antigüedad de los trabajos ejecutados por los constructores del Templo y las excavaciones realizadas en los últimos años. Llegaron a una especie de antesala, al fondo de la cual había una puerta asegurada con dos cerraduras y otros tantos cerrojos con candado. Varios caballeros sacaron llaves y abrieron candados y cerraduras. Nadie podría entrar allí en solitario.

Las antorchas alumbraron una escena tan extraordinaria que resultaba irreal. En un amplio salón de forma rectangular y techo abovedado que sostenían nueve columnas de piedra, se amontonaban el oro y la plata, las joyas y las piedras preciosas.

¡Aquello sobrepasaba todo lo imaginable!

Era mucho mayor que el tesoro del más poderoso de los monarcas.

Hugo de Champaña recorrió en silencio las riquezas. Iba de un lugar a otro sin proferir palabra; los templarios habían sido cuidadosos y podían verse veinticuatro montones. Estaba como hipnotizado por el resplandor de las gemas, el brillo del oro y la pátina que el paso del tiempo había depositado en la superficie de la plata. Había joyas cuyos antiguos orfebres dieron rienda suelta a sus fantasías artísticas. Montañas de monedas acuñadas en épocas diversas. Se detuvo ante uno de los montones, donde casi todo era oro y predominaban las monedas. Fijó su atención en una delgada lámina cuyo fulgor cobraba tonalidades rojizas. La cogió y comprobó que tenía grabadas unas extrañas inscripciones.

–¿Qué es esto?

Hugo de Payens, que estaba a su lado, negó con la cabeza.

–Lo ignoro, señor.

–Parece una placa de revestimiento arrancada a toda prisa –comentó uno de los caballeros a espaldas del conde, quien ya buscaba con la mirada al fraile.

El cisterciense, que llevaba su propio candil, escudriñaba en otro de los montones.

–¡Fray Etelberto!

El monje acudió presto y el conde le entregó la placa.

–¿Qué te parece?

Acercó el candil y permaneció largo rato en silencio, examinándola con detenimiento. Los presentes aguardaban las palabras del fraile, pero éste mantenía su mutismo.

–¿Qué opinas? –reiteró el conde.

–Hay un texto grabado, parece que está escrito en arameo antiguo, aunque no estoy seguro. Quizá se trate de una oración o una invocación al Altísimo.

El conde echó una última ojeada y ordenó:

–Está bien, regresemos al refectorio.

Una vez en el refectorio, el conde preguntó:

–Además de los presentes ¿alguien más conoce la existencia de esto?

–Nadie, señor.

–Supongo que habrán circulado rumores.

–¿Os referís a nuestra estancia aquí?

–No, a la existencia del tesoro.

–Ninguno que haya llegado a nuestros oídos, señor.

–¿Nadie, entonces, alberga sospechas sobre lo que habéis encontrado?

–Señor, no me atrevería a hacer una afirmación tan tajante.

–¿Por qué?

–Nuestra presencia en este lugar levanta rumores desde hace años; se dicen muchas cosas.

–Pero ¿acerca de estas riquezas?

–Creo que hasta el día de hoy es un secreto muy bien guardado, aunque nuestro largo encierro alimenta la idea de que buscamos algo.

–¿Y Gormondo? –preguntó el conde.

–Murió hace tres años. El nuevo patriarca no ha puesto un pie aquí. Se ha desentendido de todo lo referente a nuestra misión y sólo está pendiente de las intrigas cortesanas, aunque nos dispensa su protección.

El conde asintió con ligeros movimientos de cabeza.

–Bien, en tal caso no está de más que os recuerde que todos continuamos bajo el secreto a que nos obliga nuestro juramento.

–Señor, ¿qué haremos con estas riquezas? ¿Hemos de trasladarlas a algún lugar?

–Aguardaremos instrucciones.

–¿Mucho tiempo, mi señor?

El conde miró a André de Montbard, que era quien preguntaba.

–Si hasta el momento la tenacidad ha sido la más importante de vuestras virtudes, ahora lo será la paciencia.

La presencia de Hugo de Champaña no modificó sus costumbres. Tomaron una frugal colación: un trozo de queso de cabra, media hogaza pequeña de pan y un puñado de dátiles, acompañado de un azumbre de vino por cabeza. Para fray Etelberto, quien tenía afectada la garganta por la arena del desierto, prepararon zumo de limones para que hiciese gárgaras.

Terminada la comida, el conde agradeció a los caballeros su dedicación, su esfuerzo y su tenacidad. Pero cuando les dijo que tendrían que aguardar allí hasta que llegasen instrucciones de fray Bernardo, se produjo un pesado silencio provocado por la perspectiva de continuar en aquel inhóspito lugar; todos esperaban que con la llegada del conde finalizaría su encierro. Llevaban cerca de ocho años en aquel duro aislamiento. Un tiempo complicado y difícil en el que buscaron a ciegas, sin saber exactamente cuál era el objeto de su búsqueda. Habían removido piedra, arena y cascotes de cimentación en tal cantidad que hubieran podido construir toda una ciudad. A lo largo de aquellos años, llegaron a creer que los estaban poniendo a prueba de cara a futuras empresas, pero cuando descubrieron aquellas riquezas, supieron que Dios premiaba su esfuerzo y sobre todo una fe ciega.

Hugo de Champaña echó hacia atrás la cota de malla que cubría su cabeza y agitó su negra melena, que plateaba por las sienes y estaba empapada en sudor. Hacía tiempo que su juventud había quedado atrás, pero en la plenitud de la madurez, ofrecía un aspecto extraordinario. Su perfil aún respondía a la aureola de guerrero legendario que lo acompañaba desde hacía muchos años.

–¿Queda algo de vino?

Uno de los caballeros se acercó hasta una cantarera, llenó dos jarras de barro y las colocó sobre la mesa. El conde bebió directamente de una de ellas y luego habló con voz solemne:

–Me ata un juramento. Hace años, puse la salvación de mi alma como garantía de mi silencio. Creo que no lo rompo si os digo que fray Bernardo y yo esperábamos encontrar aquí algo mucho más importante que todos los tesoros del mundo, mucho más importante y valioso.

Los hombres contenían la respiración; a pesar de aquellas riquezas, el conde parecía decepcionado. El silencio era tal que se escuchaba el revoloteo de las moscas que acudían a los escasos restos de comida que había sobre la mesa.

–La jornada ha sido agotadora, creo que lo mejor será retirarnos a descansar.

–Señor, ¿podría llevarme el plano a mi celda? Me gustaría estudiarlo con detenimiento –preguntó el monje.

El conde miró a Hugo de Payens.

–¿Puede fray Etelberto cumplir su deseo?

–Sois vos, señor, quien da las órdenes.

El propio caballero se lo entregó, a la par que le recomendaba:

–Llevaos también la jarrilla con el zumo de limón y continuad con vuestras gárgaras. Si perseveráis, vuestra garganta estará bien en pocos días.

Pese al cansancio de un viaje que había durado más de tres meses hasta llegar a Jerusalén, Hugo de Champaña no podía conciliar el sueño. Quizá se encontraba demasiado exhausto, o tal vez se debía a la excitación que le producía conocer de primera mano la realidad de lo ocurrido en las entrañas del sagrado lugar donde se encontraba. Las riquezas eran fabulosas, pero en el fondo de su corazón latía la decepción. Había esperado otra cosa.

El aislamiento del recinto intensificaba el silencio de la noche. Acodado en el alféizar de la ventana, contemplaba la redondez de una luna que brillaba con tal intensidad que las estrellas eran pálidos y lejanos puntos perdidos en el firmamento. Era una noche clara, limpia y tranquila, pero no bastaba para serenar su estado de ánimo. No conseguía explicarse cómo las cosas habían llegado a aquel extremo, pero así habían sucedido: él, Hugo, conde de Champaña, uno de los más poderosos señores del mundo cristiano porque su feudo se había convertido en lugar de encuentro de comerciantes que acudían a las ferias con la garantía de que sus vidas, mercancías y propiedades serían respetadas, se encontraba ahora en aquel misterioso lugar. Recordó cuando, siendo niño, escuchaba historias de su abuelo y de su padre, quienes contaban cómo habían conseguido eliminar el bandidaje de sus tierras y convertir las ciudades más importantes de sus dominios en lugares donde se celebraban las más prósperas ferias de Europa. Allí se daban cita mercaderes, buhoneros, comerciantes, banqueros y cambistas, compradores y vendedores de los más variados productos. Se comerciaba con metales preciosos, pieles, lana en bruto y tejida, cueros y maderas, trigo, cebada, vinos y aguardientes, quincallería, ámbar y abalorios. Sus antepasados tuvieron la habilidad de establecer un calendario de fiestas, cuatro al año, una por cada estación, que convirtieron las tierras de la Champaña en un lugar de tránsito permanente para quienes iban a las ferias. Las riquezas surgidas de la actividad que éstas generaban los convirtió en unos de los principales señores de Francia.

Asumió el gobierno del condado cuando todavía era un joven con gran imaginación, que soñaba con vencer dragones, ser paladín de las damas y extender el dominio de la cruz hasta el último de los confines de la tierra. Era un hombre extremadamente sensible. Pero las circunstancias no le fueron favorables: su matrimonio, que resultó ser un fracaso, lo sumió en un pozo de melancolía del que creyó no salir jamás. Fue entonces cuando apareció fray Bernardo en su vida, como una luz en medio de las tinieblas. El monje despertó en él antiguos deseos al encomendarle una misión que iba mucho más allá de sus ensoñaciones juveniles. Pero el cisterciense siempre se mostró parco y algo enigmático. Siempre apeló a la fe para poner en marcha la misión que, a la postre, los había conducido hasta las entrañas del monte donde se alzó el legendario templo de Salomón. ¿Estaría fray Bernardo jugando con su fe? Esa duda, que lo había asaltado en no pocas ocasiones, lo torturaba aquella noche de una manera especial. ¿Le había ocultado lo que verdaderamente señalaba aquel viejo manuscrito?

Abstraído en sus pensamientos no dio importancia a un pequeño ruido que escuchó al otro lado de la puerta de su alcoba; pensó que se trataba de una rata. Pero cuando lo oyó de nuevo, se percató de que no lo producía uno de aquellos roedores que correteaban por las galerías. Desenvainó el puñal del cinturón que colgaba de un clavo en la pared y, sigilosamente, se acercó hasta la puerta. Escuchó entonces unos breves golpes; alguien, que no deseaba despertar la atención, estaba llamando.

–¿Quién va?

–¿Estáis despierto, señor?

Con un brusco tirón abrió la puerta sin apenas hacer ruido, aunque en el silencio de la noche el menor de los sonidos podía percibirse en la distancia. Fray Etelberto se encontró con la punta de la daga rozando su cuello y abrió los ojos de forma desmesurada.

–¿Qué haces aquí a estas horas?

–No podía dormir, señor.

–Eso no explica que merodees por la puerta de mi alcoba.

–Tengo algo muy importante que deciros, señor.

El conde miró a ambos lados y comprobó que no había nadie.

–Entra.

Cerró la puerta, retiró las ropas de un escabel, que era el único asiento de la alcoba, y se lo ofreció al fraile. Él se sentó en el alféizar y su silueta resaltó, recortada, sobre la metálica luz que bañaba la noche de Jerusalén.

En la lejanía se escuchó el canto de un gallo, aunque todavía faltaba un par de horas para que amaneciese.

–¿Qué es eso tan importante que tienes que decirme? ¿Descubriste algo en la escritura de la placa?

–No, mi señor.

–¿Entonces...?

–Tiene que ver con el plano que ha guiado a los caballeros en la búsqueda de los escondrijos del tesoro.

Los músculos del conde se tensaron bajo su arrugada camisa de lino.

–¡Explícate!

El monje sacó de entre sus hábitos el plano y el conde se acercó hasta él.

–Necesitamos luz, mi señor.

Los dos hombres se acercaron a una candelilla que flotaba sobre un cuenco de aceite. La luz no era buena, pero no tenían otra cosa.

–Mirad aquí, mi señor.

Hugo de Champaña observó que donde señalaba el índice del fraile, quien había desplegado el pergamino por su reverso, había un texto escrito con caracteres hebraicos.

–¿Qué es?

–Un texto, mi señor.

–Ya sé que es un texto, pero ¿qué dice?

–¿No deseáis saber cómo lo he descubierto?

–¿Qué quieres decir con que lo has descubierto?

–Cuando Hugo de Payens me entregó el plano, este texto no estaba aquí.

–¡Déjate de tonterías!

–Bueno, sí estaba, pero no podía verse –corrigió el fraile.

–No te entiendo.

–Mi señor, el texto estaba oculto; quien lo escribió utilizó un procedimiento que le permitía esconder lo que escribía. Ignoro cómo lo hicieron.

–Y ¿cómo has conseguido que aparezca?

–Fruto de la casualidad, mi señor. Estaba haciendo gárgaras cuando cayeron algunas gotas sobre el plano; poco después tomaron cuerpo unas letras en las zonas donde había caído el limón. No daba crédito a lo que mis ojos veían, parecía cosa de hechicería. Humedecí mi dedo en el zumo y lo extendí por una pequeña zona del pergamino y... y la escritura se materializó como por ensalmo. Después froté todo el reverso y el resultado es el que tenéis ante vuestros ojos.

Hugo de Champaña cogió el pergamino y lo revisó cuidadosamente. En una de sus caras estaba el plano que había permitido seguir la pista de los escondites. Aunque no era versado en la materia, comprobó la minuciosidad de los detalles, la perfección de las líneas, la limpieza del trazado. Quien lo confeccionó era un artista. Lo miró por el reverso y comprobó que el texto que de repente había surgido era una escritura primorosa, perfecta. Ocupaba, con sus márgenes correspondientes, justo la mitad del espacio.

–¿Has frotado la otra parte?

–Sí, mi señor, pero permanece en blanco.

–¿Lo has traducido?

–En parte; hay expresiones a las que no logro dar sentido e ignoro el significado de algunas palabras.

–¿De qué trata?

–Se habla de linajes relacionados con los sumos sacerdotes y con la dinastía de la casa de David. Quien escribió ese texto utiliza una expresión que, traducida al latín, sería *rex deus*.

–¿Qué quiere decir?

–No os lo podría precisar, pero sería algo así como el rey dios o el dios rey. Señala que el tesoro pertenece legalmente a esas familias y a sus descendientes y... y también –el fraile titubeaba– también... se alude a que uno de esos linajes corresponde a lo que llama la descendencia mesiánica. También se refiere, aunque no concreta los términos, a un grave error cometido.

–¿Qué significa «un grave error cometido»?

–Lo ignoro, mi señor. Haría falta alguien con más experiencia que yo para desentrañar ciertos aspectos que permanecen oscuros. Como os he dicho, hay expresiones cuyo significado se me escapa.

–Has mencionado una descendencia mesiánica, ¿qué significa?

–Yo, señor... yo... yo no me atrevo a deciros lo que...

–Habla, no tengas miedo.

–No estoy seguro, mi señor.

–Pero alguna opinión tendrás.

Fray Etelberto había empezado a sudar; estaba pasando un mal trago.

–Creo, señor, que si quien escribió esas líneas era judío, tenía sobradas razones para ocultar su contenido. Los judíos siguen esperando la venida del mesías, pero el autor de estas líneas no opina lo mismo.

–¿Por qué dices eso?

–Porque señala que el mesías era Jesucristo.

El conde se quedó varios segundos en silencio.

–Si el autor del texto considera que Jesucristo era el mesías, ¿qué significado tiene... tiene...?

No concluyó la pregunta porque en aquel momento alguien aporreó con fuerza la puerta.

–¡Señor, señor! ¡Despertad, señor!

El conde indicó al monje que guardase silencio, llevándose su dedo índice a los labios; se acercó a la puerta y aguardó a que lo llamasen de nuevo.

–¡Despertad, señor!

–¿Qué ocurre?

–¡Hay un incendio, señor! ¡Un incendio en la zona de la puerta de Sión y de la torre de David! ¡Cerca de la iglesia de Santa María la Grande y la de Santa María de los Latinos!

–¡Voy enseguida! –gritó el conde, y en voz baja susurró al oído de Etelberto–: Quédate aquí. No salgas hasta que me marche y procura que nadie te vea. Hablaremos más tarde.

–¡El resplandor se puede ver desde la parte del Muro de las Lamentaciones! –se escuchó al otro lado de la puerta.

–¡Ya voy! ¡Ya voy!

9

En la comisaría había cierto ajetreo. Gente que entraba y salía, una señora presentando una denuncia por robo y un grupo de jóvenes pendientes de que les tomasen la filiación y que no cesaban de alborotar. Aquél era un barrio con mucha vida, pero tranquilo; uno de los lugares elegantes de París, como señalaba el hecho de que, a pocos pasos de la comisaría, tuviesen su sede algunas instituciones de gran relevancia. En la confluencia de las rues de la Banque y de Réaumur, estaba la Bolsa de París, donde se negociaban los valores del mundo de las finanzas; los más importantes se agrupaban en un selectivo índice bursátil denominado CAC-40. A dos manzanas se encontraba el edificio que había albergado desde 1720 la Biblioteca Nacional de Francia, conocido como Richelieu-Louvois; en 1996, la inauguración del espectacular centro al otro lado del Sena no significó su desaparición. Su histórica Sala Oval era lugar de cita de profesores, intelectuales y lectores curiosos porque allí podían buscar manuscritos, mapas, planos, estampas, fotografías, monedas o medallas. Unas calles más al oeste, frente al boulevard de los Capuchinos, se encontraba el Teatro de la Ópera y un poco más lejos, en dirección al Sena, la iglesia de la Magdalena, la plaza Vendôme, el Palais Royal y el museo del Louvre.

Un agente los acompañó hasta el despacho de Gudunov. Al comisario no le gustó la presencia de la joven que acompañaba a Blanchard; lo que parecía una sonrisa se congeló en su boca. Por deformación profesional se puso en guardia: pensó que se trataba de una abogada.

Gudunov era un tipo que rondaba la cincuentena y de estatura media. Se conservaba en buenas condiciones físicas y lo más llamativo de su fisonomía era el mostacho que poblaba su labio superior y que casi tapaba su boca. Por la gendarmería corría el rumor de que era para ocultar una malformación producida por un labio leporino, pero nadie se atrevería a decírselo. Tenía fama de correoso y carecía de sentido del humor.

La historiadora se percató de que no era bien recibida; también a ella aquel tipo del bigote le produjo una desagradable impresión. Pensó en cómo se las compondría para comer fideos o la celebrada sopa de *oignon*; en cualquier caso le pareció que sería una guarrada.

–Comisario, le presento a Margaret Towers, una amiga.

La historiadora le extendió la mano y el policía se la estrechó, sin tratar de disimular que era por puro compromiso.

–Tomen asiento, por favor –dijo señalando un sofá de cuero que había conocido mejores tiempos.

–Gracias.

–No creí que viniese acompañado, se trata de una simple formalidad. Sepa que, por el momento, no tenemos indicios que le inculpen de la muerte de la señorita Tibaux. Simplemente deseaba hacerle algunas preguntas relacionadas con el caso.

Por un momento, Pierre no comprendió el alcance de lo que acababa de escuchar. Tardó unos segundos en reaccionar.

–Se confunde comisario, la señorita Towers es una historiadora británica, especialista en la Edad Media, que está de paso por París. Acaba de llegar y me pareció de mal gusto dejarla sola.

Margaret tenía suficientes conocimientos de francés para enterarse de la conversación, aunque se le escapaban algunos detalles. Hasta que no se familiarizó con el tono del policía no pudo captar el significado de algunas palabras, por lo que no comprendía por qué Pierre acababa de decirle al comisario que estaba confundido; sin embargo, pudo comprobar que la tensión que había percibido en Gudunov se relajaba al escuchar que ella era una medievalista británica.

–Creí que...

–¿Cree que necesito defenderme de algo? –contraatacó el periodista.

–Lo lamento, señor Blanchard. En mi profesión, no puede descartarse nada. ¡Ni se imagina las sorpresas que me he llevado a lo largo de mi vida! ¡Si yo le contara!

Pensó que alguna de las historias del comisario podría resultar interesante; seguro que habría llevado casos repletos de morbo. Pero no deseaba darle cuerda en ese terreno, podía llevarse una sorpresa. Decidió que lo mejor era acabar lo antes posible, siguiendo su axioma de que la policía cuanto más lejos, mejor. También por deferencia a Margaret.

–Disculpa aceptada. ¿Por qué quería verme?

–Supongo que la señorita Towers es persona de confianza.

–Puede darlo por seguro.

Margaret miró al comisario de frente.

–¿Prefiere usted que los deje solos? –Se acercó a Pierre y le comentó con un tono de voz más bajo–: No te preocupes por mí, aguardaré fuera el tiempo que sea preciso.

–Por favor, por favor, de ninguna manera –se disculpó el comisario.

Gudunov debió de esbozar una sonrisa, pero su bigote la ocultó. Se levantó, cogió una carpeta de plástico y la colocó sobre una mesita que tenía delante. Al abrirla, Pierre sospechó que se trataba de *Le Serpent Rouge*. ¡Tenía que haberlo adivinado! Vaugirard afirmó que no podían acceder al legajo porque formaba parte de una investigación policial. Pensó que, si era así, Margaret iba a descubrir, en las peores circunstancias posibles, lo que en realidad era el legajo 7JCP070301. Por un momento, temió que montase una escena.

–Verá, Blanchard, usted me dijo que el legajo que la señorita Tibaux le ofreció con vistas a un posible trabajo tenía alguna relación con los templarios, ¿lo recuerda? –Pierre asintió con un ligero movimiento de cabeza; estaba más pendiente de la reacción de Margaret–. Creo recordar que las palabras exactas que usted empleó fueron: «Los caballeros medievales están de moda. Los encontramos por todas partes, en las revistas, en los libros, en las películas... Se han convertido en una mina de oro».

–Lo recuerdo perfectamente.

–También recordará que le pregunté si le sonaba de algo el nombre de la Serpiente Roja.

–En efecto.

–Usted me dijo que no.

–Así es.

Margaret trataba de no perder detalle. Ella sabía que Pierre tenía referencias de la Serpiente Roja y que estaba realmente interesado en lo que se escondía tras aquel nombre. Pero ignoraba la razón por la que se lo negaba al policía.

–Sin embargo, en el legajo que le ofreció a la señorita Tibaux hay una clara alusión a ella. –Gudunov abrió la carpeta–. Más aún, tiene una portadilla en la que aparece ese nombre.

«¡Maldito Vaugirard!», pensó Pierre. Los había engañado miserablemente. Les mintió cuando dijo que no podía facilitarles el acceso al legajo que Margaret solicitaba; en realidad, la policía estaba trabajando con fotocopias que la historiadora miraba atónita.

–Es posible –murmuró el periodista.

–No es posible, es seguro. ¡Mire, mire! ¡Aquí está!

Gudunov señaló con su dedo índice la portadilla donde resaltaban tres palabras: *Le Serpent Rouge.*

–¿Y bien?

–Muy sencillo, ¿por qué me dijo usted ayer que no había oído hablar de ello?

–Porque es verdad –respondió con aplomo Pierre.

–¿Podría explicármelo? Porque, como habrá tenido ocasión de comprobar, ésta es una fotocopia del legajo del que le habló la difunta señorita Tibaux.

Pasó varias páginas y aparecieron textos mecanografiados o impresos.

Margaret, desconcertada, miró a Pierre, quien temió una explosión de cólera; sin embargo, no abrió la boca. La tormenta descargaría más tarde.

–Es muy sencillo, comisario. Madeleine Tibaux me entregó durante la cena en Le Vieux Bistro un DVD con una copia de los microfilms. Como tiene usted tan buena memoria –ironizó el periodista– recordará que le conté que estuvimos allí. Sin embargo, cuando usted me visitó en la sede de la Asociación de Amigos de Occitania, yo no había visto todavía el contenido de ese DVD. Pasé la mañana de ayer pendiente de la reunión con Madeleine y por la tarde estuve dando un repaso a la conferencia. Creo habérselo dicho ya.

Gudunov extendió los brazos, en un gesto cargado de teatralidad.

–¡Ésa es una magnífica coartada!

–¿Qué insinúa usted?

–Sencillamente que tiene una buena explicación para no saber qué era la Serpiente Roja, cuando anoche le pregunté sobre ello.

–¡Usted ha mencionado la palabra coartada! ¡Como si yo estuviese tratando de ocultarle algo!

–Lo lamento, señor Blanchard, no era mi intención hacerle creer que es usted sospechoso. A veces, utilizamos de forma inadecuada palabras que forman parte de nuestra jerga.

–Pues sea más cuidadoso, señor comisario. Es la segunda vez, en pocos minutos, que tiene que excusarse.

El enfrentamiento verbal presagiaba un final desagradable cuando Margaret le preguntó a Gudunov:

–¿Por qué está usted tan interesado en la Serpiente Roja?

La pregunta fue como un mazazo para Pierre. Había cometido un error cuando accedió a que lo acompañase a la comisaría.

–¿Cómo dice, señorita? –Margaret había cogido por sorpresa a Gudunov.

–¿Por qué le interesa la Serpiente Roja? –preguntó de nuevo.

–¿Acaso sabe usted qué se esconde tras ese nombre?

La escocesa insinuó una ligera sonrisa.

–Tal vez.

–¿Qué quiere usted decir?

–Que quizá podría facilitarle alguna información sobre lo que algunos sostienen acerca de esa cuestión, a la que yo no doy el menor crédito.

El comisario dudó un instante. Le molestaba que una extranjera se entrometiese de aquella forma en un asunto que no le incumbía, pero recordó que era historiadora, especialista en la Edad Media; además, se había percatado de que a Blanchard le había sentado mal que su amiga plantease la cuestión. Disimuló su disgusto y le preguntó:

–¿Qué clase de información?

–Relacionada con la Serpiente Roja.

–Creo, Margot, que no deberías meterte en esto –protestó Pierre.

–¿Qué hay de malo en ello? En mi país, colaborar con la policía es un deber ciudadano que tenemos siempre muy presente y, si bien éste no es mi país, creo que hago lo correcto.

En aquel momento sonó el teléfono que había sobre la mesa de Gudunov.

–Disculpen un momento.

Se levantó, descolgó el aparato y gruñó:

–¿Dígame?

El comisario escuchó en silencio hasta que preguntó:

–¿Dice usted que es muy urgente?

El comisario asintió con varios movimientos de cabeza mientras escuchaba.

–Dígale que lo llamaré dentro de unos minutos, en cuanto termine. No le dé ninguna explicación, usted ya me entiende.

Pierre no abrió la boca mientras el comisario atendía al teléfono, ni siquiera miró a Margaret. Calibraba las razones por las que ésta había reaccionado así y concluyó que era una manera de vengarse de él, una vez descubierta la realidad del legajo. Gudunov se frotó las manos y compuso la mejor de sus sonrisas, que no pasaba de ser una mueca en la que se estiraban las comisuras de sus labios.

–Estoy sumamente interesado en escucharla, profesora.

Ahora se mostraba encantador, hasta donde su huraño carácter se lo permitía.

–¿Ha oído usted hablar de la Estirpe Sagrada?

El comisario hizo un gesto con el que mostraba su desconocimiento.

–¿Qué es?

–Es el nombre con que se conoce a una de las familias que integran las llamadas dinastías reales del judaísmo bíblico.

Pierre notó cómo su pulso se aceleraba; instantes después percibió el golpear de la sangre en sus sienes como si hubiese realizado un gran esfuerzo físico. Gabriel d'Honnencourt utilizó la misma expresión: dinastías reales del judaísmo bíblico. Sin darse cuenta, había contenido la respiración. La actitud de Margaret lo desconcertaba. ¿Cómo era posible que en ese instante hablase con tanta seriedad y, anteriormente, cuando él le mencionó la Serpiente Roja, la calificara de bobada y de pamplina?

–Circula una leyenda –explicaba la medievalista–, según la cual las descendencias del rey David, de los Asmoneos y de los veinticuatro sumos sacerdotes que integraban el colegio sacerdotal del Templo de Jerusalén configuraron auténticas dinastías, que han permanecido a través del tiempo. Algunos denominan a esas dinastías como las familias *rex deus*, dando a entender con ello que asumen el valor divino que, según la tradición judía, está asociado a dichas familias.

–¿Qué sabe de esas familias? –preguntó Gudunov cada vez más interesado.

–En realidad, muy poco. Después de la diáspora producida como consecuencia de la destrucción de Jerusalén por las legiones romanas de Tito en el año 70, estas familias se establecieron en distintos lugares del este de Asia, en diversos puntos de Europa y algunas ciudades del norte de África. Al parecer, algunas intentaron emparentar con las familias más preeminentes de los lugares adonde llegaban en busca de refugio.

–¿Lo consiguieron?

–Parece ser que en algunas partes sí. Se afirma que una de ellas lo hizo con un importante linaje del pueblo de los francos, una de las tribus germánicas que, después de un largo peregrinar por media Europa, llegaron hasta la antigua provincia romana de la Galia, donde se habían asentado los visigodos tras saquear Roma en el año 410.

La historiadora explicó con gran lujo de detalles la importancia de ese saqueo porque los visigodos y su rey Alarico se llevaron buena parte de las fabulosas riquezas atesoradas durante siglos en Roma. Entre lo saqueado estaba al menos una parte del tesoro que los legionarios de Tito se llevaron del Templo de Jerusalén, como botín de guerra.

–¿El tesoro del Templo de Jerusalén fue a parar a Roma? –preguntó Gudunov.

–Es de las pocas cosas que podemos afirmar en toda esta historia, donde hay gran cantidad de elementos que son pura leyenda.

–¿Por qué está tan segura?

–Porque cualquiera que visite Roma puede contemplar el Arco de Tito. Un arco de triunfo, cuyos relieves nos ofrecen escenas de los éxitos de dicho emperador. Destaca su victoriosa campaña en Judea y en uno de esos relieves puede verse a los legionarios romanos llevando el botín en un carro.

–¿Cómo puede saberse que ese botín corresponde al Templo de Jerusalén?

Gudunov, como buen sabueso que era, no daba por buena ninguna información que no hubiese comprobado.

–Entre los objetos que se transportaban en ese carro es claramente perceptible el famoso candelabro de los siete brazos, llamado *menorah*. Un objeto como ése solamente podía proceder del Templo de Jerusalén.

Durante un buen rato Margaret comentó cómo un siglo más tarde, en el año 507, tuvo lugar la sangrienta batalla de Vouillé, donde se enfrentaron los francos de Clodoveo y los visigodos de Teodorico. Estos últimos sufrieron una derrota tan grave que se vieron obligados a abandonar la Galia, salvo un pequeño territorio que entonces se conocía con el nombre de la Septimania y al que más tarde acabó por denominarse Occitania.

–Algunos historiadores se han preguntado por las razones que llevaron a los visigodos, que se replegaron hacia la península Ibérica, a mantener ese territorio al otro lado de los Pirineos. Todos ellos sostienen que la razón debía de ser muy poderosa.

–¿Cuál es esa razón?

–No tenemos una respuesta. Pero son muchos los que lo relacionan, a tenor de los hechos que durante los siguientes siglos acaecieron en ese territorio, con el tesoro que se llevaron de Roma.

–¿Tendría inconveniente en darme su opinión?

–No tengo opinión al respecto. No soy especialista sobre los visigodos y la historia de Occitania me interesa por cuanto está relacionada con ciertos aspectos del mundo de las Cruzadas.

Gudunov, que no dejaba de tomar notas en una pequeña libreta, asintió con ligeros movimientos de cabeza.

A preguntas del comisario, Margaret se extendió en disquisiciones sobre las familias *rex deus* y aportó no pocos detalles sobre la más conocida de ellas y sobre la que mayores elucubraciones se habían realizado: la dinastía de los merovingios.

Pierre, con el ceño fruncido, seguía las explicaciones. Como muchos profesores, la historiadora británica tenía el defecto de perderse en numerosos detalles, sin duda muy interesantes para ella, pero poco atractivos para la mayor parte de quienes escuchaban. Llevaba más de veinte minutos hablando cuando Gudunov, que había perdido buena parte del interés mostrado al principio, la interrumpió:

–Lo que me está contando es muy interesante, pero ¿qué tiene que ver con la Serpiente Roja?

Margaret comprendió que se había excedido. Pero ésa no era razón para que el policía se mostrase tan desconsiderado. Miró a Pierre, pero el rostro del periodista parecía esculpido en piedra. Con desgana, respondió con un breve comentario:

–Es pura leyenda, pero por si le interesa le diré que se conoce con ese nombre a una de las estirpes reales del judaísmo bíblico, una de las denominadas familias *rex deus*.

Pierre recordó que aquello coincidía con algo de lo que había leído en internet.

–¿Podría decirme a qué familia se refiere?

–No se sabe, todo esto está envuelto en leyendas; se dice que es la que emparentó con la realeza de los francos, dando lugar a la llamada dinastía merovingia.

–Esa dinastía se extinguió hace muchos siglos –señaló el policía, acudiendo a sus conocimientos de bachillerato.

–En efecto, fue en el siglo VIII. A Dagoberto II, último representante de los merovingios, lo asesinaron por orden de Pipino de Heristal, quien inició así una nueva dinastía, conocida más tarde como carolingia. La Iglesia de Roma aceptó a Pipino, también conocido con el nombre del Breve, como rey de los francos. Eso es lo que nos señala la historia, pero algunos sostienen que Dagoberto II no murió.

–¿Afirma usted que Dagoberto dejó descendencia?

–¡Yo no afirmo nada! ¡Ya le he dicho que para mí todo eso es pura leyenda! –Margaret había elevado el tono de voz–: ¡No tergiverse usted mis palabras!

–Le presento mis excusas, no pretendía ofenderla. Por favor, respóndame a una última pregunta.

–Hágala.

–¿Podría considerarse a la Serpiente Roja como a una especie de guardianes de los merovingios?

–No he oído nada al respecto. Como ya le he dicho, lo que sé es que la Serpiente Roja es el nombre con que se conoce a esos descendientes de la dinastía merovingia.

–¿Podría haber llegado hasta nuestros días?

La historiadora no respondió, parecía meditar una respuesta. Sin embargo, su silencio se prolongó más de lo que la paciencia de Gudunov soportaba a aquellas alturas, por lo que el policía repitió la pregunta.

–Me temo, señor comisario –las palabras de Margaret sonaban ahora secas, cortantes. No le gustaba la actitud de aquel individuo–, que tendrá que buscar en los manuales de historia o, mejor aún, en la gran cantidad de basura que se ha escrito acerca de estas cuestiones.

A Gudunov le sorprendió la respuesta.

–¡Usted podría facilitarme esa tarea!

–Es posible, pero en este momento... en este momento no estoy en condiciones de hacerlo. Lo lamento, habíamos quedado en que su anterior pregunta era la última, ¿lo recuerda? La clase ha terminado.

La sangre escocesa de Margaret había aflorado ante las poco ortodoxas deducciones del policía, quien era incapaz de calibrar el verdadero valor de la fuente de información que había tenido a su disposición hasta aquel momento.

–¿Desea alguna otra cosa, comisario? –preguntó Pierre, quien, ante la actitud de Margaret, iniciaba internamente la reconciliación con su amiga.

–Nada más. –Gudunov se había puesto de pie–. En todo caso, señor Blanchard, le recomiendo que no abandone París sin comunicármelo y que esté localizable. Es posible que necesitemos hablar de nuevo con usted: los perfiles que presenta el asesinato de la señorita Tibaux son son cada vez más complicados.

10

A la salida de la comisaría estalló la tormenta.

–¡Conque documentos sobre los primeros tiempos del reino latino de Jerusalén! ¡Documentos sobre Balduino y sobre Godofredo de Bouillón! –clamó Margaret en cuanto puso los pies en la calle.

–Margot, te ruego que no saques conclusiones precipitadas. –Pierre se puso a la defensiva–. Yo también me siento muy mal en estos momentos.

–¿Que te sientes mal? ¡La que se siente mal soy yo! ¡Me has mentido como un bellaco!

–Eso no es cierto.

–¿Ah, no? Cuando anoche me llamaste, dijiste que el legajo era de esa época.

–Yo no dije eso. Te dije que la documentación se refería a esa época, no que fuera de esa época.

La escocesa se detuvo; su mirada despedía ira.

–¡Mentiroso!

–No, Margot. –Pierre pasó por alto el insulto porque, consciente de su treta, trataba de mostrase conciliador–. Recuerda que cuando me preguntaste por la antigüedad, te conté que no había visto los originales, que tenía en mi poder un DVD de unos microfilms.

–Eso fue peor que mentirme, ¡jugaste conmigo! ¡Tendiste una red para que cambiase mis planes y viniese a París!

Margaret caminaba ahora muy deprisa, tanto que a Pierre casi le costó trabajo seguirla.

–Debo reconocer que en lo de la trampa tienes razón, aunque yo no estaba jugando contigo: necesitaba convencerte para que vinieses. Si te hubiese dicho que el legajo estaba formado por recortes de prensa, folios mecanografiados o folletos publicados hace pocos años, ¿habrías venido?

–¡Por supuesto que no! –le gritó, tirando del brazo cuando Pierre intentó cogerla por el codo.

–Margot, es imprescindible que sepa quiénes se esconden tras el asesinato de Madeleine y por qué la han matado. Su muerte pesa sobre mi conciencia.

La historiadora se detuvo en seco, se volvió hacia él y de nuevo lo taladró con la mirada.

–¿Por qué no me lo dijiste anoche?

–Porque temí que no vinieras.

Margaret echó a andar, sus pasos eran más pausados. Pierre murmuró una disculpa.

–Lo siento mucho. Mañana te acompañaré al aeropuerto o te llevaré a Calais para que puedas tomar el tren en el Eurotúnel, lo que tú prefieras. Si no quieres dormir en mi apartamento, recogeremos tus cosas y buscaremos un hotel donde puedas pasar la noche. En estas circunstancias, no soy buena compañía.

–Será mejor el avión, aunque no me gusta, pero tengo el billete de vuelta abierto. Además, si ese policía se entera de que abandonas París, aunque sólo sea por unas horas para llevarme a Calais, sus sospechas no harán sino aumentar. –Su tono de voz era más sosegado.

–¿Crees que me considera sospechoso?

Margaret no respondió.

Lo primero que hizo Margaret al llegar al apartamento fue llamar al servicio veinticuatro horas de la British Airways y gestionar su vuelo de regreso para el día siguiente. Podría tomar el avión de las trece horas porque los dos anteriores estaban completos. Le recomendaron que no agotase el tiempo y estuviese en el aeropuerto con dos horas de antelación para dejar cerrado su embarque. Después decidió no deshacer el equipaje, salvo lo imprescindible para dormir, y se instaló en la habitación de huéspedes que Pierre tenía en su apartamento.

Se sentía desasosegada tras la trifulca. Se dio una ducha en el pequeño cuarto de baño que tenía el dormitorio y estaba a punto de acostarse cuando escuchó unos golpecitos en la puerta.

Eran las diez menos cuarto.

–¿Sí?

–¿Puedo pasar?

–Un momento.

Margaret se puso la bata antes de abrir.

La expresión del rostro del periodista mostraba a un Pierre compungido.

–Margot, me gustaría que no te marcharas de esta forma. Puesto que mañana te vas, ¿por qué no aprovechamos esta noche en París? Podríamos salir a cenar, no has comido nada. Lamento mucho lo que ha ocurrido, pero el asesinato de Madeleine y la necesidad de que me ayudase una persona de confianza hizo que cometiese una estupidez.

–Ya te dije que aquí tenéis magníficos medievalistas. Podría haberte recomendado un par de ellos, de absoluta solvencia.

Él se encogió de hombros.

–Te he dicho que necesitaba ayuda de una persona de confianza, no de cualquiera. ¿Para qué querría yo a un brillante medievalista? ¿Para que metiese las narices en ese legajo que ha despertado tu ira? De ninguna manera, prefiero afrontar el enfado de una amiga a las ironías de un desconocido.

Lo miró durante unos segundos; parecía un niño arrepentido después de una mala acción.

–¿Qué me propones? Aunque te aseguro que si pretendes seducirme para que cambie de idea, pierdes el tiempo. No me gusta que me tomen el pelo y tú lo has hecho de forma miserable.

–Te prometo que intentaré hacerte cambiar de opinión.

–¡Y lo dices tan fresco!

–Por nada del mundo actuaría contigo de la misma manera en que lo hice anoche.

–No me has dicho cuál es tu propuesta.

–Un restaurante de la plaza del Trocadero, muy cerca de la torre Eiffel. Preparan una magnífica sopa de *oignon*, la mejor de París. El restaurante se llama Kebler.

–Supongo que en honor al general de Napoleón.

–No sabría decírtelo, es posible. Pero a lo mejor el dueño se apellida así.

–Me extrañaría, no podéis desprenderos de vuestro glorioso pasado.

La terraza del Kebler estaba muy concurrida, pero el camarero les preparó una mesita para dos. Minúscula, según la norma de los restaurantes parisinos, pero en un discreto rincón. Después de que se hubiese retirado con la comanda y algo enfadado por la hora, Pierre preguntó a Margaret:

–¿Puedo hacerte una pregunta sobre lo ocurrido en la comisaría?

–Depende de la pregunta.

–Cuando ayer te llamé a Londres y mencioné la Serpiente Roja, me dijiste que eso era una bobada, una pamplina para embaucar a la gente.

–Así es –corroboró Margaret.

–Sin embargo, en la comisaría, has dado a Gudunov toda una lección de historia relacionada con ese asunto. El polizonte no ha sabido valorarla de forma adecuada.

Por primera vez en mucho rato sus labios esbozaron una leve sonrisa.

–Me he limitado a situar, en un marco histórico, las leyendas y los cuentos que algunos pretenden que nos traguemos como una verdad histórica. Pero buena parte de lo que le he contado no son más que fantasías elaboradas por imaginaciones calenturientas.

–Recuerdo que en algún momento utilizaste la palabra leyenda, pero has dado como cierto que los visigodos se apoderaron, entre otras cosas, del tesoro del Templo de Jerusalén cuando saquearon Roma.

–¡Yo no he dicho eso! –protestó Margaret.

–¿Cómo que no? ¡Has dicho que en los relieves del arco de Tito podía verse cómo las legiones llevaban ese tesoro a Roma!

–Así es, pero no he afirmado que los visigodos se lo llevasen. En realidad, después de que el tesoro fuese trasladado a Roma, ignoramos qué ocurrió con él. ¿Quién nos garantiza que la *menorah* y otros objetos de culto judío no fueron fundidos y su oro hecho monedas? Piensa que desde que esos objetos sagrados llegaron a Roma hasta el saqueo de los visigodos transcurrieron casi tres siglos y medio. En un período de tiempo tan dilatado sucedieron muchas cosas. Sabemos, por ejemplo, que muchos emperadores tuvieron graves problemas económicos. Desde finales del siglo II, los agobios azotaron de forma casi permanente al imperio. Al parecer, Alarico se llevó grandes riquezas de Roma, pero no hay un solo documento que señale en qué consistían esas riquezas. Respecto a esto todas las afirmaciones que se hagan no pasan de ser simples conjeturas; tampoco sabemos qué hicieron los reyes visigodos con esas riquezas.

–Supongo que se habrán aventurado algunas hipótesis.

–Claro que sí, pero no dejan de ser hipótesis. Unos creen que, después de la batalla de Vouillé, los visigodos se llevaron consigo su tesoro hasta Toledo, donde establecieron la capital de su nuevo reino; hay numerosas leyendas al respecto. Otros opinan que permanecieron en la Septimania, también se cuentan muchas leyendas sobre esta versión. Incluso hay documentados numerosos casos de buscadores de tesoros en esa región, a lo largo de los siglos.

Pierre dio un giro a la conversación para alejarse de aquellas historias y recabar información sobre la cuestión que verdaderamente le interesaba.

–¿Cuál es tu opinión sobre el linaje de David, de los Asmoneos y de los veinticuatro sumos sacerdotes? Has aludido a ellos, denominándolos como dinastías reales del judaísmo bíblico.

–Veo que has estado muy atento a todo lo que le he contado a Gudunov. ¡No has perdido detalle!

–Me encanta escucharte... ¡Ay! ¡Ay!

Margaret le pellizcaba el brazo, a modo de castigo por su ironía.

–Así es como se les llama, pero en mi opinión, todo eso forma parte de la leyenda.

–¿Por qué?

–Porque es muy difícil que el linaje del rey David haya permanecido en el tiempo. Quizá haya descendientes de la dinastía davídica, pero lo normal es que a lo largo de las generaciones se haya perdido la conciencia de pertenecer a esa estirpe.

–¿Sería posible que el sentimiento de pertenencia a una determinada familia se haya transmitido de padres a hijos, a través de las generaciones?

–La posibilidad siempre existe, pero supongo que resultaría muy difícil demostrarlo. Apenas existen documentos de los llamados siglos oscuros, lo que los historiadores conocemos como la Alta Edad Media. No contamos con genealogías anteriores al siglo XI.

–¿Y la descendencia de los veinticuatro sumos sacerdotes que constituían el Colegio del Templo?

La historiadora se encogió de hombros.

–Estaríamos en la misma situación. No creo que nadie posea un árbol genealógico que se remonte al siglo I. Aunque en la España de los siglos XVI y XVII los llamados reyes de armas...

–¿Qué es eso?

–Es una forma de denominar a los genealogistas.

–¿Qué pasó en España en los siglos XVI y XVII?

–Se produjo algo muy llamativo, como consecuencia de la llamada limpieza de sangre.

–¿Limpieza de sangre?

–Así denominaban los españoles de aquellos siglos al hecho de que entre sus ascendientes no hubiese ni musulmanes ni judíos. Eran muchas las instituciones que exigían un certificado de limpieza de sangre para acceder a ellas, como ocurría con las órdenes militares. Los aspirantes al ingreso debían demostrar que entre sus antepasados no había ni musulmanes ni judíos, es decir, que su sangre estaba limpia. Puesto que muchos tenían algún antepasado judío o musulmán, se falsificaron genealogías y, para darles mayor consistencia, los antepasados se remontaban a tiempos muy antiguos. Hace poco he conocido a un colega español que poseía un árbol genealógico donde aparecían recogidos sus ancestros desde el siglo I. ¿A que no adivinas de quién era descendiente?

–¡Qué sé yo!

–¡De uno de los Reyes Magos!

–¡No me digas! ¡Eso es increíble!

–Pero cierto. ¡Yo misma vi el documento donde se explicaba con mucha pompa y toda clase de detalles la larga genealogía de ese colega!

–¡Pero eso es una farsa!

–Evidentemente.

El camarero les sirvió la sopa de *oignon*, interrumpiendo momentáneamente la conversación que, al menos, había tenido la virtud de rebajar la tensión entre ellos. La sopa era sustanciosa, con mucho queso para espesar y la cebolla convenientemente cocida.

–En la comisaría, comentaste que la descendencia de una de esas familias emparentó con los monarcas francos, dando lugar a la dinastía merovingia.

–Pero lo planteé como una leyenda. En realidad, si tal cosa llegó a producirse, la dinastía quedó truncada con la muerte del último de los merovingios, el rey Dagoberto II.

–Sin embargo se ha especulado con su descendencia.

–Algunos, para que la fantasía no decaiga, afirman que Dagoberto dejó descendientes que los carolingios no pudieron eliminar; pero son afirmaciones sin fundamento.

–¿Esa descendencia sería la Serpiente Roja?

–Ésa es una de las versiones que sostienen quienes afirman tales paparruchas.

–¿Cómo explicarías que junto al cadáver de Madeleine alguien haya dejado un pergamino en el que aparece dibujada una serpiente roja?

–No sé, pero supongo que en París, como en cualquier parte del mundo, hay mucho loco suelto.

–Yo he conocido a algunos –ratificó Pierre–, pero no me negarás que da que pensar que la hayan asesinado cuando trataba de llamar la atención sobre un extraño legajo rotulado con el nombre de *Le Serpent Rouge*.

Margaret dejó la cuchara en el plato.

–Soy historiadora, no policía.

–En tal caso, que sea la historiadora quien responda.

–Ésa es tarea de la policía. Tendrá que hacerlo ese Gudunov y te aconsejo que tengas cuidado, no te mira con buenos ojos.

Pierre ignoró el consejo y le preguntó:

–¿Por qué llaman Serpiente Roja a la descendencia de los merovingios?

–¡Todo eso es un bulo!

–Pero en la comisaría te referiste a ello y lo hiciste con mucha seriedad –insistió Pierre.

–Dije que algunos utilizan ese nombre para referirse a ella, lo cual no quiere decir que sea cierto. Lo más probable es que Dagoberto II muriese sin descendencia.

–Pero si la tuvo, estaríamos hablando de la descendencia de los merovingios.

–En ese hipotético caso, podría hablarse de ello.

–Es decir, de la Serpiente Roja.

Margaret hizo un gesto de resignación.

–Si te empeñas –concedió de mala gana.

–¿Podría haber llegado hasta nuestros días?

Antes de contestar, Margaret se terminó la sopa.

–Hablar de posibilidades es hacerlo en términos muy amplios y por lo tanto con mucho margen de error. Si aceptamos como buena la teoría de que Dagoberto II tuvo descendencia, las posibilidades existen. ¿Por qué no? Pero si hablásemos de probabilidades, nos moveríamos con un número de posibilidades mucho menor.

–No te entiendo.

–Tal vez haya algunas posibilidades, pero muy pocas probabilidades.

Pierre también dio cuenta de su sopa.

–¿Te ha gustado la sopa del Kebler?

–Es excelente, pero por la noche resulta demasiado pesada para mi estómago.

–¿Quieres algo más?

–Tomaría un té.

Pierre decidió acompañarla y pidió dos.

Lo tomaron tranquilamente, mientras comentaban algunas de las informaciones salidas a la luz pública en torno a la aparición de un nuevo evangelio. En el documento se señalaba que el tradicional papel de traidor adjudicado a Judas Iscariote no se correspondía con la realidad de los acontecimientos. En la prensa de aquella mañana podían leerse declaraciones del Papa, indicando que ese documento carecía de valor. Lo más llamativo era que el Papa hubiese salido a la palestra, tras dos semanas en que habían surgido numerosos rumores acerca de su estado de salud. Algún medio había especulado con la posibilidad de que los días del pontífice estuviesen contados y que hubiese entrado en una fase terminal por culpa de un cáncer, no detectado a tiempo. En cualquier caso, la salud del Papa aparecía, desde hacía algunos meses, en los medios de comunicación.

–La Iglesia católica se enfrenta a un problema muy grave desde hace algunos años –comentó Margaret.

–¿A uno solo? –ironizó Pierre.

–Me refiero a un problema de fondo histórico.

–¿A cuál?

–A lo ocurrido en varios concilios celebrados entre los últimos años del siglo IV y los primeros del V, uno en Hipona y dos en Cartago. En ellos los obispos definieron el llamado canon evangélico y decidieron cuáles eran los documentos que habían sido escritos bajo inspiración divina y, por lo tanto, los que marcarían las pautas de la fe. En aquellos concilios se hizo un expurgo terrible y se dejaron establecidos los textos que configuraban el Nuevo Testamento. Se escogieron cuatro Evangelios, los de Mateo, Lucas, Marcos y Juan, a los que se denominó canónicos. Había muchos más, tal vez docenas, pero sobre ellos cayó la implacable mano de la Iglesia, que los fue destruyendo en un proceso sistemático. El temor se apoderó de sus poseedores, que fueron considerados herejes, y ya sabemos cuál era el destino de esas personas; la mayoría se deshizo de esos papeles. No obstante, en determinados lugares se ocultaron algunos de esos textos «peligrosos» y en las últimas décadas han aparecido diferentes depósitos.

–¿Evangelios heterodoxos?

–Sí, el hallazgo más importante se produjo en un lugar cercano a Luxor, una población egipcia llamada Nag Hammadi. Creo que fue en 1946.

–¿Cómo has dicho que se llama ese lugar?

–Nag Hammadi.

–¿Qué se encontró?

–Unos campesinos, mientras realizaban labores agrícolas, hallaron una vasija de barro sellada. En su interior había una serie de textos en los que aparecen diferentes versiones de las enseñanzas de Jesús. También algunos textos recogen aspectos de su vida, que contradicen los planteamientos sostenidos como verdades incuestionables durante siglos por la Iglesia de Roma.

–¿Como cuáles?

–Se afirma que Jesús sentía predilección por María Magdalena, a quien, al parecer, besaba en la boca, como si fuese su esposa.

–¡No me digas!

–Me extraña que un tipo como tú, dedicado a investigar historias que levantan polvareda, no sepa nada de esto.

–Ya ves.

–Parece ser que en alguno de los textos se deja claro, algo que se insinúa en los llamados Evangelios canónicos, que Jesús tuvo hermanos, lo que supondría que la Virgen María parió más de una vez. ¡Imagínate!

–¡Qué barbaridad! –exclamó Pierre, cada vez más sorprendido.

–¿No has leído el best seller de Dan Brown?

–¿Te refieres a *El Código da Vinci*?

–Sí.

–Lo tengo en casa, me lo regalaron por Navidad hace dos años, pero no lo he leído.

–Allí se mencionan algunas cosas de éstas.

–Volviendo a María Magdalena: si formaron pareja, pudieron tener hijos.

–Claro.

–Creo recordar que en alguno de los Evangelios se dice que Jesús era de la estirpe de David.

–Así es.

–En ese caso... en ese caso, ¿podría haber una estirpe de esas llamadas dinastías bíblicas que fuesen los descendientes de Jesús y de María Magdalena?

–Podría, pero ¿quién estaría en condiciones de demostrar una cosa así? Volvemos a la misma cuestión de hace un rato. Es prácticamente imposible trazar un árbol genealógico que se remonte tanto en el tiempo.

–Eso de Nag Hammadi es fascinante.

Pierre volvió a ese descubrimiento del que nada sabía.

–Será fascinante para ti; para la Iglesia católica es un dolor de cabeza.

–Con rechazarlo y hablar de fe tienen el asunto resuelto. ¡Te lo crees o no te lo crees!

–No es tan simple –comentó Margaret.

–¿Ah, no?

–No. Mira, la Iglesia de Roma debía de ser consciente de que la tarea de expurgo de los Evangelios no fue completa, aunque debieron de aplicarse a fondo para destruir todos los textos que no cuadrasen con el planteamiento que aprobaron en esos concilios a los que me he referido. Dieron como válida una traducción al latín que hizo san Jerónimo, que se conoce con el nombre de la Vulgata, y los clérigos se reservaron el derecho de lectura e interpretación de los textos sagrados. En la Edad Media persiguieron con saña cualquier intento de traducir la Biblia en general y los Evangelios en particular a las lenguas populares. Sabían que era la mejor forma de preservar una situación que podían no controlar, ya que el latín se había convertido en una lengua conocida sólo por el clero y algunos eruditos. El pueblo hablaba inglés en Inglaterra o francés en Francia y si los Evangelios no se traducían, la inmensa mayoría de la gente no podría leerlos, partiendo de la base de que ya era bastante reducido el número de personas que sabían leer y escribir. En Inglaterra, por ejemplo, persiguieron a Wicleff en el siglo XIV porque tradujo la Biblia al inglés. En el Concilio de Trento, la Iglesia de Roma estableció penas muy severas para quienes la tradujesen a las lenguas populares. También determinó que el estudio de los textos sagrados únicamente incumbía a los clérigos, quienes recomendaban la lectura de obras piadosas, devocionarios, vidas de santos y ese tipo de literatura para aquellos que deseaban leer, pero en ningún caso el Antiguo y el Nuevo Testamento. Eso marcó una profunda diferencia entre la Europa católica y la Europa donde triunfó la Reforma, y donde la lectura de la Biblia, traducida a las lenguas vernáculas, se convirtió en pieza fundamental de su religiosidad.

Pierre escuchaba embobado las explicaciones de una Margaret que parecía haber olvidado su enfado. Era algo propio de ella; en general, de toda la gente de sangre caliente.

–A veces, uno tiene la sensación de que quienes elaboraron el canon ortodoxo en Hipona y Cartago –prosiguió la medievalista– lo hicieron demasiado deprisa.

–¿Por qué?

–Porque entre los diferentes evangelios que seleccionaron y aquellos que verdaderamente reflejaban la vida y la doctrina de Jesús pueden apreciarse algunas contradicciones. Es posible que ahí se encuentre una de las causas más importantes para que se mostrasen tan celosos con la restricción de su lectura.

–¿Prefirieron aferrarse a unos planteamientos erróneos y no dar un paso atrás?

–Yo no haría una afirmación tan contundente, pero en buena medida así ha sido; si bien sus posiciones no han permanecido invariables, pueden apreciarse los cambios en algunos de sus planteamientos, hechos, desde luego, de forma muy sutil.

–¿Como por ejemplo?

–Volvamos al caso de María Magdalena. Desde la Edad Media hasta fechas bastante recientes, la imagen que la Iglesia católica difundió de ella fue la de una pecadora arrepentida. Una prostituta, que se ponía como ejemplo de la infinita capacidad de perdón de Jesús. Numerosos pintores de todas las épocas la han representado como una penitente que dedicó el resto de su vida a expiar sus pecados. También servía como modelo a las mujeres que se dedicaban a la prostitución, cuando se intentaba convencer a éstas de que abandonasen el mal camino. Sin embargo, ¿quién era María Magdalena?

–Según lo que acabas de decir, y según uno de esos Evangelios descubiertos en la aldea egipcia, la esposa de Jesús –señaló Pierre sin vacilar.

–¡Cómo se nota que eres periodista! En esos textos no se afirma tal cosa. Se dice que se besaban en la boca y, desde luego, María Magdalena aparece como una persona que gozaba de especial atención por parte de Jesús. ¡Tú ya los has casado!

–Pido disculpas.

–María Magdalena es uno de los personajes más enigmáticos de los Evangelios. Me parece que es la figura femenina que más veces aparece nombrada en ellos, incluso más que la Virgen María. Pero su imagen presenta perfiles contradictorios y queda como sumida en una nebulosa. Sin embargo, cuando, según los Evangelios, se produce la resurrección de Jesús, ¿a quién se aparece en primer lugar?

–¿A quién? –saltó Pierre.

–A María Magdalena.

–¡Anda ya!

–¿No has leído los Evangelios?

Pierre se sonrojó ligeramente.

–Pues la verdad es que no.

–Uno de los evangelistas, creo que era Juan, dice que cuando María Magdalena identificó a Jesús, a quien al principio había confundido con el hortelano del huerto donde estaba el sepulcro, ella trató de abrazarlo.

–¡Margot, no me dirás que ésa no es la reacción lógica de toda amante esposa!

Ella apuntó un esbozo de sonrisa.

–Cuenta el evangelista que Jesús la rechazó, diciéndole que no lo tocase. Esa escena también ha servido de inspiración a los pintores. Es el famoso *Noli me tangere*, tratado por un buen número de artistas. Pero durante siglos la Iglesia prefirió la imagen de pecadora a la de esa primera persona a quien se apareció el Resucitado; era mucho más interesante para sus propósitos. Sin embargo, de un tiempo a esta parte, prefieren resaltar la imagen de una Magdalena muy diferente a la de la prostituta arrepentida.

–A lo mejor están preparando el terreno para cambios mucho más llamativos y, de esa forma, amortiguar el escándalo. Porque sería bastante complicado para el clero admitir que la prostituta más famosa de la historia resultó ser la esposa de Jesucristo.

–Si así fuese, no creo que lo admitieran –señaló Margaret–; sería demasiado duro. No fueron conscientes del alto precio que se pagó por una actitud misógina que duró siglos, porque, en realidad, tras la imagen que forjaron de María Magdalena se ocultaba un asunto mucho más peligroso.

–¿Qué clase de asunto?

–María Magdalena tuvo muchos adeptos desde los primeros siglos del cristianismo, que se mantuvieron a lo largo de la Edad Media. A ella se dedicaron más templos que a cualquier otro santo, incluso más que a la mismísima Virgen María. Hace tiempo que se abrió un debate sobre la expresión Notre-Dame, que vosotros los franceses utilizasteis para bautizar a un buen número de vuestras catedrales en el Medioevo; una denominación que, al parecer, tiene su origen en Bernardo de Claraval.

–*Notre Dame* es Nuestra Señora, la Virgen. –La entonación de Pierre era la de quien manifiesta una evidencia.

–También yo lo creo, pero hay quien sostiene que la expresión «Nuestra Señora» se refiere a la esposa, a la Magdalena.

–¿Sería posible?

–La posibilidad siempre está ahí, pero no olvides que quien ponía el nombre de los templos bajo una determinada advocación era la Iglesia. Que Notre-Dame fuese una referencia oculta a la Magdalena es poco consistente.

Pierre se quedó callado. No era practicante, pero se había educado en un país católico, cuya cultura, al igual que el resto del mundo occidental, está impregnada por las raíces del cristianismo. Había verdades que se aceptaban sin necesitad de mayores explicaciones, porque formaban parte de la vida de la gente; sin embargo, el planteamiento de Margaret estaba cargado de lógica. Desde luego, existía un margen para que la duda y el debate pudiesen plantearse en aquellos términos. La miró de reojo y comprobó que sostenía entre sus manos la taza de té, como si quisiese calentárselas. Tenía la mirada perdida hacia la torre Eiffel, una alargada y reluciente ascua en la noche parisina.

–¿Tienes frío, Margot?

–No, no. Hace una noche muy agradable, se está bien aquí.

Tuvo la sensación de que su pregunta había interrumpido un pensamiento placentero. Desde hacía un buen rato, el periodista dudaba si comentarle algo acerca de su encuentro con Gabriel d'Honnencourt. Decidió no hacerlo porque ella podía pensar que se trataba de una estratagema para retenerla y optó por guardar silencio.

–¿Crees que la Serpiente Roja, considerando como tal a los descendientes de los merovingios...?

–Que es mucho considerar –lo interrumpió ella.

–Lo planteo como una simple hipótesis.

–Pregunta.

–La Serpiente Roja, entendiendo como tal a los descendientes de los merovingios, ¿estaría ligada a algún tipo de sociedad secreta que ha llegado hasta nuestros días?

–Sinceramente, no.

–¿Y el asesinato de Madeleine Tibaux?

–¿Qué pasa con él?

–Que ha tenido que cometerlo alguien informado de que ella investigaba sobre ese legajo de la Biblioteca Nacional.

Margaret se quedó mirándolo, sin decir nada. Cuando habló, lo hizo con una rotundidad que aturdía.

–¡Por eso eres sospechoso para Gudunov!

–¡Cómo iba yo a matar a Madeleine! ¿Por qué iba a hacer algo así?

–Porque eres miembro de una organización secreta llamada la Serpiente Roja, que no quiere que se airee ese legajo.

–Y Madeleine pone en mi conocimiento la existencia de extrañas anomalías que existen en él.

–Efectivamente, lo hace porque ella ignora que tú eres miembro de la sociedad secreta que se oculta bajo esa denominación. ¡No debes olvidar que se trata de una sociedad secreta!

–¡No jodas, Margot!

–¡No jodo, Pierre! Simplemente te pongo de manifiesto hasta dónde se puede llegar cogiendo las cosas por los pelos.

11

Troyes, Champaña (Francia), finales del verano de 1128

Los cuatro hombres que se sentaban alrededor de la mesa estaban pendientes del fraile, que no paraba de pasear de un extremo a otro de la habitación. De vez en cuando se detenía ante la ventana, cuyas impostas dejaban ver el gran espesor de los muros, y fijaba su mirada en las hileras de verduras que enseñoreaban el huerto. Verdeaban alineados, como si hubiesen sido trazados con escuadra y cartabón, los puntiagudos tallos de las cebollas, las filas de las orondas coles y las aplastadas hojas de los nabos que ya amarilleaban, poniendo una nota dorada a los primorosos cultivos de aquel huerto que los frailes cuidaban con esmero.

–Os preguntaréis por la causa de mi llamada –comentó el cisterciense en un momento en que les daba la espalda.

Ninguno de los presentes abrió la boca. Aguardaban a que el monje les explicase el motivo de su presencia en aquel apartado lugar.

–Ha llegado el momento de que la Orden adquiera tal rango. Ésa es la única manera de acabar con los rumores que circulan.

–No os entiendo, fray Bernardo.

–Es muy simple, mi querido Hugo, una Orden militar es la mejor manera de organizaros para cumplir nuestra misión.

–Será imposible evitar los rumores y los comentarios –indicó Hugo de Payens.

–He de daros la razón cuando decís tal cosa, es imposible evitar comentarios y rumores. Pero si todos los que tienen obligación de guardar silencio cumplen con su deber, nadie conseguirá hacer una afirmación que pueda sostener sin menoscabo de su honor.

–En cierto modo podemos considerar que la Orden ya está constituida. La gente nos conoce con el nombre de los caballeros del Templo, nos llama templarios, en alusión a nuestra larga permanencia en las ruinas de Jerusalén –comentó André de Montbard, el tío de fray Bernardo.

–Te equivocas si piensas que una denominación, por muy extendida que esté, os constituye en una Orden. La Orden como tal no existe.

–¿Cómo que no existe?

–Legalmente no –reiteró el cisterciense.

–¡Cómo que no! –gritó André, alzando sus grises y picudas cejas en un gesto airado–. Pronto hará diez años que hicimos voto de castidad, de obediencia y de pobreza ante el patriarca de Jerusalén, al tiempo que el rey Balduino nos concedía un lugar donde aposentarnos. Los hemos dedicado a cumplir nuestro compromiso y a realizar la misión que tú nos encomendaste.

–Todo lo que dices es cierto, pero eso no significa que estéis constituidos en una Orden. –Las palabras del monje eran suaves como un bálsamo–. A lo sumo se os podría considerar como una sección especial del capítulo de los canónigos del Santo Sepulcro, los llamados canónigos de Sión, pero no una Orden de caballeros. Tienes toda la razón cuando dices que vuestra presencia en Jerusalén ha estado determinada por el cumplimiento de una misión y que Balduino os concedió un lugar como sede, también es verdad lo que señalas respecto a los votos, pero canónicamente no sois una Orden, os faltan los requisitos legales para ello. ¿Acaso estoy faltando a la verdad cuando hago esta afirmación?

–¡Somos una Orden!

De Montbard golpeó la mesa con el puño.

Fray Bernardo, cuya presencia intimidaba, clavó sus ojos en las pupilas de su tío, quien comprobó el fuego que alumbraba esa mirada. Su brillo era tan intenso que no pudo resistirlo y agachó la cabeza.

El fraile, con un tono de voz monocorde, como si estuviese rezando una salmodia, señaló sin alterarse:

–No habéis protegido los caminos de Tierra Santa ni tampoco habéis ayudado a los peregrinos, no tenéis reglas por las que se rija vuestra vida. Ni siquiera habéis permitido que alguien ingresase en vuestras filas ¿Queréis decirme qué clase de Orden es ésa?

–Si a nadie hemos admitido es consecuencia del cumplimiento de vuestras órdenes –señaló Gundemaro, otro de los caballeros presentes, que acudía en auxilio de André, cuya cabeza estaba hundida en el pecho.

–Es cierto –prosiguió fray Bernardo– que habéis cumplido la misión que se os encomendó, cuya importancia supera con creces el trabajo que hubieseis realizado de haber estado apostados en los caminos de Palestina. Sin embargo, ha de quedar claro que eso no significa que seáis una Orden. Se hace imprescindible tener una bula papal en la que se sancione vuestra existencia como comunidad de caballeros. Necesitáis la protección que ofrece una organización con las bendiciones pontificias; ésa será vuestra garantía porque os pondrá fuera de la jurisdicción de los obispos. Algunos son demasiado curiosos y les gusta meter las narices incluso donde no deben hacerlo. Además, hay demasiadas voces, posiblemente interesadas, que se alzan contra vosotros.

–¿Voces contra nosotros? ¿Qué dicen esas voces? –preguntó un inquieto Hugo de Payens.

–Hay quien afirma que vuestra existencia vendría a romper el orden natural de las cosas, el orden establecido por Dios Nuestro Señor.

–¡Explícate porque no te entiendo!

André de Montbard, algo recuperado de la embestida sufrida, se había puesto en pie. Estaba furioso.

–Vuestros enemigos señalan que no sois ni monjes ni guerreros. Mejor dicho, afirman que sois mitad monjes y mitad guerreros, lo cual contraviene el orden natural de la sociedad. Se es *oratore*, se es *bellatore* o se es *laboratore*. Se reza, se lucha o se trabaja, pero no se puede estar a medio camino.

–¡Lo que queremos es servir a Dios y a la cristiandad!

Fray Bernardo no se dio por aludido.

–Tendremos que movernos con habilidad, si deseamos llevar a buen término nuestros propósitos.

–No comprendo qué ocurre –señaló de Montbard–. ¿Cuál es la razón para que nos hayamos ganado esos enemigos, si lo único que hemos hecho ha sido permanecer aislados del mundo tras los muros de un solar en Jerusalén?

–¡La razón es que incomodáis, mi querido tío! ¡Incomodáis sin que se conozca la verdadera causa de vuestra existencia! ¡Imaginaos si vuestros enemigos supiesen la causa de vuestra estancia en las ruinas del Templo durante todo ese tiempo!

Fray Bernardo, a quien ya conocían como el monje de Claraval, debía ese nombre al de un tranquilo valle, el de Langres, donde, por orden del prior de su Orden, Esteban de Harding, había levantado un monasterio. Gracias a la recia personalidad de su fundador, en pocos años el cenobio se convirtió en el principal punto de referencia de los cistercienses. Era un lugar luminoso y tranquilo, perdido en medio de grandes masas boscosas; precisamente la luminosidad del lugar llevó a los frailes a bautizarlo como el Valle de la Luz: Claraval.

Bernardo hablaba del amor a la naturaleza, a las flores, a las plantas, a los animales y a las pequeñas cosas de la vida, exaltaba valores hasta entonces considerados poco importantes y lo hacía con una pasión y una fuerza tales que su poder de convocatoria era extraordinario. Cuando acudía a algún lugar para predicar, se congregaban grandes muchedumbres para escucharlo, porque el calor y la fuerza de su palabra aliviaba a las gentes de sus penas cotidianas. Su popularidad era el arma principal con que contaba su Orden y a él lo había convertido en una de las personas más influyentes de su época. Se decía que en muchas casas nobles las madres ocultaban a sus hijos para que no escuchasen la ardiente oratoria del monje y tomasen los hábitos.

–¿Cuál es el procedimiento para que los caballeros puedan adquirir ese rango? –preguntó Teobaldo, el nuevo conde de Champaña, que era otro de los convocados por el fraile.

–Si los presentes estamos de acuerdo, haremos las cosas a lo grande. Consciente de la necesidad, tomé la decisión de enviar un correo a Roma para que el papa Honorio nos conceda la bula fundacional. Todo el mundo tendrá entonces que reconocer la existencia de la Orden, la Orden de los Pobres Caballeros de Cristo.

–¡Queremos ser templarios! –gritó André.

–Muy bien, seréis la Orden de los Pobres Caballeros de Cristo del Templo de Salomón. Con la bula pontificia en nuestro poder convocaremos un sínodo, un concilio provincial que será la plataforma para darla a conocer.

–Necesitamos unas reglas que recojan las normas según las cuales se regirá nuestra vida –señaló Hugo de Payens.

En los labios de fray Bernardo apuntó una leve sonrisa.

–En previsión de esa contingencia me he tomado la libertad de preparar un borrador de esas reglas, que aprobaremos si goza de vuestra anuencia.

–¿Dónde y cuándo puede celebrarse ese concilio? –preguntó Teobaldo.

Fray Bernardo, que permanecía de pie, aparentó reflexionar, aunque ya tenía previsto el lugar y la fecha aproximada. Sabía que la propuesta contaría con el apoyo del conde.

–¿Por qué no en Troyes, en la capital de vuestros dominios?

Teobaldo de Champaña asintió; no pudo disimular la satisfacción que le producía que la capital de su condado se convirtiese en el centro del evento.

–¿Cuándo?

–Cuanto antes mejor –indicó el monje, conocedor de que Teobaldo asumía su papel en aquel asunto como una pesada carga que llevaba implícita la herencia recibida, cuando su tío decidió renunciar a sus bienes y derechos para retirarse a Tierra Santa, tras tener la confirmación de que su esposa, la condesa Elisabeth, había concebido un hijo que Hugo de Champaña no reconocía como suyo. El nuevo conde ignoraba todo lo referente a la actuación de su tío en Jerusalén y fray Bernardo había preferido que quedase al margen. Si estaba allí era porque su presencia resultaba imprescindible para dejar resuelta la celebración del concilio en la capital de su condado.

–Me gustaría que se concretase una fecha.

–Cuatro meses me parece un tiempo razonable para tenerlo todo a punto.

–¿Lo consideramos un plazo?

–Podemos entenderlo como tal, siempre y cuando cuente a partir del momento en que tengamos en nuestro poder la autorización del Papa.

–¿Cuánto puede tardar?

–Espero la respuesta de Su Santidad en no más de dos semanas; los mensajeros partieron para Roma hace casi tres meses. El mayor problema que plantea el viaje está en los bandidos y salteadores de caminos, pero llevan una fuerte escolta.

–En tal caso –señaló el conde poniéndose en pie–, tomaré las disposiciones necesarias para que todo esté dispuesto para dentro de cuatro meses.

A Teobaldo le aburrían aquellas reuniones. No deseaba perder más tiempo entre los hábitos de monjes y mucho menos entre aquellos chiflados, que habían permanecido cerca de nueve años escarbando como vulgares campesinos entre las ruinas del Templo de Jerusalén. Nunca había entendido por qué su tío ponía tanto interés en todo aquello, dedicándole los últimos años de su vida, muchos recursos y no pocas influencias.

Como acertadamente pensaba fray Bernardo, todo aquel asunto no era más que una pesada carga que le llegó con la inesperada herencia. Cuanto antes concluyese, antes se sacudiría el asunto de encima; la idea de que todo estuviese finalizado en cuatro meses había llenado su corazón de regocijo.

Se despidió alegando urgentes obligaciones, aunque en realidad deseaba que la noche no le sorprendiese en el monasterio. La frugalidad de los frailes de Claraval era famosa en toda la región y él prefería dormir en un mullido lecho, a ser posible acompañado.

Fray Bernardo le agradeció su presencia y lo acompañó hasta la puerta, mientras los caballeros permanecían en pie.

Una vez solos, el fraile los sorprendió:

–Ahora podremos hablar sin las cortapisas a que nos obligaba la presencia del conde.

–¿Qué queréis decir?

–Que la convocatoria de un concilio provincial para legalizar vuestra situación y poneros bajo la protección directa de Roma no es la razón principal por la que os he convocado en Claraval. Como habéis podido comprobar, todo está ya en marcha y gracias a las noticias que ayer nos llegaron con una de las palomas mensajeras que tenemos distribuidas por diferentes cenobios de nuestra Orden, supe que la bula estará aquí en pocos días. Será entonces, según lo que acabamos de acordar con el conde, cuando convoquemos el concilio, donde quedaréis proclamados como Orden militar. Mientras llega ese momento, os entregaré varios textos con las reglas que en estos momentos los copistas de nuestro *scriptorium* están concluyendo.

–¿Cuál es entonces la razón por la que nos has convocado? –preguntó su tío, a quien no se le había pasado el enfado.

–Ahora puedo hablar con entera libertad.

–¿Acaso no se fía vuestra paternidad del conde Teobaldo? –preguntó Hugo de Payens.

–Lo que he de deciros no debe salir de un círculo restringido de personas porque se trata del gran secreto que habrán de guardar los... los templarios.

Los tres hombres se miraron sorprendidos.

–Un secreto –prosiguió fray Bernardo– que no será compartido por los demás miembros de la organización. Haceros partícipes del mismo es la verdadera razón por la que vosotros tres estáis aquí.

–No te entiendo, sobrino. ¡Por la Santísima Virgen que no te entiendo! Acabas de abrumarnos con tus palabras negando que seamos una Orden, nos descubres la existencia de poderosos enemigos, afirmas que la forma de protegernos para que podamos cumplir nuestra misión es que nos constituyamos en una Orden de caballería que cuente con las bendiciones del Papa, y ahora nos dices que ésa no es la razón por la que nos has hecho venir hasta aquí, sino comunicarnos un secreto. ¿Acaso no lo compartimos ya?

–Mi querido tío, lo has resumido de forma brillante y planteas la cuestión principal de la manera adecuada. Pero te equivocas cuando tu interrogante final señala que ya compartimos el secreto.

–¿Acaso no es así?

–No se trata del tesoro del Templo, sino de algo mucho más inquietante de lo que podáis siquiera imaginar. Nada tiene que ver con las riquezas terrenales que, a su lado, tienen el mismo valor que la arena en medio del desierto.

–¡Por la Santísima Virgen que no logro entender nada de lo que ocurre! ¡Escudriñamos la tierra durante años hasta dar con una montaña de oro, plata y piedras preciosas! El conde Hugo estaba desconcertado y nos indicó, probablemente porque pensó que nuestra búsqueda tenía por objeto otra cosa, que deberíamos permanecer allí hasta que llegasen tus instrucciones. Eso nos obligó a permanecer un año más, hasta que se nos dijo que la búsqueda había terminado. Pero, en realidad, nada nuevo habíamos encontrado.

–Es que lo habíais encontrado sin saberlo.

–¿Cómo es eso?

–Escuchadme con atención. Lo que buscabais estaba en el plano donde se revelaban los escondrijos del tesoro.

–¿En el plano...? ¡Encontramos los veinticuatro lugares señalados! ¡No había más!

–En el plano había algo más –sentenció el monje.

Los tres hombres estaban confundidos.

–No había nada más –indicó Hugo de Payens.

–Había un texto.

–¡No! –gritó.

–Un texto oculto.

–¿Hablas de brujería? –preguntó su tío.

–Lo encontró casualmente fray Etelberto. Se trataba de un texto que se hizo visible al caer sobre el pergamino unas gotas de zumo de limón.

–¿Qué clase de patraña es ésta?

Por toda respuesta, fray Bernardo sacó de entre sus hábitos un pergamino y lo desplegó sobre la mesa.

–¿Lo identificáis?

–¡Ése es el plano del tesoro! –exclamó André de Montbard.

El monje le dio la vuelta y apareció un texto que ocupaba justo la mitad del espacio.

–¡Eso no estaba escrito! –exclamó Gundamaro.

–Sí lo estaba, pero no lo veíais. Ese texto es el que descubrió casualmente fray Etelberto.

–¿Qué dice ahí? –preguntó De Montbard, amoscado.

–Confirma lo que indicaba un viejo pergamino que llegó a mis manos y motivó vuestro viaje y estancia en el Templo de Jerusalén.

–Pero ¿qué dice?

–Lo que habéis de mantener como un secreto que sólo conocerán algunos miembros de la Orden.

–¡Estaba seguro de que había algo más! –exclamó Gundemaro, henchido de satisfacción–. Que no era oro y plata lo que buscábamos; pero nunca imaginé que lo tuviésemos tan cerca.

–Escuchadme con atención. Ese texto fue escrito poco antes de que los romanos destruyesen Jerusalén y confirma lo que contiene un viejo pergamino que llegó a mi poder hace algunos años y que podemos calificar como un evangelio que en modo alguno puede perderse; ha de perdurar a través del tiempo y saldrá a la luz cuando llegue su momento. Vosotros seréis sus custodios.

–¿Hay alguna razón especial para ello?

La respuesta de Bernardo de Claraval fue cortante.

–La hay.

–Si ese secreto es cosa de quienes estamos aquí, además de fray Etelberto y Hugo de Champaña, ¿cómo podremos cumplir la misión que nos propones?

–Ese secreto no os pertenecerá sólo a vosotros, será patrimonio de un círculo interno dentro de la Orden.

–¿Un círculo interno dentro de la Orden? ¿A qué te refieres?

–Un grupo que estará integrado por determinados caballeros, ligados a la Orden, que habrán de ser cuidadosamente seleccionados. Quienes los sucedan habrán de afrontar a lo largo de los siglos la misión que ahora os encomiendo. Constituiréis una fraternidad, a la que se denominará Hermandad de la Serpiente.

–¿Por qué ese nombre tan extraño? –preguntó Gundemaro.

–Porque en una época muy antigua, algunos conocieron una ciencia, de la que apenas ha quedado memoria, que permitía alcanzar conocimientos extraordinarios. La serpiente es el animal que simboliza ese conocimiento. No estaría de más añadir que para llevar a cabo vuestra misión habréis de ser silenciosos y astutos como serpientes.

–¿Y por qué nosotros?

–Porque sois los únicos partícipes del secreto.

–Pero somos muy pocos. Un número tan reducido significa un gran riesgo.

–Seréis algunos más, aunque no muchos. Para mantener un secreto eso supone una gran ventaja. Los grandes secretos sólo pueden ser patrimonio de unos pocos.

12

PARÍS, 12 DE OCTUBRE DE 1307

Terminada la ceremonia, los asistentes se acercaban hasta el estrado donde el rey Felipe el Hermoso había presidido los funerales por su cuñada Catalina de Courtenay, esposa de su hermano Carlos. El viudo, que se sentaba a la derecha del monarca, hacía corteses inclinaciones de cabeza a quienes testimoniaban su pesar. En la nave principal del templo se había formado una larga fila de personalidades, que aguardaban su momento para mostrar las condolencias a la familia real. Los comentarios versaban sobre las tensiones en la frontera con los ingleses y la actitud del pontífice que, al parecer, se asentaba definitivamente en la ciudad de Aviñón, convirtiéndola en la sede apostólica de la cristiandad.

Tras los miembros de la familia real, llegó el turno a Jacques de Molay, que se encontraba desde hacía algún tiempo en la ciudad. Ciertos rumores apuntaban a que el viaje a París del maestre de los templarios respondía al deseo de la poderosa Orden de los monjes guerreros de recabar apoyos para impulsar una nueva cruzada.

Subió al estrado e inclinó la rodilla ante el monarca en señal de respeto. Felipe lo cogió por los hombros y lo estrechó en un abrazo fraternal, que ponía de manifiesto la consideración del rey hacia su persona. Nadie pudo escuchar las palabras que el soberano susurró a los oídos del maestre, quien a continuación, con una cortés inclinación de cabeza, presentó sus condolencias a Carlos de Valois por la pérdida de su esposa. El rostro de Guillaume de Nogaret, el canciller del rey, situado un paso detrás de su soberano, no expresaba emoción alguna.

Jacques de Molay, acompañado por media docena de caballeros, se retiró por una de las naves laterales, concentrando las miradas de los cortesanos y personalidades que aguardaban su turno. El revuelo de sus blancas capas abandonando la iglesia hizo que algunos comentarios apuntasen a lo infundado de ciertos rumores que circulaban por París, señalando la mala relación que había entre la Corona y la Orden. Necesariamente tenía que tratarse de infundios interesados, después de la acogida que Felipe IV acababa de dispensar al máximo representante del Temple.

Cuando salieron a la pequeña plazuela que se abría ante la iglesia, se encontraron con una aglomeración de gente que dificultaba el paso. A pesar de que el mercado de los jueves había sido suspendido, una muchedumbre se había concentrado para ver al rey, a los dignatarios y a las personalidades que acudirían a la ceremonia religiosa. Un grupo de soldados les abrió un pasillo para cruzar el lugar, del que los templarios se alejaron con paso sosegado, que tenía algo de altivo, dando a entender a la concurrencia que, como a nada temían, estaban allí, seguros de sí mismos y de su poder.

El maestre comentó a sus caballeros cuando los posibles oídos indiscretos hubieron quedado atrás:

–Supongo que ninguno de vosotros discutirá ya que hemos hecho bien en acudir al funeral de la cuñada del rey.

–Nadie, señor, se había mostrado contrario a la asistencia. Nuestras reticencias se fundamentan en que, en las circunstancias presentes, no resulta conveniente hacernos ver en demasía.

De Molay miró al hombre que caminaba a su derecha; era mucho más joven que el maestre, un sesentón que se mantenía en buena forma.

–Un funeral no es una exhibición, es un ritual prescrito por la Iglesia y la asistencia, un acto de caridad cristiana.

–Nadie lo duda, maestre, pero coincidiréis conmigo que un funeral como el que acaba de celebrarse es también un acto cortesano, donde todos van a ver y a ser vistos.

–En tal caso, también aceptarás que lo mejor ha sido venir y que todos los lenguaraces que esparcen infundios hayan contemplado lo ocurrido.

–Yo no estaría tan tranquilo, maestre. ¿Os habéis fijado en el rostro del canciller?

–Nogaret siempre se ha mostrado distante con nosotros. No creo que haya razón para inquietarnos. Como habéis podido comprobar, los rumores que estos días han circulado carecen de fundamento. Todas esas habladurías son infundios de nuestros enemigos, propalados por envidiosos desocupados. Ya lo habéis visto, Su Majestad no ha podido mostrarse más solícito.

Las palabras del maestre fueron acogidas sin comentarios, lo que parecía indicar cierto asentimiento. Sin embargo, el más joven de los caballeros, después de dudar algunos segundos, manifestó su disconformidad:

–Disculpad, maestre, pero Felipe IV no es persona de quien uno pueda fiarse.

–No debes hablar así del rey –le reprendió De Molay.

–Os pido perdón, señor.

En silencio continuaron su marcha hacia el Temple, nombre con que los parisinos conocían la impresionante fortaleza de la encomienda de la Orden en la capital francesa. La brisa se había convertido en un viento cada vez más intenso, que empezaba a ser desapacible. Al llegar a su encomienda, aguardaron a que alzasen el rastrillo y abriesen la puerta; desde hacía varios días se habían extremado las medidas de seguridad.

Una vez dentro y con las puertas cerradas, el maestre preguntó al joven:

–¿Por qué razón has hecho ese comentario sobre el rey?

–Señor, no quisiera que mis palabras fuesen de nuevo objeto de vuestra censura.

–No albergues cuidado, serán la respuesta a una pregunta y quiero que hables con entera libertad.

–Señor, se dice que falta a su palabra de forma reiterada. Los hombres de negocios temen la llamada de algunos de sus oficiales, en particular de Guillermo de Nogaret. Les solicitan préstamos que no pagan.

–Algo de eso sabemos nosotros.

–He escuchado que hay casos en que el rey ni siquiera reconoce la existencia de la deuda. Ha realizado promesas a muchos caballeros y después se muestra olvidadizo. Ni siquiera con las damas muestra actitudes propias de un caballero. Tengo entendido que ha ordenado la muerte de una persona para acceder con más facilidad a los encantos de su esposa.

–Tal vez no sean más que habladurías.

–Tal vez, señor, pero no creo que la gente arriesgue su cuello por unas simples habladurías. Todo el mundo sabe que ordenó la expulsión de los judíos para no tener que hacer frente a los préstamos que tenía contraídos con banqueros de ese pueblo.

Nada de lo que le comentaba el joven templario le era desconocido. Oscuros pensamientos, como los negros nubarrones que en aquellos momentos cubrían ya el cielo de París, se apoderaron de la mente del maestre, cuyo rostro había adquirido una tonalidad cenicienta.

–¿Qué día es hoy?

–Es jueves, mi señor, doce de octubre.

–¿Hay noticias de los viajeros? –preguntó al senescal.

–Sí, maestre. Todo marcha según el plan previsto.

La respuesta pareció aliviar en algo la tensión que lo embargaba.

–Está bien, ahora dejadme solo, necesito poner orden en mi cabeza; si hay alguna novedad, estaré en la capilla.

El centenar largo de caballeros que llenaba el refectorio de la encomienda cenó en silencio, escuchando la lectura de un pasaje del Libro de los Reyes. Al terminar la oración de gracias con que concluían sus comidas, el maestre indicó a dos de los caballeros con los que habían compartido mesa que lo acompañasen hasta una pequeña estancia, amueblada de forma austera, que utilizaba como lugar de trabajo y donde recibía visitas y celebraba reuniones.

Se trataba del mariscal de la Orden y del recientemente nombrado comendador de Antioquía.

–No os entretendré demasiado, pero tomad asiento. –El maestre señaló unos toscos sillones cuyo respaldar y asiento eran tiras de cuero entrelazadas–: Quisiera conocer vuestra opinión acerca de las circunstancias presentes.

–¿A qué os referís en concreto?

–A los insistentes rumores que circulan sobre un posible ataque a nuestra Orden. Aunque me niego a dar crédito a las habladurías, he de confesaros que me siento desasosegado; mi espíritu está turbado y mi ánimo, confuso. Ciertamente tenemos enemigos poderosos y, desde la caída de San Juan de Acre, son muchas las voces que se alzan cuestionando nuestra existencia porque creen que no somos necesarios. ¿Qué pensáis vosotros de todo ello? ¿Creéis que debería viajar hasta Aviñón y mantener un encuentro con el Papa? ¿Pensáis que es mejor no mover ninguna pieza hasta ver si todo esto no es más que una tormenta pasajera?

Fue el mariscal quien tomó la palabra.

–Todos estamos muy preocupados. Es evidente que Felipe IV nos quiere mal, entre otras razones porque nos adeuda grandes sumas y la mejor manera de sacudirse el débito es eliminar a los acreedores; ya lo ha hecho con los judíos. Sin embargo, no podrá hacer nada contra nosotros, si no cuenta con el consentimiento del Papa.

El comendador de Antioquía saltó como impulsado por un resorte.

–Bertrand de Got –se refirió a Clemente V por su nombre civil– es un muñeco en manos del rey. Desde su época de arzobispo de Lyon, no ha dejado de adular a Felipe IV; es a los oficios del rey a quien debe su elección como pontífice. Está tan mediatizado que ha sustituido Roma por Aviñón como sede pontificia; si nuestra garantía depende de él, estamos perdidos.

–Me parece que hay demasiada vehemencia en tus palabras.

–No estoy haciendo conjeturas, señor, me limito a constatar los hechos. ¿Cuántos cardenales ha nombrado desde su acceso al pontificado?

–¿Ocho? –preguntó el mariscal.

–Nueve, exactamente. Todos son franceses y peones de Felipe. Está atrapado en las redes del rey.

–A pesar de todo, me resisto a creer que haya un plan para acabar con nosotros –señaló el maestre.

–Tal vez la situación no sea tan grave –señaló el mariscal–, pero creo que debemos permanecer alerta. Considero acertada la decisión de trasladar las riquezas a un lugar más seguro que los sótanos de esta encomienda. No tendríamos muchas posibilidades de resistir si, como temen algunos, se produjese un ataque de los oficiales del rey.

–¡Pensar en que los oficiales del rey ataquen nuestras encomiendas no tiene sentido! ¡Es una locura! Esta misma mañana el rey se ha mostrado deferente con mi persona.

–No os fiéis de Felipe, maestre; su doblez no conoce límites. Estaría más tranquilo si en el funeral no se hubiese mostrado tan afectuoso –protestó el comendador.

–No estamos en nuestro mejor momento, pero pienso que son agoreros quienes nos pronostican toda clase de calamidades.

–Tal vez tengáis razón, pero no está de más que hayamos tomado ciertas precauciones –insistió el mariscal.

–Precisamente de precauciones deseaba hablar con vosotros. ¿Os apetece un poco de vino dulce de Chipre? Os aseguro que es néctar para paladares exigentes.

La fama de austero de Jacques de Molay era tanta que sus compañeros se sorprendieron ante la propuesta. Sacó de una pequeña arqueta, que reposaba sobre una balda fijada a la pared, una panzuda vasija de barro vidriado y unos cuencos también de cerámica vidriada, los llenó hasta el borde y los ofreció a sus acompañantes, quienes comprobaron que en las palabras de su maestre no había un ápice de exageración. El vino chipriota tenía merecida fama, como las uvas procedentes de la isla.

–Mi querido Étienne, ¿sabes por qué los colores del *baussant* son el blanco y el negro?

El mariscal contuvo la respiración. Era la misma pregunta que el maestre le había hecho a él años atrás, poco después de ser nombrado para el importante cargo que ahora desempeñaba, el segundo en la jerarquía de la Orden. Ahora conocía el principal motivo por el cual los había convocado.

Al comendador le sorprendió una pregunta como aquélla. Conocía el valor que la enseña tenía para los caballeros, el gran honor que significaba portarla en el combate y la rígida disciplina establecida en torno al *baussant*, así como las graves penas que podían recaer sobre su portador si incumplía la normativa establecida. Sabía que no entraban en combate si su enseña no era desplegada y que ningún caballero podía abandonar la lucha, bajo ningún concepto, mientras el *baussant* estuviese izado. Había escuchado numerosas historias acerca de las gestas y las proezas realizadas en los casi dos siglos de existencia de la Orden por caballeros que lucharon hasta la muerte por proteger el estandarte. Pero nunca se había planteado la razón por la cual los colores eran el blanco y el negro.

–Lo ignoro, señor. Sé que nuestras reglas son muy estrictas con nuestra enseña porque ella simboliza nuestra Orden.

–En efecto, el *baussant* es el símbolo de nuestra Orden. Una Orden mucho más compleja de lo que aparece a los ojos del mundo.

–¿Más compleja decís, señor?

–Mucho más compleja. En realidad, somos dos órdenes en una.

–No os entiendo señor.

–Es muy simple. Formamos parte de una Orden conocida, pero al mismo tiempo un grupo reducido de hermanos constituye una fraternidad interior, desconocida para quienes no forman parte de ella.

–¿Por qué razón me contáis esto?

–Porque por tus cualidades, que van mucho más allá del cargo al que has accedido recientemente, vas a formar parte de esa fraternidad.

El maestre se levantó y tomó un ejemplar de la Biblia y otro de las reglas del Temple y los colocó encima de la mesa.

–Aunque estás obligado a guardar secreto, ligado por el juramento que hiciste al ingresar en la Orden, ahora habrás de renovar ese compromiso para entrar en la fraternidad.

–¿Creéis que soy digno de tal honor?

–No albergo la menor duda acerca de tus cualidades. Pero has de saber que tu entrada en esa fraternidad supone, además de un honor, una pesada carga que recaerá sobre tus hombros. Ahora, si estás dispuesto, jura por la salvación de tu alma, ante los Santos Evangelios y nuestras reglas que un día te obligaste a cumplir en todos sus extremos, que jamás, bajo ninguna condición ni en circunstancia alguna, revelarás la existencia de esta fraternidad a cuyo conocimiento vas a acceder.

Étienne de la Muette colocó las palmas de sus manos sobre

los textos y comprometió su salvación al mantenimiento del secreto que iba a revelársele.

–El color blanco de nuestra enseña –le explicó el maestre mientras devolvía los libros al anaquel en el que reposaban– representa el Temple que se ofrece a los ojos del mundo. El color negro es el símbolo de la Hermandad de la Serpiente, conocida también como la Fraternidad de Oficus, cuya misión es mucho más importante para nosotros que cualquier otra cosa. Desde que la Orden de los *Pauperes commilitones Christi Templique Salomonici* nació de la mano de Bernardo de Claraval, hemos sido los guardianes de un secreto que constituye nuestra verdadera y real razón de ser.

–¿Existe una fraternidad secreta?

–Así es.

–¿Por qué tiene el nombre de Hermandad de la Serpiente?

–La explicación se halla en que en el origen de los tiempos existió un conocimiento oculto que ha sido patrimonio exclusivo de un grupo de iniciados. Un conocimiento que en el Antiguo Testamento se denomina con el extraño apelativo del árbol de la ciencia del Bien y el Mal. ¿Recuerdas el pasaje?

–Claro, esa referencia se encuentra en el libro del Génesis, cuando se explica que nuestros primeros padres disfrutaban de las delicias del Edén, vivían felices en el Paraíso terrenal y podían disponer de todo a su antojo, salvo comer la fruta del árbol prohibido al que se denomina, como habéis señalado, árbol de la ciencia del Bien y el Mal.

–¿No te has preguntado nunca la razón de la existencia de tan extraño árbol, cuyos frutos poseían un conocimiento que era a la vez bueno y malo? ¿Una ciencia que debía permanecer oculta a los ojos de los hombres?

En la mirada del iniciado brillaba la sorpresa que produce realizar un hallazgo acerca de algo sobradamente conocido.

–Mis reflexiones siempre discurrieron por el despeñadero que significó la pérdida de esa edad de oro, donde realidad y felicidad eran una misma cosa, como consecuencia de que Eva comió del fruto prohibido y dio de comer al padre Adán, que también comió y por ello ambos fueron expulsados del Paraíso.

–¿Cuál fue el animal que tentó a Eva?

–Fue una serpiente. ¡Una serpiente! –exclamó sobresaltado, como si hubiese hecho un descubrimiento.

–Desde entonces la serpiente –señaló el mariscal– quedó como un animal maldito, que tendría que arrastrarse para poder desplazarse.

–Sigo sin comprender...

–Es muy sencillo: la serpiente representa en ese pasaje del Génesis al poseedor de la ciencia del bien y del mal. Simboliza el conocimiento de lo secreto, es el animal que custodia los arcanos y guarda aquellos saberes que deben permanecer ocultos a los ojos del mundo, y que solamente a muy pocos les son revelados.

–¿El Temple guarda ese secreto?

–Ese secreto, como ya te he dicho, es la verdadera razón de su existencia.

–Jamás en todos estos años escuché una sola palabra que tuviese que ver con lo que acabáis de revelarme.

–Prueba de que los miembros de Oficus han cumplido con la primera de sus obligaciones.

Étienne de la Muette estaba visiblemente nervioso. Bebió el vino de su cuenco hasta apurar su contenido y se levantó desconcertado.

–¿Quiénes forman Oficus?

–Un grupo reducido de hermanos, cuyas cualidades los han hecho acreedores de compartir el secreto.

–¿Veis en mí esas cualidades?

–De no ser así, no estarías aquí.

En un acto de humildad, que ponía de manifiesto la grandeza de su espíritu, Étienne asumió formar parte de la Hermandad de la Serpiente, para lo bueno y para lo malo. Prestó un nuevo juramento, ahora con la mano extendida sobre la roja cruz que resaltaba en el pecho de su blanco hábito, y prometió lealtad al maestre negro del Temple, que resultó ser el mariscal. La hermandad dejó establecido desde el mismo momento en que quedó constituida entre los muros de la abadía de Claraval que, salvo que se produjese una circunstancia excepcional, lo cual hasta el momento no había ocurrido, el maestre blanco y el maestre negro serían como una misma persona. Los dos maestres formarían una pareja que actuaría de forma sincronizada y, en caso de discrepancia, el maestre del Temple tendría la última palabra.

–Supongo que ésa es la razón por la que en nuestro sello se reproduce la imagen de dos hermanos sobre un mismo caballo –dijo Étienne.

Tanto el maestre como el mariscal asintieron con ligeros movimientos de cabeza. Este último añadió:

–Con el paso del tiempo irás descubriendo que, al igual que el *baussant* o el *sigilum templi*, muchos de nuestros símbolos ocultan una explicación que únicamente pueden descifrar los miembros de Oficus.

En la cabeza del comendador bullían las preguntas: ¿Cuál era el secreto que guardaba la hermandad? ¿Qué obligaciones, además de guardar el secreto, contraían los *fratres*? ¿Qué relaciones mantenían los miembros que la integraban? Como si leyese sus pensamientos, Jacques de Molay, mientras rellenaba los cuencos con el vino chipriota, señaló:

–Supongo que ardes en deseos de conocer cuál es el secreto que custodiamos.

–No quisiera pecar de indiscreción.

–Tu curiosidad será satisfecha esta misma noche, mientras llevamos a cabo el ritual de tu iniciación, poco antes del oficio de maitines.

Al adormilado centinela, un sargento de la Orden, lo despabilaron unos gritos, acompañados de fuertes golpes en la puerta, que provocaron un aleteo de pájaros desconcertados.

–¡Abrid! ¡Abrid en nombre del rey!

–¿Quién grita de ese modo?

–¡Oficiales del rey! ¡Abrid sin demora!

–¿Sabéis a qué puerta estáis llamando? –le preguntó el sargento.

–¡Claro que lo sabemos! ¡No me hagáis perder la paciencia!

El templario se perdió en el interior de la muralla. El silencio se había impuesto de nuevo y únicamente lo rompía el aletear de algunos vencejos que no encontraban acomodo.

Mientras, fuera de las murallas, los soldados de Felipe IV se impacientaban en una espera que se les hacía interminable, en el interior de la fortaleza todo eran nervios y carreras porque el maestre no se encontraba en su celda. La mayor parte de los hermanos estaban levantados para acudir a la capilla y celebrar el oficio de maitines, que coincidía con el despuntar del día.

El comendador de París ordenó que se buscase al maestre y, haciéndose cargo de la situación, subió a la muralla, acompañado de varios hermanos que empuñaban sus armas. En pocos segundos los adarves se llenaron de caballeros, sargentos y sirvientes que escudriñaban al otro lado del foso. Comprobaron estupefactos que ante las puertas se agolpaban no menos de dos centenares de soldados.

–¿Qué deseáis tan a deshoras?

–¡Os exijo que abráis en nombre del rey!

–¡El rey no tiene jurisdicción sobre nosotros! ¡Los templarios sólo respondemos ante el Papa!

El oficial agitó el puño mostrando una carta.

–¡Aquí tengo la orden de Clemente V!

Un cuchicheo de incredulidad se extendió por el adarve. ¡Los rumores eran ciertos! ¿Cómo era posible que el pontífice hiciese algo así a quienes durante tantos años habían sido la milicia más importante de la cristiandad?

–¿Qué ocurre? –La voz que sonó a la espalda del comendador era la del maestre.

–Señor, vedlo vos mismo. Se nos conmina, en nombre del rey, a abrir las puertas de nuestra casa. Al parecer, esos soldados tienen una autorización del Papa.

Jacques de Molay se asomó a la muralla: los soldados se extendían a lo largo del foso, pero sobre todo se concentraban ante la puerta.

–¿En nombre de quién osáis perturbar la paz de esta casa?

–¡Daos presos! ¡En nombre de Felipe, rey de Francia!

–¿Cómo habéis dicho?

–El rey ha ordenado la detención de todos los caballeros de la fortaleza del Temple y la confiscación de sus bienes.

–¡No es posible!

–¡Sí lo es!

–¿Tenéis credenciales que acrediten vuestras palabras?

Por segunda vez el oficial agitó los pliegos que llevaba en la mano. En el adarve el silencio podía cortarse con un cuchillo.

–¿Qué vais a hacer, señor? –musitó el comendador apretando la empuñadura de su espada.

Jacques de Molay dudó un momento. Después del abrazo que el monarca le había dado la víspera, le resultaba difícil dar crédito a lo que acababa de escuchar. Los rumores que circulaban por París y a los que apenas había concedido importancia, aunque había tomado algunas medidas, eran ciertos.

–Abriremos las puertas.

–¿No nos defenderemos, señor? Estos muros pueden resistir un largo asedio y mientras tanto...

–Me temo que los soldados del rey estén procediendo de igual forma en todas las encomiendas, de lo contrario Felipe IV no habría buscado la aprobación del Papa. Sin embargo, en este momento lo más importante es ganar tiempo. Necesitamos algunos minutos, cuantos más mejor. ¡Que dos hermanos abran las puertas, pero que no se alce el rastrillo! ¡Que soliciten ver los documentos para acreditar su autenticidad!

–Yo mismo me encargaré de esa misión –señaló el comendador.

–No, Ives, tú facilitarás la huida del mariscal y del comendador de Antioquía. Ellos no pueden ser apresados. ¡Utilizad la poterna de atrás! Por lo que he podido observar, los soldados están concentrados en la puerta principal. ¡El rastrillo no se alzará hasta que yo lo ordene!

–¿Vos os quedaréis?

–Por supuesto.

–Creo que vos también deberíais marcharos, de lo contrario...

–Me quedaré para afrontar esta situación –lo interrumpió el maestre.

–Si me lo permitís, señor, eso es algo que puedo hacer yo.

–No albergo la menor duda, pero el rey y sus esbirros saben que estoy aquí y se lanzarán tras nuestra pista como sabuesos. Lo importante en este momento es que el mariscal y el comendador de Antioquía logren escapar. ¡Sígueme; en este momento cada minuto vale su peso en oro!

En el rastrillo se vivieron momentos de tensión mientras dos templarios, disfrazados de acomodados comerciantes, abandonaban el Temple por una poterna disimulada en la pared sur de la fortaleza. Ambos tiraban de las bridas de unos caballos a los que se habían colocado unas bayetas en los cascos. Cuando Jacques de Molay se plantó ante la puerta y ordenó alzar el rastrillo, los dos miembros de la Hermandad de la Serpiente habían llegado a la puerta de Saint Germain.

13

Margaret ya estaba levantada cuando sonó el despertador en el dormitorio de Pierre. El periodista, después de varios intentos fallidos, logró acallar con un manotazo el estridente sonido. Los ojos le pesaban como si fuesen de plomo, aunque la noche anterior no había bebido ni se había acostado demasiado tarde. Acabaron de espabilarlo ruidos de cacharrería procedentes de la cocina.

Miró el reloj y comprobó que eran las siete y media.

–¡Maldita sea!

Se levantó de la cama, se puso la bata y, frente al espejo, dio forma con las manos a su melena, para adecentar algo su imagen. Cuando se asomó por la cocina, Margaret buscaba el té para prepararse una infusión. Estaba impecablemente vestida, maquillada y peinada. Se sintió un pordiosero en su propia casa.

–¿Te he despertado?

Pierre negó con la cabeza.

–Ha sido el despertador. ¿Qué buscas?

–El lugar donde guardas el té.

Abrió un armario y sacó una caja con bolsitas.

–¿Has descansado?

–Estupendamente.

Resultaba imposible comprobar si era cierto o no: Margaret estaba maquillada como si fuese a dar una conferencia ante un selecto auditorio.

–¿Quieres un té?

Aunque le apetecía, rechazó la propuesta, posiblemente con la intención de mostrarle su contrariedad. Se sentía mal porque Margaret se marchaba, porque se le había adelantado y porque allí, en bata, frente a ella, tan diligente y dispuesta, se sentía en absoluta inferioridad.

–Gracias, prefiero café.

Preparó una cafetera y pidió a Margaret que la apartase del fuego si el café subía antes de que volviese de la ducha.

Tardó poco más de diez minutos y cuando regresó a la cocina, tenía una humeante taza de café sobre la mesa.

–Como sé que te gusta solo, ahí lo tienes.

Le agradeció su diligencia, dio un sorbo y se quemó la lengua.

–¡Coño!

–Lo siento, acabo de apartarlo del fuego.

–No tiene importancia. –Miró el reloj y le preguntó–: ¿A qué hora nos vamos para el aeropuerto?

Antes de responderle Margaret mojó sus labios en el té.

–¿Me estás echando?

–No, pero por nada del mundo desearía que perdieses el vuelo –mintió.

–Por mí podemos salir cuando quieras. Mi equipaje está preparado y yo también, aunque me dijeron que los dos primeros vuelos de la British estaban completos y el que tengo pendiente de cerrar no sale hasta las trece horas.

En aquel momento sonó el teléfono y Pierre puso cara de sorpresa. Eran las ocho menos cinco.

–Apuesto a que es Gudunov –pronosticó Margaret.

–¿Tan temprano?

–Precisamente por eso, ¿quién, si no, llamaría a estas horas?

Descolgó el supletorio de la cocina y, con voz poco amistosa, gruñó:

–¿Dígame?

–¿Señor Blanchard?

–Sí, soy yo. ¿Quién llama?

–Soy Gabriel d'Honnencourt. ¿Se acuerda de mí?

Pierre dudó un momento y luego recordó que, efectivamente, habían quedado en que lo llamaría el viernes, pero le dijo que sería a eso de las once de la mañana.

–Por supuesto que sí, Gabriel. Claro que me acuerdo.

–Habíamos quedado en que lo llamaría hoy.

–Efectivamente, pero creo que habíamos quedado a eso de las once, ¿me equivoco?

–No se equivoca, señor Blanchard. Pero es que ha ocurrido algo y tengo... tengo...

–¿Algún problema?

–En cierto modo sí. Ayer ocurrió algo muy extraño y hoy he desayunado con una terrible noticia.

–¿Una terrible noticia?

–¿Se ha enterado de que han asesinado a una bibliotecaria? Se llama... se llama...

–Madeleine Tibaux –le ayudó Pierre.

–¿También lo ha leído usted en el periódico?

–En efecto –mintió.

–La noticia, como habrá visto, dice que los asesinos dejaron sobre el cadáver de la víctima un trozo de pergamino donde aparece dibujada una serpiente roja. ¿Lo ha leído, señor Blanchard?

–Oiga, Gabriel, ¿qué tiene que ver ese asesinato con nuestra reunión?

–¡Mucho más de lo que usted pueda imaginarse! Si no tiene inconveniente, deberíamos vernos lo antes posible.

–¿Por alguna razón especial?

–No puedo explicárselo por teléfono, insisto en que nos veamos lo antes posible.

–Un momento, por favor.

Pierre tapó el auricular con la mano.

–Tengo al teléfono a un descendiente de una de las familias *rex deus*.

Lo dijo como si comentase lo aromático que estaba el café. Margaret entrecerró los ojos y frunció los labios.

–¡Déjate de tonterías!

–No son tonterías. El individuo que está al otro lado del teléfono afirma ser descendiente de una familia *rex deus*. ¡Te doy mi palabra!

–¿Tu palabra?

A Pierre le molestó el tono, aunque era consciente de que Margaret tenía sobrados motivos para tratarlo de aquella forma. Decidió no librar ninguna batalla.

–¿Gabriel?

–¿Sí?

–Tiene mi dirección, ¿le importaría que nos viésemos aquí?

–En absoluto.

–¿Cuánto tardará en llegar?

–No lo sé, pero supongo... supongo que unos veinte minutos, tal vez media hora.

–Muy bien, aquí lo espero.

Colgó el teléfono, se acercó a la mesa y dio un sorbo al café, que ya no quemaba.

–Si quieres, llamo a un taxi. Me temo que no podré acompañarte al aeropuerto.

Margaret frunció el ceño.

–¿Quién es ese Gabriel?

El periodista se encogió de hombros.

–Ya te lo he dicho, un descendiente de uno de los linajes bíblicos, un miembro de una de las familias *rex deus*.

Ella lo miraba sin pestañear.

–¿Otra farsa como lo del legajo?

Pierre estalló.

–¡Lo del legajo, como tú dices, no fue una farsa! ¡El legajo existe, se trata de algo donde anida un misterio que ya le ha costado la vida a una persona! ¡Alguien ha alterado su contenido y, aunque ignoro si lo que se cuenta en ellos es verdadero o no, los papeles existen, son reales, aunque no tengan cientos de años! Por cierto, ni siquiera te has tomado la molestia de verificar su contenido. Tienes razón para estar molesta, ya que no te dije que se trataba de recortes, impresos recientes y papeles mecanografiados. Si actué así, ya te he dicho cuál fue la causa. ¡Temía que no quisieses venir a París! Ése fue mi pecado por el que ya te he pedido excusas tantas veces que he perdido la cuenta. Y en este momento lo último que me apetece es darte explicaciones por una llamada que, ¡maldita sea!, debería haberse producido dentro de tres horas, como tenía acordado con ese individuo. Así no tendría que dar explicaciones sobre una historia donde todo parece inconsistente.

–¿Por qué no me has dicho nada de eso?

Pierre dio un buen trago al café.

–¡Porque no he tenido tiempo y porque no me ha dado la gana!

–¿¡Que no has tenido tiempo!?

–¡No! Desde que llegaste a París hace menos de veinticuatro horas todo ha sido correr y correr. Anoche, mientras cenábamos, estuve a punto de comentártelo, pero temí que te burlaras de mí. ¡Incluso que creyeras que lo hacía para retenerte! Por eso te he dicho que, además de no haber tenido tiempo, no me ha dado la gana. ¿Queda suficientemente claro?

Margaret apuró los últimos restos de té. Ya estaban fríos.

–¿Te importaría contarme la historia de ese Gabriel? –La entonación de sus palabras era como un ruego.

–¡Para qué! ¡Si tú no crees en esas cosas!

–Por favor.

Pierre terminó el café y se quedó con la mirada fija en el mármol de la mesa. Con voz desganada, le explicó lo ocurrido dos días atrás, después de acabar su conferencia en la Asociación de Amigos de Occitania.

–¿Crees que ese individuo te ha dicho la verdad?

–No lo sé. Es posible que sea un farsante, pero la otra noche, aunque tuve mis dudas, no me lo pareció.

–¿Tiene pruebas de lo que dice?

–Creo que no.

–¡Ya! –exclamó escéptica.

–Lamento de veras no poder acompañarte al aeropuerto. Había quedado en que me llamaría a las once, pero por alguna razón ha adelantado su llamada; parecía muy nervioso. Acababa de leer en la prensa lo del asesinato de Madeleine. Podía haberlo leído en el periódico de ayer. Voy a llamarte un taxi.

–¡Un momento!

–¿Ocurre algo?

–Ya que estoy aquí...

–¿Qué quieres decir?

–Que me quedo.

–¿Y si pierdes el avión?

–Ni siquiera tengo cerrado el billete de regreso; tenía previsto estar en París varios días y por nada del mundo perdería la oportunidad de conocer a un miembro de una familia *rex deus*. ¿Te importa?

–¿Me estás tomando el pelo?

–No. Si te soy sincera, creo que lo más probable es que todo esto no sea más que una engañifa, pero nunca se sabe.

Pierre dudó un instante.

–A quien no sé si le importará es a Gabriel.

El timbre del interfono sonó a las ocho y media; el portero no iniciaba su jornada hasta las nueve. Aunque Pierre sabía quién llamaba, preguntó:

–¿Sí?

–Soy Gabriel.

Pulsó el botón de apertura y colgó tras escuchar un chasquido.

–Ya sube. Recuerda lo pactado: permanecerás oculta mientras estamos reunidos. ¡No olvides que me lo has prometido!

–Yo soy una mujer de palabra –ironizó Margaret.

Pierre lo recibió con cordialidad, le pidió el abrigo y pudo comprobar que era una prenda ligera, de calidad. Pasaron al salón y le ofreció desayunar. Gabriel aceptó un café.

–Póngase cómodo, tardaré un instante.

Margaret asistiría a la conversación desde una habitación contigua, donde el periodista trabajaba; allí estaba el ordenador y reinaba el mayor de los desórdenes. Libros apilados, revistas, recortes de prensa y, por todas partes, como si fuese un ejército desplegado, notas autoadhesivas de colores diferentes, pero todos llamativos. También había varias maquetas de barcos y aeroplanos de época. Construir y montar modelos a escala era una de las mayores aficiones del periodista. La comunicación con la biblioteca se hacía a través de una puerta corredera, que había quedado entreabierta. La historiadora estaba agazapada a uno de los lados.

Mientras Pierre regresaba, Gabriel se entretuvo mirando los lomos de los libros.

–Siéntese, como si estuviese en su casa. Aquí está el café, tal vez le resulte poco concentrado.

«Será cabrito –pensó Margaret, a quien le extrañó el poco tiempo que había permanecido en la cocina–. Le está largando el que yo he hecho, un poco más aguado y recalentado en el microondas.»

–No se preocupe, soy yo quien tiene que pedirle disculpas por actuar de esta manera. Siento que estoy invadiendo su intimidad –se excusó Gabriel–, pero se trata de algo extremadamente grave.

–Tome asiento, póngase cómodo y considérese como en su casa –insistió el periodista.

–Muchas gracias.

–¿Azúcar?

–Dos terrones, por favor.

Hasta la medievalista llegaba, nítido, el tintineo de la cucharilla.

–Bien, mi querido amigo. ¿Qué es eso tan urgente que tiene que contarme?

Gabriel sacó del bolsillo de su americana –excelente paño y mejor confección– un recorte de prensa.

–Aquí tiene la noticia tal como la publica hoy *Le Figaro*.

Era un artículo a dos columnas bajo el título de «Extraño crimen». El texto indicaba que la víctima, una bibliotecaria cuyo nombre aparecía señalado con las iniciales M. T., había sido estrangulada. El asesino o los asesinos habían dejado sobre su cadáver un trozo de pergamino donde aparecía dibujada con tinta roja una serpiente. El columnista, Domenique Auriol, elucubraba sobre lo extraño del mensaje dejado sobre el cadáver de la víctima y se hacía una serie de preguntas: ¿Qué era la Serpiente Roja? ¿Qué se escondía tras ese dibujo? ¿Por qué habían dejado esa pista sobre el cadáver? ¿Se trataba de una pista fiable?

Pierre leyó detenidamente la noticia.

–¿Sabe usted qué se esconde tras la Serpiente Roja? –preguntó a Gabriel.

–El nombre de una secta secreta.

Las palabras de D'Honnencourt sonaron rotundas, sin la menor sombra de duda.

–¿Una secta? ¿Está usted seguro? Tengo entendido que ese nombre responde a un linaje que se ha mantenido a lo largo del tiempo.

–Así es, pero con esa denominación también se señala a una secta relacionada con una de las líneas de las dinastías del judaísmo bíblico.

–¿Podría ser un poco más explícito?

–No recuerdo si en nuestra conversación de la otra noche le dije que a esas familias se las conoce con el nombre de *rex deus*. Se trata de una de ellas, la que ha mantenido la descendencia del rey David. La misma con la que usted ironizó, preguntando si ésos eran mis antepasados.

–¿La Serpiente Roja está relacionada con la descendencia de la dinastía davídica?

–Así es, aunque su verdadero nombre es la Hermandad de la Serpiente.

–¿Cómo ha dicho?

–La Hermandad de la Serpiente.

A Pierre le impresionaba la seguridad con que Gabriel respondía a sus preguntas. No había asomo de duda en sus respuestas.

–¿Por qué ese nombre de la Serpiente Roja?

–Porque de todas las familias *rex deus* ésa es la única que ha practicado la endogamia entre sus miembros.

–¿Por qué?

–Para preservar la pureza de su sangre.

–¿Qué sabe usted de ella?

En los labios de Gabriel apuntó una sonrisa.

–Esto se asemeja a un interrogatorio policial.

–Discúlpeme, pero es que...

–No se preocupe, no me molesta, pero me hace gracia. La descendencia de esa línea dinástica buscó entroncar con alguna de las principales familias europeas y lo hizo con una de las que aspiraban al trono de los francos.

–¿Aspiraban al trono? ¿Acaso no eran los reyes francos?

–No. Como usted sabe, la monarquía entre los pueblos germánicos era una institución de carácter electivo. Eso significaba que una misma familia no se perpetuaba en el trono. Un buen ejemplo de ello lo tiene usted en los visigodos. Pero por influencia de esos *rex deus* apareció en Francia la dinastía que convirtió en hereditaria la monarquía. Eran los merovingios.

Otra vez los merovingios, Pierre no pudo evitar pensar en Margaret y dirigió una furtiva mirada hacia su despacho. Decidió probar a Gabriel.

–Sin embargo, esa familia se extinguió. Dagoberto II fue el último de los reyes merovingios.

–Se equivoca usted, Dagoberto tuvo descendencia, pero debieron ocultarla para que sus enemigos no acabasen con ella.

Lo que Gabriel estaba contándole coincidía con lo que Margaret había apuntado la víspera, mientras cenaban en el Kebler, aunque ella opinaba que no se podía afirmar que Dagoberto II hubiese tenido descendientes.

¿A quién creer?

Si Gabriel llevaba razón y Dagoberto II había dejado descendencia, ésta se había mantenido oculta a través de los siglos.

–¿Por qué tenían que ocultarla? Ellos eran los reyes de Francia –argumentó Pierre.

–Pero habían perdido el poder. La historia de Dagoberto II es muy triste: lo desposeyeron de sus derechos, lo encerraron en un monasterio y finalmente lo asesinaron. Pero sus enemigos no lograron aniquilar a sus hijos, aunque los nuevos dueños de Francia, apoyados por la Iglesia de Roma, lo intentaron utilizando todos los medios a su alcance.

–¿Por qué dice con el apoyo de Roma?

–Porque los asesinos de Dagoberto forjaron una alianza con los papas. El acuerdo fue sellado entre Pipino, a quien por su corta estatura llamaban el Breve, y el papa Esteban II, que lo coronó rey en el año 754. Pipino era un mayordomo de palacio, que usurpó el poder; falsificaron documentos, cometieron toda clase de tropelías y repartieron prebendas entre los nobles para que no protestasen. A cambio del reconocimiento de la Iglesia, Pipino libró al Papa de algunos vecinos molestos como eran los lombardos. Todos se conjuraron para acabar con la más importante de las familias *rex deus*. Pero no consiguieron exterminarla, que era el último de sus objetivos.

–¿Afirma usted que los descendientes de los merovingios han llegado hasta nuestros días?

–Eso afirman los de la Serpiente Roja.

–¿Por qué los ha calificado de secta? Esa palabra no tiene una connotación muy positiva.

–Porque son precisamente eso, una secta. Pero debe usted entenderla como una organización misteriosa que ha protegido un secreto a lo largo de los siglos. En cualquier caso ¡sepa que se trata de gente muy peligrosa!

Pierre, que sostenía la página de *Le Figaro*, hizo un movimiento ostensible.

–Desde luego.

–Como habrá leído, la policía no tiene una línea de investigación clara respecto a la muerte de esa bibliotecaria. Parece ser que se trataba de una persona de vida ordenada, sin que las pesquisas realizadas hasta el momento les hayan conducido por alguno de los vericuetos que conducen al asesinato.

–¿A qué se refiere cuando dice vericuetos que conducen al asesinato?

–A las actividades que resultan normales en ese mundo: los estupefacientes, la falsificación, el contrabando, el robo... Resulta extraño que la Serpiente Roja haya acabado con su vida.

Pierre estaba cada vez más tenso y hacía verdaderos esfuerzos para que no se notase su agitación interior.

–¿Apuntaría usted en alguna dirección?

–Sólo se me ocurre una.

–¡Dispare!

A Blanchard le salió el periodista que llevaba dentro.

–Por alguna circunstancia esa bibliotecaria poseía una información que molestaba a la Serpiente Roja. No se me ocurre otra razón por la que la hayan asesinado y, además, que hayan aflorado a la superficie. Esa gente se mueve en las sombras desde hace siglos y han procurado en toda situación y circunstancia pasar desapercibidos.

–Lo que está usted aventurando no tiene fundamento en qué basarse.

–Pero si se tiene cierta información, no hay que ser muy perspicaz para sospechar que los tiros van por ese lado.

Pierre no sabía si tenía delante a un lunático o a un individuo competente, intelectualmente hablando. Se alegraba de que una profesional como Margaret estuviese escuchando la conversación.

–¿Por qué lo dice?

–Porque, como ya le he comentado, si el asesinato lo han cometido miembros de la Serpiente Roja y se trata de una bibliotecaria, la clave está en alguna clase de información. No obstante, he de admitir que hay algo que no acaba de encajar.

–¿A qué se refiere?

–Al hecho de que hayan dejado su firma. Esta gente se mueve con mucho sigilo, no les gusta salir a la luz. Su mundo son las sombras.

–¿Cree que existe alguna razón para que hayan actuado de esa forma?

–No estoy seguro, pero es probable que quieran mandar un mensaje a alguien.

–¿Podría ser más explícito?

De nuevo la respuesta de Gabriel fue contundente:

–Madeleine Tibaux debió de confiar a alguien su descubrimiento.

Desde su escondite Margaret trataba de no perder detalle. Tenía la sensación de estar violando algún código de conducta y se sentía culpable por actuar de aquella manera. Pero lo que estaba escuchando merecía la pena, no tanto por lo que llegaba a sus oídos, sino porque aquel individuo ejercía sobre ella una fascinación que era incapaz de explicarse. Además, su francés era excelente.

–¿Insinúa usted que estarían dispuestos a matar otra vez?

–No lo insinúo, casi lo afirmo. Estamos hablando de fanáticos. En determinados círculos, se especula con que de un tiempo a esta parte el mundo de la Serpiente Roja está agitado. Alguien está jugando, sin que se sepa muy bien por qué, con algo que para ellos es una cuestión muy seria; un asunto de mucha relevancia, que podría conmover los cimientos de lo que se ha convenido en llamar la civilización occidental.

–¿Qué pruebas tiene usted para hacer una afirmación tan grave? Le recuerdo que la otra noche usted me reveló algo muy trascendente, pero que no podía demostrar. Me temo...

–Precisamente –lo interrumpió Gabriel– de eso también quería hablarle. Ayer ocurrió algo muy extraño.

Pierre lo interrogó con la mirada.

–¿Recuerda que me pidió pruebas de mi pertenencia a una familia *rex deus*?

–Usted me dijo que no tenía ninguna.

–Esa situación ha cambiado.

El periodista notó cómo se le aceleraba el pulso y se le encogía el estómago.

–¡Cómo dice! ¿Podría demostrarme su ascendencia hasta uno de los sumos sacerdotes que formaban parte del Colegio del Templo de Jerusalén en el siglo I, cuando los romanos asaltaron y destruyeron la ciudad?

–Así es.

Pierre se quedó atónito. Cuando, a lo largo de su carrera de periodista, se había encontrado con alguien dispuesto a ofrecerle una información extraordinaria, ocurría todo lo contrario: la gente solía prometer una historia excepcional que, con el tiempo, conforme se desvelaba, perdía interés.

–¡No puedo creérmelo!

–Pues créaselo.

–¿Qué ha ocurrido?

–La misma Serpiente Roja que ha asesinado a esa bibliotecaria ha amenazado de muerte a mi hermano.

–¿Cómo dice?

–Hace dos días, cuando regresé a casa tras escuchar su conferencia, Isaac me llamó. Estaba muy asustado; lo habían amenazado y desconocía la causa porque ignora las claves que definen esa amenaza.

–¿Él ignora todo lo referente a los ancestros de su familia?

–Por supuesto; el secreto del linaje es un secreto transmitido de padres a hijos, de generación en generación, pero solamente se informa a uno de ellos.

–Supongo que al primogénito.

–No, al que se considera más capacitado en opinión de quien transmite la información. Tengo constancia de que, incluso en el caso de mi familia, varias generaciones han tenido a una mujer como su depositaria.

Pierre frunció el ceño.

–¿Cómo es posible que sepa eso?

Gabriel dio un sorbo a su taza, lo hizo con delicadeza. A Pierre no se le había escapado lo exquisito de sus formas; había observado cómo se llevaba la taza a los labios y cómo sostenía el plato. Gabriel d'Honnencourt era persona de una educación esmerada.

–¿Por qué me lo pregunta?

–Porque si se trataba de un secreto que sólo se transmitía a un descendiente, ¿cómo puede usted saberlo?

–Porque a mí me lo transmitió mi madre y yo tenía varios tíos. –Gabriel esbozó un apunte de sonrisa–: Fue también ella quien me dijo que había recibido ese legado de la suya.

–¿Cuál es la razón por la que la Serpiente Roja ha amenazado a su hermano?

–Porque han cometido el mismo error que usted. Pensar que es el primogénito quien recibe el sagrado depósito que mi familia ha mantenido vivo durante siglos.

–¿Su hermano es el primogénito?

–El primogénito y quien posee, aunque ignora que están en su poder, las pruebas que usted me pedía el otro día.

–¿No las tiene usted?

Pierre notó cómo la excitación crecía en su interior.

–Ya le conté que no, pero como acabo de decirle, la situación ha cambiado en las últimas cuarenta y ocho horas. En este momento tengo en mis manos la posibilidad de hacerme con ellas.

–¿Cómo?

–Mi hermano, que ha llevado una existencia apacible, donde la más pequeña alteración de su rutina significa para él un verdadero problema (posiblemente por ello nuestra madre decidió transmitirme a mí que éramos una familia *rex deus*), estaba anteayer abrumado.

–¿Por las amenazas?

–Yo supongo –Gabriel continuó como si no le hubiesen formulado la pregunta– que cualquier persona a quien amenazan de muerte recibe un fuerte impacto emocional. Pero no puede imaginarse lo que eso ha supuesto para mi hermano. Él y su esposa han decidido abandonar París por una temporada. Isaac se jubiló hace unos meses y puede disponer de su tiempo sin limitaciones. Se han marchado a una casita de campo que yo poseo en las afueras de Amiens. Me la ha pedido para pasar allí algunas semanas, cuatro o cinco, aunque creo que no resistirá tanto tiempo alejado de su casa. Todo dependerá de lo asustado que esté.

–¿No ha acudido a la policía?

–Por el momento ha decidido no hacerlo. Piensa que puede tratarse de la actuación de un loco, incluso una broma de mal gusto. Considera que todo puede solucionarse poniendo tierra de por medio durante una temporada.

–¿Por qué cree que ahora puede tener las pruebas de su ascendencia?

A Gabriel le brillaron los ojos, sacó de su bolsillo un llavero y lo agitó.

–¿Las llaves de la casa de Amiens? –preguntó Pierre.

–No, las llaves del piso de mi hermano.

–No comprendo.

–Muy sencillo, señor Blanchard. Mi hermano me las ha entregado para que, en su ausencia, me pase por su casa con el fin de comprobar que todo está en orden. Eso significa que durante el tiempo que esté ausente podré entrar en su vivienda y acceder a las pruebas que usted me pedía la otra noche.

–Gabriel, debe perdonarme, pero sigo sin comprender.

–Esas pruebas se encuentran ocultas en un mueble, así me lo reveló mi madre cuando tomó la decisión de transmitirme la tradición de nuestra familia. Hoy hace exactamente quince años, nueve meses y catorce..., no quince días.

–Si las pruebas estaban en ese mueble, ¿por qué no están en su poder? –El periodista estaba un tanto amoscado.

–Porque mi madre, que era viuda desde hacía muchos años, murió repentinamente. Yo no pude asistir a su entierro, me encontraba en Israel en un momento políticamente muy delicado. El gobierno había cerrado fronteras y aeropuertos, y no pude salir del país. Cuando las autoridades decidieron reabrirlos las listas de espera eran larguísimas, así que llegué a París nueve días después de su fallecimiento. Mi hermano se había llevado algunos objetos familiares y entre ellos estaba el mueble del que le he hablado. Su esposa sentía predilección por él y todos mis intentos para que me lo entregase fueron inútiles; cuanto más insistía, más duras eran las negativas de Isaac, siempre espoleado por mi cuñada. Hace mucho tiempo que desistí de ello, aguardando una oportunidad, que conforme pasaba el tiempo se me antojaba más difícil. Ahora, inesperadamente...

La expresión de su rostro era triunfal.

–¿Por qué me cuenta todo esto?

Gabriel lo miró a los ojos.

–Por dos razones, Pierre. ¿Me permite que lo llame por su nombre?

–Por supuesto, yo le llamo a usted Gabriel.

–La primera porque necesito su ayuda y la segunda, y más importante, porque usted me inspira confianza.

En su escondrijo Margaret tuvo que hacer un esfuerzo para que la risa no escapase de su boca.

–¿Tendría inconveniente en explicarme usted ambas razones? Permítame decirle que no acabo de comprenderlas. ¿Cómo puedo yo ayudarle? ¿Por qué tiene confianza en mí? Apenas nos conocemos. ¿Qué sabe usted de mí?

–¿Sus preguntas significan que estaría dispuesto a ayudarme?

–¡Oh, no! No pretendía decir eso. Simplemente me gustaría saber por qué le inspiro confianza y en qué consistiría esa ayuda que me solicita.

–Empezaré por lo segundo. Necesito su ayuda para desmontar ese mueble, se trata de una cómoda muy antigua. Luego habrá que montarla de nuevo para que quede como estaba. Ése es un trabajo de marquetería y tiene que hacerlo una persona experimentada, no me vale un simple carpintero. Yo soy un manazas, pero usted, en ese terreno, es un virtuoso.

–¿Cómo sabe...?

Gabriel esbozó una leve sonrisa, bebió el resto de su café y dejó la taza sobre la mesa.

–Le sorprendería saber las cosas que sé de usted. Por eso, precisamente, es por lo que tengo confianza en su persona. ¿Acaso cree que soy tan iluso como para, después de una conferencia, acercarme a usted y decirle que soy miembro de una de las familias que descienden de las dinastías reales del judaísmo bíblico?

Pierre se sentía de nuevo abrumado.

–¿Cómo sabe tanto de mí?

–Eso lo dejaremos para otra ocasión, pero le adelantaré algo: no se imagina la cantidad de cosas que pueden saberse de una persona a través de sus escritos. Quien escribe desnuda su alma y ése es un buen camino para conocer a cualquiera. Ocurre, sin embargo, que la mayoría de la gente se queda en la superficie, no lee entre líneas y no ve más que aquello que tiene ante sus ojos. ¡Cuántos lectores de periódicos únicamente se interesan por los titulares!

–¿Me ha seguido a través de mis artículos?

–Desde hace muchos años.

–¿Y le he generado confianza como... como para revelarme un secreto tan importante como el que dice poseer?

–Así es.

–Pues debo confesarle que no salgo de mi asombro.

–No debe asombrarse, Pierre; usted siempre ha estado del lado de los débiles, sin falsas actitudes farisaicas. Ha buscado la verdad y la ha expuesto, incluso de forma contundente, en numerosas ocasiones. Es cierto que conozco y también que he padecido las trapacerías del mundo del periodismo y estoy seguro de que usted las ha practicado en alguna ocasión, pero digamos que eso es algo inherente a la profesión.

Margaret murmuró algo inaudible sobre las trapacerías, aunque la historiadora estaba cada vez más fascinada con la conversación a la que asistía de forma clandestina.

El periodista se encogió de hombros a modo de justificación, sin que hubiese desaparecido de su semblante la expresión de sorpresa.

–¿Qué es lo que quiere que haga exactamente?

–Verá, Pierre, mi hermano se marcha esta misma mañana. En estos momentos –miró el reloj– estará preparando a toda prisa su equipaje. He venido a una hora tan intempestiva para que usted no se comprometiera con nada. Me gustaría que hoy mismo acudiésemos a nuestro encuentro con la cómoda. ¿Qué me dice?

Pierre pensó que aún no había terminado de leer el legajo, que Margaret seguía allí y que todo aquello podía ser una patraña, aunque Gabriel d'Honnencourt le inspiraba confianza. Además, no era necesario tener demasiado instinto para darse cuenta de que allí había una historia extraordinaria y que no podía dejarla escapar.

–¿A qué hora quedamos?

–¿Le parece bien que lo recoja a las cuatro?

14

El comisario Gudunov estaba sudoroso tras leer el informe que sobre su mesa le había dejado el inspector Duquesne. Leerlo ponía el pelo de punta, a pesar de que en su larga carrera de policía había visto suficientes cosas como para que el vello de su cuerpo no se erizase con facilidad.

El caso del asesinato de Madeleine Tibaux era mucho más complicado de lo que creía cuando se lo entregaron. Después de lo que acababa de saber, estaba claro que no se trataba de un crimen aislado, sino de un tenebroso plan, cuyas últimas ramificaciones ignoraba adónde podían llevarlo...

El comisario se secó el sudor de la frente con un pañuelo de tisú; también se dio una pasada para secar, aunque fuese por unos minutos, su empapado cogote. Hacía rato que se había aflojado el nudo de la corbata y desabrochado la camisa. Resopló y leyó de nuevo el informe. Quería empaparse hasta de los detalles más nimios porque lo que su subordinado había escrito era inquietante.

> Tras una detenida lectura de la copia del legajo 7JCP070301, cuyo original se guarda en la Biblioteca Nacional François Mitterrand, en su sección Y, dedicada a libros raros, se comprueba que se trata de material manuscrito, mecanografiado o reproducido por otros procedimientos mecánicos. No guarda una unidad, sino que se trata de la suma de diferentes textos tales como copias de páginas ya publicadas anteriormente, recortes de prensa, largas listas genealógicas o textos cuya originalidad el firmante no está en condiciones de determinar.
>
> Aunque no existe unidad entre la diversidad de papeles que integran el legajo, hay continuas referencias a ciertas sociedades, entre ellas a una denominada Hermandad de la Serpiente,

a la que también se menciona como Fraternidad de Oficus, relacionada al parecer con los templarios.

A pesar de que la Orden del Temple se extinguió a partir de 1307 y su último maestre, Jacques de Molay, murió en la hoguera junto a otro responsable de la Orden, en 1314, la Hermandad de la Serpiente, según se deduce del contenido de ciertos documentos del legajo, se ha mantenido en el tiempo, llegando, al parecer, hasta nuestros días, según se acredita en una larga lista de maestres. El último de ellos es sir Winston Churchill, cuyo mandato comienza en 1918 y llega hasta una fecha indeterminada, sin que se señale la persona que le ha sucedido al frente de la hermandad.

Entre los maestres de Hermandad de la Serpiente, al parecer, custodios de un gran secreto, se encuentran personalidades muy conocidas a través de los siglos. He investigado sobre la personalidad de algunos de ellos, como es el caso de Nicolás Flamel, un famoso alquimista de quien se afirma desveló el secreto de la piedra filosofal contenido en un extraño libro, titulado: *Libro de Abraham el judío*, lo que le permitió lograr la inmortalidad; fue maestre entre 1398 y 1418. También está Leonardo da Vinci, el genio renacentista, autor del más famoso retrato de todos los tiempos, conservado en el museo del Louvre, y de quien se afirma que era conocedor de importantes secretos de los que algunas de sus pinturas son claves para descifrarlos; fue maestre entre 1510 y 1519. Otro de los maestres fue Diego de Silva y Velázquez, el genial pintor, autor de *Las meninas;* fue maestre entre 1643 y 1660. Asimismo aparece Isaac Newton, insigne científico, descubridor de la llamada ley de la gravedad, profundo conocedor de la Biblia, acerca de la cual opinaba que escondía un código encriptado cuyo conocimiento permitiría desvelar los secretos del universo; fue maestre entre 1691 y 1727. Igualmente se encuentra en esa extraordinaria lista Claude Debussy, el genial compositor francés, muy vinculado a los círculos del esoterismo parisino, que vivió un momento de esplendor en el paso del siglo XIX al XX y cuya música, según se afirma, encierra extraños mensajes. Como podrá comprobarse, gentes de gran relevancia y de países muy diferentes, lo que apunta a que la mencionada Hermandad de la Serpiente debe de ser una organización internacional muy poderosa y cuyos tentáculos pueden extenderse hasta los lugares más insospechados.

Hay también una publicación muy reciente, titulada *Le Serpent Rouge*, igual que la portadilla que da nombre al legajo. Se trata de una curiosa obra en la que aparece una genealogía de la dinastía francesa de los merovingios, así como dos mapas de Francia referidos a los límites del reino de los francos durante los siglos VI y VII, acompañados de breves comentarios. También forma parte de la mencionada obra un detallado plano de la iglesia de Saint Sulpice de París. Esta iglesia tiene empotrada en su suelo una larga línea de metal, que señala el paso exacto del meridiano de París y que, durante algunos años, fue considerado como el meridiano cero, antes de que definitivamente dicha categoría le fuese asignada al que pasa por la población inglesa de Greenwich. También se indica que dicho templo fue la sede de una extraña sociedad, cuya existencia está rodeada de misterios, conocida con el nombre de Cofradía del Santísimo Sacramento, que existió en el siglo XVII pero que fue abolida por orden del rey Luis XIV. No se sabe mucho acerca de ella porque sus archivos fueron destruidos u ocultados en un lugar que se ignora. También aparecen trece pequeños textos, todos ellos de un párrafo de extensión, escritos en prosa poética. Cada uno está asociado a un signo del zodíaco. Los autores han añadido uno más a los doce tradicionales, bajo la denominación de Serpentario u Ofiuco, sin que en los papeles del legajo haya una explicación clara para tal cosa. Se trata de textos de difícil comprensión, por lo que creo que pueden esconder algún tipo de información oculta. Se pueden encontrar alusiones a la iglesia de la Magdalena, del pueblo de Rennes-le-Château, y a un párroco que prestó servicio en ella, entre finales del siglo XIX y principios del XX, llamado Berenguer Saunière. Al parecer, dicho párroco encontró unos importantes pergaminos en la mencionada iglesia, que, según se dice, le proporcionaron una fabulosa riqueza. También se menciona al pintor Poussin, quien, según mis investigaciones, parece ser que llevó una vida rodeada de misterio, perteneciendo a sociedades secretas; las referencias se centran en uno de sus cuadros, titulado *Los pastores de la Arcadia* y más concretamente en la inscripción *Et in Arcadia ego*, que aparece en él y cuya traducción del latín no resulta fácil. También se habla de una Serpiente Roja que se desenrosca a través de los siglos. Parece ser que dicha serpiente representa algo relacionado con un linaje familiar. Se alude a María Magdalena, como un vaso lleno de bálsamo, indicando que solamente los iniciados la conocen con su verdadero nombre.

Debo hacer constar que entre los papeles hay un folio, cuyo contenido no he podido descifrar. Todo apunta a que podría tratarse de alguna información codificada, que requeriría del trabajo de un experto para poder acceder a su contenido, una vez que se contase con la clave para descodificarlo.

Hasta aquí el contenido del mencionado legajo.

No obstante, he realizado diversas pesquisas acerca del autor de esos textos que aparecen firmados con el nombre de Louis Chardonet, pero se trata de un seudónimo. El verdadero autor de *Le Serpent Rouge* es un tal Gastón de Marignac, que es la persona que lo depositó en el año 1984. Con el propósito de obtener alguna pista acerca del tal De Marignac y encontrar algunas explicaciones con relación a tan extraña obra he hecho algunas indagaciones que han revelado algunas cuestiones sobre las que me permito llamar su atención.

Gastón de Marignac mantuvo por aquellas fechas una intensa relación con un bibliotecario llamado Andreas Lajos, un personaje muy extraño, de origen húngaro y nacionalidad francesa, que llegó a nuestro país después de la Segunda Guerra Mundial. Fue asesinado en la estación de metro de Charonne, el 13 de marzo de 1986. Al parecer, le empujaron, arrojándole sobre las vías justo antes de que pasase el tren, según declararon testigos presenciales. El supuesto asesino desapareció en medio de la confusión. He descubierto que en la prensa de aquellos días se especuló con una maleta que el asesinado llevaba y que también desapareció.

Andreas Lajos regresaba de un viaje a la República Democrática Alemana, según constaba en el visado de su pasaporte. Estuvo dos días en dicho país.

He logrado contactar con una hija suya, que vive en Londres. Cuando le dije que se trataba de una investigación policial, montó en cólera y me dijo que estaba harta de que la molestasen, que la policía había actuado con negligencia en la muerte de su padre y que estaba convencida de que habían echado tierra sobre el asunto. Le dije que el caso podría reabrirse como consecuencia de la reciente muerte de una bibliotecaria, lo que la tranquilizó un tanto y me permitió mantener una larga conversación telefónica. Me ha contado que le llamó la atención el hecho de que, al producirse la muerte de su progenitor, muchas personas mostraran un vivo interés por lo que denominaban «los papeles de su padre». Algunas de ellas le ofrecieron sumas de dinero nada despreciables. La realidad, siempre según la señorita Lajos, era que su padre no poseía papel alguno. A pesar de esa afirmación, he podido comprobar de forma fehaciente que a Andreas Lajos le negaron un visado para entrar en Estados Unidos porque su nombre aparecía relacionado con ciertas actividades clandestinas, próximas al espionaje. También he comprobado que hace un par de semanas Madeleine Tibaux entró en contacto con la mencionada señorita Lajos, interesándose por estas mismas cuestiones.

Por lo que respecta a Gastón de Marignac le informo de que el 25 de marzo de 1986 apareció ahorcado en su apartamento, situado en el número 14 del boulevard de la Tour Maubourg.

Estos dos cadáveres tienen un nexo común. Ambos están relacionados con la documentación contenida en el legado 7JCP070301. Sin embargo, por lo que he podido averiguar, nadie estableció en su día la menor relación entre sus muertes, cosa que no ha dejado de extrañarme. La sorpresa ha sido mayor cuando me he encontrado con que los expedientes de esas muertes, presumiblemente asesinatos, han desaparecido de los registros de la policía. Ni en las comisarías de los lugares donde aparecieron los cadáveres ni en el Registro General existe la más mínima referencia. Es como si una mano oculta se hubiese encargado de borrar cualquier huella.

No obstante, en el caso del cadáver de Gastón de Marignac, la prensa señalaba, al dar la noticia de su muerte, que en un bolsillo del abrigo que llevaba puesto se encontró un papel donde podía verse dibujada con tinta roja una serpiente enroscada sobre sí misma.

Todo ello me ha llevado a establecer ciertos nexos entre el legajo en cuestión, una posible organización criminal que tiene como símbolo una serpiente de color rojo, las muertes de Andreas Lajos y de Gastón de Marignac hace veinte años y la de la señorita Tibaux.

Es cuanto tengo el honor de informarle en cumplimiento de las órdenes recibidas.

París, 22 de abril de 2006
Inspector JEAN DUQUESNE

Gudunov cedió a la tentación y encendió un cigarrillo, tratando de sacudirse parte del agobio que lo sofocaba. El sudor empapaba su cuerpo. Estaba impresionado por la tarea realizada en cuarenta y ocho horas por el inspector. Aquel joven llegaría lejos, pero lo que verdaderamente turbaba su ánimo era lo que acababa de descubrir: una sociedad secreta cuyas raíces se hundían en el pasado, según había descubierto Duquesne.

–¡Eso sí que no! –gritó ella.

–Pero, Margot, tú no crees en estas cosas. ¡Me lo has dicho docenas de veces!

–Creo que tengo derecho a quedarme. Sería como una compensación por la mala pasada que me has gastado. ¡Así estaríamos en paz!

Pierre hizo un gesto de resignación; sabía que era una batalla perdida. En realidad, lo supo desde que la vio salir de su escondite, instantes después de despedir a Gabriel. Tenía el rostro iluminado y una sonrisa, entre burlesca y satisfactoria, se dibujaba en sus carnosos labios. La escocesa era una de las personas más testarudas que había conocido a lo largo de una vida salpicada de experiencias.

–¡Pero no vendrás conmigo a casa de su hermano!

El periodista lo planteaba como su último punto de resistencia para no darse por vencido en toda la línea.

–Eso me parece razonable –concedió ella–. No tendrías argumentos para explicar mi presencia allí.

–Al fin encuentro algo de cordura en tu actitud.

Margaret lo besó en la mejilla.

–No creo posible que pueda acreditar lo que te ha dicho, pero si ese individuo tuviese documentos para avalar lo que cuenta, sería el descubrimiento histórico más importante de los últimos años.

–¿Qué quieres decir? –preguntó Pierre temeroso.

–Que una cosa así es con lo que sueña cualquier historiadora.

–¿Pretendes insinuar que esa historia sería para ti?

–La parte académica; para ti quedaría el reportaje sensacionalista.

Al final cerraron un acuerdo.

Margaret revisaría las dos versiones del legajo a cambio de la información que Pierre obtuviese en el apartamento de Isaac d'Honnencourt, donde, al parecer, se ocultaban las claves de su extraordinaria ascendencia. El compromiso de Pierre quedó condicionado al hecho de que Gabriel no lo obligase a guardar secreto de lo que encontrasen. Algo que por el momento no se había planteado.

Lo que Gabriel había denominado como el apartamento de su hermano era un lujoso ático en los Campos Elíseos, en la confluencia con la rue de Balzac, muy cerca del Arco de Triunfo. Los bajos del inmueble estaban ocupados por la exposición de una marca de vehículos de lujo y una tienda de alta costura. El uniformado portero saludó a Gabriel, llevándose la mano al borde de su chistera con un:

–Buenas tardes, señor D'Honnencourt.

–Buenas tardes, Honoré.

Una simple ojeada al amplio vestíbulo revelaba la opulencia de sus habitantes. En cada detalle afloraba el lujo: las paredes enteladas, los paneles de maderas nobles, los apliques de bronce o el cristal de las lámparas que colgaban del techo. Pierre notó a través de sus zapatos el grosor de la alfombra. Un espejo de formas barrocas y gruesas molduras reflejaba una excelente copia de Claudio de Lorena: un hermoso atardecer que proyectaba dorados reflejos sobre unas ruinas de abolengo clásico, colgado en la pared de enfrente.

Subieron en el ascensor, y permanecieron en silencio. Llamaba la atención la suavidad con que ascendía y los relucientes adornos de bronce que hablaban de una época de tecnología menos avanzada.

Gabriel abrió las tres cerraduras que aseguraban una puerta blindada revestida de gruesas tablas de caoba y se disculpó por no cederle el paso.

–Tengo que buscar el interruptor.

Palpó hasta encontrarlo. Las dos docenas de luces de una cristalina lámpara inundaron de claridad un vestíbulo. Era amplio y el mobiliario denotaba buen gusto y dinero: muebles pequeños primorosamente terminados, alfombras de seda, dos pinturas antiguas y de buena factura.

–Su hermano es un hombre de posición –comentó Pierre.

–Digamos que tiene un honesto pasar. Hasta hace algunos años desempeñó la dirección general adjunta de una importante compañía aseguradora. Luego ha formado parte de su consejo de administración hasta que le llegó la jubilación.

–¿Es mucho mayor que usted?

–Cinco años; hace unos meses cumplió los sesenta y cinco. Así que ya sabe mi edad.

–Discúlpeme, no quería ser indiscreto.

–No lo ha sido.

Gabriel sacó de los bolsillos de su gabardina todo un instrumental de carpintero: un juego de destornilladores, unas pequeñas tenazas, alicates, dos brochas y una bolsa con tornillos, una lata de betún de Judea, otra de barniz y varios adminículos más, propios del oficio.

–¡No puedo creer que trajese todo eso en los bolsillos! –exclamó Pierre cuando colocó el último de los utensilios sobre la mesa donde los había ido depositando.

–Hay que venir prevenido, aunque supongo que mi hermano tendrá en alguna parte una caja de herramientas para los trabajos caseros.

–¿Dónde está la cómoda?

–Desde que la trajeron, ha estado siempre en el mismo sitio, al fondo del pasillo principal. Venga, acompáñeme, por favor.

En un pequeño distribuidor al final de un pasillo de techo alto y anchura tal que más parecía una galería, había una cómoda. Se trataba de un mueble antiguo, muy bien conservado.

–Lo mejor será desocuparla.

Gabriel tiraba ya del primero de los cajones, que estaba lleno de ropa blanca de cama y lo depositó cuidadosamente en el suelo del pulido parqué. Pierre le ayudó con los otros tres.

–Creo que podríamos llevárnosla a un lugar más amplio y con más luz –propuso el periodista.

–Tiene razón, aquí resulta todo muy agobiante. Ayúdeme, por favor.

Trasladaron la cómoda hasta el centro de un amplio salón y la colocaron sobre una manta parta evitar arañazos. Gabriel corrió los pesados cortinajes y alzó las persianas. La luz del atardecer entró por los ventanales que se abrían a una espectacular terraza que daba a los Campos Elíseos. Aunque la luz era buena, encendió las dos arañas que colgaban del techo.

Con mucha más luz y mejor perspectiva, Pierre pudo comprobar que se trataba de un mueble valioso, no solamente por su antigüedad. Unas diminutas incrustaciones de madera formaban una guirnalda de tonos claros sobre el fondo oscuro de nogal. Era un trabajo primoroso; sin duda, labrada por un artesano que dominaba su oficio y enamorado de la obra bien hecha. Los ángulos estaban decorados con unos labrados adornos de bronce, elegantes y estilizados. La tapa era la obra de un artista que había compuesto, con mármoles de colores, una extraña representación del Paraíso terrenal, en la que podía verse lo que parecía ser una extraña simbología.

Después de examinar la cómoda con detenimiento, el periodista entendió las razones por las que la cuñada de Gabriel se había negado reiteradamente a entregarle el mueble. Era una joya de anticuario que podía valer una pequeña fortuna.

–¿Sabe dónde buscar?

–No tengo la menor idea. Mi madre me dijo que las pruebas estaban ocultas en este mueble.

Una minuciosa exploración visual no reveló indicios que les situasen sobre la pista de lo que buscaban. No se veía rastro de un compartimiento oculto. Palparon cuidadosamente por las paredes interiores y la tablazón posterior con idéntico resultado, por lo que decidieron tender el mueble para verlo desde otra perspectiva. Despejaron una mesa y sobre ella depositaron cuidadosamente la tapa de mármol, después volcaron la cómoda sobre la manta.

La nueva inspección resultó tan infructuosa como la anterior.

Poco a poco el desánimo hacía mella en ellos.

–¿Está seguro de que éste era el mueble al que aludió su madre?

–Por supuesto.

Pierre dedicó algunos minutos más a escudriñar todos y cada uno de los rincones. Si aquel mueble tenía un compartimento oculto, era la obra de un experto.

Gabriel parecía nervioso.

En aquel momento sonó el teléfono.

Los dos hombres intercambiaron una mirada.

–¿Quién podrá ser? –El desconcierto en Gabriel era evidente.

–Creo que lo mejor será no responder, no deben saber que estamos aquí.

–¿Y si es el portero?

Aguardaron en silencio, mientras el timbre sonaba con una cadencia precisa. Gabriel miró a Pierre.

–Lo mejor es no hacerle caso –insistió el periodista.

Unos segundos después el teléfono enmudeció. Entonces Gabriel le propuso levantar la tablazón trasera de la cómoda.

–¿No dejaremos huellas de nuestra búsqueda? Es tan perfecto que me temo que no podremos dejarlo igual.

–No creo que debamos preocuparnos. Ese mueble no se ha movido de su sitio en muchos años. Además, usted es capaz de ensamblar un velero pieza a pieza y no tenemos prisa.

Pierre se miró las manos, ennegrecidas por el polvo.

Desmontar la trasera de la cómoda no sería fácil. Las tablas no estaban atornilladas, sino ensambladas con pequeñas piezas de madera. Aquél era trabajo para un ebanista. Se armaron de paciencia y comenzaron la tarea. Poco a poco, con mucho cuidado, retiraron las planchas y, al despegar la última, se encontraron con un inesperado premio. En la parte inferior había un doble fondo, cerrado por un delicado pasador. El espacio era tan pequeño que la estructura del mueble ocultaba su existencia. Era la obra de un artista.

A Gabriel se le iluminó la cara y Pierre sintió cómo su pulso se aceleraba.

En aquel momento sonó el timbre. No era el teléfono, sino la puerta del piso. Los dos quedaron inmóviles.

–¿Quién demonios puede ser?

Las palabras de Gabriel fueron poco más que un susurro.

–¿Quién sabe que estamos aquí? –preguntó Pierre.

–¿Usted se lo ha dicho a alguien?

–No, ni siquiera sabía adónde íbamos.

–En tal caso la única persona que sabe que estamos aquí es el portero.

Gabriel iba a abrir la puerta cuando sonó de nuevo el teléfono.

–¿Quién llamará?

–Si es el portero, no es posible que sea él quien esté llamando a la puerta.

–Tiene usted razón. Conteste al teléfono, Pierre; yo abriré.

Era el portero quien llamaba a la puerta.

–Disculpe señor D'Honnencourt, un individuo ha dejado esta carta en la portería.

–¿Qué le ha dicho?

–Simplemente, entréguesela al señor Gabriel d'Honnencourt.

–¿Quién era?

–Lo ignoro, señor. Ha entregado la carta, ha insistido en la urgencia y se ha marchado, sin decir adiós. Era un joven de unos veinticinco años, vestido con atuendo de motorista.

–¿No le ha dicho nada más?

–No, señor.

Gabriel cogió el sobre y agradeció a Honoré su diligencia. El sobre era de calidad y tenía mecanografiado su nombre. Regresó al salón y se encontró a Pierre tan pálido como si le hubiesen sacado toda la sangre del cuerpo.

–¡Blanchard! ¿Qué le sucede?

15

París, 18 de marzo de 1314

El pregonero estaba leyendo los últimos párrafos de la sentencia:

> ... Pese a la maldad de sus acciones, la generosidad del Rey Nuestro Señor y del Papa, en su condición de Vicario de Cristo en la Tierra, la pena a que les hace acreedores las graves faltas cometidas, atentatorias a la moral y buenas costumbres, los ultrajes y la falta de respeto a las imágenes, las blasfemias e injurias proferidas contra la divinidad, ha sido suavizada y queda establecida, según sentencia de este tribunal, en la prisión perpetua de los encausados como cabeza visible de la disuelta y extinguida Orden, que en otro tiempo se denominaba de los Pobres Caballeros de Cristo del Templo de Salomón, que habrán de cumplir en el lugar que a cada cual le sea asignado por el presidente del tribunal eclesiástico que ha dictado la sentencia, el eminentísimo señor Nicolás de Fréauville, de la Orden de Predicadores.
>
> ¡Cúmplase en los términos que queda mandado!
>
> En la ciudad de París a dieciocho días del mes de marzo del año del nacimiento de Nuestro Señor Jesucristo de mil trescientos catorce.

En aquel momento, Jacques de Molay con voz potente, que se alzó por encima del griterío hasta obtener un inesperado silencio, exclamó para que todos lo escuchasen:

–¡Yo, Jacques de Molay, maestre de la Orden del Temple, proclamo solemnemente que somos inocentes de todas las infames acusaciones que se han lanzado contra nosotros! Afirmo que las confesiones que han servido de fundamento a nuestra condena nos han sido arrancadas por medio de horribles torturas, y que dichas confesiones no responden a la verdadera realidad de la Orden del Temple, por lo que en este momento, poniendo a Dios Nuestro Señor por testigo de mis palabras, me retracto de todo lo dicho y proclamo mi inocencia. Si de algo nos consideramos culpables, no es de los delitos de que se nos acusa, sino de nuestra cobardía al haber cometido la infamia de traicionar al Temple por salvar nuestras miserables vidas.

En medio del desconcierto producido por la declaración del maestre, el preceptor de Normandía se acercó hasta el borde mismo del cadalso y se dispuso a proclamar también su inocencia. El oficial que mandaba las tropas que rodeaban el tablado ordenó a los tamborileros que batiesen las cajas.

–Yo, Godofredo de Charnay, preceptor de Normandía, declaro, poniendo a Dios por testigo de mis palabras...

El redoble de los tambores ahogó la proclama del templario. Pero la concurrencia había escuchado las declaraciones de los dos caballeros, en las que negaban las confesiones en las que se habían declarado culpables de los delitos señalados en la sentencia.

Nicolás de Fréauville, con el rostro congestionado, se había levantado del sillón desde el que presidía la ceremonia y gritaba descompuesto, señalando con el brazo extendido hacia los dos caballeros:

–¡Relapsos! ¡Relapsos!

La gente se agitó y los soldados apretaron las armas temiendo un tumulto; con los templarios nunca se sabía. Tenían muchos enemigos, pero nadie sabía hasta dónde se extendían los tentáculos de su poder. Como por ensalmo, aparecieron contingentes de tropas por las esquinas de la plaza y la gente se sintió atemorizada, porque podía ocurrir cualquier cosa.

–¡Maldita sea! –susurró un encapuchado con gesto contrariado, apretando el puño de una espada oculta bajo sus vestiduras–. ¡No habíamos contado con esto! ¡Que nadie intervenga, sería un suicidio! ¡Nos retiramos! ¡Pasad la orden, según el plan previsto! ¡Nos vemos en la hospedería de maese Gonchard!

Un ligero movimiento de cabeza bastó para que los hombres que lo rodeaban se pusiesen en marcha. Se movían con una agilidad pasmosa en medio de la muchedumbre. Antes de que la agitación se adueñase del lugar se habían escabullido, respondiendo a una estrategia establecida de antemano.

Durante las horas siguientes los desórdenes callejeros imperaron en un París conmocionado por una noticia, que se difundía como una mancha de aceite. En las calles y plazas, en las tabernas y en las hospederías, en todas partes no se comentaba otra cosa que la arenga lanzada por el maestre del Temple; eran muchos los que añadían de su propia cosecha, por lo que en muchas partes los rumores alcanzaban dimensiones que poco tenían que ver con los hechos acaecidos ante la fachada de Notre-Dame.

En el palacio real la agitación no era menor. Felipe IV, que había recibido la noticia de boca del propio Nicolás de Fréauville, había reaccionado abofeteándole sin la menor consideración. El rey era una fiera enjaulada y exigía responsabilidades. Aguardaba en su gabinete de trabajo, donde se había encerrado, a que apareciese Guillaume de París, a quien había ordenado llamar.

El inquisidor se retrasaba porque, incluso para una personalidad como la suya, resultaba dificultoso avanzar por unas calles abarrotadas por el gentío, que se hacía lenguas de lo ocurrido. Los soldados de su escolta debieron emplearse sin miramientos para abrirse paso entre la muchedumbre.

La larga espera no hizo sino empeorar el humor del monarca: tenía el rostro crispado y la mirada denotaba la ira que le embargaba.

Fue el nuevo ministro de Justicia, Bernard de Pontigny, que había sustituido a Guillaume de Nogaret, fallecido la primavera anterior, quien introdujo al inquisidor en el gabinete real. Felipe IV, con las manos a la espalda, observaba la agitación callejera desde la alta ventana de la estancia donde se encontraba.

–Disculpad, Majestad, la visita que esperabais.

–¿Cómo es que habéis tardado tanto?

El color ceniciento de su rostro reflejaba su estado de ánimo.

–Majestad, lamento vuestra espera, pero las calles...

El rey no le dejó proseguir con sus excusas.

–Decidme, ¿qué se puede hacer en un caso como éste?

Guillaume de París no titubeó:

–Las normas inquisitoriales son muy claras al respecto, Majestad.

–¿Qué dicen?

El inquisidor entrelazó sus regordetas manos sobre el voluminoso vientre y, con la cabeza gacha, compuso una imagen de humildad, que distaba mucho de ser real.

–Estamos, según queda establecido en los cánones de la legislación inquisitorial, ante un caso de flagrante recaída en herejía abjurada. Jacques de Molay y Godofredo de Charnay son relapsos.

–¿Qué significa?

–Que la maldad de su pecado es ahora mucho mayor que antes. La Iglesia, pese a la gravedad de sus herejías, se había mostrado generosa y les concedía el perdón por abjurar de unos delitos de los que se reconocían culpables. Ahora niegan esas culpas, que es tanto como negar la herejía. Ello implica que no reconocen un error admitido, lo que supone un pecado mucho mayor que el cometido anteriormente; en tales circunstancias, Majestad, no existe posibilidad de un nuevo arrepentimiento.

–¿Y? –Felipe IV se pasó la mano por el mentón.

–En un caso como éste la doctrina no plantea la más mínima duda. Vuestra Majestad conoce cuál es la pena establecida por la Santa Madre Iglesia para los herejes que no reconocen sus culpas.

–¡La muerte en la hoguera! –exclamó Felipe IV con expresión de triunfo.

–Así es, Majestad.

–En tal caso, ¿a qué aguardáis para aplicarla?

El inquisidor quedó momentáneamente sorprendido, mientras que Bernard de Pontigny, que asistía al encuentro desde la penumbra de un segundo plano, siguiendo las astutas maneras de su antecesor en el cargo, dibujó un asomo de sonrisa en sus labios y se frotó las manos; sus dedos eran largos y huesudos, como la imagen que proyectaba, muy diferente a la del inquisidor.

–Majestad, hemos... hemos de aplicar la ley... Existe un procedimiento prescrito para casos como el que nos ocupa. –El sudor había aparecido en la frente de Guillaume de París.

–La cuestión está clara, según acabáis de señalar: los templarios son culpables de herejía y la pena para los herejes es el fuego. No hay necesidad de más procedimientos.

–Majestad, hemos de guardar las formas. –La voz del inquisidor era poco más que un susurro–: Lo agilizaremos todo para que quede sentenciado en menos de una semana.

–¡Ni hablar! ¡La justicia ha de ser expeditiva! ¡Esos criminales han de quemarse hoy mismo en la hoguera! ¡Nos han desafiado públicamente! ¡Ahora mismo en París no se habla de otra cosa y no podemos permitir que los templarios vuelvan a aletear! Tienen hombres, tienen medios y en muchos lugares cuentan con importantes apoyos. Clemente no logra imponer su autoridad ni en Aragón, ni en Portugal, ni en Inglaterra, ni en Escocia ni en el Imperio; salvo en Francia, las cosas no marchan como deberían. Las noticias que recibo son que se reorganizan y plantean nuevas estrategias. Nuestros servicios nos han informado de que esta mañana ante Notre-Dame se habían camuflado algunos de ellos con el propósito de liberar a sus jefes, aunque no han tenido ocasión de actuar. Los templarios son una amenaza y hay que pisar la cabeza de la serpiente. –Felipe IV no hablaba, gritaba. Estaba fuera de sí.

–Os prometo, Majestad, que actuaremos con diligencia. –Al inquisidor le costaba que la voz saliese de su cuerpo.

–¿La misma que ese inepto de Fréauville? Si necesitáis un procedimiento, buscadlo entre los papales. Las leyes también están concebidas para dar respuesta a situaciones embarazosas, y ésta es una de ellas. ¡Tenéis dos horas de plazo! ¡Dos horas improrrogables!

–Si Vuestra Majestad me lo permite... –La voz de Bernard de Pontigny era suave, untuosa, como su personalidad.

–Habla.

–Creo, Majestad, que dadas las excepcionales circunstancias que concurren podemos aplicar un procedimiento también excepcional.

–¿Circunstancias excepcionales?

El inquisidor no se atrevía a volver la cabeza para mirar al ministro de Justicia, que estaba a su espalda.

–Exactamente. En primer lugar, se trata de peligrosos criminales dispuestos a atentar contra el poder real. En segundo lugar, se han retractado públicamente de sus declaraciones, lo que significa que no es necesario obtener la declaración de testigos: sus propias palabras los han condenado. En tercer lugar, su actitud supone un desafío intolerable, tanto a la Corona como a la Iglesia. Por último, al tratarse de una ejecución, es el poder temporal quien ha de llevarla a cabo. En tal caso la Inquisición ha de limitarse a dictar una sentencia que es pública y notoria. Para ello el plazo que el rey, nuestro señor, os ha concedido es generoso. Los escribanos de mi oficina están a vuestra disposición para redactar una sentencia que los oficiales del rey se encargarán de ejecutar de forma inmediata. En definitiva, hoy mismo podría encenderse la hoguera donde Jacques de Molay y Godofredo de Charnay paguen por sus crímenes. En realidad, lo único que Su Eminencia necesita es que le traigan el sello del tribunal para signar el veredicto.

Era ya noche cerrada cuando los tres hombres llegaron a la embocadura del callejón en cuyo fondo estaba la hospedería de maese Gonchard. No habían cruzado una sola palabra a lo largo del recorrido.

Los tres albergaban los mismos sentimientos de dolor e impotencia que se habían añadido al de la sorpresa cuando a media tarde, mientras trazaban nuevos planes, tuvieron noticia de que el maestre y el preceptor de Normandía iban a ser quemados en una pequeña isla que se alzaba frente a la iglesia de los agustinos y los jardines del palacio real. Un lugar que los parisinos conocían como la isla de los Judíos. La sorpresa había sido tal que apenas tuvieron tiempo de asistir desde lejos, tras la muchedumbre que se agolpaba en la orilla del Sena, al martirio de sus jefes. La concurrencia era tan grande que resultó imposible acercarse hasta la ribera. ¡Todo había sucedido tan deprisa que sus planes y sus esfuerzos quedaron desbaratados en un santiamén!

Poco después llegó otro grupo de tres hombres y bastante más tarde, la cadencia de unos nuevos golpes en la puerta de la hospedería anunció la llegada de un tercer grupo. Maese Gonchard abrió la puerta y entraron dos hombres. El hospedero asomó la nariz al callejón, pero allí no había nadie; cerró y echó los cerrojos.

–¿Dónde está Martín? –preguntó un individuo de rostro enjuto y pelo canoso, un legendario caballero que respondía al nombre de Hugo de Saint Michel.

–No lo sabemos, nada más llegar a las proximidades del río lo perdimos de vista en medio de la muchedumbre y no hemos vuelto a saber de él. Lo hemos buscado por todas partes, pero parece que se lo hubiese tragado la tierra.

Los presentes cruzaron miradas de preocupación.

–Si lo han apresado los esbirros de Felipe, todos corremos un serio peligro.

Maese Gonchard y su familia se agitaron nerviosos. Aceptaron de buen grado pagar con el alojamiento de los caballeros una vieja deuda contraída con el Temple y habían ahuyentado a los posibles clientes desde hacía varios días, para dejar la hospedería despejada de ojos y oídos indiscretos. Ellos también corrían un gran riesgo porque las órdenes del rey eran duras y tajantes: quienes diesen cobijo, amparo o protección a un templario lo pagarían con su vida.

En aquel momento unos golpes en la puerta anunciaron una nueva visita. Maese Gonchard pensó que al otro lado de la puerta estaban los soldados del rey. Los templarios se pusieron en pie y tiraron de sus espadas: si habían de morir venderían caro el pellejo.

–Raymond, Étienne, llevad a la bodega a maese Gonchard, a su mujer y a sus hijas, atadlos y amordazadlos –ordenó Hugo de Saint Michel–. ¡Vamos, rápido, no disponemos de tiempo!

Los caballeros, cuya indumentaria de menestrales y comerciantes ocultaba su condición, se movieron con la agilidad propia de los soldados. Mientras unos cumplían las órdenes de su jefe, los otros tomaban posiciones.

Otra vez sonaron los golpes en la puerta; a De Saint Michel le extrañó no escuchar gritos demandando abrir con urgencia. Empuñaba una espada de hoja ancha y corta, que había ocultado con facilidad bajo sus vestiduras. Preguntó con cierto desdén:

–¿Quién va?

Apenas se escuchó la respuesta porque quien habló no deseaba llamar la atención.

–Soy yo, Martín, abridme. ¡Daos prisa!
–¿Qué Martín?
–Martín de Vézelay.
–Repite tu nombre.
–*Non nobis, Domine, non nobis, sed Nomini tuo da gloriam*. ¡Daos prisa! –insistió.
–No reconozco tu llamada –le indicó De Saint Michael.
–Yo sí identifico su voz –señaló uno de los caballeros a la par que unos nuevos golpes confirmaron sus palabras.
Sin duda era Martín de Vézelay.
Con un gesto indicó a uno de los hombres que flanqueaban la puerta que descorriese el cerrojo.
–Con precaución, no te fíes.
Quien llamaba entró como una exhalación.
–¿Por qué no has llamado de la forma convenida?
–Lo siento mucho, pero las prisas...
–¿Qué ha ocurrido?
–He tenido que despachar a dos soldados, pero no debéis preocuparos, ha sido lejos de aquí y no ha quedado rastro.
–Aunque hayas logrado despistarles, buscarán para dar un castigo ejemplar al autor de esas muertes. París se convertirá en una ratonera. Maese Gonchard ya se ha arriesgado bastante con lo que ha hecho. Disponedlo todo para partir antes del alba; cruzaremos la puerta de Saint Denis con las primeras luces del día.
–Lamento poneros en este aprieto –se excusó Martín–. No pude evitar acercarme lo más posible a nuestro maestre. Quería que sintiese la presencia de alguno de los suyos en el último momento.
–¿Por qué has matado a esos soldados?
–Porque se mofaban del maestre, se reían de las últimas palabras que pronunció.
–¿Qué fue lo que dijo?
–Poco antes de que el verdugo prendiese fuego a la leña verde para hacer más prolongado su tormento, confesó su inocencia y la de nuestra Orden, después alzó la voz y gritó algo.
–¿Qué fue lo que gritó el maestre?
Unos golpes en la puerta reavivaron la tensión y dejaron la pregunta sin respuesta.
–¡Maldita sea! –exclamó De Saint Michel.

–¡Hospedero, posada! –clamó la voz que tronaba desde la calle.

–¿Quién va? –respondió maese Gonchard, liberado ya de sus ataduras, con voz de pocos amigos.

–¡Posada para unos peregrinos!

El templario agarró al hospedero por el brazo.

–¿Qué vas a hacer?

–Abrir el postiguillo y despachar a ese alborotador. ¡Apagad las velas!

–Ten mucho cuidado, podría ser una trampa.

Bastaron unos movimientos de cabeza para que los caballeros tomasen posiciones, como si se aprestasen a defender una fortaleza. Uno de ellos subió al piso superior para inspeccionar la calle desde una ventana.

El hospedero tomó un candil y aguardó un instante hasta que los caballeros ocuparon sus posiciones y el lugar quedó sumido en una suave penumbra, cuyas sombras solamente rompían las llamas de la chimenea. Descorrió el cerrojo, abrió el postiguillo de un tirón y puso cara de pocos amigos.

–¿Quién alborota a estas horas? ¡Valiente escándalo!

–Somos tres peregrinos camino de Compostela para venerar la tumba del apóstol Santiago. Nos han indicado que aquí podemos encontrar acomodo para pasar la noche.

–Lo siento, pero está todo ocupado.

–Con un rincón nos bastaría.

–Lo siento, no hay sitio.

–¡Os pagaremos bien! –apuntó uno de ellos.

–Lo siento –reiteró Gonchard.

–¡Por caridad! –exclamó el más anciano–. Es noche cerrada y no encontraremos lugar a propósito para descansar.

El hospedero reiteró su excusa una vez más y les dio con el postiguillo en las narices en el instante en que, desde el piso de arriba, la voz ronca del caballero anunció:

–Sólo son tres y la calle está despejada.

Hugo de Saint Michael ordenó a maese Gonchard que les franquease el paso.

–¡Déjales pasar!

–Pero, señor...

–¡Entretenles un momento y déjales pasar! –reiteró el templario–. Son peregrinos y te lo han pedido por caridad.

–Señor, podrían...

–Pregúntales por su procedencia y entretenles un momento. Aposéntalos en la última de las alcobas. Si no son lo que dicen, nosotros nos encargaremos de ellos.

Maese Gonchard, refunfuñando, abrió de nuevo el postiguillo y llamó a los caminantes, que ya se alejaban.

–¡Eh, vosotros! ¿De dónde venís?

–De Arrás.

–¿Cuántos días os quedaréis?

–Mañana permaneceremos en París, queremos visitar la Tour de Saint Jacques; partiremos pasado mañana. Nos hospedaremos dos noches.

El hospedero les abrió la puerta y los peregrinos entraron; efectivamente, vestían como peregrinos. Sólo tres de los caballeros permanecían a la vista, sentados alrededor de una mesa, en actitud de aguardar a que les sirviesen algo para cenar.

Agradecieron al posadero su acogida e incluso ofrecieron las viandas para que les aderezasen una cena.

–Sabemos que es tarde, pero no hemos comido en todo el día. París ha vivido una jornada convulsa y de desorden.

–Tomad asiento y veremos qué se puede hacer. Os daré lo mismo que a esos de aquella mesa. –Señaló con el mentón a los tres templarios–. Un tazón de caldo con sustancia, queso y una rebanada de pan.

Dieron las gracias y, obedientes, se sentaron donde les indicó maese Gonchard. Los templarios estaban pendientes de cualquier detalle que los alertase.

–¡Agnès, Constance, venid presto que hay trabajo!

Los recién llegados descubrieron sus cabezas echando para atrás sus capuchas en el momento en que las hijas del hospedero encendían los candiles. Uno de ellos cruzó una mirada huidiza con Hugo de Saint Michel y no pudo disimular la turbación. También se encendió la alarma en el templario. Peregrinos y caballeros guardaban silencio, sólo roto por los murmullos y el ruido de la cacharrería que llegaba de la cocina.

Hugo de Saint Michel comentó algo en voz baja a sus compañeros, quienes asintieron con ligeros movimientos de cabeza, y se dirigió hacia los peregrinos.

–Yo os he visto en alguna parte.

El aludido se volvió, alzó el rostro y replicó:

–También a mí vuestro rostro me es familiar.

En aquel momento Martín de Vézelay se levantó de su asiento y exclamó:

–¡Gérard! ¡Tú eres Gérard de Mirepoix!

De Saint Michel se volvió hacia su compañero.

–¿Lo conoces?

–¡Claro que lo conozco! ¡Es Gérard de Mirepoix, de la encomienda de Bezú!

–¡Martín, qué alegría! ¿Qué haces tú en París?

–Supongo que lo mismo que tú.

Los dos hombres se fundieron en un abrazo ante la mirada sorprendida de todos, incluidos maese Gonchard, su esposa y sus hijas, que habían acudido a toda prisa, temiendo lo peor.

Los doce templarios cenaron alrededor de la misma mesa. La alegría del encuentro disipó por una rato la tristeza de una jornada aciaga. Maese Gonchard aportó su grano de arena sirviéndoles una excelente cuajada con miel.

–¿Conocéis el rumor? –preguntó Gérard.

–¿Qué rumor? ¡Son tantas las cosas que se escuchan!

–La gente que estaba más próxima a la isla donde han ejecutado el suplicio dice que, en el último instante de vida, antes de expirar, el maestre lanzó una maldición.

El silencio se apoderó de la mesa.

–¿Qué maldición?

–El maestre Jacques, después de proclamar su inocencia y la de nuestra Orden, maldijo al Papa y al rey.

–¿Qué dijo?

–Según se afirma, ha emplazado a ese par de canallas a comparecer ante el tribunal de Dios en el plazo de un año.

–¿El maestre lanzó esa maldición? –preguntó Hugo de Saint Michel.

–Eso es lo que se escucha por todas partes.

El crepitar de las llamas en la chimenea resaltaba en medio del silencio que se había apoderado de la hospedería.

–Cuando habéis llegado, Martín iba a revelarnos algo.

Hugo de Saint Michel miró a su compañero.

–Es cierto, después de proclamar su inocencia gritó algo que no pude oír porque un niño empezó a llorar y unos individuos se enfrentaron con el padre para que lo hiciese callar.

–¿No lo escuchaste?

–No, pero levantó una oleada de comentarios. La palabra «maldición» llegó hasta mis oídos.

Hugo de Saint Michel se levantó en silencio, se acercó a la chimenea y extendió las palmas de sus manos. Unos segundos después se volvió hacia sus compañeros y exclamó:

–¡Si fuese menester, nosotros haremos realidad la maldición de Jacques de Molay!

16

Margaret Towers estaba enfrascada en la comparación del contenido de los dos archivos. Lo que había leído hasta aquel momento tenía escaso interés histórico, aunque había anotado algunos de los datos acerca de los orígenes del Temple que no había encontrado en ninguna otra parte, y también ciertos detalles de importancia, que no coincidían con lo que sostenían los historiadores del período, incluida ella. Podía deberse a un error de quien hubiese escrito aquello, aunque tenía que reconocer que la documentación relativa a los primeros tiempos del Temple era muy escasa. La crónica de Guillermo de Tiro había sido escrita medio siglo después de la fundación de la Orden.

Por un momento le asaltó la duda: ¿Se trataba de un error? ¿Había consultado el autor del legajo una fuente desconocida? ¿Habría alguna intención oculta?

Las dudas de la historiadora se centraban en que las informaciones que ella y sus colegas manejaban eran muy posteriores al momento en que se había desarrollado el proceso que dio lugar al nacimiento de la Orden. Para ser un error le parecía demasiado burdo y la mano que alteraba el contenido del legajo era sutil, incluso inquietante.

Había, además, recortes de prensa, varias relaciones genealógicas de ciertas familias y numerosas anotaciones que una mano anónima había realizado en los márgenes de algunas páginas.

Lo que más llamó su atención fue el texto de *Le Serpent Rouge* y una relación de grandes maestres de una denominada Hermandad de la Serpiente, que en alguna ocasión aparecía bajo el nombre de la Fraternidad de Oficus.

Según aquellos papeles, la Orden del Temple y la Hermandad de la Serpiente eran una misma institución, aunque bicéfala hasta el año 1319, fecha en que se produjo la disolución de la Orden.

«Se ha equivocado de fecha. La Orden del Temple desapareció unos años antes; Jacques de Molay fue ajusticiado el 18 de marzo de 1314 –pensó la historiadora y continuó leyendo–: A partir de esa fecha sólo sobrevivió la Hermandad de la Serpiente, a la que se conocía también con el nombre de Oficus, cuya actividad, oculta en las sombras, se ha mantenido hasta el momento presente y ha contado en sus filas con algunos de los hombres más eminentes de todos los tiempos.»

Leyó con detenimiento la larga lista de los máximos responsables de la hermandad, donde podían verse nombres muy conocidos, como Leonardo da Vinci, Isaac Newton o Victor Hugo. En realidad, todo estaba muy confuso y, en una primera y rápida lectura como la que ella estaba realizando, resultaba complicado sacar conclusiones en limpio.

El texto de *Le Serpent Rouge* no aportaba nada interesante desde un punto de vista histórico, aunque contenía sorprendentes afirmaciones, pero sin documentar. Hacía hincapié en la importancia de la dinastía merovingia, a la que relacionaba con la casa real de Israel porque los reyes francos entroncaron con una de las familias *rex deus*.

Su autor, Gastón de Marignac, sostenía la peregrina idea de que ésa era la razón por la que se había tratado de exterminar a los merovingios. Afirmaba que por ello se asesinó a Dagoberto II y se había perseguido, sin éxito, a su supuesta descendencia. El autor, del que jamás había oído hablar, afirmaba que la Hermandad de la Serpiente había surgido, a instancias de san Bernardo de Claraval, para proteger un extraordinario secreto.

Margaret no pudo evitar una sonrisa mientras anotaba algunas de las conclusiones que se derivaban de la lectura de aquellos papeles.

Con la vista fija en un pósit, donde Pierre tenía anotado un número de teléfono, pensó que en todo aquel embrollo había algo que no encajaba. Si la Hermandad de la Serpiente era una sociedad secreta que pretendía mantener oculto todo aquello, resultaba de lo más extraño que alguien, que estaba informado de tantos detalles acerca de dicha sociedad y que debía de pertenecer a la hermandad, hubiese llevado aquellos papeles a la Biblioteca Nacional de Francia, poniéndolos al alcance de los investigadores y del público.

¿Por qué había hecho tal cosa? ¿Sería un loco con deseo de notoriedad? Si la Hermandad de la Serpiente tenía conocimiento de la existencia de aquel legajo ¿por qué no lo había hecho desaparecer? ¿Se habría hecho con la complicidad de la propia fraternidad? Y si no era así, ¿por qué no habían actuado en todos aquellos años para hacerse con la documentación que constituía el legajo 7JCP070301?

Todo aquello era una locura, algo que carecía de sentido.

No existía una sola prueba con valor histórico que avalase algo tan descabellado como lo que se contaba en aquel revoltijo de papeles, pues eso y no otra cosa era lo que pomposamente se denominaba *Le Serpent Rouge*.

Sin embargo, quien lo había hecho había sido capaz de conseguir que fuesen aceptados como documentación para engrosar los fondos de la biblioteca y que fuesen catalogados en una sección destinada a obras de valor. También había conseguido burlar los controles de la Biblioteca Nacional, quitar y añadir documentos e incluso alterar su contenido, según se podía colegir de la información que ofrecía el DVD que Madeleine Tibaux había entregado a Pierre.

Margaret había descubierto que las modificaciones introducidas incrementaban las pistas sobre la Hermandad de la Serpiente. No alcanzaba a comprender las razones que podía tener quien alteraba la documentación. Sin embargo, le pareció evidente que existía una relación entre aquellos documentos –una miseria desde el punto de vista histórico– y la muerte de Madeleine Tibaux, pero ¿dónde estaba la clave que establecía la relación entre el legajo y el asesinato de la bibliotecaria?

Margaret sintió cómo un escalofrío recorría su espalda.

Si Pierre tenía el DVD con la información que había costado la vida a su amiga... los asesinos también podían acabar con la suya.

Un pequeño temblor agitaba ahora sus manos, que habían perdido agilidad para moverse por el teclado. Dio un sorbo al vaso de agua que siempre la acompañaba cuando se sentaba delante del ordenador. Trató de serenarse y analizar la situación.

En realidad sabía muy poco acerca de las circunstancias en que se había producido el asesinato de Madeleine. Ignoraba la verdadera causa de su muerte y también qué buscaban sus asesinos, si es que buscaban algo. Lo único que sabía era lo que el comisario Gudunov había contado a Pierre: que había sido estrangulada en su apartamento, que el autor o los autores dejaron sobre el cadáver un trozo de pergamino en el que estaba dibujada una serpiente con tinta roja, y que el cadáver fue encontrado a primera hora de la tarde por la mujer de la limpieza.

Margaret se percató entonces de que mientras leía la información del DVD se había producido una notable transformación en su estado de ánimo. Comenzó a leer los papeles que aparecían en la pantalla de su ordenador con una displicente distancia, pero el interés no había dejado de crecer conforme avanzaba en su lectura. Con el interés también aumentó la tensión. Trataba de distanciarse de aquella basura porque estaba muy lejos de la realidad histórica. Recordó las veces que había debatido con sus colegas sobre el concepto de realidad histórica y la posibilidad de aproximarse a esa realidad en unos tiempos tan oscuros como era la Edad Media, considerando la falta de datos, de referencias y de documentación. La duda siempre planeaba sobre los medievalistas a la hora de hacer afirmaciones.

A su mente acudió el debate en el que había participado hacía poco tiempo en un simposio sobre «Las exploraciones de la verdad en el mundo medieval». En él, un prestigioso medievalista español, experto en la Alta Edad Media, que impartía clases en la universidad de Zaragoza afirmaba con vehemencia, aportando un sinfín de pruebas, que los textos con que se contaba en España para reconstruir tres siglos de historia se reducían a unos cuantos testimonios escritos. Aludió al llamado Diploma del Rey Silo, y poco más. También indicó cómo, durante años, ante unas hermosas pinturas románicas encontradas en una colegiata de la ciudad de Toro en las que aparecía la inscripción *Teresa Díez me fecit*, la interpretación ofrecida, sin el menor asomo de duda por parte de los especialistas, había sido que dicha inscripción hacía referencia a la abadesa de la colegiata porque, pese a la contundencia del testimonio escrito, a los académicos les resultaba impensable que una mujer hubiese podido dejar una obra como aquella en plena Edad Media. Sin embargo, el estudio de la obra y la aparición de otras pinturas en lugares diferentes, donde también se encontró la misma cartela sobre la autoría de Teresa Díez, habían llevado en fecha reciente a replantearse todo lo afirmado hasta aquel momento.

Recordó que los datos acerca del origen de la Orden de los templarios que los historiadores manejaban estaban referidos a crónicas de escritores que vivieron medio siglo más tarde, como era el caso de Guillermo de Tiro. No podía descartar la posibilidad de que alguien hubiese lanzado intencionadamente ciertas afirmaciones o incluso que el propio autor de la *Historia rerum in partibus transmarinis gestarun*, escrita entre 1174 y 1185, hubiese tergiversado informaciones. La siguiente fuente, desde un punto de vista cronológico, era la *Historia orientalis seu hierosolymitana*, escrita por Jacques de Vitry cien años después de la fecha que comúnmente se aceptaba para la fundación de la Orden del Temple.

¿Por qué iba a dársele mayor crédito a la relación de grandes maestres aceptada como válida por los académicos tomada de esas fuentes, que a la que estaba leyendo en la pantalla del ordenador?

Trató de relajarse, pero no pudo. Estaba demasiado tensa; no lograba apartar de su mente que Pierre podía estar en peligro.

Solamente le quedaban dos archivos por abrir. Uno era pequeño, no llegaba a los diez mil caracteres, que correspondían a cuatro folios de extensión, y a diferencia de los demás, no tenía título. El otro estaba rotulado con las letras APCLS. Mientras aguardaba a que se abriese el primero, cogió un pañuelo y se secó el sudor de su frente. El contenido del archivo no pertenecía al legajo, se trataba de una serie de observaciones realizadas por la difunta Madeleine Tibaux. De forma esquematizada, la bibliotecaria dejó señaladas las diferencias existentes entre los dos archivos. Su mayor sorpresa era que una de las variaciones más importantes estaba en la adición de datos del opúsculo titulado *Le Serpent Rouge*, una especie de historia mal trazada de la Hermandad de la Serpiente; era como si el autor hubiese querido levantar poco a poco el velo que ocultaba a aquella organización. Después aparecía escrito el nombre de uno de los más prestigiosos diarios parisinos y una serie numérica. Al final del archivo había una frase escrita con mayúsculas. Al leerla, sintió cómo un escalofrío recorría su espalda: CUIDADO CON LA SERPIENTE ROJA. SI DESPIERTA, SUS ANILLOS ESTRANGULARÁN.

–¡Santo Dios! ¡Esto fue una premonición!

Dejó el ordenador y fue a la cocina en busca de más agua; tenía la garganta seca y la espalda dolorida.

En ese momento sonó el timbre de la puerta. Supuso que sería Pierre; seguro que se le habían olvidado las llaves cuando se marchó y no había recurrido a las del portero, sabiendo que ella estaba allí. Tenía la vaga sensación de que había pasado muy poco tiempo, aunque no le dio importancia. Era algo que le sucedía con frecuencia: cada vez que se enfrascaba en el trabajo perdía la noción del tiempo.

Mientras avanzaba por el pasillo, con el vaso de agua en la mano, el timbre sonó de nuevo. La sorpresa que se llevó al abrir la puerta hizo que el vaso cayese y se estrellase en el suelo con gran estrépito.

17

Aviñón, 20 de abril de 1314

La posada, situada en la margen derecha del caudaloso Ródano, estaba a las afueras de la ciudad. Alrededor de una mesa apartada, media docena de hombres, con el inconfundible aspecto de los soldados mercenarios, aguardaban inquietos, como si esperasen a que se produjese un acontecimiento.

En medio de la barahúnda de arrieros, tratantes y viajeros, nadie se interesaba por la presencia de aquellos forasteros. Desde hacía algunos años, Aviñón vivía con intensidad la efervescencia de haberse convertido en la corte pontificia. Los peregrinos llegaban a diario por centenares, las hospederías no daban abasto y los precios estaban por las nubes. Se alquilaban miserables buhardillas por el salario de un tejedor y un plato de comida caliente se había convertido en un lujo que no estaba al alcance de todos los bolsillos.

Tres días atrás, su llegada a aquel apestoso lugar, donde tenían acomodo y asiento preferente chinches y piojos, a nadie llamó la atención. Al igual que las mañanas anteriores, se habían levantado temprano, con las primeras luces, y habían pedido un búcaro de aguardiente para combatir el frío de la mañana y matar el gusanillo, como decían los campesinos de la región.

Aquellos forasteros eran gente poco habitual en lugares como aquél. Hablaban poco, pagaban bien, no creaban problemas y de sus bocas no había salido una sola queja.

Su quietud, para ser hombres de armas, era sorprendente, aunque su presencia no resultaba extraña porque eran muchos los soldados de fortuna que buscaban empleo como guardaespaldas de cardenales u otros de los muchos prebendados eclesiásticos que llenaban una ciudad, donde peligrosos rufianes habían acudido al olor del dinero que circulaba con facilidad. Eran parroquianos como los arrieros, los tratantes y las gentes que estaban de paso por razones varias y llenaban el lugar de gritos, movimiento y ajetreo.

Uno de los mozos de cuadra entró como un torbellino, arrollando a un buhonero que había compuesto, con la pericia de quien domina el oficio, su mercancía sobre su propio cuerpo. Desde el suelo, en medio del ruido de cascabeles, campanillas y cencerros, le lanzó una maldición.

–¡El Papa ha muerto! –gritó el mozalbete.

El anuncio tuvo un efecto paralizante. La gente enmudeció, los murmullos se apagaron y todos los presentes, por un momento, se quedaron inmóviles, como si la vida se hubiese detenido.

El posadero, un individuo barrigudo de pelo grasiento, lo miró con gesto de reprobación.

–¿Quién lo dice?

–¡Un fraile del convento de los agustinos!

Un agustino era una fuente que acreditaba lo que decía el ganapán, puesto que Clemente V había establecido su residencia en el convento que la Orden tenía en la ciudad; la noticia cobraba así veracidad. En los minutos siguientes la posada se convirtió en un hervidero; algunos manifestaban estupor, otros incredulidad y muchos apostaban por lo que podía deparar el futuro.

Uno de los soldados se puso en pie y tomó al mozo por los hombros.

–¿Es cierto lo que acabas de decir?

–Tan cierto como que estoy aquí, señor. –Se llevó el pulgar a la boca y lo besó–. ¡Os lo juro por mi vida!

El lúgubre tañer de las campanas del convento de los agustinos, que estaba a dos manzanas, confirmó el juramento. Muy pronto se le sumaron los bronces de todas las torres y espadañas de las iglesias de Aviñón.

Clemente V había fallecido.

La víspera de su muerte Bertrand de Got se encontraba bien. Durante la tarde se mostró locuaz y dicharachero, después cenó con apetito, pero al filo de la medianoche se sintió mal. El médico diagnosticó una ligera indisposición producida por alguno de los alimentos ingeridos. Dos horas más tarde el dolor le resultaba insoportable. Falleció antes del amanecer, mientras los galenos pontificios y un improvisado consejo de médicos trataba de buscar un remedio para su mal.

Poco después de que la noticia se difundiese, la gente se arremolinaba por los aledaños de la iglesia de los padres agustinos; eran muchos los que querían ver el cadáver y decir su último adiós a quien había sido el vicario de Cristo en la Tierra durante los últimos nueve años. Era muy querido en la ciudad porque su decisión de instalar allí la corte pontificia había traído una inesperada prosperidad a sus habitantes. Había trabajo en abundancia y un río de oro fluía por las calles de Aviñón, donde habían aflorado tiendas de reliquias, vendedores de bulas, talleres donde se trabajaban las pieles para la confección de grandes cantidades de pergaminos necesarios para la activa chancillería papal.

En el interior de la curia tenía grandes enemistades. Por ello y por haberse mostrado demasiado sumiso con las pretensiones del rey de Francia, algunos consideraban que el pontífice que acababa de fallecer no había sido más que un rehén en manos de Felipe IV.

–Te digo que hay algo muy extraño en su muerte.

Las palabras que Su Eminencia Landulfo de Brancaccio, un italiano a quien sus enemigos apodaban el Corcho, porque flotaba en todas las crisis, susurró al oído del cardenal De Suisy, uno de los muchos franceses que habían alcanzado el capelo cardenalicio por influencia del rey, hicieron que éste diese un respingo.

–¿Qué estás sugiriendo?

–No sugiero, afirmo: a Clemente lo han asesinado.

El francés entrecerró los ojos para mejorar la visión que enturbiaba su miopía.

–¿Cómo lo sabes?

–Yo estuve despachando con él hasta que se retiró a sus habitaciones privadas a eso de las ocho, pero antes ordenó a su secretario que le sirviesen la cena. Le dijo textualmente: «No quiero que nadie me moleste; deseo estar a solas y descansar porque mañana nos espera un día complicado».

–Ésa no es razón para hablar de asesinato –protestó De Suisy.

–Desde luego que no, pero no tenía una dolencia que lo atosigase, se encontraba bien y de pronto sintió fuertes dolores de estómago; ello da que pensar.

–No son razones de peso; a veces, la enfermedad y la muerte aparecen sin que se las espere. Nadie sabe el lugar ni la hora.

El italiano se acarició la papada que rebosaba por encima del alzacuellos y se cercioró de que nadie escuchaba sus palabras.

–He de darte la razón en todo ello, mi querido De Suisy, pero ¿qué dirías si se hubiesen encontrado restos de un polvillo blanco en el plato donde sirvieron una trucha a Su Santidad?

–¿Polvillo blanco? ¿De qué me estás hablando, Landulfo?

–De veneno. A Clemente lo han envenenado con la trucha que le sirvieron anoche para cenar.

–¿Cómo sabes que ese polvillo es veneno?

De Suisy estaba cada vez más nervioso.

–Han dado esos restos de comida a un perro, que ha muerto a los pocos minutos; el animal se retorcía de dolor.

–¿Quién ha sido el imbécil que ha hecho eso?

–Uno de los cocineros.

–¡Han eliminado la prueba del crimen!

–Nadie lo sospechaba. Pero cuando el perro murió, el cocinero dijo recordar que había visto un polvillo blanco entre los restos de comida, pero que no le dio importancia.

–¿Quién tiene noticia de todo esto? –preguntó inquieto.

–Solamente las gentes de la cocina, tú y yo.

–En tal caso es conveniente que nadie se vaya de la lengua, podríamos encontrarnos con un escándalo de grandes proporciones.

–Ya he tomado medidas. A ninguno de los que trabajan en las cocinas le interesa que se difunda una noticia como ésa. Todos serían sospechosos y, como tales, sometidos a interrogatorio. Ninguno de ellos, por la cuenta que le trae, abrirá la boca; ya están advertidos. Fuera de las cocinas, sólo tú y yo, y tampoco nos interesa que tal circunstancia se difunda. A ti, por tu enemistad con el fallecido y a mí, porque soy el responsable de su seguridad. Aunque podríamos buscar un chivo expiatorio que, en circunstancias como éstas, cargue con la responsabilidad.

–¿Albergas alguna sospecha?

El francés había bajado, instintivamente, el tono de su voz.

Landulfo Brancaccio se encogió de hombros; la seda de sus vestiduras crujió y en sus labios apareció una sonrisa maliciosa.

–¿Por qué no los templarios?

El francés, cada vez más agobiado, miró a un lado y a otro.

–No comprendo lo que quieres decir, Landulfo.

–¿Acaso no has escuchado el rumor que corre por todas partes acerca de la maldición lanzada desde la pira por Jacques de Molay?

–¡Paparruchas! ¡Cuentos de vieja!

–Posiblemente... posiblemente... –Sus dedos jugueteaban con la cruz pectoral cuajada de esmeraldas–. Pero nos permitiría una explicación para tan inesperada muerte.

Una sonrisa estiró las comisuras de los labios de Su Eminencia el cardenal De Suisy.

–No es mala idea, Landulfo. No es mala idea.

A lo largo de la jornada se llevaron a cabo los preparativos necesarios para que el túmulo sobre el que reposaba el cadáver quedase expuesto a la veneración pública. A las cinco de la tarde se abrían las puertas del templo, donde estaba instalado el catafalco, para que el pueblo desfilase ante él y le rindiese su postrer homenaje. Clemente V, con el rostro macilento y la nariz afilada, descansaba en un ataúd forrado de terciopelo carmesí, rodeado de cirios que chisporroteaban. No menos de una docena de clérigos se movían a su alrededor, perfilando detalles del catafalco. Algunos de ellos agitaban inciensarios que elevaban nubes olorosas hasta las bóvedas del templo, creando una atmósfera densa y envolvente en torno al cadáver del pontífice.

Al tiempo que llegaban las primeras condolencias y se formaban largas colas para ver por última vez al Papa, se extendía por todos los rincones de Aviñón un rumor que recordaba lo que la gente empezó a llamar la maldición de los templarios. Por todas partes se aseguraba que Jacques de Molay, antes de morir, había lanzado una maldición contra el difunto y contra el rey, y que había emplazado a ambos a que compareciesen ante el Juez Supremo en el plazo de un año. El primero de los emplazados había acudido a su cita con extraordinaria premura: apenas habían transcurrido treinta y tres días desde que el maestre de los templarios fuera quemado en una isla del Sena, acusado de ser un hereje relapso.

En la larga fila formada para tributar la última despedida al Papa podía verse el abigarrado mundo de Aviñón: comerciantes, menestrales de los gremios de tejedores, carpinteros, bataneros, tintoreros curtidores, un sinnúmero de clérigos y de frailes, y también muchas mujeres. Se oían comentarios para todos los gustos, pero uno sobresalía por encima de los demás: la maldición de los templarios era tan comentada que impregnaba el ambiente. Entre el gentío que avanzaba lentamente hacia el interior de la iglesia, seis individuos con trazas de soldados avanzaban en silencio. Al pasar ante el féretro, uno de los que iban en el centro, protegido por sus compañeros, murmuró:

–Yo te maldigo Bertrand de Got, como lo hizo mi maestre. ¡Ojalá te achicharres en los infiernos, por los siglos de los siglos!

18

PARÍS, 28 DE OCTUBRE DE 1314

Aquel amanecer de finales de octubre auguraba una jornada desapacible. El cielo, gris y nuboso, amenazaba lluvia y la temperatura, antes de que el sol se alzara por el horizonte, anticipaba que los fríos invernales estaban a la vuelta de la esquina.

En tales condiciones salir al campo no resultaba tentador, pero Felipe IV se había empecinado en celebrar una jornada de caza, antes de que el tiempo se lo impidiera. Muy pronto llegarían las nevadas y resultaría poco menos que imposible ejercitarse en la que, desde joven, era una de las más placenteras diversiones regias.

Desde muy temprano, en las cuadras y en las perreras de palacio el movimiento era intenso, el propio de las grandes jornadas cinegéticas. Allí los criados daban los últimos cepillados y enjaezaban los corceles; los perreros reales excitaban a las jaurías, cuyos ladridos se escuchaban a media legua a la redonda. También en los salones bajos de palacio, la servidumbre se aprestaba para ofrecer un desayuno a las damas, a los cortesanos y a los eclesiásticos invitados por Su Majestad. Los primeros ya habían llegado a palacio y eran atendidos de acuerdo a su rango y dignidad. En algunos de los rostros se adivinaba el malhumor de un molesto madrugón, en unas fechas que invitaban mucho más a permanecer en el calor del lecho, entre los brazos de alguna dama generosa con sus encantos, que a abandonar la cama.

–No es una jornada para ir de caza; las nieblas tardarán en alzarse, si es que el sol logra levantarlas –protestó un malencarado Bernard de Pontigny, mientras se desprendía de la capa y se quitaba los pesados guantes con que se había protegido del frío matutino.

–Os veo expresivo, señor –señaló un orondo purpurado, quien no paraba de beber el ambarino licor de una copa que se perdía entre sus regordetas manos.

–Supongo que la carroza de abajo es la de Su Eminencia –comentó el canciller con voz desabrida.

–Lo es, mi querido De Pontigny.

–Así lo había supuesto.

–¿Y por qué tal suposición?

–Porque hoy veo a Su Eminencia pleno de generosidad. Su Eminencia ha ahorrado a su caballo la dura penitencia de soportar tan crecidas arrobas como se adivinan bajo tan amplias vestiduras.

El obispo apuró su copa de licor, chasqueó la lengua y espetó al canciller:

–Creo que el canciller debería preocuparse más de su cuadra y dejar en paz las del prójimo.

El obispo había aludido con mordacidad a ciertos comentarios que apuntaban a que la esposa de Bernard de Pontigny era una de las amantes del monarca.

Poco a poco, el salón bajo de palacio se fue llenando de invitados. El mayordomo había dispuesto grandes mesas junto a las paredes con bandejas rebosantes de comida para agasajar a los cazadores.

Los sirvientes iban de un lado para otro atendiendo peticiones que, a veces, rozaban lo extravagante. Con el transcurso de los minutos el ambiente se caldeaba, según denotaba la cháchara punteada de risotadas, provocadas por comentarios subidos de tono o por irónicas pullas. La presencia de las damas animó algunas conversaciones. Por las ventanas llegaba el ajetreo que ya se vivía en los patios, donde se escuchaban los descompuestos ladridos de las jaurías, el piafar de los caballos y el ruido de los carros cuyos ejes chirriaban al ser cargados con el voluminoso equipaje, imprescindible para una jornada real de caza; desde cocinas portátiles hasta tiendas de campaña y todo el menaje para que la misma transcurriese como una fiesta, donde los ciervos y jabalíes eran sólo un elemento más de la diversión programada.

Parecía que el malhumor de los primeros momentos estaba superado, y eran las damas quienes charlaban con mayor ánimo.

Para ellas una jornada de caza significaba romper la monotonía cotidiana de sus vidas, además de la posibilidad de una aventura inesperada, que los caballeros aguardaban con tanto o más interés, al menos los que abrigaban alguna expectativa.

La llegada del rey poco después de la hora fijada para la partida acalló las conversaciones y los ruidos de los patios ganaron intensidad. Felipe repartía saludos a los caballeros y sonrisas a las damas que se inclinaban ante él, mostrando los senos que, en aquella posición, asomaban por sus escotes.

A sus cuarenta y seis años Felipe IV mantenía un porte majestuoso y unas facciones agradables, enmarcadas por una negra melena. Sus grandes ojos, de mirada melancólica, no reflejaban la dureza de un carácter dominante y hosco, incluso artero. Quienes lo conocían ponderaban su capacidad de seducción y también el poco valor que daba a su palabra: era capaz de moverse en el filo de una navaja y saludar con afecto a alguien a quien había decidido apuñalar. Para Felipe, conocido como el Hermoso, la traición era un arma política y, sin el menor escrúpulo, la había utilizado en numerosas ocasiones. Vestía calzas y jubón de grueso paño, apropiado para la ocasión, de un color verde seco, el mismo del bonete con que cubría su cabeza. Ceñía su cintura con un ancho cinturón tachonado del que colgaba una daga de adamascada empuñadura.

El bosque de Rouvray, a pocas millas de los muros de París, era una extensa masa arbórea, tupida e intrincada, cuyo acceso estaba vetado al pueblo por su condición de cazadero real. Hacía más de un siglo que Felipe Augusto se lo había comprado a la abadía de Saint Denis y quienes infringían la prohibición eran tratados con pocos miramientos. Las penas establecidas por cruzar sus límites e internarse en sus espesuras, buscando una buena pieza que les proporcionase carne en abundancia, leña para el hogar o simplemente recolectar setas, espárragos u otras verduras silvestres, podían llegar al ahorcamiento, aunque lo más habitual era recibir una tunda de azotes en alguno de los lugares más concurridos de París y pasar algunas horas aprisionado en el cepo y expuesto a la injuria pública. Rouvray era uno de los lugares preferidos por el monarca, que había hecho levantar allí una capilla después de haber peregrinado a Boulogne-sur-mer, por lo que alguna gente comenzaba a denominarlo como el bosque de la capilla de Boulogne. Allí se retiraba Felipe a meditar cuando se sentía agobiado por las turbulencias del gobierno.

Cuando el rey organizaba una partida de caza se extremaban las habituales medidas de vigilancia y a los guardabosques se sumaba una compañía de arqueros. Al menor movimiento sospechoso, primero disparaban y después preguntaban. Las jornadas previas a aquel veintiocho de octubre se había extremado la vigilancia y la víspera se realizaron batidas por todo el paraje.

La comitiva partió de palacio en medio del ruido de caballos y perros. El frío era intenso y los débiles rayos del sol, tamizados por una espesa capa de nubes, harían que las nieblas no se alzasen en toda la mañana. Jinetes, jaurías y peones cruzaron la curva del Sena y llegaron rápidamente al borde del bosque. El ruido de los perros, excitados ante la proximidad de las presas, era ensordecedor; a la barahúnda colaboraban los peones con sus gritos, y el ruido de las vejigas y los cuernos de caza.

La mañana resultó propicia y los cazadores vieron compensado el intenso frío con medio centenar de piezas, algunas de ellas hermosos ejemplares. Durante el almuerzo el rey bromeó con algunas damas y a los postres propuso una prueba en la que habrían de participar seis damas e idéntico número de caballeros:

–En un círculo de cincuenta pasos alrededor de la capilla de Boulogne se esconderá una prenda de amor, perteneciente a cada una de las damas; ellas elegirán a sus respectivos caballeros, a quienes concederemos un tiempo para encontrarla, luego los demás participantes tendrán derecho a buscarla. Quien más prendas encuentre será el vencedor.

–¿Quiénes serán las damas? –preguntó Carlos de Valois.

–Será la suerte quien decida, mi querido hermano.

–¿Y los afortunados?

–También ahí decidirá el azar. Preparad unas cédulas e introducidlas en un sombrero; haremos un sorteo.

–¿Y el premio, Majestad? –requirió el conde de Artois.

–Buena pregunta, mi buen Guillermo, dejemos que sea cada dama quien señale la prenda.

–¿Un beso de amor, quizá?

–¡Mejor toda una noche, si el marido consiente! –gritó Pierre de Soulet, un gigantón que había encontrado refugio en París, tras sus graves desavenencias con el duque de Borgoña.

–Majestad, ¿entraréis en el sorteo? –preguntó Bernard de Pontigny.

–Por supuesto.

Se realizaron los sorteos entre las damas y también fueron sorteados los caballeros. Al monarca le sonrió la fortuna. La suerte señaló en primer lugar a Leonor du Châtelet, una hermosa viuda de veintipocos años, que entregó la cinta de seda con la que recogía sus doradas trenzas. La viuda eligió al rey y dos caballeros, ajenos a la liza, ocultaron el trofeo.

La ventaja con que contaba Felipe era la que marcaba una clepsidra de agua, cuyo tiempo eran unos doce minutos. El monarca espoleó su caballo y segundos después se había perdido en la espesura del bosque, donde los robles habían soltado parte de su follaje, alfombrando el suelo con una crujiente capa de color ocre.

Todos los presentes se apiñaban alrededor de las hogueras para combatir el intenso frío, que aumentaba conforme avanzaba la tarde. Aguardaban entre risas y ocurrencias a que transcurriese el plazo de gracia. Cuando concluyó, sin que el monarca hiciese acto de presencia, un grito de júbilo salió de la garganta de los contendientes. Los cinco espolearon sus caballos en dirección a la capilla, que distaba como media milla del lugar donde se encontraban.

En pocos minutos los jinetes merodeaban por los alrededores de la capilla, donde no se veía a nadie e imperaba el silencio. El rey debía de haber encontrado su trofeo y regresado por otro camino. Tornaron sus caballos para dar comienzo a la segunda de las pruebas. Si deseaban que la noche no se les echase encima, no debían entretenerse mucho.

Gritos de júbilo acogieron su llegada al improvisado campamento.

–¿Dónde está el rey? –preguntó su hermano.

Los jinetes, aún sobre sus corceles, intercambiaron miradas de desconcierto.

–¿No está aquí?

Los gritos y las risas se apagaron poco a poco.

–¡A caballo! –ordenó Carlos de Valois.

Un tropel de jinetes se perdió entre la maleza, mientras unos cuantos permanecían con las damas, que se agruparon en torno a las hogueras. El mayordomo ordenó a los criados que recogiesen el menaje; tal vez el regreso sería más precipitado de lo previsto. Los minutos transcurrían penosos y los comentarios acerca de lo que podía haber ocurrido fueron sustituidos por un preocupante silencio que, de vez en cuando, era roto por el aleteo solitario de algún ave rapaz en busca de la última presa o el graznido siniestro de un cuervo, acomodado en la copa de uno de los centenarios robles que se alzaban en Rouvray.

Conforme pasaba el tiempo, crecía la angustia por la tardanza y la falta de noticias. Todos pensaban que había ocurrido algo grave.

–Tardan demasiado.

–Tal vez Su Majestad haya seguido el rastro de alguna pieza que se ha cruzado en su camino.

–Tal vez, pero lo dudo. Su pieza era la señora Du Châtelet.

La escasa luz del neblinoso día empezaba a declinar y la oscuridad avanzaba a pasos agigantados, cuando un crujir de hojarasca anunció el retorno de los caballeros. Al aparecer en la linde del calvero, el paso cansino de los caballos hizo que los nervios estallasen. Aquello no presagiaba nada bueno. Efectivamente, en unas parihuelas improvisadas con una capa, tensada sobre dos palos, podía verse el cuerpo inmóvil de Felipe IV.

Los murmullos en la antecámara real se apagaron cuando salieron los cuatro integrantes del protomedicato real: los rostros de los galenos no presagiaban buenas noticias. Al abrirse la puerta del aposento y hacerse el silencio, los ayes lastimeros del monarca, que no había dejado de quejarse desde que recuperó la conciencia, se escucharon con mayor intensidad. Felipe IV sufría insoportables dolores.

Embutidos en sus largas y negras hopalandas, cruzaron sin decir palabra hasta el gabinete donde aguardaba su hijo mayor, un joven caprichoso y de aire siniestro que se negaba a visitar a su padre, con quien mantenía una pésima relación. Acompañaba a Luis, apodado el Testarudo, su tío Carlos de Valois, a quien su olfato político y su falta de escrúpulos le indicaban que había llegado el momento de tomar posiciones de cara a los cambios de un futuro que vislumbraba inminente.

–Su Majestad está muy grave, las fracturas son múltiples y muy dolorosas. Ha entrado en la agonía, sin que nuestra ciencia pueda hacer nada para evitar el fatal desenlace, que se producirá en las próximas horas. Nuestro consejo, monseñor, es que sea sacramentado para disponer su ánima –señaló con voz temblorosa el más anciano de los médicos.

Luis escuchaba impávido, sin mostrar un ápice de emoción.

–¿A qué atribuís las graves fracturas y contusiones que tiene el cuerpo de Su Majestad?

La mirada de Carlos de Valois era inquisitiva.

La agitación entre los médicos fue evidente, la pregunta los hizo vacilar.

–Ciertamente, excelencia, nos ha causado no poca extrañeza porque, según se nos ha informado, el accidente sufrido por Su Majestad ha sido consecuencia de una caída de caballo. Una mala caída puede producir una contusión o una fractura, incluso una fractura grave. Pero, ciertamente, resultan extrañas las fracturas y contusiones que presenta Su Majestad, es... es como...

El médico no se atrevía a decir lo que estaba pensando.

–¿Es como qué?

–Perdonad, excelencia, lo que voy a deciros es una locura, pero... pero...

–Habla sin miedo.

–Es como si a Su Majestad le hubiesen dado numerosos golpes con una maza. Sus heridas no corresponden a una caída de caballo, salvo que el animal patease al jinete, pero en ese caso las heridas serían diferentes.

–¿Insinúas acaso que el rey ha podido ser objeto de un ataque?

–¡No, excelencia, en modo alguno! Mis colegas y yo hemos expuesto que las contusiones de Su Majestad no son propias de una caída de caballo. Simplemente eso, excelencia.

Unos golpes en la puerta los liberaron del enervante silencio que se había apoderado del gabinete. La puerta se entreabrió y apareció la menuda figura de Bernard de Pontigny.

–¡Disculpad, pero se trata de una urgencia!

–¿Qué ocurre? –preguntó el hermano del rey.

–¿Ha muerto ya mi padre? –interrumpió Luis.

–No, alteza, aún no sois majestad.

El canciller, consciente de que sus días en la corte estaban contados, puso el acento en los tratamientos.

–En tal caso, he de resolver un asunto que no admite demora. ¡Avisadme cuando sea majestad! Estaré en el pabellón del jardín de invierno.

Luis abandonó el gabinete dando un sonoro portazo.

–¿Qué ocurre, De Pontigny?

El cortesano dirigió una elocuente mirada a los médicos, que aprovecharon la circunstancia para marcharse. Una vez solos, el canciller sacó de su bolsillo un trozo de tela y se lo mostró a De Valois.

–¿Qué es?

–Vedlo vos mismo.

–No os entiendo De Pontigny, esto es un vulgar trozo de tela desgarrado.

–En efecto, mi señor.

–¿Y?

–¿No hay algún detalle que os llame la atención?

–Es paño blanco y en una esquina aparece cosida el extremo de una cruz... una cruz...

–Una cruz de las que los templarios llevaban cosida en la capa.

–¿Qué significa esto?

–¿No desea Su Excelencia saber dónde ha aparecido este trozo de paño?

–¿Dónde?

–En el bosque de Rouvray, cerca de la ermita de Boulogne.

–¿Qué insinuáis?

–Nada Excelencia, no insinúo nada, pero he creído conveniente que Su Excelencia tuviese conocimiento de esta circunstancia.

–¿Quién lo ha encontrado?

–Uno de los guardabosques cuando realizaba sus tareas de vigilancia.

Carlos de Valois palpó el tejido y examinó con detenimiento los bordes.

–Este paño parece nuevo y el desgarro reciente.

–Yo diría que muy reciente –apostilló el canciller.

Dos horas más tarde, tras una dolorosa agonía, Felipe IV de Francia, conocido como el Hermoso, el rey que había acabado con la Orden del Temple, fallecía. La noticia se difundió por París al día siguiente. En las tablas de cambio, en los mercados, en los mesones y hospederías, en los corrillos de las puertas de las iglesias eran muchos los que comentaban las extrañas circunstancias que acompañaban aquella muerte, al igual que la ocurrida en Aviñón pocos meses antes. Ambas, antes de que hubiese transcurrido el plazo señalado por Jacques de Molay desde la hoguera; si bien eran muchos los que no daban crédito a la maldición templaria y señalaban que todo eso no era más que habladurías.

19

Gabriel d'Honnencourt acudió a la cocina en busca de un vaso de agua. Cuando regresó al salón, Pierre Blanchard estaba lívido y respiraba agitadamente.

–Tome, beba un poco.

Con mano temblorosa, Pierre cogió el vaso y bebió. Gabriel aguardó pacientemente a que el periodista se serenase.

–¡Era la Serpiente Roja! –exclamó Pierre sin que el hombre que lo observaba atentamente le hubiese preguntado.

–¿Quiere usted decir que quien ha llamado por teléfono ha dicho que lo hacía en nombre de quien se esconde tras esa denominación?

–Eso ha dicho.

Gabriel d'Honnencourt frunció el ceño y las arrugas de su frente se acentuaron.

–¿Podría usted explicarme qué le han dicho?

–El individuo que ha llamado por teléfono decía hablar en nombre de la Serpiente Roja. Me ha amenazado.

Gabriel miró hacia el mueble; el compartimento continuaba cerrado.

–¿Cómo es que sabían que usted estaba aquí?

–No tengo la menor idea, pero el individuo que llamaba ha preguntado: «¿El señor Blanchard?». He guardado silencio, sorprendido de que alguien preguntase por mí en este número. Ha vuelto a repetir la pregunta y yo, sin salir de mi asombro, he balbuceado un sí. Entonces me ha dicho: «Si aprecia en algo su vida, olvídese de la Serpiente Roja».

–¿Que se olvide usted de la Serpiente Roja? –D'Honnencourt lo miró fijamente, antes de preguntarle–: ¿Qué significa eso?

Pierre apuró el agua del vaso.

–Madeleine Tibaux era mi amiga.

La expresión del rostro de D'Honnencourt apenas mostraba sorpresa; era persona de formas exquisitas, educada para controlar sus emociones y sus sentimientos.

–¿Así que Madeleine Tibaux era su amiga?

–Sí.

El periodista agachó la cabeza, como si aquella respuesta fuese la confesión de algo bochornoso. Se sentía mal porque Gabriel le había confiado el gran secreto de su familia, mientras que él había guardado un silencio que ahora le resultaba ominoso acerca de la bibliotecaria de la que habían hablado esa misma mañana.

D'Honnencourt se llevó la mano al bolsillo de su americana y sacó la página de *Le Figaro*. Pierre se sintió como el acusado que ve en manos del fiscal la prueba del delito.

–Disculpe, señor Blanchard, pero ¿qué tipo de relación tenía usted con Madeleine Tibaux?

Pierre vaciló un momento, aunque estaba claro lo que debía hacer. Apenas conocía a aquel hombre, pero se trataba de una persona respetable, que le había confiado algo tan importante como su pertenencia a una de las dinastías reales del judaísmo bíblico. ¡Le había franqueado el acceso a casa de su propio hermano para acceder a una documentación extraordinaria! En aquellas circunstancias negarse a responder a una pregunta que, en realidad, era la consecuencia lógica de lo que él mismo acababa de revelarle le pareció una vileza.

–Madeleine y yo nos conocíamos desde hacía muchos años. Hace tres días me llamó para que cenásemos juntos. Tuvo conocimiento de una historia que podía interesarme como periodista. Una extraña historia relacionada con un legajo de la Biblioteca Nacional.

–¿Por qué una extraña historia?

–Porque es muy extraña.

–¿Le importaría explicármela?

D'Honnencourt parecía haberse olvidado momentáneamente de la documentación que se ocultaba en aquel mueble con el que había soñado tanto tiempo.

–Hay un legajo en la sección de la biblioteca que Madeleine dirigía que llamó su atención, porque su contenido ha variado en los últimos años. Además, se trata de una documentación que no sabía muy bien cómo había llegado hasta allí, porque no encaja en la sección donde estaba catalogada.

–¿Sabe usted de qué trata ese legajo?

–La víspera de su asesinato, Madeleine me entregó un DVD con su contenido.

–¿Estuvo usted con Madeleine Tibaux la víspera de su muerte? –D'Honnencourt parecía sorprendido.

–En realidad, habíamos quedado en vernos al día siguiente en la Biblioteca Nacional, pero Madeleine ya no pudo acudir a la cita.

Gabriel, que permanecía de pie frente a Pierre, se pasó la mano por la mejilla con expresión cavilosa.

–Sin embargo, no acabo de ver que la conexión entre la Serpiente Roja y la muerte de esa bibliotecaria sea el legajo que me comenta.

–Es muy simple, señor D'Honnencourt, ese legajo está rotulado con el título de *Le Serpent Rouge*.

–¡Qué me dice!

–Su contenido es de lo más vulgar: fotocopias, recortes de prensa, algunas genealogías y resúmenes que parecen trabajos de alumnos de primaria. Ésa fue una de las razones por las que llamó la atención de Madeleine.

Por un instante Gabriel quedó sumido en un reflexivo silencio; luego, como si pensase en voz alta, exclamó:

–¡Qué extraño resulta todo esto!

Pierre asintió con ligeros movimientos de cabeza.

–¿Qué piensa hacer?

El periodista respondió con un tono decidido que llamó la atención de D'Honnencourt, ya que poco antes lo había visto abatido y derrotado, como si alguien hubiese descargado un peso insoportable sobre sus hombros.

–Estoy dispuesto a llegar hasta el fondo de este asunto, no tanto por conseguir un reportaje valioso, cuanto por desenmascarar a los asesinos de Madeleine.

–¿Piensa que ésa es una decisión sensata?

Pierre miró al judío a los ojos.

–¿Cree usted que soy la clase de individuo que abandonaría

por una simple amenaza telefónica? Usted, que parece conocer mucho sobre mi vida, debería saber que he perdido la cuenta de las amenazas recibidas a lo largo de ella.

–Es que... es que... –Gabriel tenía dificultades para expresar lo que estaba pensando–. Es que lo he visto tan abatido hace un momento...

Gabriel d'Honnencourt ignoraba la verdadera causa del desconcierto de Pierre Blanchard, porque el periodista no le había dicho que la amenaza recibida incluía también a Margaret Towers.

–Ha sido producto de la impresión que me ha causado el hecho de que quien llamaba supiese que yo estaba aquí.

–¿Ha observado algo raro estos últimos días?

–¿A qué se refiere?

–Si ha notado que le vigilasen, si ha percibido que alguna persona siguiese sus pasos.

Pierre se encogió de hombros.

–La verdad es que los últimos días han sido muy ajetreados. La muerte de Madeleine, la policía, el contenido de ese legajo... No he prestado demasiada atención a lo que ocurría a mi alrededor. Es posible que algún miembro de esa secta me haya seguido desde que tuve el encuentro con Madeleine. Todo esto es muy extraño. –Pierre miró el sobre que el portero había entregado a Gabriel y que estaba sobre la mesa–. ¿Quién llamaba a la puerta?

–Era Honoré, el portero. –Cogió el sobre y tiró de la cinta de apertura–. Lo ha traído un motorista que se ha marchado inmediatamente.

Era un sobre acolchado, que contenía solamente dos folios perfectamente mecanografiados. Conforme avanzaba en su lectura el rostro de D'Honnencourt se ensombrecía; cuando terminó dobló los pliegos y era evidente su preocupación.

–¿Algo grave?

–Tome, compruébelo usted mismo.

Pierre leyó los folios con creciente desasosiego.

–¡Esto es increíble! ¡También a usted lo amenaza esa gente! ¿Qué poder se oculta tras la Serpiente Roja?

Gabriel meditó la respuesta.

–Es el poder de las sombras.

Sus palabras sonaron como la definición que un experto da sobre algo de su competencia, como alguien que lo sabe todo acerca de lo que se está hablando. El periodista notó cómo se le erizaba el vello de la nuca.

–¿Podría ser un poco más explícito?

–Lo siento Pierre, tendrá que esperar a mejor ocasión, en este momento hay algo mucho más urgente.

D'Honnencourt dirigió una elocuente mirada hacia la cómoda. Pierre no se movió de su asiento.

–Creo que es a usted a quien le corresponde abrir ese cajón.

Gabriel no se hizo de rogar; llevaba demasiados años esperando aquel momento que el destino le había deparado inesperadamente. Haciendo gala de una envidiable agilidad para un hombre de su edad, se agachó y tiró del pasador, pero no se movió un milímetro. Lo intentó varias veces, sin lograr que se desplazase.

–¿Algún problema? –preguntó Blanchard levantándose del mullido sofá donde lo habían hundido las amenazas.

–Parece que se ha acumulado mucho óxido y ha atascado el pasador.

–¿Me permite?

Sus esfuerzos para que se deslizase resultaron inútiles; el óxido era como una soldadura que había convertido el pestillo en una pieza.

–Tal vez con un poco de aceite logremos abrirlo.

Gabriel trajo una aceitera de cristal y Pierre engrasó la pieza, pero no logró que el pasador se desplazase.

–Creo que lo mejor será desmontarlo. Espero poder desenroscar los tornillos sin dificultad.

Armado de paciencia y un pequeño destornillador, Pierre desmontó el pestillo y con un suave golpe lo despegó de la madera. Se incorporó con los riñones doloridos y cedió al dueño de los documentos que acreditaban su ascendencia *rex deus* los honores de sacarlos del compartimiento.

Se encontraron con un delgado fajo de pergaminos de aspecto vetusto, atados con un balduque de desvaída seda carmesí. Lo cogió con reverencia y lo extrajo de su escondite.

–¡Dios mío! ¡Dios mío! –repetía ajeno a la presencia del periodista, que asistía en silencio a un momento que para aquel hombre revestía caracteres de un grandioso acontecimiento.

Pensó en las ocasiones en que Gabriel habría soñado con aquel instante. Actuaba como un sacerdote que portase en sus manos una valiosa reliquia. A su mente acudió la intensa noche de su conferencia, cuando lo veía alejarse después de que él hubiese rechazado el valor de sus palabras porque carecía de pruebas para fundamentar la confesión que acababa de hacerle acerca de tan extraordinario secreto familiar, donde se daban la mano la historia y la leyenda.

Con sumo cuidado, deshizo el lazo de seda y los viejos pergaminos crujieron, como si se quejasen de que alguien hubiese alterado la tranquilidad de su largo reposo.

–¡Dios mío! –repetía una y otra vez, mientras sus manos acariciaban los acartonados pliegos donde estaban las pruebas de su pertenencia a una de las dinastías reales del judaísmo bíblico.

Pierre lo miraba en silencio. No se atrevía a romper la magia del momento que aquel hombre estaba viviendo; además, tal como se habían puesto las cosas, no sabía qué iba a hacer con aquella historia que tenía ante sus narices y que tantos sobresaltos le había proporcionado en tan pocos días. No albergaba dudas de que podría realizar el reportaje de su vida, puesto que poseía todos los ingredientes con los que sueña un periodista; sin embargo, su larga experiencia le decía que estaban encendidas todas las alarmas y que el peligro estaba a la vuelta de la esquina. Aquella historia se había cobrado en Madeleine Tibaux su primera víctima y, con las amenazas llamando a todas las puertas, estaba convencido de que no sería la última.

Su ánimo vacilaba. Por una parte, se sentía atrapado en las redes de aquella historia que podía convertirse en un bombazo: un extraño legajo, un asesinato, una sociedad secreta cuyas raíces se remontaban a la Edad Media y un misterio oculto, que apenas había vislumbrado hasta el momento. Por otra, sobradas pruebas de que quienes actuaban en nombre de la Serpiente Roja no tenían inconveniente en matar. Se trataba de una gente que no amenazaba en balde y temía por Margaret, a la que él había involucrado en aquella historia que se volvía más turbia cada hora que pasaba.

Miró a Gabriel, que estaba absorto en la lectura de los valiosos documentos, y salió sigilosamente del salón. Se fue al otro extremo del largo pasillo, marcó en su móvil el número de Margaret y aguardó con creciente nerviosismo a que la historiadora respondiese. Agotó los tonos, sin que llegase la respuesta. Marcó el número de su apartamento y tampoco obtuvo contestación.

Un desagradable pensamiento voló por su mente, al recordar que la falta de respuesta a las llamadas que hizo a Madeleine tenían una terrible explicación. Preocupado, regresó al salón donde Gabriel continuaba enfrascado en la lectura.

–Disculpe Gabriel, pero tengo que marcharme. Debo volver a mi apartamento.

D'Honnencourt alzó la vista del pergamino; tenía la mirada perdida, como si regresase de otra realidad.

–¿Cómo dice?

–Disculpe, pero tengo que marcharme. Creo que deberíamos colocar la cómoda en su sitio.

D'Honnencourt se mostró extrañado.

–¿No siente interés por ver estos documentos?

–Por supuesto que sí, Gabriel, por supuesto que sí. Pero necesito ir urgentemente a mi apartamento; he llamado por teléfono y no recibo respuesta. ¡Estoy preocupado!

–¿Lo espera alguien allí?

Pierre pensó que no tenía sentido mantener oculta la historia de Margaret.

–Sí, una historiadora británica, amiga mía, que ha venido de Londres para ayudarme en la investigación de ese legajo.

–Ya... ¿Teme usted que también la amenacen a ella?

–No contesta a mis llamadas y eso me preocupa.

A pesar de su interés por marcharse, su partida se demoró un buen rato. Con la facilidad de quien está acostumbrado a los trabajos de precisión, Pierre desplegó una actividad febril: atornilló, colocó pernos, fijó maderas y utilizó el betún de Judea. Gabriel, por el contrario, no parecía tener prisa, insistía una y otra vez en que era muy importante que su hermano no sospechase que habían registrado el mueble y para ello no debía quedar la menor huella. Tras una hora de trabajo el periodista consiguió que pareciese que nadie lo había tocado.

D'Honnencourt lo examinó con todo detenimiento, tratando de encontrar el menor indicio de que alguien hubiese trasteado allí. Aquella actitud empezaba a sacar de quicio al periodista.

–No le dé más vueltas, Gabriel. Sólo el ojo de un experto, puesto sobre aviso, podría percatarse de lo que hemos hecho con esa cómoda. ¡Vamos a colocarla de nuevo en su sitio!

Sin querer, se había mostrado imperativo.

Al despedirse se disculpó por sus prisas y rechazó el ofrecimiento que le hizo D'Honnencourt de llevarlo con su coche.

Salió a la calle y se dio cuenta de que estaba anocheciendo, sólo entonces tomó conciencia de que había pasado más de tres horas encerrado en aquel lujoso ático. El tráfico por los Campos Elíseos era intenso y todos los taxis iban ocupados; necesitó veinte minutos para conseguir uno. Mientras aguardaba impaciente, hizo varias llamadas, todas ellas sin éxito. Margaret no respondía ni a su móvil ni al teléfono del apartamento. Cada segundo que pasaba estaba más nervioso.

Indicó al conductor la dirección con un grito tan malhumorado, que se sintió en la obligación de disculparse. Tenía los nervios destrozados y la pérdida de aquellos minutos había sido el remate a una tarde cargada de tensiones.

El recorrido se convirtió en una tortura; la mente de Pierre pasaba de la angustia provocada por la falta de respuesta a sus llamadas, a las palabras con que lo había despedido Gabriel, cuando le daba un apretón de manos: «No lo olvide, el poder de la Serpiente Roja es el poder de las sombras». Recordaba vagamente que habían quedado para almorzar al día siguiente y que le había dicho que pasaría a recogerlo a las dos porque tenían mucho de que hablar, pero lo que le había impresionado eran sus últimas palabras, que golpeaban en su cabeza como si fuese el yunque sobre el que descarga una y otra vez un pesado martillo: «No lo olvide, el poder de la Serpiente Roja es el poder de las sombras».

No era capaz de discernir si se trataba de una advertencia o de una amenaza, pero en cualquier caso, la forma en que había pronunciado aquella frase había conturbado su ánimo más de lo que estaba.

Le pareció que el taxista se tomaba con excesiva tranquilidad la maniobra de aparcamiento, le pagó rápidamente y salió del vehículo a toda prisa. Subía en el ascensor obsesionado con Margaret. Abrió la puerta de su apartamento y se le cortó la respiración.

20

–¡Margot! ¡Margot! –gritaba, mientras iba de un lado para otro, convencido de que sus peores presentimientos se habían cumplido.

Todo estaba revuelto; los cajones tirados, las sillas volcadas, papeles por el suelo; si bien los autores de aquello no se habían ensañado destrozando la casa, sí habían estado buscando. La ausencia de Margaret solamente tenía una explicación: la habían raptado.

Lo sobresaltó un ruido a su espalda, y pensó que alguien iba a abalanzarse sobre él. ¡Cómo era posible que no lo hubiese visto! Se volvió rápidamente, con la adrenalina disparada y el puño levantado. La figura del portero en el umbral de la puerta era la representación exacta de la sorpresa. El hombre tenía los ojos desmesuradamente abiertos y no pestañeaba, presa de una parálisis que lo mantenía inmóvil.

–Yo... yo... –Tenía una carta en la mano y balbuceaba algo ininteligible. Cuando se recuperó de la impresión, explicó su presencia–: Señor Blanchard, dejaron esta carta para usted, me dijeron que era muy urgente, pero ha entrado usted tan deprisa que, antes de que me diese cuenta, ya estaba en el ascensor.

Pierre rasgó el sobre sin miramientos y se encontró con algo que le era familiar: dos pliegos, pulcramente mecanografiados y redactados en los mismos términos que los recibidos por Gabriel d'Honnencourt. El portero, algo recuperado de su impresión y ajeno a la lectura de la carta que acababa de entregar, curioseaba desde el umbral.

–¿Quién le ha entregado esto?

El periodista agitaba los papeles en su mano.

–¿Cómo dice señor Blanchard?

Se había distraído momentáneamente con el panorama.

–¿Que quién le ha dado la carta? –Pierre contenía a duras penas la rabia.

–Un joven motorista.

–¿Qué aspecto tenía?

–Era joven, unos veinticinco años, vestido completamente de cuero, con atuendo de motorista.

–Me refiero al rostro.

–No pude verlo, llevaba puesto un llamativo casco.

–¿Qué le dijo?

–Preguntó si el señor Blanchard vivía en la casa, cuando le dije que sí, me entregó ese sobre y me recalcó que se lo entregase urgentemente.

–¿Cuándo fue eso?

El portero consultó su reloj.

–Hará cosa de una hora, quizá algunos minutos más.

–¿Ha subido antes al apartamento?

–No señor.

Pierre paseó su mirada, de forma significativa, por el desolado panorama que ofrecía su vivienda, y el portero sintió una punzada de culpabilidad.

–¿No ha observado nada raro?

–Nada señor, ni siquiera he escuchado ruidos. –Sus palabras llevaban implícita una excusa.

–¿Tampoco ha visto salir a una joven...?

–¿Se refiere a la inglesa que llegó ayer con usted? –lo interrumpió deseoso de aportar algo.

–Sí.

Pierre no se molestó en indicarle que en realidad Margaret era escocesa.

–Se marchó hace cosa de media hora; salió acompañada de dos caballeros.

Lo miró fijamente a los ojos, como si buscase información en la expresión de su rostro, y le preguntó:

–¿Dos caballeros?

–Eso es, dos caballeros; vestían elegantes trajes oscuros.

Pierre sacó su paquete de Gauloises y encendió un cigarrillo.

–¿Notó algo extraño?

–Nada que llamase mi atención.

El portero acompañó el comentario con un ligero movimiento de hombros que añadía una excusa a sus palabras.

–¿No vio a esos caballeros cuando entraron en la casa?

–Lo lamento señor Blanchard, debieron de hacerlo mientras recorría las plantas, recogiendo las bolsas de basuras.

–¿Dejó la puerta de la calle abierta?

–¡Oh, no! Seguro que aprovecharon la entrada de alguien o quizá les abrió su amiga. Como le digo, su aspecto –con una mezcla de sorpresa y culpabilidad paseó la mirada por el apartamento– no hacía sospechar que pudiesen hacer algo así. ¿Quiere que le ayude a poner un poco de orden? –Ya había cruzado el umbral y levantado una de las sillas.

–Déjelo, déjelo, muchas gracias. Lo mejor es no tocar nada hasta que la policía eche un vistazo.

–¿Quiere que llame? –Trataba de mostrarse servicial.

–Muchas gracias, prefiero hacerlo personalmente.

El portero se encogió de hombros.

–Si me necesita para algo... ya sabe.

Pierre lo condujo amablemente hacia la puerta y cerró; instintivamente le dio dos vueltas al pestillo. Antes de poner orden en su apartamento, tenía que hacerlo en su cabeza, y para ello resultaba imprescindible estar solo.

Gudunov salió de su despacho poniéndose la gabardina y atrayendo las miradas de los policías que atendían los asuntos cotidianos de una comisaría considerada tranquila. El inspector Duquesne se le incorporó en el pasillo; mordisqueaba los restos de un trozo de pizza envuelto en un papel pringoso y sorbía de una lata de refresco; dio el último bocado y tragó hasta vaciar la lata. Acertó con la papelera a metro y medio de distancia y se limpió las manos con un pañuelo de papel, que dejó en uno de los macetones que escoltaban la entrada de la comisaría. No sabía adónde iban porque el comisario se había limitado a gruñirle por el teléfono interior: «¡Levante el culo, Duquesne, tenemos tarea!».

–¿Adónde vamos, comisario? –preguntó mientras, ya en el coche, giraba la llave de contacto y el Peugeot 206, algo cascado y al que familiarmente llamaban Peludus, respondía con una sacudida.

–Al número 7 de la rue de Saint Gilles.

–¿Algo grave?

Duquesne aguardaba para encontrar un hueco que le permitiese incorporarse al tráfico.

–Dos fiambres.

–¿Dos?

En la confluencia de la rue de Saint Antoine con la de Turenne, junto a la plaza de los Vosgos, se encontraron con un atasco que los retuvo más de quince minutos; de poco les sirvió colocar la sirena en el techo de Peludus. Cuando llegaron a la rue de Saint Gilles la encontraron tranquila, lo único inusual era la presencia de tres gendarmes en la puerta del número 7.

Gudunov, sin detenerse, mostró su placa y los gendarmes respondieron con un saludo.

–¿Qué piso?

–El segundo derecha, señor.

Mientras subía las escaleras preguntó al gendarme que los acompañaba:

–¿Quién hay arriba?

–Dos compañeros, señor.

–¿Cómo nos hemos enterado del asunto?

–Nos ha avisado una vecina; al parecer vio abierta la puerta del piso, le extrañó y llamó varias veces sin obtener respuesta, decidió entrar y se encontró...

En el rellano de la escalera había varias personas hablando en voz baja, los comentarios se apagaron cuando apareció el comisario.

–Buenas tardes –saludó Gudunov.

Se presentó como comisario de policía y con un simple vistazo clasificó al grupo: clase media, gente acomodada que respondía al perfil de los vecinos de aquel barrio.

–¿Alguno de ustedes nos dio el aviso?

–Fui yo.

Era una voz serena, y su propietaria, una mujer atractiva de unos cuarenta años, vestía un traje de chaqueta de corte sencillo y elegante, y llevaba la melena rubia recogida. Fumaba un cigarrillo.

–¿Le importaría esperar un momento para responder a unas preguntas, por favor?

Gudunov le dedicó un amago de su oculta sonrisa, con la que trataba de mostrar su cara más amable.

–Por supuesto que no.

–Muchas gracias. –Se volvió hacia el gendarme y le preguntó–: ¿Dónde están los cadáveres?

–En el dormitorio del fondo, señor.

–Acompañe a la señora al salón, ahora voy.

Galante, cedió el paso a la dama y se dirigió al final del pasillo.

La escena le resultaba casi familiar, a lo largo de un cuarto de siglo no sabría decir cuántas veces se había visto en situaciones similares. Un individuo de cierta edad y una joven, desnudos, sorprendidos en la cama. ¿Un crimen pasional?

El individuo estaba tendido boca abajo, tenía el cuello manchado de sangre y el pelo de la nuca apelmazado. Ella ofrecía un torso hermoso, en una postura casi obscena, con los ojos desencajados y huellas en el cuello. A primera vista, a él lo habían golpeado en la cabeza y a ella la habían estrangulado. Gudunov rodeó la cama y se disponía a agacharse para tratar de ver el rostro del individuo, medio hundido en la almohada, cuando algo llamó la atención de Duquesne:

–¡Comisario, mire lo que hay en el tocador!

–¿Qué hay?

Gudunov se acercó a donde señalaba el inspector, olvidándose momentáneamente de los cadáveres. Colocado sobre el espejo, aprovechando la ranura del marco, había un trozo de pergamino con el dibujo de una serpiente roja. Lo miró detenidamente sin tocarlo y torció el gesto ante aquella extraña firma que los asesinos habían dejado. Resopló con fuerza, como si quisiese expulsar la tensión que el descubrimiento le había provocado.

Se acercó a la cama y se llevó la segunda sorpresa que le brindaba el caso que tenía por delante.

–¡Maldita sea! ¡Este tipo...! ¡Este tipo es Vaugirard!

Duquesne, que husmeaba por el dormitorio, le preguntó sorprendido:

–¿Cómo dice, comisario?

–¡Que este tipo es Vaugirard!

–¿El bibliotecario con el que hablamos por lo del asesinato de su compañera?

–Sí señor, el mismo que nos facilitó la copia de ese legajo.

–¿Seguro?

Gudunov, saltándose el protocolo, alzó ligeramente la cabeza del cadáver para verle mejor el rostro. No había duda, aquel individuo era Antoine Vaugirard.

Miró a la joven; la sábana le cubría el cuerpo de cintura para abajo. Era una pelirroja de unos treinta años, piel muy blanca salpicada de pecas y senos voluminosos, posiblemente una mujer procedente del este de Europa.

–¿Qué está pasando aquí? –farfulló Gudunov acariciándose la rasposa mejilla, donde la barba señalaba que aquella mañana no se había afeitado.

–Que a este ritmo van a dejarnos sin bibliotecarios –masculló el inspector.

La mirada del comisario hizo que Duquesne se arrepintiese de haber hecho un comentario tan desafortunado.

Gudunov preguntó al gendarme que asistía en silencio a la inspección si habían avisado al juez y al forense.

–Sí, señor. –Miró su reloj y comentó a modo de excusa–: Ya deberían haber llegado.

El comisario recordó el atasco y se dirigió al salón donde aguardaba la testigo.

La elegancia de la mujer era innata; sin duda ayudaba su indumentaria, pero era algo natural en ella. Estaba sentada en un sillón, con las piernas cruzadas, y sostenía el cigarrillo que fumaba en la punta de sus dedos, con cierta languidez. Gudunov se presentó otra vez, indicando que era comisario adscrito a la brigada de homicidios, y a Duquesne como inspector ayudante.

–¿Le importaría decirme su nombre?

–Simone Berthier.

–Supongo que vive usted en el inmueble.

–Así es, en el segundo izquierda, al otro lado del rellano.

–Tengo entendido que le sorprendió ver abierta la puerta de este piso, que entró y se encontró con la escena del crimen.

–Efectivamente.

–¿Recuerda la hora?

–Acababan de dar las cinco.

–Muy bien, ¿podría explicarme qué fue lo que hizo? No se preocupe por detallar todo lo que recuerde, por favor.

–Llamé a la puerta con unos golpes suaves, pero nadie respondió. Después pregunté: «¿Hola? ¿Hay alguien en casa?». Tampoco obtuve respuesta.

–¿Qué hizo entonces?

Simone dio una calada a su cigarrillo y con mucho cuidado, como si temiese estropear una prueba, lo apagó en el cenicero.

–Hubo un momento en que dudé.

–¿Dudó?

–Sí, no supe qué hacer. Pensé que lo mejor era entrar en mi casa y olvidarme del asunto.

–Pero no lo hizo –le ayudó el comisario.

–No, señor, no me hubiese quedado tranquila. Entreabrí la puerta y volví a llamar.

–Evidentemente, nadie respondió.

–Así es. Entonces avancé por el pasillo y vi que la luz del dormitorio donde... donde...

La mujer sacó su paquete de cigarrillos y les ofreció a los policías, que lo rechazaron, pero Gudunov sacó su mechero y le dio fuego. Observó cómo le temblaban las manos, que estaban muy cuidadas; sin duda se hacía la manicura, y tenía los dedos largos, como de pianista.

–Donde están los cadáveres –le ayudó de nuevo Gudunov.

–Me llamó la atención que la luz estuviese encendida. Fui hasta allí y...

La mujer se tapó la boca con la mano y tuvo que hacer un esfuerzo para no derramar las lágrimas que se agolpaban en sus hermosos ojos de un llamativo color verde.

Gudunov esperó unos segundos, dándole tiempo a recuperarse, antes de formularle la siguiente pregunta.

–¿Conocía usted a las personas que están en el dormitorio?

–Muy poco. –Simone había sacado un delicado pañuelo de su bolso y se lo pasaba por el borde del ojo, con cuidado para que no se corriese el rímel–. En realidad, no vivían en el piso. Venían de vez en cuando.

–¿Qué quiere usted decir, señora Berthier?

–Bueno, este piso no era su vivienda. Venían un par de veces por semana.

–¿Debo entender que se trataba de un nido de amor?

La mujer dio otra calada a su cigarrillo y lo apagó a medio consumir.

–Puede usted denominarlo así.

–¿Sabe usted si llevaban viéndose mucho tiempo?

La testigo se sintió incómoda, tiró suavemente del borde su falda y miró a Gudunov a los ojos.

–Sepa, señor comisario, que no me dedico a vigilar a mis vecinos.

Gudunov se dio cuenta demasiado tarde de que había tenido poca delicadeza. Podría haber formulado la pregunta de forma muy diferente.

–Le presento mis disculpas, señora Berthier, si le pregunto es porque toda la información que tengamos nos será de utilidad. Me refería a si se han cruzado en el portal o han coincidido en el ascensor.

–El caballero hace años que viene por aquí.

–¿Y la chica?

–A lo largo del tiempo lo he visto con varias. No podría precisarle sobre la que está en el dormitorio.

–Entiendo.

Simone encendió otro cigarrillo y Gudunov aguardó cortésmente para formularle la siguiente pregunta:

–¿Qué hizo usted cuando descubrió los cadáveres?

–Me puse muy nerviosa, me fui rápidamente y llamé a la policía.

–¿Recuerda algo en especial?

–¡Le parece poco dos cadáveres desnudos en una cama!

Gudunov asintió con un leve movimiento de cabeza.

–Me refiero a algún detalle, algo que llamase su atención.

Simone Berthier trató de hacer memoria, pero los movimientos de su cabeza señalaban que no había mucho que recordar.

–Lo siento mucho, comisario, pero al ver los cadáveres sentí pánico y me marché de allí a toda prisa.

–¿No escuchó ruidos? ¿Algún indicio que le alertase que estaba ocurriendo algo extraño?

–No, cuando vi la puerta abierta, regresaba del trabajo.

–¿Llevaba mucho tiempo fuera de casa?

–Desde las ocho de la mañana.

–¿Sabe cómo se llamaba su vecino?

–La verdad es que no; su buzón no tiene nombre, solamente pone segundo derecha.

–Pero... las reuniones de vecinos para asuntos de la comunidad –insistió Gudunov.

–Todo eso corre a cargo del administrador y lo cierto es que hay muy pocas reuniones. Desde la última han pasado dos años o posiblemente tres.

–¿Recuerda la última vez que lo vio?

Simone trató de hacer memoria.

–No podría precisarlo con seguridad, pero hará una semana, tal vez algo más. Nos cruzamos en el portal.

–¿Iba solo?

–No, creo que iba con la joven que está en la cama.

–¿Está segura?

–No podría jurarlo, pero creo que sí.

Se escuchó ruido en la escalera y el gendarme indicó al comisario que acababan de llegar la juez y el forense; los dos habían coincidido. Gudunov agradeció a la señora Berthier su colaboración y le dijo que era posible que volviese a molestarla para hacerle algunas preguntas.

Mientras el forense realizaba su trabajo y la juez ordenaba el levantamiento de los cadáveres y daba por concluidas sus actuaciones, Gudunov pensaba en lo extraño de aquellas muertes. Encajaba casi todo, salvo dos detalles: el problema radicaba en que se trataba de dos detalles de suma importancia. Vaugirard tenía allí un lugar de citas para encuentros más o menos estables con jovencitas, al menos eso era lo que podía deducir de la declaración de la señora Berthier. Desde luego tendría que mantener una larga conversación con el portero, lo que haría en el momento en que se marchase el forense.

El perfil del bibliotecario encajaba con ese tipo de relaciones: hombre maduro, próximo a la jubilación, que trata de aprovechar sus últimas posibilidades en un campo donde le quedaba poco recorrido. El comisario suponía que tenía una posición económica lo suficientemente desahogada como para afrontar los gastos que suponían ese tipo de relaciones. La escena del crimen incidía en esa dirección: el asesino o los asesinos, eso estaba por determinar, habían llegado en el momento en que Vaugirard se refocilaba con su amante de turno. Tenía entendido que era hombre casado y que su mujer poseía una fortuna más que notable, heredada de su padre. La tesis clásica señalaba que, enamorada de su esposo, había descubierto su infidelidad y... Hasta allí todo encajaba en el modelo. Sin embargo, dos detalles complicaban ese escenario. Primero, ¿qué hacía allí un trozo de pergamino con una serpiente dibujada con tinta roja? Segundo, ¿cuál era el nexo de conexión entre las muertes de Antoine Vaugirard y Madeleine Tibaux? Gudunov no estaba seguro de encontrar allí la verdadera clave de aquellos crímenes.

La conversación con el portero fue mucho más breve de lo que había supuesto. El hombre le facilitó valiosa información, sobre todo porque corroboró lo que la señora Berthier le había dicho. A ello se añadió que Antoine Vaugirard tenía arrendado el apartamento hacía ocho años y, desde esa fecha, le había dado el mismo uso. Las jóvenes con las que acudía solían acompañarlo entre tres y cuatro meses. El portero, incluso, le dibujó un perfil del tipo de mujer que despertaba la otoñal pasión del bibliotecario. Rubia o pelirroja, alta, delgada, senos abundantes y de entre veinticinco y treinta años. También le informó de que la propietaria del piso se quejaba de que el inquilino, en demasiadas ocasiones, se retrasaba en el pago de la renta, aunque tenía constancia de que el bibliotecario, al final, siempre pagaba las mensualidades.

Las pesquisas realizadas hasta el momento, relacionadas con el caso de Madeleine Tibaux, le habían revelado que las relaciones entre los dos asesinados no eran precisamente amistosas. Gudunov miró su reloj y comprobó que eran cerca de las nueve de la noche. El día había sido tenso y su cuerpo lo notaba. Se sentía cansado y sabía por experiencia que en esas condiciones su cabeza no funcionaba a pleno rendimiento.

Se subió a Peludus y pensó que a aquella hora el tráfico era fluido y que en veinte minutos estaría en su casa. Trataba de relajarse cuando sonó su teléfono móvil.

–¡Joder!

Miró la pantalla y comprobó que aparecía un número desconocido. Estuvo tentado de no atender la llamada. Sin saber muy bien por qué, pulsó la tecla verde.

–¿Dígame?

–¿Comisario Gudunov?

–¿Quién lo llama?

–Soy Blanchard, Pierre Blanchard.

La línea de la arrugas de la frente del comisario ganó en intensidad.

–¡Hombre, Blanchard! ¡Dígame!

–¿Recuerda a la historiadora que me acompañó ayer, cuando acudí a la comisaría?

–¡Cómo no voy a acordarme!

Pierre le soltó la noticia de sopetón:

–La han raptado.

Gudunov sacudió la cabeza.

–¿Quiere repetirlo?

–Que la han raptado, Gudunov. Rap-ta-do –deletreó el periodista con ostensible malhumor.

–¡No me toque los cojones, Blanchard! ¡Que no está el horno para bollos! Dígame, ¿cuándo ha sido?

–Esta tarde.

–Una tarde tiene muchas horas.

El comisario le devolvía la impertinencia, pero Pierre ignoró el envite.

–¿Le importaría venir a mi apartamento?

–¡Voy inmediatamente! –Cortó la conexión e indicó a Duquesne–: Cambio de planes, vamos a casa de Blanchard.

Dice que han raptado a una amiga suya.

–¿La rubia que iba anoche con él?

–La misma.

Pierre había dejado intacto el escenario del delito, por lo que los policías se encontraron en el apartamento con el mismo desorden que reinaba cuando él llegó. Gudunov paseó la mirada y preguntó:

–¿Qué ha ocurrido aquí?

–A decir verdad, no lo sé muy bien.

–¿Y este desorden? –preguntó el comisario, que permanecía en el umbral de la puerta.

–Supongo que sus autores son los mismos que han raptado a Margaret Towers.

–¿Por qué utiliza el plural?

–Porque el portero me ha dicho que vio salir a Margot acompañada de dos individuos.

–¿Podemos pasar?

Pierre extendió su brazo derecho.

–Considérense en su casa.

–¿Significa que podemos echar un vistazo?

–Por supuesto.

–Observo que quienes han estado aquí buscaban algo... además de llevarse a su amiga.

–No hay que ser un lince. –Pierre lo había dicho sin pensarlo, su subconsciente le había jugado una mala pasada y afloraban las pocas simpatías que sentía por Gudunov. Rápidamente presentó excusas–: Lo lamento, no era mi intención.

Gudunov sintió el aguijonazo y decidió devolverle la pulla en la ocasión apropiada.

–¿Ha echado algo de menos?

–Ha desaparecido el DVD que Madeleine Tibaux me entregó durante la cena que compartimos la víspera de su muerte –y añadió, sin especificar–: y algunos papeles más.

El comisario se acarició la mejilla; la barba era más rasposa que cuando había acudido al piso de la rue de Saint Gilles.

–¡Ya recuerdo! Se refiere al DVD que aún no había consultado la noche que mantuvimos la charla en la Asociación de Amigos de Occitania. Según me dijo, a usted no le sonaba para nada el nombre de la Serpiente Roja.

–Veo que su memoria es excelente –ironizó el periodista.

–Digamos que, después de tantos años, se trata de una pequeña deformación profesional. ¿Estamos hablando del mismo DVD?

–En efecto.

–Bueno, algo es algo. –El comisario se limitaba a husmear, sin tocar un solo objeto–. Supongo que si quienes han raptado a Margaret Towers se han llevado un DVD que contiene un legajo titulado *Le Serpent Rouge*, quiere decir que tenemos una primera pista para relacionarlo con la persona que se lo entregó a usted. ¿Me sigue? –La pregunta dejaba claro que había poca sintonía entre ambos.

–Por ahora, sin problemas.

–Resulta que esa persona es Madeleine Tibaux, la bibliotecaria asesinada, junto a cuyo cadáver se encontró un pergamino donde aparece dibujada una serpiente roja. Esos elementos nos conducen a una conclusión elemental: quien ha revuelto todo esto y supuestamente ha raptado a su amiga, aunque eso está por demostrar, es la misma gente que asesinó a Madeleine Tibaux.

Blanchard se puso a aplaudir y felicitó al policía:

–Brillante, comisario, sencillamente brillante.

La mirada de Gudunov fue aviesa. Los dos hombres habían roto los pocos formulismos que hasta aquel momento habían mantenido. La hostilidad afloraba ahora con mayor fuerza, conforme pasaban los minutos.

–Me gustaría saber por qué piensa usted que su amiga ha sido secuestrada.

El periodista dudó un momento. Pero con Margaret en manos de aquella gente, el asunto no se prestaba a juegos malabares. Sacó del bolsillo de su chaqueta la carta que le había entregado al portero.

–¡Échele un vistazo a esto! –Se dio cuenta de que el tono no había sido el más adecuado, e inmediatamente añadió–: Por favor.

Gudunov se concentró en la lectura de los folios.

–¿Por qué no me los ha enseñado antes?

–Porque no he tenido ocasión.

El comisario dobló los folios y comenzó a golpearse con ellos en la palma de la mano.

–Esto despeja buena parte de las dudas acerca del rapto de su amiga. ¿Cuándo lo recibió?

–Al llegar a casa y encontrarme este desaguisado.

–¿Cuánto hace de eso?

–Aproximadamente hora y media.

Le pareció que había transcurrido demasiado tiempo antes de que el periodista lo llamase, pero decidió pasarlo por alto.

–¿Cómo se lo han hecho llegar?

–Esos folios venían en un sobre que me ha subido el portero; al parecer se los entregó un joven motorista, que se marchó rápidamente.

El comisario dedicó los minutos siguientes a formularle una serie de preguntas rutinarias, puro formulismo. Pierre se cuidó mucho de hacerle la menor referencia a Gabriel d'Honnencourt, a pesar de que también sobre él recaía una amenaza de la Serpiente Roja. Tampoco el comisario hizo alusión al asesinato de Vaugirard y de la joven que estaba con él.

Su relación era como una partida de póquer entre dos profesionales que desplegaban su juego, en función del movimiento del contrincante, y se guardaban la mejor de sus cartas para hacerse con la partida.

21

Bosque del Oriente, cerca de Troyes (Champaña), año 1319

–¡Los necesitamos como cobertura! –exclamó un acalorado caballero, golpeando la mesa con el puño.

Su gesto nada tenía que ver con la humilde actitud con que había rezado la plegaria del Ángelus.

–Pero eso no significa que tengamos que mantener la Orden.

Quien hablaba era el mayor de la docena de hombres sentados alrededor de una mesa que ocupaba el centro de la pequeña estancia, construida con piedras apenas desbastadas que daban un aire tosco al lugar. Era como un refugio para cazadores. Todos los reunidos eran templarios, pero estaban allí en su condición de miembros de la Hermandad de la Serpiente.

–¡Desde luego que no! Pero coincidiréis conmigo en que resulta imprescindible contar con una cobertura que nos haga invisibles hacia el exterior –insistió.

–Ciertamente hemos de protegernos, creo que eso es algo en lo que todos estamos de acuerdo. –Larmenius miró uno por uno a los hombres que formaban el grupo y supo que no había discrepancias–. En estos momentos la mayor de nuestras urgencias se encuentra en establecer la fórmula de esa protección.

El más joven de los caballeros, que rondaría los treinta y cinco años, alzó la mano, pidiendo la palabra. En su negra melena apuntaban las primeras canas, pero su mirada mantenía un vigor casi juvenil: se trataba de Bertrand de la Fôret, uno de los pocos caballeros que había logrado hablar con el último de los maestres en su encierro de la fortaleza de Chinón, donde logró entrar disfrazado de portero y recibir las que se consideraban últimas instrucciones del maestre. Una gesta como la protagonizada lo había envuelto en una aureola casi mítica, cuando se hablaba de su persona en los círculos donde se movían los restos del Temple en la clandestinidad. Era de los que apostaban porque en aquella reunión se certificase el final de la Orden, siempre y cuando la protección exterior de la Hermandad de la Serpiente quedase garantizada.

–Di, Bertrand.

–Soy la persona menos indicada –señaló haciendo gala de una humildad que le era inherente– para deciros cómo se han de hacer las cosas. Vuestro conocimiento y experiencia superan con mucho lo que yo puedo ofrecer, pero creo que contamos con el instrumento adecuado.

–¿A qué te refieres?

–Para tener la protección adecuada que requiere esa cobertura exterior se necesitan recursos, muchos recursos. Solamente de esa forma conseguiremos que Oficus se perpetúe el tiempo que sea necesario. Creo que la clave para resolver ese problema está en el tesoro de la Orden.

–¿Qué quieres decir?

–Que si se le entrega a Oficus, el problema de la protección estará resuelto.

La pequeña estancia se llenó con los murmullos de los reunidos.

–Ésa es la mejor solución, pero ¿dónde está el tesoro? –preguntó uno de los presentes.

Bertrand de la Fôret no vaciló:

–Larmenius lo sabe.

Las miradas de todos cayeron sobre el maestre negro, el máximo responsable de la Hermandad de la Serpiente.

Larmenius se levantó, rodeó la mesa y se acercó hasta donde estaba Bertrand, colocó su mano sobre el hombro del joven al que casi doblaba la edad y comentó con voz grave:

–El hermano Bertrand tiene toda la razón. Yo no me he atrevido a plantear la cuestión porque, a cierta edad, la vida obliga a demasiadas consideraciones antes de tomar una decisión. No tenemos necesidad de buscar fórmulas, ni de organizar grupos de protección.

–¿Conoces el lugar donde está escondido el tesoro?

–Así es.

–¿Cómo...? ¿Cómo es posible que lo sepas?

–Porque ésa fue una de las cosas que Jacques de Molay reveló a Bertrand.

El tono de las palabras de Larmenius era tranquilo.

–¿Por qué lo has mantenido en secreto a lo largo de todos estos años? –preguntó otro de los caballeros.

–Porque ésas fueron las órdenes del maestre.

–¿Mantenerlo en secreto? –se sorprendió el que preguntaba.

–Ordenó que nada se dijese hasta que llegase el momento, y Bertrand acaba de hacerme ver que ese momento ha llegado. Eso no significa que lo desvelemos. Hemos de mantenerlo tan oculto como la existencia de nuestra hermandad. Si revelásemos su existencia ante los caballeros que han acudido a la llamada, el secreto dejaría de serlo.

–En tal caso, ¿cuáles son tus órdenes, Larmenius?

–Que en la asamblea de mañana habrá que ser astutos. La disolución de la Orden habrá de producirse sin que los hermanos sepan que existe una fraternidad que ha de continuar su camino y que el tesoro del Temple garantizará su supervivencia. Es necesario que el Temple blanco sea sacrificado para que el Temple negro sobreviva. Si de la asamblea de mañana saliésemos diciendo que la Orden existe y que exigimos su rehabilitación, nuestros enemigos se abalanzarían sobre nosotros y es posible que lograsen acabar con todo.

–¿Cómo piensas conseguirlo? –preguntó otro de los caballeros–. Por lo que he podido comprobar, la mayoría de los hermanos son partidarios de continuar.

–Son muchos –terció otro más– los que apuestan por marchar hasta Aviñón y pedir al Papa que restablezca el Temple.

–Sólo hay una fórmula –indicó Larmenius.

–¿Cuál?

–Convencer a Gérard de Saint Gobain y a media docena de hermanos, con gran ascendiente y que son quienes capitanean la resistencia a ultranza, que han de abogar por la disolución.

–Eso resulta fácil decirlo, pero ¿cómo piensas convencerlos?

–Hablando con ellos.

Larmenius seguía junto a Bertrand y mantenía la mano apoyada en su hombro, como si el joven caballero le diese la tranquilidad que transmitían sus palabras, en un momento en que la tensión dominaba a los presentes.

–No creo que lo consigas.

Larmenius encogió ligeramente los hombros.

–Ya veremos; hablaré con ellos, uno por uno, y trataré de convencerlos.

Fue una jornada larga, agitada y marcada por las dudas. Cuando Larmenius abandonó la cueva tallada en la roca, cuya entrada estaba oculta por la maleza que la circundaba, sintió frío y se arrebujó en su capa.

Durante más de diez horas, a la luz de las antorchas que rompían las tinieblas de la profunda oquedad labrada por los propios templarios en los primeros tiempos de la Orden, como un refugio de emergencia, había celebrado media docena de reuniones. Todas ellas resultaron tan difíciles como había sospechado, porque el ánimo de los templarios estaba muy lejos de darse por vencido, a pesar de que todo apuntaba a que sus ideales pertenecían a otra época y que su tiempo, como el de las Cruzadas, había quedado atrás. Se trataba de hombres que un día tomaron un camino que daba sentido a su vida y si ese camino se cerraba, no sabrían muy bien cómo proseguir.

Tres de ellos habían manifestado su disposición a colaborar, pero señalando no pocas reticencias. Dos no se habían pronunciado y uno, Gérard de Saint Gobain, se mostraba irreductible en sus posiciones.

Hasta él llegaban los murmullos de las conversaciones, aunque percibía un fondo de silencio en la espesura del bosque que tenía algo de sobrecogedor. El aire fresco despejó su mente y ejerció un efecto beneficioso sobre su ánimo.

La tupida vegetación creaba un ambiente sombrío, oscuro. Tantas horas encerrado le habían hecho perder la noción del tiempo, aunque la falta de luz señalaba que el atardecer ya declinaba y la noche estaba próxima.

Todos los indicios con que contaba apuntaban a que la reunión del día siguiente iba a ser multitudinaria, y en aquel momento no tenía la menor idea de cuál sería el resultado final. A pesar del cansancio decidió verse con Bertrand de la Fôret, quien, a pesar de su juventud, ejercía una gran influencia y cuya postura podría inclinar la balanza en un momento determinado.

El joven caballero estaba en una de las cabañas, levantadas como refugios improvisados para pasar aquellos días. Compartía la choza con otros nueve hombres. Larmenius se detuvo entre los troncos que señalaban el umbral y hasta sus oídos llegaron frases sueltas que le señalaron el motivo de la acalorada conversación que los hombres mantenían: la decisión que habían de tomar al día siguiente. Pensó que en todos los corrillos no se hablaría de otra cosa. Pidió a Bertrand que saliese un momento.

Los dos hombres se alejaron del lugar y el máximo responsable de la Orden le planteó la cuestión sin preámbulos:

–Conozco tu posición, pero necesito algo más que tu voto.

–¿A qué te refieres?

–Quiero que mañana intervengas en la reunión; tu voz puede ser muy importante.

Bertrand se detuvo un momento y miró a los ojos de Larmenius.

–No has conseguido convencerlos, ¿verdad?

–No lo sé.

Bertrand percibió un trasfondo de amargura en las palabras de Larmenius: su tranquilidad de la mañana se había transformado en pesimismo.

–Todos han comprometido su palabra de no revelar nada de lo que me he visto obligado a confesarles. Por ese lado no hay problemas, se trata de hombres de honor, aunque todos ellos han quedado atónitos cuando los he acercado hasta los bordes del secreto. Otra cosa es que estén dispuestos a pronunciarse ante los hermanos a favor de la disolución.

–¿Qué ha dicho Hugo de Saint Michel?

–¿Lo preguntas por alguna razón?

–Porque su palabra es probablemente la más influyente que puede alzarse en estos momentos en el seno de la Orden. Él fue quien dirigió las acciones encaminadas a que la maldición de Jacques de Molay se convirtiese en realidad.

Larmenius asintió con ligeros movimientos de cabeza.

–Me ha dicho algo muy extraño.

–¿Puedo saberlo?

–Por supuesto. De Saint Michel me ha dicho que la venganza ha de continuar.

Los dos hombres se habían alejado más de un centenar de pasos. Ahora solamente llegaba hasta sus oídos un suave murmullo, y la oscuridad era cada vez más intensa.

–¿Qué quiere decir con eso? Tanto Felipe IV como Clemente V están ya muertos.

–Se refiere a que el Temple tiene la obligación de acabar con las instituciones que ambos representaban.

–¡Eso es una locura! –exclamó Bertrand.

–De Saint Michel no piensa igual. Afirma que al igual que cayó el Imperio romano puede caer la monarquía en el reino de Francia, y que los papas no son dignos de representar a la cristiandad.

–¿Quiere acabar con la monarquía y con el pontificado?

–Efectivamente.

–¡Eso es una locura! –repitió De la Fôret.

–Como te he comentado, cuando le he confiado la existencia de la hermandad, se ha quedado muy sorprendido.

–Es lógico.

–No me refiero a que la causa de su sorpresa fuese la existencia de Oficus. Me ha dicho que una organización de ese tipo podría ser el mejor instrumento para ejecutar la venganza.

Bertrand se detuvo, como si sus pensamientos fuesen tan pesados que le impidiesen caminar. Los dos hombres permanecieron en silencio unos instantes en medio de la quietud que proporcionaba el alejamiento del campamento, donde los hombres se disponían a afrontar la noche.

–¿Por qué no le ofreces un acuerdo? –planteó el joven caballero, que apenas atisbaba el rostro de Larmenius, lo que le impidió ver el efecto que había producido su propuesta.

–¿Un acuerdo? ¿Qué clase de acuerdo?

–Supongo que De Saint Michel será consciente de que unos objetivos como los que se ha propuesto son complejos. Se necesitan recursos, una estructura poderosa y sobre todo se requiere tiempo, mucho tiempo. Acabar con unas instituciones como la monarquía en Francia y el papado es algo mucho más complejo que eliminar a una persona.

–¿Adónde quieres ir a parar? –preguntó Larmenius cada vez más sorprendido.

–Puedes ofrecerle un acuerdo: su colaboración a cambio de que la Hermandad de la Serpiente ejerza todo su poder para alcanzar esos objetivos. De Saint Michel no es estúpido, en todo caso algo fantasioso y poco realista, pero tú puedes ofrecerle una posibilidad de dar expectativas a sus deseos, aunque no sean más que quimeras.

–¿Crees que aceptaría?

Quien ahora se encogió de hombros fue Bertrand de la Fôret.

–Nada pierdes con proponérselo.

Las dudas de Larmenius se disiparon de forma instantánea.

–¡Vamos, acompáñame, hablaremos con él! ¡Tal vez hayas dado con la clave principal para resolver este asunto!

Mientras buscaban a Hugo de Saint Michel, Bertrand le preguntó:

–¿Estás seguro de que la disolución es la mejor de las opciones?

A Larmenius le sorprendió esa pregunta; indicaba que también el joven caballero vacilaba sobre la gran cuestión que los había reunido allí.

–Si las noticias que tengo en mi poder son fidedignas, seremos cerca de tres mil los que mañana estaremos presentes en la asamblea. Pero el número no debe hacernos albergar esperanzas infundadas. El problema no reside en el número, sino en las posibilidades de acción. Ya sabes que incluso los monarcas más favorables a nuestra causa han acabado cediendo a las presiones del papado. Roma ya no nos necesita, peor aún, sabe que somos un peligro potencial para el Papa. Posiblemente ninguno de ellos se hubiese atrevido a dar el primer paso para acabar con nosotros, pero Clemente aprovechó para segar la hierba bajo nuestros pies el hecho de que Felipe IV ambicionase nuestras posesiones y nuestro poder, además de quitarse de encima al mayor de los acreedores que tenía. No vaciló en urdir una ignominiosa trama, ante la que no fuimos capaces de reaccionar. La sorpresa nos dejó paralizados demasiado tiempo y cuando quisimos reaccionar, ya era demasiado tarde.

–¿Tal vez en Portugal o en Aragón?

–Olvídate Bertrand, las nuevas órdenes creadas con nuestros hermanos de esos territorios podrán mantener las apariencias. Estoy seguro de que la Orden de Cristo prestará grandes servicios a los monarcas lusitanos y que los caballeros de Montesa serán un importante soporte para el rey de Aragón, pero el espíritu del Temple ya no volverá. Nuestra obligación es preservar el secreto que nos fue encomendado, para lo cual la Orden jamás escatimó ni esfuerzos ni sacrificios porque ésa era la verdadera razón de su existencia, aunque eso sea algo que muy pocos sabemos.

–Sabes que puedes contar conmigo para cuanto consideres necesario.

Larmenius tenía razón: cerca de tres mil hermanos entre caballeros, sargentos y otras categorías de miembros de la Orden se habían dado cita. La convocatoria difundida por variados e incluso extraños procedimientos había llegado hasta los más apartados rincones de Francia. Incluso habían viajado hasta allí hermanos procedentes de otros reinos del Occidente cristiano. Desde hacía seis meses se había corrido la voz de un encuentro para determinar el futuro de la Orden. Tendría lugar en el intrincado bosque de Oriente, en el corazón de la Champaña, en un lugar próximo a donde todo había comenzado doscientos años atrás.

Ni los más optimistas habían previsto una respuesta como la obtenida.

El lugar era perfecto para una reunión clandestina: un intrincado bosque que despertaba temores y miedos ancestrales entre las gentes de la región por sus pantanos cenagosos, sus oscuros lagos y los peligrosos animales que allí moraban. Los campesinos de los alrededores contaban macabras historias, referidas a las horrendas muertes de quienes habían tenido la osadía de aventurarse por aquellos tenebrosos parajes; se afirmaba que lo habitaban seres infernales y terribles monstruos; todo ayudaba a proporcionarles el resguardo necesario.

La fecha elegida, el día de san Miguel, en las postrimerías de septiembre, era la más adecuada para asegurar sus propósitos de pasar desapercibidos. Se trataba de un tiempo de mucha actividad en toda la región; era la época de la vendimia y hasta allí acudían gentes de lugares apartados para trabajar en la recolección de la uva. También se celebraba por aquellos días una de las cuatro grandes ferias que regulaban el ciclo comercial de la Champaña, adonde acudían mercaderes, negociantes, vendedores y compradores de los más apartados rincones de media Europa. En aquel ambiente resultaba relativamente fácil pasar desapercibido. Los controles en puentes, caminos y ciudades, que los convocados evitaron en la medida de lo posible, se relajaban por aquellas fechas para facilitar el comercio y la actividad.

Los templarios se habían desplazado hasta allí en pequeños grupos, viajando por caminos poco concurridos; convertir el disimulo en elemento de su vida cotidiana era algo a lo que se habían acostumbrado desde hacía algunos años. Unos disfrazados de campesinos, otros con atuendo de comerciantes, no pocos parecían buhoneros de los que a lo largo del año transitaban por los caminos y veredas del reino.

Hasta la misma mañana de la fecha establecida estuvieron llegando hermanos. Probablemente algunos habrían quedado en el camino, donde los acechaban toda clase de dificultades. Pero la respuesta a la llamada había superado las previsiones de los más optimistas.

Fue Larmenius quien les dio la bienvenida, les agradeció su presencia y ponderó las virtudes de una organización capaz de tener, pese a las persecuciones, torturas y muertes, tal capacidad de convocatoria. Los hombres escuchaban las intervenciones en silencio, apiñados en un amplio calvero donde la luminosidad marcaba un vivo contraste con la penumbra del interior del bosque. Rodeados por su frondosidad, una vegetación casi amenazante que convertía el lugar en un mundo alejado de las gentes de la comarca, se sentían protegidos.

Muy pronto las divergencias surgidas la víspera hicieron acto de presencia en la multitudinaria asamblea. Las posiciones estaban cada vez más enfrentadas entre los que abogaban por un relanzamiento de la Orden y los que propugnaban su final. Los primeros asentaban su posición sobre la base de dos supuestos: uno, presionar al Papa para que anulase la bula *Pastoralis preeminentiae* con la que se había ordenado la confiscación de sus bienes y su detención indiscriminada, acusados de herejía; y dos, que se les devolviesen los territorios de sus numerosas encomiendas en tierras del Languedoc con el fin de constituir un pequeño Estado bajo el gobierno de la Orden.

–¡Eso es una quimera! –gritó Larmenius.

El máximo responsable de Oficus no daba crédito a lo que llegaba a sus oídos. Los hermanos que proponían tales cuestiones habían perdido el contacto con la realidad. Pensó que era la consecuencia del desquiciamiento producido por los tormentosos acontecimientos padecidos desde hacía más de una década, cuando los oficiales de Felipe IV asaltaron las encomiendas del territorio francés.

–¡No es una quimera exigir la restauración de nuestro honor, mancillado por malvados, y pedir que se nos restituya una parte, sólo una parte, de lo que se nos arrebató con maquinaciones y malas artes!

Quien así gritaba era Gérard de Saint Gobain. Sus palabras fueron acogidas con una fuerte ovación y gritos de «¡Viva el Temple!».

Cuando las manifestaciones de apoyo se apagaron, Larmenius lanzó una pregunta:

–¿Dónde están los apoyos para alcanzar esos objetivos?

Nadie respondió a su pregunta.

–¡Decídmelo, hermanos! ¡Decídmelo! –los desafió–. ¿Dónde están los apoyos? Yo os lo voy a decir: ¡en ninguna parte! Son muchos los que nos han mostrado sus simpatías, muchos también los que han susurrado palabras de ánimo; eso sí, pronunciadas cuando no había riesgo de que fuesen escuchadas por oídos inadecuados. En aquellos reinos donde sus monarcas resistieron durante algún tiempo las órdenes del pontífice, han buscado soluciones que no les creen problemas con el papado, por temor a una excomunión o un interdicto. Es cierto que hay nuevas órdenes, surgidas de las entrañas del Temple, que se han adaptado a la nueva realidad, una realidad que nos indica que estamos solos.

Un silencio espeso se abatió sobre el gentío. Larmenius lanzó una mirada desafiante y repitió la pregunta:

–¿Dónde están los apoyos para emprender una acción que nos lleve a alcanzar los objetivos propuestos? ¡Mostrádmelos! ¡Mostrádmelos y yo seré el primero en enarbolar el *baussant*!

–¡Somos muchos! –gritó una voz anónima.

–¿Muchos dices, hermano? ¿Cuántos son muchos? ¿Dos mil? ¿Tres mil? ¿Cuatro mil, tal vez? ¿Cómo hemos tenido que venir a este encuentro? ¿Cómo? ¡Decídmelo!

Nadie contestó.

–¡También seré yo quien os lo diga! ¡Escondiéndonos! ¡Ocultándonos como si fuésemos malhechores! ¡Disfrazados para disimular nuestra identidad!

–Entonces ¿para qué se nos ha convocado aquí? –preguntó alguien.

Pese a su larga experiencia Larmenius no pudo contenerse y cometió un grave error:

–Para certificar la muerte de nuestra Orden y preservar nuestro nombre para que nadie pueda utilizarlo, atribuyéndose una autoridad que no le corresponde.

Un murmullo sordo, punteado de protestas, se alzó por encima del bosque. Gérard de Saint Gobain levantó los brazos, como si con aquel gesto cargado de teatralidad invocase el auxilio del cielo, y gritó con una voz tan potente que logró elevarse por encima del murmullo:

–¡Larmenius eres un falsario! ¡Esa propuesta te denigra! ¡Es una forma vil de enmascarar tu traición!

La acusación era tan grave que un manto de silencio se extendió de nuevo entre los reunidos como las ondas en el agua cuando se arroja un objeto sobre ella; se oía el zumbido de las moscas y hasta el calvero llegaban nítidos los ruidos del bosque. Todos aguardaban la respuesta del acusado, quien, tras el error cometido, intentó dar a su voz un tono de serenidad muy alejado de su verdadero estado de ánimo.

–Pido disculpas a todos mis hermanos por haber expresado, del modo que lo he hecho, la triste realidad a que estamos abocados. Mi ánimo lleva demasiado tiempo conturbado por la responsabilidad que soportan mis hombros en unos tiempos de tribulación y amargura que todos compartimos. Me gustaría poder apartar de mí el cáliz que supone la responsabilidad de asumir decisiones en momentos tan difíciles. Son tan importantes que he resuelto compartirlas con mis hermanos. Pero eso no significa que despierte vanas ilusiones o expectativas que no responden a la realidad que vivimos. Es mi obligación, por muy dura que sea, no alentar fantasías que sólo servirían para hacer más duro el trance final.

De Saint Gobain sabía que las palabras de Larmenius estaban calando en el ánimo de sus compañeros. La gente vacilaba y era consciente de que tenía que hacer algo.

–¡No trates de convencernos con palabras de humildad que esconden ponzoña!

Su grito levantó una oleada de murmullos. Cuando se apaciguó el rumor, Hugo de Saint Michel pidió la palabra. Hasta entonces no había intervenido y su influencia en aquella reunión pudo medirse por el silencio que se produjo. De Saint Gobain, que conocía la posición del hermano que iba a tomar la palabra, pensó que había buscado el momento de asestar a Larmenuis el golpe definitivo.

–Creo que el valor de este encuentro está precisamente en que nos permitirá ponerle punto final a los rumores sobre posibilidades, sobre elucubraciones o sobre perspectivas, y adoptar los acuerdos que permitan salvaguardar el mayor tesoro del Temple, el espíritu que alumbró nuestra Orden y que si lo mantenemos vivo en nuestros corazones podremos alumbrarlo a generaciones venideras que, tal vez, puedan encontrar mejores circunstancias que las que nos rodean para devolvernos el esplendor del tiempo pasado y de nuestra historia. Nosotros no somos importantes, como reconocemos al repetir el lema que todo templario lleva en su corazón: *Non nobis, Domine, non nobis, sed Nomini tuo da gloriam*. Nuestra muerte externa permitirá la salvación del Temple para la posteridad.

Una ovación cerró sus palabras e indicó a un De Saint Gobain desconcertado y confuso que todos sus empeños habían resultado vanos. ¿Qué le había ocurrido a Hugo de Saint Michel para que pronunciase unas palabras como aquéllas? Gérard de Saint Gobain desconocía que la noche anterior había mantenido una reunión con Larmenius, a la que asistió Bertrand de la Fôret, donde se cerró un acuerdo por el que la Hermandad de la Serpiente se comprometía a ejercer toda la influencia que le proporcionarían los ingentes recursos del tesoro de los templarios para acabar con las dos instituciones cuyos representantes habían condenado al Temple. Serían los custodios del secreto descubierto y ocultado por san Bernardo de Claraval, quien había sido elevado a los altares hacía casi siglo y medio, pero también serían el instrumento de la venganza templaria.

La asamblea se prolongó durante cuatro horas más. Las intervenciones se sucedieron ininterrumpidamente, pero a la caída de la tarde, los reunidos estaban convencidos de que la disolución era la mejor de las salidas. La muerte era vida.

–Ha sido duro –comentó Bertrand de la Fôret.

–No más de lo que señalaban las previsiones. Hemos de tener en cuenta que la mayoría de los hermanos no saben qué hacer con sus vidas, son *pauperes milites Christi*. La infamia protagonizada por nuestros enemigos ha provocado tal desconcierto que andan sin rumbo. Aquí no hemos tenido la suerte de otros lugares, donde la aparición de las nuevas órdenes ha permitido a nuestros hermanos mantener un modo de vida al que estaban habituados, aunque hayan perdido otras cosas. Una de nuestras obligaciones será buscarles un acomodo digno para el resto de sus días.

A todos admiraba el temple de Larmenius, quien después de una asamblea tan tumultuosa se mostraba sereno.

–Sin embargo –terció otro de los caballeros– hubo un momento en que temí que todo se hundiese estrepitosamente.

–Estás en lo cierto; la actuación de Gérard me exasperó de tal manera que no controlé mis palabras. Menos mal que Hugo de Saint Michel intervino con gran decisión.

–Por cierto, ¿dónde está Gérard? –preguntó un caballero de rubia melena y una larga cicatriz en la mejilla izquierda, que no afeaba sus facciones.

–Creo que ha decidido desentenderse de todo y se retira a las tierras que su familia tiene en el condado de Flandes, en un pueblecito a medio camino entre Courtrai y Gante.

Larmenius se encogió de hombros, un gesto ambiguo que no expresaba con claridad su pensamiento. Ninguno de los presentes supo si se alegraba o lamentaba la decisión tomada por un hermano que había desempeñado con éxito misiones muy importantes. Había sido de gran utilidad para la Orden durante aquellos duros años, pero su fuerte carácter y la vehemencia de su temperamento lo convertían en un problema de cara a un tiempo donde habría que moverse con sigilo, no dejar huellas y mantenerse en la sombra. Llegaba el tiempo de otros hombres. Lo único que Larmenius lamentaba era que muchos hermanos, que pensaban de la misma forma que Gérard de Saint Gobain, estuviesen convencidos de que él era un traidor y que había dado el golpe de gracia a la Orden. A todos ellos les ocurría lo mismo que al último de los maestres, cuando este soñaba con promover una nueva cruzada para recuperar los Santos Lugares, en la que el Papa y los monarcas de la cristiandad impulsasen la creación de un gran ejército y donde el Temple desempeñaría un papel primordial. No comprendían que ese tiempo había quedado atrás y que los nuevos principios que movían a la cristiandad caminaban por otros derroteros. Esa falta de realismo hizo que la Orden apenas tuviese capacidad de reacción cuando sus enemigos se lanzaron sobre ella como lobos sobre una presa desprevenida.

¡Menos mal que algunos responsables, olfatearon el peligro y tomaron algunas medidas que permitieron salvar el depósito que ahora quedaba en sus manos y que a ellos correspondía buscar la mejor forma de preservarlo!

–Antes de separarnos –señaló Larmenius–, habéis de saber que la hermandad celebrará reunión dentro de tres meses, el veintiuno de diciembre, en Lyon, a orillas del Ródano, en la cripta de la iglesia de San Pedro.

–¿Algún asunto concreto?

–La maldición de Jacques de Molay continúa.

22

Apenas había conseguido dormir un par de horas. Se acostó pasada la medianoche, después de emplear más de dos horas en ordenar el desbarajuste del apartamento. Los daños en el mobiliario eran mínimos, incluso el cable del teléfono había sido cuidadosamente desconectado: estaba claro que los asaltantes no deseaban causarle destrozos, sino advertirle de que diese una respuesta afirmativa a sus exigencias. En realidad, todo el desorden era la consecuencia de una búsqueda.

Había desaparecido el DVD que Madeleine le entregó, los folios impresos y todas las anotaciones realizadas sobre su contenido. Si Margaret había tomado notas, también habían desaparecido. No quedaba rastro de *Le Serpent Rouge*. También comprobó que habían limpiado el disco duro de su ordenador, dejándolo en blanco. Eso fue particularmente doloroso.

Somnoliento, cansado y anímicamente derrumbado estaba pendiente de la cafetera, mientras bebía un zumo de naranja. El sonido del teléfono lo sobresaltó; no esperaba una llamada tan temprano. Eran las ocho menos cuarto. Descolgó el teléfono y preguntó:

–¿Dígame?

–¿Pierre?

Le extrañó que lo llamasen por su nombre.

–¿Sí? –Se mostró cauteloso.

–Soy Gabriel, Gabriel d'Honnencourt.

Un destello de decepción brilló en sus ojos.

–¿No le parece un poco temprano? –No pudo evitar una expresión tan desconsiderada.

–No lo es para lo que tengo que decirle. –La voz de D'Honnencourt no mostraba irritación–. Acabo de recibir una llamada anónima. ¿Es cierto que han raptado a su amiga?

–¿Cómo lo sabe?
–¿Su amiga se llama Margaret Towers?
Pierre, muy excitado, respondió con otra pregunta:
–¿Qué le han dicho?
–El lugar donde ella se encuentra.
El periodista sintió una punzada en su estómago y lo agitó una oleada de calor.
–¡Qué me dice!
–Ignoro la causa por la que he recibido esta llamada, pero me han indicado, de forma muy escueta, que la profesora Margaret Towers había sido secuestrada y que se encuentra en un lugar que han especificado con toda claridad. Estoy algo perplejo, pero como le digo, alguien, que no se ha identificado, me ha indicado que se lo comunique.
–¡Cuénteme, por favor!
–Mejor lo leo, porque he tomado nota para no variar una tilde: «Informe al señor Blanchard que encontrará a Margaret Towers en una casa, en el cruce de la autopista 86 con la nacional 34, a la derecha del camino de Fontenay-sous-bois, a unos setecientos metros. Tiene el tejado de pizarra».
Pierre trataba de recuperarse del impacto que suponía la llamada de D'Honnencourt.
–¿Quiere repetirlo, por favor?
Gabriel repitió el mensaje, mientras Pierre, nervioso, anotaba los datos.
–Supongo que debería llamar a la policía.
Un breve silencio en la línea telefónica le indicó a D'Honnencourt que el periodista no lo tenía muy claro.
–¿Conoce el lugar, Pierre?
–No, pero con estas indicaciones resultará muy fácil encontrarlo.
–Si quiere, puedo acompañarlo –le ofreció D'Honnencourt.
Pierre vaciló otra vez.
–Conozco el lugar –añadió Gabriel.
–¿Ha estado allí?
–No, pero mi familia tenía una finca en Fontenay, donde transcurrieron los veranos de mi infancia. Puedo recogerlo en media hora.

El periodista, que ya había descartado avisar a Gudunov, pensó que no era mala idea ir acompañado.

–¿Quien ha llamado le ha dicho algo acerca de si tenía que ir solo?

–Ha dicho lo que usted ha escuchado, ni una palabra de más, ni una de menos.

–¿Cuánto dice que tarda?

–Media hora.

–Estaré aguardándole.

Mientras se tonificaba bajo el agua de la ducha, Pierre Blanchard pensaba en lo que iba a encontrarse en esa casa del camino de Fontenay-sous-bois. Jamás, a lo largo de su agitada vida, se había visto inmerso en una situación como la vivida en los últimos días, y lo peor era que no tenía la más remota idea de cómo iba a acabar todo aquello.

Se estaba vistiendo cuando se acordó de la cafetera. Corrió a la cocina: el café había hervido y la cafetera estaba renegrida.

El tráfico era denso, pero no hubo retenciones. En veinte minutos habían recorrido el boulevard Haussmann, el de Saint Martin y enfilado la avenida de la República, dejando a su izquierda el cementerio del Père Lachaise y la puerta de Vincennes en dirección a Saint Mandé, por la carretera que discurría entre este pueblecito y Montreuil, hasta conectar con la A86, dirección sur.

–¿Qué opina acerca de que esos individuos lo hayan llamado a usted para darle esa información?

–Estoy tan extrañado como supongo que lo está usted.

–Sí, es algo muy extraño.

Permanecieron en silencio un buen rato hasta que D'Honnencourt comentó:

–Lo único que se me ocurre pensar es que también están mandándome un mensaje.

–¿Qué quiere decir?

–Que de esa manera quienes se ocultan tras la Serpiente Roja se aseguran de que usted recibe la información y a mí me indican que sus amenazas van en serio. ¿Su amiga sabía algo de la Serpiente Roja?

–Sí, estaba al tanto del contenido del DVD que Madeleine Tibaux me había entregado. Como ya le dije es historiadora, especialista en la Edad Media, y estaba ayudándome en la investigación.

–¿Se la llevaron de su casa?

–Sí, debo confesarle que ayer, cuando recibí la amenaza por teléfono, también incluyeron a Margaret.

–Ahora me explico por qué se puso tan nervioso y le entraron aquellas prisas.

Gabriel conducía con mucha precaución, pero con soltura. Salió de la autopista, giró suavemente a la izquierda y tomó en la raqueta la indicación Fontenay-sous-bois.

–Ya tenemos que estar muy pendientes; el individuo que me llamó dijo que a unos setecientos metros, a la derecha.

El paisaje era propiamente rural, verdes parcelas donde pastaban algunas vacas y casas aisladas.

–¡Allí! ¡allí! –señaló Pierre.

A la derecha se veía una casa con tejado de pizarra. No parecía la vivienda de un agricultor, su aspecto era el de una residencia campestre. A Pierre le dio mala espina. No podría dar una razón, pero había pensado en una casa con cierto aire de abandono. Delante de ella se veía un jardincillo y una zona despejada, donde aparcó el coche. Las persianas estaban echadas y todo parecía tranquilo, demasiado tranquilo; las malas sensaciones de Pierre aumentaron. La puerta estaba cerrada, pulsaron el timbre varias veces, sin obtener respuesta.

–Todo esto es muy extraño –comentó el periodista.

–También a mí me lo parece, además tengo la sensación de que nos vigilan.

Pierre empujó con fuerza, pero la puerta se resistió.

–Demos un rodeo –propuso Gabriel–. Tal vez, en la parte trasera...

El aspecto exterior era excelente: un jardín cuidado, las paredes pintadas hacía poco tiempo, y la limpieza que se respiraba era más que suficiente. Allí vivía gente.

En la parte de atrás había una cochera y una especie de patio, delimitado por una valla de madera de poca altura y pulcramente pintada de blanco; se veían algunos utensilios de jardinería, varios bidones, una manguera para riego y una pila de leña, protegida por un cobertizo; todo muy ordenado. Había una puerta de servicio y las ventanas con las persianas levantadas invitaban a pasar. Buscaron la puerta de la valla y les sorprendió ver que el pestillo no estaba echado.

La puerta de servicio cedió al primer intento, Pierre iba a entrar cuando sintió cómo Gabriel lo sujetaba por el brazo. Lo sorprendió la fuerza de su mano.

–Aguarde un momento. –Gabriel d'Honnencourt sacó una pistola y, con movimientos precisos, quitó el seguro e introdujo una bala en la recámara–. Entremos ahora.

La cocina estaba sumida en una suave penumbra, pero podía percibirse el orden y la limpieza.

–¿Margot? ¿Margot? ¿Estás ahí, Margot? –preguntó Pierre con un tono tan bajo que daba la impresión de que temía molestar.

Cruzaron un *office* por el que se accedía al salón. Pierre puso más vigor a sus llamadas, pero sirvió de poco. Avanzaron sigilosamente, como si fuesen ladrones, hasta llegar a un amplio vestíbulo desde el que se veía la galería de la segunda planta.

–¿Margot? ¿Margot?

La penumbra de la cocina se había vuelto más pesada; Gabriel pulsó un interruptor y se encendió una lámpara de pie. Entonces vieron un sobre encima de una mesa, colocado para ser visto. Escrito con caracteres de imprenta, podía leerse: «PIERRE BLANCHARD».

El periodista rasgó la solapa sin muchos miramientos.

La nota era muy escueta:

Señor Blanchard:

Su amiga está en la planta de arriba, en la segunda de las habitaciones.

La Serpiente Roja

Pierre corrió escaleras arriba seguido por Gabriel, quien demostraba una envidiable forma. Buscó la segunda puerta, la abrió y trató de que sus ojos se acomodasen a la oscuridad. Fue Gabriel, menos nervioso, quien encendió el interruptor de la luz.

Margaret estaba amordazada con una tira de adhesivo plateado y atada a la cama; su cuerpo semejaba un aspa.

El comisario Gudunov se mostró amable, pero inflexible a lo largo del interrogatorio a que sometió a Margaret Towers. Su malhumor se había volcado sobre Pierre, después de haber sostenido una fuerte discusión con el periodista. Tuvo una reacción colérica cuando supo que había acudido a la casa del camino de Fontenay-sous-bois sin haber dado cuenta a la policía. Pierre perdió la cuenta de las veces que le repitió que era un insensato y que había puesto en peligro su vida y la de D'Honnencourt, que también fue objeto de la cólera del comisario, pero en un grado menor. Posiblemente en su comportamiento con la historiadora influyó que fuese una extranjera y completamente ajena a la imprudente actuación de su insensato amigo.

–¿Sería tan amable de repetirme qué ocurrió cuando abrió la puerta del apartamento?

Era la cuarta vez que Gudunov buscaba con aquella pregunta un detalle, una pista que le permitiese tirar del hilo de aquel caso que se complicaba a cada minuto que pasaba.

–Ya se lo he dicho, comisario, acudí confiada a la llamada del timbre y no tuve tiempo de reaccionar. Los dos individuos entraron como un torbellino, uno de ellos me amenazaba con una pistola y no dejó de apuntarme, mientras que el otro se dedicaba a una búsqueda frenética.

–¿Sabe qué buscaban?

–Ya se lo he dicho –insistió Margaret.

–¿Quiere repetírmelo, por favor?

–El DVD que la bibliotecaria dio al señor Blanchard y toda la información que se había generado a partir de su contenido.

Gudunov se volvió hacia Pierre:

–¿Todo ese material ha desaparecido?

–Absolutamente todo.

–¿Tuvo la impresión de que esos individuos sabían que usted estaba en casa y que además estaba sola?

Margaret sintió una especie de alivio: aquélla era una pregunta nueva. Reflexionó unos instantes.

–Creo que sabían que había alguien en casa: llamaron al timbre, aunque tal vez lo hicieron para cerciorarse de que había alguien. En cuanto a si creían que estaba sola o había alguien más, deberá preguntárselo a ellos cuando los haya atrapado.

Margaret describió por enésima vez el aspecto de los dos individuos que la secuestraron, luego, amenazándola con la pistola oculta, la condujeron hasta un coche que aguardaba con el motor encendido a pocos metros de la puerta de la casa y la trasladaron al lugar donde Pierre la había rescatado. Que se sintió muy asustada, pero que en todo momento se portaron correctamente. Antes de marcharse, después de que la amordazaran y ataran a la cama, le ordenaron que abandonase Francia inmediatamente y se olvidase para siempre de la Serpiente Roja.

Todo apuntaba a que el interrogatorio había concluido. Gudunov había agradecido a Margaret su paciencia y colaboración, cuando comentó, dirigiéndose al periodista:

–¿Sabe usted ya lo del bibliotecario?

Pierre arrugó la frente. Pensó, por un instante, que el comisario había cometido un desliz y se refería a algún progreso en la investigación del asesinato de Madeleine, pero Gudunov no era la clase de individuo que cometía errores.

–¿El bibliotecario?

–Sí, Antoine Vaugirard.

–¿Qué le ha sucedido?

–Lo han asesinado.

Pierre guardó silencio durante unos segundos, antes de preguntar:

–¿Cuándo ha sido eso?

–Ayer, mientras compartía cama con una jovencita.

–¿Un crimen pasional?

Gudunov se encogió de hombros.

–No estaría muy seguro; la Serpiente Roja dejó su firma.

Pierre miró al policía a los ojos, tratando de averiguar cuál era el juego que se traía entre manos.

–¿Cuándo fue?

–Ayer. Cuando me llamó para que acudiese a su apartamento, acababa de descubrir el asesinato.

–¿Por qué no me dijo nada?

Gudunov debió de apuntar una sonrisa, pero su poblado bigote ocultaba los labios.

–¿Hay alguna razón para que lo hiciera? –El tono que empleó era hiriente.

Pierre no hizo comentario alguno.

–Es posible –apuntó Gudunov, mostrándose condescendiente– que quienes asesinaron a Madeleine Tibaux hayan acabado con la vida de Vaugirard.

Se marchó con su inseparable Duquesne, dejando un montón de interrogantes flotando en el ambiente.

Una vez solos, Margaret, menos afectada de lo que Pierre había supuesto, soltó uno de sus exabruptos:

–¡Ese tío es un cabrón!

Pierre asintió y le preguntó:

–¿Qué piensas hacer?

–Beber un poco de agua.

Fue a la cocina y sació la sed que le había producido el largo interrogatorio; cuando regresó al salón, dijo a Pierre:

–Lo primero, llamar a la British para que me den información sobre el plazo de vigencia de mi vuelo de retorno.

–Creo que si tu billete estaba abierto, son sesenta días.

–En tal caso, no habrá que hacer ninguna gestión adicional.

–¿Por qué?

–Porque, por el momento, no pienso marcharme. ¡Esos canallas están equivocados si creen que van a doblegarnos tan fácilmente!

A Pierre le encantó que utilizase el plural, aunque era consciente de que continuar suponía asumir un gran riesgo. Mejor dicho, era una locura, porque la Serpiente Roja había dado pruebas suficientes de que no se detenía ante nada.

–¿Te interpreto correctamente si afirmo que estás dispuesta a involucrarte en este asunto?

Margaret lo miró a los ojos con aire de desafío.

–¿Y tú?

–Por supuesto, se lo debo a Madeleine. En cierto modo, me considero culpable de su asesinato, pero tú ¿estás segura de que quieres continuar?

–Esa gentuza me debe una. Aunque desde una perspectiva

histórica esto es una mierda, lo cierto es que hay algo oculto en todo este lío que ha picado mi curiosidad. No sé muy bien dónde vamos a meternos, pero... ¿tengo alojamiento?

El periodista extendió los brazos en un gesto de entrega.

–Estás en tu casa.

–Pues siéntate y escúchame con atención porque lo que tengo que contarte va a dejarte helado.

23

PARÍS, ENERO DE 1793

El individuo aceleró el paso y se apretó la capa para protegerse mejor del frío. De vez en cuando lanzaba furtivas miradas hacia atrás, como si temiera que alguien lo siguiese. Estaba tan tenso que cualquier ruido en el silencio de la noche lo sobresaltaba. Rodeó la negra fachada de la Sorbona y penetró en el dédalo de oscuras callejuelas del barrio de Saint Germain. Titubeó en un par de ocasiones, hasta que llegó a su destino. Esperaba otra cosa, pero lo que se encontró fue una casa de estrecha fachada, cuyo deterioro ponía de manifiesto un estado de abandono próximo a la ruina. Por un momento pensó que se había extraviado en el pequeño laberinto de callejas que se extendían a la espalda de la universidad, cercanas a la margen izquierda del Sena. Se cercioró de que la dirección era la correcta; lo más llamativo era, tal como le habían dicho, lo empinado de su tejado. Nunca había visto algo semejante, tenía tal inclinación que parecía desafiar las leyes del equilibrio. El dato definitivo lo encontró en la forma del llamador: una serpiente de formas retorcidas, cuya desgastada cabeza miraba a quien llamaba.

Golpeó con cuidado, temiendo producir más ruido del necesario. Jadeante por el esfuerzo y por los nervios que lo atenazaban, aguardó una respuesta que se retrasó más de lo deseado; los segundos se le antojaban minutos. No paraba de mirar a ambos lados de la calle, como si esperase que alguien apareciese de un momento a otro. Iba a llamar de nuevo cuando una voz ronca preguntó:

–¿Quién va?

–Oficus.

Al otro lado de la puerta apareció un tipo cargado de hombros, con una palmatoria donde chisporroteaba un cabo de vela, y al fondo podía vislumbrarse una covacha. Sumergidas en las tinieblas, se atisbaban unas empinadas escaleras que arrancaban a dos pasos y cuyos desgastados mamperlanes estaban carcomidos.

–Hace rato que arriba te esperan impacientes –gruñó haciéndose a un lado en medio de la estrechura, para dejarle pasar.

En la planta alta la luz era tan escasa y las escaleras tan empinadas que resultaba peligroso aventurarse en la subida.

La buhardilla tenía las paredes agrietadas y maltratadas por el tiempo, y un techo amenazante con el yeso desprendido en muchas partes, mostrando el cañizo. Allí había seis individuos sentados en toscos taburetes alrededor de una mesa sobre la que quedaban restos de comida. Un candil colgado de una de las vigas y un grueso cirio con largos chorreones de cera, plantado en el centro de la mesa, iluminaban la habitación y colaboraban a crear esa atmósfera tan poco agradable percibida por el visitante. El dominio de las sombras superaba con mucho a las zonas iluminadas de la buhardilla.

–¡Por fin, Brochard! –exclamó un individuo con una descomunal y amoratada nariz.

–He venido lo más aprisa posible, procurando que nadie me siguiese los pasos. A ciertas horas las calles de París no son el lugar más a propósito para transitar.

–¡Basta de cháchara! –exclamó el que estaba sentado a uno de los extremos de la mesa–. ¿Qué ha ocurrido?

–¡Condenado por trescientos ochenta y siete votos contra trescientos treinta y cuatro!

–¡El ciudadano Capeto será guillotinado! –exclamó el narizotas alzando un vaso de vino, mientras los cinco estallaban en muestras de alegría.

–¡Cuenta, cuenta cómo ha sido!

–¡Un momento, primero brindemos! Toma un vaso, Brochard, esto ha de celebrarse como merece.

Los reunidos brindaron tres veces por la condena a muerte de quien fuera Luis XVI, rey absoluto de Francia hasta que el turbión desatado en la primavera y el verano, tres años atrás, desarboló el armazón de la monarquía francesa, en un proceso revolucionario sin antecedentes en los anales de la historia.

–Nuestros hombres se han movido con habilidad –comentó Brochard una vez serenada la euforia de los reunidos–. Hubo un momento en que, tras varias intervenciones de diputados de la Gironda, señalando que la República no debía mancharse las manos con la sangre de Luis Capeto y que las instituciones surgidas de la revolución eran lo suficientemente fuertes como para permitirse una generosidad desconocida para el acusado, la situación en la Asamblea fue incierta. Eran muchos los diputados que asentían a tales argumentos. La estrategia de quienes rechazaban la condena a muerte pasaba por señalar que la revolución nada ganaría con ello. Fue entonces cuando desde la tribuna del público empezamos a gritar contra tales argumentos y los ánimos comenzaron a caldearse. Logramos que los diputados, cuyas intervenciones eran contrarias a la propuesta de conducir a la guillotina a Capeto, sufrieran la rechifla y las invectivas de la tribuna. Conseguimos que, salvo algunos que demostraron gallardía, sus voces perdiesen fuerza.

–¿Y Orleáns, cómo se ha portado?

–Felipe Igualdad ha protagonizado unos de los momentos culminantes del debate.

–¿Qué ha ocurrido? –La pregunta estaba cargada de ansiedad.

–El primo de Luis Capeto ha lanzado el más duro de los ataques escuchados en contra del procesado. No ha tenido piedad. Su discurso ha sido como un vendaval que ha borrado cualquier duda. He visto cómo bastantes de los diputados que asentían a las propuestas de los girondinos interrumpían con sus aplausos las palabras del orador.

–Orleáns, pues, se ha portado como correspondía a su compromiso –comentó uno de los presentes.

–En mi opinión, ha ido incluso más allá de lo que podía esperar el más optimista. La muerte en la guillotina de su primo es, en buena medida, la consecuencia de su intervención. Ha sido demoledora. Sus acusaciones, precisamente por proceder de un miembro de su familia, han resultado más convincentes que cualquier otro de los discursos pronunciados. Tribunos como

Robespierre, incluso el propio Marat, el más radical de los oradores, han quedado apagados por la retórica incendiaria de Orleáns. No exagero si afirmo que la condena ha sido en gran medida obra suya.

–¡Me hubiese gustado escucharlo! –suspiró uno de los presentes.

–Cuando pronunció su voto se hizo un silencio sepulcral. Algunos no daban crédito a lo que acababan de escuchar.

–Los Orleáns nunca les tuvieron fe a los Capetos. En realidad, siempre se consideraron mejores y en diferentes ocasiones trataron de arrojarlos del trono, tanto aquí como en España. La rivalidad de esas dos ramas familiares ha marcado algunos de los acontecimientos del pasado. ¿Has hablado con alguien después de la votación?

–Apenas he cruzado algunas palabras con dos de los nuestros. Pero puedo deciros que la euforia es la nota dominante. Sólo Gobelins estaba preocupado.

–¿Preocupado? ¿Por qué?

–Alberga el temor de que las monarquías de Europa intervengan, presionen sobre el gobierno, y también teme la reacción del pueblo. A algunos les parece que se ha cruzado una raya demasiado peligrosa.

Un silencio preocupante se apoderó de la buhardilla; era tan intenso que desde abajo llegaban nítidos los ronquidos del individuo que había abierto la puerta a Brochard.

–¿Se ha previsto fecha para la ejecución? –preguntó el de la nariz ganchuda.

–Si se ha decidido algo, lo ignoro. Abandoné la Asamblea sin detenerme para traer la noticia. Lo único que puedo aseguraros es que en la Asamblea reinaba una gran confusión y que se desbordaban sentimientos encontrados.

–¿Alguien lloraba por Capeto?

La pregunta llevaba implícita algo parecido a la sorpresa.

–¡No, no! Pero eran muchos los que mostraban su preocupación por el resultado de la votación.

–¿Qué quieres decir?

–Simplemente que han sido muchos los que han votado en contra de la ejecución.

–En ese caso, no podemos perder un minuto. Tenemos que movilizarnos y apenas disponemos de tiempo. –El individuo golpeó con el puño sobre la mesa y remachó–: ¡La mejor forma de impedir las reacciones es no dejar tiempo para que se produzcan! La ejecución de ese bastardo ha de llevarse a cabo lo antes posible.

El orador bajó de la tribuna en medio de los aplausos de sus correligionarios y ocupó su asiento dispuesto a escuchar la siguiente intervención; pidió un vaso de agua. Estaba acalorado y la escamosa piel de su rostro, marcado por las secuelas de la viruela, estaba enrojecida. Quien le llevó el agua le entregó también una nota. Sin preguntar, la desdobló y leyó doce palabras en las que se percibía la urgencia y la autoridad de quien las había dictado:

> Tenemos que vernos.
> El maestre te aguarda en el lugar de siempre.

Maximilien Robespierre alzó la vista hacia las gradas desde las que el público asistía a los debates, vio a un individuo y respondió con un leve asentimiento al gesto casi imperceptible que le dirigió. Quien le había hecho llegar el escueto mensaje se puso en pie, echó la capa sobre sus hombros y, con dificultad, se abrió paso entre el gentío que abarrotaba las tribunas, desde las que participaba con abucheos y aplausos en los acalorados debates sostenidos por girondinos y jacobinos, cuyos enfrentamientos eran cada vez más intensos. Particular expectación levantaban las intervenciones de los llamados montañeses, el grupo más radical de los jacobinos.

El político que mayores pasiones despertaba entre las enfebrecidas masas populares, el más temido por sus enemigos y uno de los más vehementes en sus intervenciones, se desentendió del debate y abandonó la cámara. La detención del poeta Chénier, cuya acusación de enemigo de la revolución por el contenido reaccionario de sus versos pensaba hacer firme aquella mañana, tendría que aguardar unas horas. Pidió su capa y su bicornio, y abandonó la Asamblea, sin atender las peticiones de quienes se agolpaban para solicitarle un favor, conseguir un beneficio o evitar un problema. El caldeado ambiente de la sesión contrastaba con el frío glacial que imperaba en la calle, lo que no era obstáculo para que muchos ciudadanos se concentrasen ante la puerta de aquel edificio que era el sanctasanctórum de la revolución.

Robespierre apretó con fuerza la capa sobre su cuello y, sin pronunciar palabra, subió al negro carruaje –signo de austeridad– que lo aguardaba a pocos pasos. Se acomodó, como siempre en el asiento delantero, y dio unos golpecitos en el techo con el pomo de su bastón. El cochero arreó los caballos y se alejaron rápidamente. El postillón, inclinándose sobre la ventanilla, preguntó al prohombre:

–¿Adónde vamos, ciudadano?

–A Las Tres Ocas, y tengo mucha prisa.

El látigo restalló y una fuerte sacudida indicó a Robespierre que el tiro de caballos aceleraba el paso. Cruzaron el Sena y veinte minutos después, tras dejar atrás el concurrido mercado que todas las mañanas se instalaba a la espalda del Grand Palais, llegaron a una irregular plaza, donde los detuvo un control de la guardia republicana. Cuando los soldados, que decoraban sus grandes sombreros con la escarapela tricolor, identificaron al pasajero, los adustos rostros de los hijos de la revolución se convirtieron en amplias sonrisas, acompañadas de gritos de «¡Viva la Convención!», «¡Viva la República!». El oficial puso a disposición de Robespierre una escolta para que lo acompañase en el trayecto, pero éste rechazó el ofrecimiento, indicándole que estaba a dos manzanas de su destino.

Al llegar a la puerta de Las Tres Ocas, un viejo palacio incautado por el gobierno y que ya no estaba en su mejor momento, el cochero tiró con fuerza de las riendas y gritó a los caballos:

–¡Sooo!

El postillón bajó la escalerilla y le anunció el fin del trayecto.

–Hemos llegado a Las Tres Ocas, ciudadano.

El cielo estaba cada vez más encapotado y los ramalazos de viento anunciaban que la lluvia tardaría poco en aparecer. Quien a los ojos de los franceses era en aquellos momentos el hombre más poderoso de la República –aunque el poder en la Francia de la Convención era algo en extremo volátil– echó pie a tierra, absorto en sus pensamientos. Apenas se percató de que en la puerta de Las Tres Ocas lo aguardaban dos individuos que lo acompañaron al interior, donde la concurrencia era todavía escasa. Tampoco prestó demasiada atención a las palabras del hospedero que le manifestaba su alegría por verlo de nuevo.

–¿Dónde está? –preguntó sin dirigirse a nadie en concreto.

–Os aguarda arriba, en la habitación de las Ninfas.

Así llamaban al salón alto del palacio, una estancia con chimenea, paredes enteladas y un techo decorado con escenas cargadas de erotismo: unos sátiros lascivos perseguían a unas ninfas ligeras de ropa, sorprendidas mientras se bañaban.

Subió los peldaños de la escalera, que conservaba restos de su pasado esplendor en la baranda, de dos en dos. A sus treinta y cinco años mantenía una notable agilidad a la que colaboraban, según se decía, sus espartanas costumbres: comía poco y bebía solamente en circunstancias excepcionales. Llamó a la puerta y la respuesta le llegó de forma inmediata:

–¡Adelante, Maximilien!

Quien lo aguardaba, embutido en una casaca negra, estaba ante la chimenea, dando la espalda. Ni el más loco de los parisinos podía imaginar que hubiese alguien en Francia capaz de recibir así a Robespierre.

–He venido nada más recibir vuestra nota. –Había un fondo de excusa en sus palabras.

–Como siempre, agradezco tu diligencia –respondió el individuo que continuaba de espaldas.

–Os supongo enterado de la votación de anoche –comentó Robespierre por decir algo, sabiendo de sobra que quien no se molestaba en volverse para hablarle había sido informado de la condena a muerte de Luis XVI.

Era una forma torpe de disimular el nerviosismo que lo agarrotaba cada vez que era llamado por el maestre de la Hermandad de la Serpiente. A aquellas alturas de su vida, cuando el poder había llamado a su puerta, era algo inaudito, pero no podía remediarlo. También porque, posiblemente, jamás hubiese llegado a donde estaba de no haber sido por la ayuda recibida desde la hermandad.

–Es de eso de lo que quiero hablarte.

Por fin el maestre se volvió y lo invitó a tomar asiento. Era un hombre maduro, pero se conservaba bien. Su pelo blanco, recogido en una sencilla coleta, quedaba lejos de las modas imperantes que abombaban la melena, aumentando el volumen de la cabeza. Su imagen emanaba un aire de respetabilidad adornado con unas formas elegantes, casi aristocráticas. Estaba claro que el haber recibido a su visitante dándole la espalda formaba parte de una puesta en escena.

–¿Te apetece un coñac? Ya sé de tus costumbres, pero te aseguro que la botella es excelente y la condena de Capeto merece un brindis.

Maximilien Robespierre no rechazó la invitación; una buena copa le vendría bien a su cuerpo y a su ánimo. Se despojó de la capa, mientras el gran maestre de Oficus sacaba de un maletín una botella y dos copas de forma oblonga, que llenó con generosidad.

–Me han dicho que Igualdad tuvo una intervención brillante.

–Así es, fue incluso más allá de lo que todos esperábamos.

–No me ha sorprendido. La rivalidad entre las dos ramas de ese linaje viene de antiguo; nunca se han soportado, sobre todo los Orleáns a los Borbones. ¿Qué te parece el coñac?

Robespierre, que aún no había llevado la copa a sus labios, bebió precipitadamente. Al maestre le pareció vulgar. Aquel abogado de Arrás era un provinciano incapaz de apreciar la calidad de lo que le había ofrecido.

–¡Excelente, excelente!

–Lo celebro, mi querido Maximilien. Como tu tiempo es muy valioso, no deseo entretenerte más allá de lo estrictamente indispensable. La cuestión por la que te he llamado es muy simple.

Robespierre apretó la copa que sostenía delante de su pecho. La Hermandad de la Serpiente siempre llamaba para pedir, a lo largo del trayecto no había dejado de pensar en ello. Trataba de disimular lo mejor posible la tensión que suponía para una persona como él, acostumbrada al poder desde que fue elegido diputado para los Estados Generales, soportar que lo tratasen como a un inferior. Él había sido uno de los principales promotores de las reuniones en el Juego de Pelota y uno de los impulsores de la Constitución, y alentó los asaltos a la Bastilla y a las Tullerías, si bien era cierto que estas dos últimas acciones fueron promovidas desde la sombra por agentes de la hermandad, que caldearon el ambiente hasta que explotó la cólera popular. Todo el poder acumulado en sus manos, tanto que incluso sus amigos temblaban ante él, se desvanecía como una pompa de jabón ante el máximo representante de la Hermandad de la Serpiente, cuyos tentáculos llegaban tan lejos que ni podía imaginar hasta dónde alcanzaban sus últimas ramificaciones.

–¿Cuál es la fecha fijada para el cumplimiento de la sentencia dictada contra Luis XVI?

Robespierre no hubiese consentido a ninguna otra persona que se refiriese a Luis Capeto por su regia denominación. Sacando arrestos, comentó:

–¿Os referís al ciudadano Capeto?

El maestre lo midió de arriba abajo y con parsimonia se mojó los labios en el coñac de su copa. A Robespierre le costó trabajo mantener la cabeza erguida pero, haciendo un esfuerzo, logró sostenerle la mirada. Al hombre que estaba frente a él no le gustó un gesto tan altanero.

–Me refiero a Luis XVI, mi querido Maximilien. Ejecutar al ciudadano Capeto, considerado como tal, no tendría el menor interés para nuestra hermandad. La importancia de esa condena es que recae sobre el rey de Francia, sobre un descendiente de Felipe IV.

Robespierre no tuvo arrestos para replicar. El orador que hacía temblar a sus contrincantes en la tribuna guardó un silencio que tenía algo de ominoso, y pasó el trance dando un trago tan largo que vació su copa.

–Posiblemente mañana se reúna la comisión que fijará la fecha.

–No, Maximilien; no podemos tomarnos ese asunto con calma. Las reacciones, tanto dentro como fuera de Francia, pueden ocasionar contratiempos que en ningún caso serán deseables. Esto hemos de liquidarlo sin pérdida de tiempo. ¡Cuanto antes mejor!

–¿Acaso albergáis algún temor?

–No se trata de temor, Maximilien, sino de evitar que se produzca algún acontecimiento que entorpezca la ejecución. Las masas cambian de opinión con la misma facilidad que giran las veletas, depende de la dirección del viento. Los realistas son poderosos y las potencias absolutistas aguardan expectantes. Hoy las palomas mensajeras están volando en todas direcciones. Es importante abreviar.

–Podemos llevar a cabo la ejecución en un plazo de dos semanas.

El maestre negó con la cabeza.

–¡Dos semanas! ¡Eso es una eternidad! ¡Para entonces hará diez días que austríacos, prusianos, españoles e incluso rusos estarán presionando desde todos los frentes!

–Podríamos hacerlo en diez días –balbució Robespierre.

–¡Demasiado tiempo! La cabeza de Luis XVI tiene que rodar en cinco días. ¿Sabes cuánto tardó Felipe IV en ejecutar a Jacques de Molay? –Sin aguardar una respuesta se contestó a sí mismo–: ¡Ocho horas, Maximilien, ocho horas!

–Haré todo lo posible para que... –ajustó mentalmente la fecha– sea guillotinado el día veintiuno.

–Estoy seguro de que hacer todo lo posible significa que la ejecución será ese día.

El maestre se levantó y Robespierre se puso en pie; la reunión había concluido. Le pasó un brazo por el hombro en un gesto de confianza y lo acompañó hasta la puerta, mientras le susurraba al oído:

–Cinco días Maximilien, cinco. Ni uno más.

El tono era suave, pero eso no rebajaba un ápice lo inexorable de la orden.

Instantes después de que Robespierre abandonase Las Tres Ocas, los dos individuos que lo aguardaban a su llegada subieron al salón de las Ninfas, recogieron el maletín y escoltaron al maestre hasta un carruaje que acababa de detenerse ante la puerta. Los tres hombres subieron al vehículo y, nada más cerrar la portezuela, el maestre indicó, con un tono de voz más frío que el gélido ambiente que reinaba en París:

–Habrá un momento, cuando resulte conveniente, en que prescindiremos de Robespierre.

El frío era intenso y los primeros rayos de sol anunciaban un día despejado. En el de aquel 21 de enero no se veía una nube en el cielo y el ambiente señalaba que se trataba de una fecha especial. La muchedumbre se agolpaba a la puerta de la cárcel, donde varias compañías de soldados y un enjambre de guardias nacionales se esforzaban por dejar despejada la calzada.

Eran poco más de las nueve cuando se escuchó el ruido de los goznes al abrirse las grandes puertas de la vieja fortaleza del Temple, que se utilizaba como cárcel de la revolución. Los gritos de los sargentos alertando a los soldados se alzaron por encima de los murmullos de la gente. Poco a poco, emergió de las sombras del portalón un carro pintado de verde, tirado por un caballo, sobre el que podía verse a Luis XVI con las manos agarradas a uno de los varales.

Aquella visión acalló los comentarios y espontáneamente se impuso un silencio cargado de tensión. La imagen del rey, muy deteriorada, mantenía sin embargo cierta prestancia. Un grito desgarrado surgió del silencio sólo roto por el chirriar de las ruedas del carro y el golpeteo de los cascos del caballo:

–¡Traidor! ¡Traidor a Francia!

Un coro de voces secundó el grito, como si hubiese sido una consigna.

–¡Capeto, traidor!

–¡Muerte! ¡Muerte a los traidores!

La muchedumbre se agolpaba a lo largo de todo el recorrido, aunque los rumores que habían circulado por París no eran tranquilizadores. Se decía que gentes llegadas de los departamentos del nordeste, en la región de la Vendée, preparaban un levantamiento monárquico y que muchos de los nobles huidos regresaban para defender a su rey. Los forasteros traían noticias no menos alarmantes: se afirmaba que en la frontera del Rin los austríacos y los prusianos estaban concentrando fuertes contingentes de tropas y que al sur, en los Pirineos, los españoles hacían lo propio. Un rumor indicaba que en el último momento se conmutaría la ejecución por una pena de prisión por vida, lo que desencadenaba fuertes discusiones y provocaba altercados. Todos coincidían en que el condenado era culpable; las disensiones surgían, al igual que en la Asamblea Nacional, a la hora de determinar el castigo. París era un hervidero de rumores y tensiones.

El gobierno, en previsión de algún incidente, había concentrado en la capital a ochenta mil efectivos de la Guardia Nacional y en los lugares estratégicos dispuso a tres mil seiscientos soldados fuertemente armados. No todos los días se guillotinaba a un rey.

El recorrido fue un calvario para el reo. El carro avanzaba despacio al paso cansino del caballo, mientras los improperios arreciaban después de que se hiciese un silencio momentáneo. En la plaza de la Revolución, en cuyo centro se alzaba la guillotina, no cabía un alfiler. Por todas partes surgían gritos denostando al condenado, aunque también podía verse gente que guardaba silencio, cuyos semblantes expresaban disgusto. Al pasar junto a un nutrido grupo de *sans culotte*, los guardias tuvieron que emplearse a fondo para contener a los más exaltados; los insultos se convirtieron en un clamor:

–¡Asesino!

–¡Traidor!

–¡Canalla!

Luis XVI parecía ajeno a todo cuanto ocurría a su alrededor; llevaba la frente erguida y la mirada perdida en un punto indeterminado. Aquella actitud exasperaba a los más radicales, que esperaban verlo suplicar por su vida.

El caballo, un animal dócil, se detuvo al pie del cadalso rodeado por tres filas de soldados. A uno de los lados, un centenar de tamborileros, en formación cerrada, aguardaban para cumplir con su cometido y, a unos pasos, un grupo de mujeres de aspecto desaliñado y sentadas en taburetes tejían con sus largas agujas prendas de lana. Se habían hecho famosas en todo París por el salvajismo de sus expresiones y el regodeo con que asistían a las ejecuciones en primera fila. Particularmente mordaces se mostraban con los sacerdotes refractarios, los clérigos que se negaban a jurar la Constitución, y con los miembros de la nobleza. Se las conocía como las *tricoteuses* y eran pocos los que se atrevían a disputarles el lugar de privilegio que ocupaban y que consideraban como suyo.

Luis XVI, conducido por una escuadra de soldados y acompañado de un sacerdote que caminó al lado del carro a lo largo de todo el recorrido, subió los escalones hasta la plataforma del cadalso. Hubo un momento de tensión cuando el verdugo trató de atar las manos del reo, pero éste se resistió a ser amarrado.

–No es necesario, no soy un malhechor.

El verdugo, nervioso ante una ejecución como la que tenía por delante, insistió temeroso porque las instrucciones recibidas eran muy precisas. Impresionado por la respuesta del rey, dirigió al clérigo una mirada suplicante.

–Majestad –le susurró el sacerdote–, apiadaos de este hombre y haced el último de vuestros sacrificios.

Sin decir palabra, Luis XVI ofreció sus manos al verdugo, mientras le preguntaba:

–¿Redoblarán los tambores durante la ejecución?

–Es lo acostumbrado.

Dio unos pasos hacia el borde del cadalso y trató de dirigirse a la muchedumbre:

–¡Pueblo, muero inocente! ¡Yo...!

Los soldados lo rodearon y amenazaron con sus bayonetas, impidiéndole continuar. Un oficial alzó la mano y ordenó que batiesen los tambores. El redoble de las cajas retumbó en toda la plaza.

–Deseo proclamar que soy inocente de todo cuanto se me acusa y también decir que mi sangre pueda cimentar la felicidad de los franceses.

Salvo quienes estaban encima del cadalso, nadie pudo escuchar las que serían sus últimas palabras.

Los soldados lo obligaron a callar y el verdugo colocó su cabeza para que el corte de la cuchilla fuese limpio.

Fue un golpe seco. De su cuello brotó un chorro de sangre y la cabeza cayó al cesto que allí había, mientras un centenar de tambores ponía sordina al momento.

A todos sorprendió la figura de un individuo, embozado en una capa negra, que se encaramó con agilidad al cadalso y gritó con toda la fuerza de sus pulmones:

–¡Jacques de Molay, tu venganza continúa!

Únicamente los más próximos escucharon tan enigmáticas palabras.

Cuando los soldados reaccionaron para detenerlo, se había perdido entre la muchedumbre, desapareciendo de forma tan misteriosa como había surgido. Sin duda, contaba con cómplices para facilitarle una rápida huida, algo que parecía imposible en medio de aquella marea humana.

En un castillo a dos leguas de París, al norte del bosque de Vincennes, veintiún individuos, cuyos atuendos denotaban su condición de caballeros, brindaban por la ejecución de Luis XVI y lo que ésta suponía. Celebraban la parálisis de los realistas, que no habían mostrado la menor capacidad de reacción. Eso significaba que, en Francia, la monarquía estaba herida de muerte. No eran contrarios a la monarquía, pero hacía mucho tiempo, siglos, que entre sus objetivos estaba acabar con esa institución en Francia.

Poco antes de la medianoche colocaron sobre sus hombros unas capas blancas y bajaron por una escalera de caracol, disimulada bajo una gran losa de piedra que se movía con un ingenioso mecanismo, en cuyo centro había incrustada una cruz templaria en mármol rojo. La cripta, no muy grande, apenas albergaba espacio para una gran mesa circular y los sillones donde tomaron asiento. En un rincón, sobre un facistol, descansaba un libro de gran tamaño semejante por sus dimensiones a los grandes cantorales que recogieron en el Medioevo las partituras del canto gregoriano. En su tapa, dibujada con llamativos colores sobre el cuero, podía verse una gran serpiente clavada en una cruz.

El maestre susurró algo al oído del caballero que se sentaba a su izquierda, quien carraspeó para aclararse la voz antes de dar lectura a un breve texto que decía:

> Hoy que se cuentan veintiún días del mes de enero del año de 1793, hace cuatrocientos setenta y ocho años, diez meses y tres días de la muerte de Jacques de Molay, ha sido ejecutado Luis XVI, sucesor en el trono de Felipe IV, a través de diferentes líneas dinásticas.
>
> La Hermandad de la Serpiente, que tan decisivamente ha colaborado al desarrollo de los grandes acontecimientos que nos han conducido hasta el día de hoy, deja constancia de su sa-

tisfacción por el cumplimiento de uno de los compromisos contraídos con los legítimos representantes de los *Pauperes Commilitones Christi Templique Salomonici*.

El maestre solicitó la confirmación de los presentes, quienes murmuraron su asentimiento.

–En tal caso, quede consignado para la posteridad.

24

La historia que Pierre acababa de escuchar lo había dejado impresionado. La única garantía para dar crédito a algo tan increíble era que había salido de la boca de Margaret, poco dada a paparruchas.

–¿Estás segura, Margot?

La historiadora bebió un sorbo de agua.

–Ya sabes que mi francés no es académico, pero resulta suficiente. Quizá se me haya escapado algún matiz, pero puedo responder de que eso es lo que escuché. Esos individuos me creyeron inconsciente después de que, nada más subirme en el coche, me aplicaran a la nariz un pañuelo empapado en cloroformo. Noté cómo me entontecía, pero no fue suficiente para que perdiera el conocimiento. Hasta mis oídos llegaba el murmullo de su conversación, como algo lejano; pero a los pocos minutos estaba lo suficientemente despejada como para enterarme de la parte de conversación que te he contado. Cuando me bajaron del coche simulé continuar desvanecida y también mientras me ataban a la cama y sellaban mi boca.

–¿Estás segura de que esos tipos se referían al castillo de la Serpiente?

Por primera vez la historiadora vaciló.

–Estoy segura, aunque podríamos comprobar si existe ese nombre; se referían a un lugar cercano a Carcasona, aunque no sé qué entendían por cercano. ¿Tienes una enciclopedia?

–Mejor buscamos en internet –propuso Pierre.

–Vale. Yo miraré en la enciclopedia, mientras tú buscas en la red.

En el momento que él presionaba la tecla para entrar en internet, escuchó a su espalda una exclamación que tenía algo de triunfal:

–¡Bingo!
–¿Ya lo has encontrado?
–¡No me lo puedo creer!
Pierre se desentendió del ordenador.
–¿Qué no te puedes creer?
–Que haya un lugar que se llame La Serpent; es un pueblo del departamento del Aude...
–¿Tiene un castillo? –la interrumpió él.
Margaret no respondió hasta que terminó de leer la entrada completa.
–Tiene un castillo y, según dice aquí, fue construido en el siglo XVII, a imitación del palacio de Versalles. ¡Lo tenemos, Pierre! ¡El castillo de la Serpiente existe!
Margaret le entregó el volumen para que leyese la entrada; al hacerlo, Pierre frunció el ceño.
–Sin embargo...
–Sin embargo, ¿qué?
–Que La Serpent es un pueblecito del llamado País de Couiza y tiene... tiene ochenta habitantes.
–¿Ocurre algo porque tenga ochenta habitantes?
Pierre se encogió de hombros.
–Bueno, no parece el lugar más indicado para celebrar la reunión de una hermandad que, según lo que sabemos acerca de ellos, intenta permanecer oculta en las sombras y pasar desapercibida. Todos los indicios señalan que han matado para preservar un secreto. Eso explicaría la muerte de Madeleine y de Vaugirard: eran bibliotecarios de la sección donde se encuentra ese legajo.
Margaret dio otro sorbo a su vaso de agua.
–Lo que acabas de decir no tiene mucho sentido, porque si querían que ese legajo no dejase rastro, podrían haberlo robado. Todo apunta a que los controles en la biblioteca no son lo estrictos que sería recomendable. El mismo individuo que ha alterado su contenido a lo largo de estos años podría haberlo hecho desaparecer, sustituyendo esos folios mecanografiados, esos recortes y esas fotocopias por otros con un contenido diferente.
–¡Eso es una barbaridad!
–No mayor que lo ocurrido. El asunto guarda relación con

ese legajo, pero tengo la impresión de que la verdadera clave de este asunto está en otro sitio. Si fuese el conocimiento de su existencia, tú y yo estaríamos tan muertos como tu amiga Madeleine y ese Vaugirard. –Margaret hablaba con una seguridad que llamaba la atención de su amigo.

–No sé, Margot, aquí hay, por lo menos, otro aspecto que no encaja.

–¿Cuál?

–Si no quieren que salga a la luz ningún asunto relacionado con ellos, ¿por qué aparece ese legajo en los fondos de la biblioteca?

–Ésa es una buena pregunta y yo creo tener una respuesta.

–Soy todo oídos.

–El autor del legajo, por una razón que ignoramos, quiere hacerles una jugarreta a Oficus y, como carece de documentación histórica, deja allí lo único que tiene: recortes, folios mecanografiados, papeles poco interesantes desde un punto de vista histórico, pero que deben de contener alguna información que les preocupa. Algo que tanto Madeleine como Vaugirard conocían y que ha sido lo que les ha llevado a eliminarlos. Algo que tú y yo no conocemos y por eso estamos vivos.

–¿Estás segura?

–Digamos que no hay muchas más opciones. Tengo la impresión de que cuando dejan su firma en ambos crímenes, lo que hacen es mandarnos un mensaje: olvidaos de este asunto o correréis la misma suerte. Incluso se permiten hacer un alarde de hasta dónde pueden llegar.

–¿A qué te refieres?

–Me raptan y a las pocas horas avisan que puedes recogerme en un lugar concreto. Hay algo que les preocupa en esos papeles, eso explicaría la limpieza que han hecho aquí.

–Brillante, Margot, brillante, pero tu planteamiento tiene dos puntos débiles.

–Ya lo sé.

–¿Lo sabes?

–Hay por lo menos dos testimonios del legajo: el original que se guarda en la biblioteca y la copia que tiene la policía.

–Exacto.

–El acceso al de la biblioteca no parece fácil. ¿Recuerdas el recibimiento que nos dispensó el difunto Vaugirard?

–Pero eso no puede mantenerse así indefinidamente.

–En algunos archivos y bibliotecas de Europa acceder a ciertos legajos supone una proeza tan grande como la de alcanzar la cima del Everest.

–¡Anda ya!

–Hablo en serio, Pierre. Te pueden dar mil y una razones para denegarte el acceso a cierta documentación. Tú, por ejemplo, necesitarías un permiso especial para acceder a determinados fondos de la Biblioteca Nacional de Francia, tu carné de periodista es papel mojado. Incluso a mí pueden ponerme toda clase de pegas: pueden excusarse diciendo, por ejemplo, que esos fondos están en restauración o que ese legajo en concreto lo tiene reservado otro investigador, o simplemente que ha pasado a ser material reservado, sin que se sepa muy bien qué significa eso, pero es la respuesta que recibes cuando te impiden el acceso. También, ofreciéndote mil excusas, pueden denegarte la reproducción.

–En cualquier caso quedaría la copia que tiene la policía.

–Cierto, pero es posible que una investigación policial, que camina por derroteros muy diferentes a la investigación histórica, sea algo que a ellos no les preocupe demasiado. Sin embargo, no tengo una explicación mejor que darte, pero estoy convencida de que esos bibliotecarios han muerto porque conocían algo que nosotros aún no sabemos y por eso estamos vivos.

–Volvamos a la reunión en el castillo de la Serpiente. Escucha –Pierre leyó de la enciclopedia–, aquí dice que su origen está en un campamento, al que se da el nombre de Castrum de Serpente, que surgió en 1319. A finales del siglo XVI la villa pasó a llamarse La Serpent y, además de su castillo, tiene una iglesia dedicada a Saint Étienne. La principal actividad de sus vecinos es el cultivo de algunas hectáreas de viñedo, del que obtienen un *blanquette* de Limoux. –Pierre negó con ligeros movimientos de cabeza–. Esto no encaja, Margot, una reunión en un lugar tan...

–¿Tan apartado? –ironizó ella.

–Apartado y todo lo que tú quieras, pero en sitios así ni el vuelo de una mosca escapa a la atención de los lugareños.

–Es cierto, pero puede ser que haya otra razón.

–¿Cuál?

Pierre cerró el volumen y lo colocó en la estantería.

–Que tenga que ser en ese lugar porque hay algo que les obligue a reunirse allí –propuso Margaret.

–¿En un lugar de ochenta habitantes? –Pierre no estaba convencido.

–En un lugar de ochenta habitantes que surge como un campamento en el año 1319.

–¿Qué tienen que ver esos datos que aparecen en la enciclopedia con toda esta historia?

–Algunos historiadores sostienen que hubo una especie de cónclave templario, donde se congregaron varios cientos de caballeros, algunos elevan la cifra a miles, que habían logrado escapar a la persecución desencadenada contra ellos. En dicha reunión se enfrentaron dos posturas: la de quienes defendían el mantenimiento de la Orden y se inclinaban por acudir al Papa en demanda de justicia para que restableciese todos sus derechos y la de quienes sostenían que eso no era viable y lo verdaderamente importante era preservar el gran secreto que dio origen a la aparición del Temple.

–¿Qué ocurrió?

–Me estás preguntando sobre lo ocurrido en una reunión que muchos historiadores consideran que es una leyenda, pura invención.

–¿Como la maldición de Jacques de Molay?

–Más o menos.

–Está bien, formularé la pregunta de otra forma: los que piensan que ese cónclave templario tuvo lugar, ¿qué dicen que pudo ocurrir?

–Que se impusieron los partidarios de dar por finiquitada la Orden y buscar la fórmula que les permitiese preservar su secreto.

–¿Y cuál era el secreto?

–¡Uf! Hay mil versiones diferentes. Necesitaríamos meses para hacer una exposición somera de lo que se cuenta sobre tan enrevesado asunto.

Pierre se pasó la mano por el mentón adoptando un aire reflexivo.

–No me has explicado qué tiene que ver esa historia con que en 1319 surgiese un campamento al que se bautizó como Castrum de Serpente.

–Los que sostienen la existencia de la mencionada reunión afirman que tuvo lugar en 1319, cinco años después de la muerte de Jacques de Molay, y que al decidirse la extinción del Temple, la llamada Hermandad de la Serpiente se hizo cargo de todo.

–¿Crees...? ¿Crees...?

Parecía como si Pierre no se atreviese a completar la frase.

–¿Qué tengo que creer?

–Si deberíamos hacer una visita a La Serpent.

Margaret se levantó de la incómoda silla donde se sentaban quienes lo visitaban en su despacho, se acercó a él, le dio dos besos y le guiñó un ojo.

–Hace rato que esperaba que me lo propusieras. ¿Cuándo salimos? Apenas disponemos de veinticuatro horas.

Pierre vaciló un momento.

–¿No informamos a la policía?

–¿Por qué habíamos de hacerlo? Nadie puede probar que yo he escuchado esa conversación.

–No sé si deberíamos... Gudunov me advirtió que si abandonaba París, lo informase de ello.

–Me temo que si lo haces, podemos olvidarnos de ir a La Serpent.

–Estaríamos ocultando información a la policía.

–Con un poco de suerte, no se enterarán de lo ocurrido hasta que todo haya terminado.

A Pierre no le sorprendía la actitud decidida que mostraba Margaret. Era una mujer de temperamento que, a veces, no se paraba a medir las consecuencias de sus actos. Sabía que estaban pisando un terreno resbaladizo, muy peligroso, pero tenía ante sus narices la historia con que sueña todo periodista. Ella llevaba razón: si avisaba a la policía, podía olvidarse de todo. Sopesó los pros y los contras y concluyó que, en muchas ocasiones, se había aventurado por bastante menos. Merecía la pena correr el riesgo.

Llegaron a Carcasona y comprobaron en el mapa que la carretera a Limoux corría paralela al curso del Aude. Eran tierras llanas donde abundaban los viñedos, que se mostraban esplendorosos en primavera; hasta donde llegaba la vista era un manto de verdor que ejercía un efecto relajante, muy beneficioso para los dos pasajeros del Renault que, después de ocho horas de viaje, notaban el peso de los kilómetros. Se habían turnado al volante y cuando uno se quedaba dormido, el que conducía ponía la radio para mantenerse despierto.

Uno de los polos informativos de la larga noche de carretera fue la salud del Papa; los boletines horarios abrían los informativos con aquella noticia que, desde hacía varios meses, saltaba a los medios de comunicación de forma intermitente.

La primera noticia fue dada por la oficina de prensa vaticana para silenciar ciertos rumores, y hablaba de una ligera indisposición gástrica del Santo Padre. Apenas se le daba importancia y, en esa línea, *L'Osservatore Romano* guardó un significativo silencio. Sin embargo, en los días siguientes los rumores se acrecentaron. Su Santidad no apareció en el balcón desde el que realizaba las alocuciones dominicales a los peregrinos que acudían a la plaza de San Pedro. Fueron acallados una semana más tarde, cuando el Pontífice cumplió con la costumbre establecida en tan emblemático lugar. Una nube de periodistas estuvo pendiente hasta de los más mínimos detalles, a la búsqueda de un rastro, de un indicio que les proporcionase una pista sobre la salud del Papa, pero no vieron nada anormal, aunque algún medio señaló que el aspecto del Pontífice era preocupante. Los medios vaticanos dieron por cerrado el asunto, señalando que el Santo Padre se había repuesto de su indisposición y, durante unos días, el asunto quedó fuera de los grandes circuitos informativos. La alarma se disparó tres semanas después cuando fue trasladado urgentemente al policlínico Gemelli. La radio vaticana y *L'Osservatore* difundieron una nota de prensa en la que se afirmaba que se trataba de una revisión rutinaria y que las expectativas levantadas estaban relacionadas con la indisposición sufrida anteriormente, pero que no respondían a ningún problema. La salud del Santo Padre se calificaba como buena.

En cualquier caso, entre rumores, desmentidos y noticias de última hora, una cosa quedaba clara: la avanzada edad del Papa y su evidente deterioro físico indicaban que el final de su pontificado era cuestión de poco tiempo.

Conforme se acercaban a Limoux, el paisaje se hizo progresivamente más accidentado. A su derecha unas ondulaciones configuraban un panorama de colinas cada vez más elevadas; mientras que a la izquierda el terreno aparecía más llano, punteado por algunos oteros. Trescientos metros antes de llegar a Alet-le-Bains, encontraron la primera señalización a La Serpent, cruzaron la vía del ferrocarril y tomaron una carretera que giraba hacia la derecha.

En aquel momento las dos mayores preocupaciones de la pareja eran el silencio de Gabriel d'Honnencourt, que no había respondido a ninguna de la media docena de llamadas hechas por Pierre, y el temor a que en un lugar tan pequeño como al que se dirigían algunos de los miembros de la Hermandad de la Serpiente los identificasen.

–¿Qué puede ocurrirle a D'Honnencourt para que no coja el teléfono?

Pierre giró todo el volante para encarar una curva de ciento ochenta grados; había entrado demasiado rápido y los neumáticos chirriaron. Margaret colocó las manos sobre el salpicadero, pero el giro fue tan brusco que no pudo evitar echarse encima del periodista, quien tuvo dificultades para no perder el control del vehículo. Logró hacerse con él, invadiendo el lado izquierdo de la calzada; por fortuna no venía nadie en sentido contrario. Se detuvo un centenar de metros más adelante y resopló expulsando con fuerza el aire retenido durante la maniobra, notando una fuerte descarga de adrenalina.

–¿Estás bien, Margot?

La historiadora no respondió; tenía la mirada fija en el cristal de su ventanilla y estaba inmóvil.

–¿Te ocurre algo? –preguntó Pierre, inquieto.

–Estoy bien.

Sus palabras sonaron ausentes; algo le ocurría porque estaba tan pálida que su rostro tenía el color de los famosos *blanquettes* de la comarca.

Sin decir nada Margaret apuntó con su dedo hacia un promontorio de piedra, que quedaba a pocos metros y del que él no se había percatado, concentrada su atención en no perder el control del Renault.

–¿Tú estás viendo lo mismo que yo? –La voz de Margaret sonaba temblorosa.

–¿Eso...? ¿Eso es una serpiente?

Apagó el motor, tiró del freno de mano y la invitó a bajar del coche.

–Creo que lo mejor es verlo más de cerca.

Se aproximaron con cautela, como quien intuye el peligro. La extraña figura no ofrecía margen para la duda: enroscada en aquella vieja cruz de piedra había una serpiente. El paso del tiempo y la intemperie había desdibujado sus perfiles, pero estaba claro: aquello era una serpiente.

–¡Qué extraño! –comentó la historiadora.

–¿Por qué?

Margaret miró hacia la carretera.

–Si no hubieses entrado en esa curva a más velocidad de la debida, posiblemente no habríamos visto esto.

–Es probable, pero lo verdaderamente extraño es lo que tenemos delante de nuestras narices.

–¿Lo dices por algo en especial?

–Porque se trata de una serpiente enroscada a una cruz y tiene aspecto de ser muy antigua. Posiblemente los que fundaron el lugar en 1319 tenían algo que ver con esa denominada Hermandad de la Serpiente, que se hizo cargo de los asuntos del Temple a partir de esa fecha.

–Me parece que sacas conclusiones precipitadas. –El tono de la historiadora era reprensivo–. La serpiente es un animal maldito casi desde el origen de los tiempos. Fue una serpiente quien tentó a Eva en el Paraíso para que comiese el fruto prohibido y desde entonces quedó condenada a arrastrarse por el suelo. A la Virgen María se la representa en muchas ocasiones pisándole la cabeza, en un claro simbolismo de que Ella nos protege del mal representado en ese ofidio. A mucha gente le resulta un bicho tan repugnante que les produce una especie de parálisis.

–¡Cuánto sabes, Margot!

A Margaret le costó trabajo discernir el tono empleado por el periodista. No calibraba si ironizaba o se mostraba admirado. Por si se trataba de lo primero, le preguntó con la intención de sorprenderlo:

–¿Sabes qué era el fruto prohibido?

Efectivamente a Pierre le sorprendió la pregunta.

–Creo que una manzana.

–¡Qué bobo eres! –exclamó Margaret sin disimular su satisfacción.

–La Biblia dice que Eva comió una manzana –protestó Pierre, quien ratificó su afirmación con un dato añadido–: Una manzana que ofreció a Adán, que también comió.

–Se trataba de una manzana de un árbol muy raro, un árbol que en el Génesis aparece bajo la denominación de «árbol de la ciencia del Bien y el Mal». ¿Nunca te llamó la atención que un manzano tuviese tal denominación?

Pierre frunció los labios y negó con la cabeza.

–Pues la verdad sea dicha, no. Nunca me llamó la atención. Cuando me explicaban esas cosas en el colegio, la religión era una cuestión de fe. Había que creerlo, sin dejar espacio a la razón. Me importaba mucho más el hecho de haber perdido el Paraíso, que nos pintaban como el mejor de los mundos posibles. Aunque nunca acepté que la humanidad perdiese todo aquello por haber comido una simple manzana. Es cierto que, siendo niño, muchas veces pensé en lo estúpidos que fueron nuestros primeros padres por haber hecho una tontería como aquélla.

–¿Y no se te ocurrió pensar qué podía esconderse detrás de esa historia?

–La verdad es que no.

–Pues has de saber que la serpiente es un animal sagrado en muchas culturas y que para los propios israelitas fue un tótem que les protegió de una terrible enfermedad. Incluso labraron una gran serpiente de bronce por indicación de Yahveh para acabar con una plaga que los diezmaba. El resultado fue tan espectacular que el pueblo acabó rindiéndole culto, como si fuese una divinidad, lo que provocó la ira de su Dios.

Pierre se pasó la mano por la mejilla; la historiadora estaba dándole un repaso en toda regla.

–¡Y yo que pensaba que de lo único que sabías era de historia!

Margaret lo miró con los ojos entrecerrados, componiendo un aire de curiosidad; parecía que el enfado producido por la agañaza de que Pierre se había valido para traerla a París estaba definitivamente superado. En realidad, los propios acontecimientos vividos en los últimos días, incluido su secuestro, habían eliminado cualquier resto de resquemor en su ánimo.

–En la Biblia, mi querido Pierre, están los orígenes de buena parte de nuestra civilización. Acercarse a la historia de eso que llamamos Próximo Oriente en el tiempo de las Cruzadas, requiere, como mínimo, conocer los antecedentes de ese territorio que para mucha gente es Tierra Santa, y la raíz de todo eso está en la Biblia.

–¿Consideras la Biblia como un libro con fundamentos históricos? –preguntó extrañado.

–Por supuesto que sí, lo que ocurre es que la forma de acercarse a ese gran libro no es, precisamente, la misma que nos enseñaron en el colegio cuando éramos niños.

Pierre pensó que mejor hubiese sido guardarse su ironía; estaba perdiendo por goleada.

En aquel momento sonaron unos compases de la sinfonía del Nuevo Mundo, y el periodista pensó que D'Honnencourt le devolvía la llamada.

–¿Dígame?

–¿Blanchard?

–Sí, soy yo.

–¿Dónde demonios está usted?

El tono de voz era alto y tan desagradable que retiró unos centímetros el teléfono de su oído. Con unos modales como aquéllos podía descartar a D'Honnencourt.

–¿Quién llama?

–Soy Gudunov. ¡Maldita sea! ¿Dónde se ha metido? Llevo tratando de localizarle desde hace varias horas.

–¿Por qué no me ha llamado antes?

–¡Porque no disponía del número de su móvil!

A Pierre le extrañó escuchar aquello. La voz que llegaba a su oído podía ser la del comisario, pero lo que acababa de decirle no encajaba. Gudunov tenía su número. Le dijo que lo había localizado a través del teléfono, cuando quedaron registradas sus llamadas en el teléfono de Madeleine.

–Usted tenía el número de mi móvil.

–Dice bien, ¡lo tenía!

–¿Y qué ha ocurrido?

Hubo un momentáneo silencio.

–Han robado en la comisaría y entre la cosas que se han llevado estaba mi teléfono.

Dijo aquello como si se avergonzara de descubrir un secreto inconfesable. Pierre no pudo evitar una sonrisa, mientras que Margaret intentaba no perder detalle de una conversación de la que le faltaba la mitad más importante.

–¡No me diga!

Gudunov percibió el tono burlón que contenían aquellas tres palabras.

–¡Sí le digo, Blanchard, y no me toque los cojones, que no estoy de humor! Ya sé que resulta poco creíble que roben en una comisaría, pero ha ocurrido y ahora no dispongo de tiempo para explicaciones. ¡Aquí han sucedido cosas muy graves! ¿Dígame dónde está?

–En el departamento del Aude.

–¿Dónde ha dicho?

Pierre no quería decirle dónde estaba, pero era consciente de que no podía mentirle.

–Cerca de Carcasona.

–¿Carcasona? Eso está a más de ochocientos kilómetros de París.

–Más o menos.

–¿Y qué coño hace usted en Carcasona?

Si hacía pocos minutos se había sentido en absoluta inferioridad frente a Margaret, ahora se sabía muy por encima del policía que gritaba por teléfono.

–¿Tengo obligación de contestarle?

–¡Blanchard, no me toque los cojones! ¡Han ocurrido cosas muy graves! Le dije a usted que no se marchase de París sin informarme y por lo que acaba de decirme se lo ha pasado usted por el forro. Así que se lo repito: ¡no me toque los cojones!

Supo que si mantenía aquella actitud, Gudunov podía meterlo en un buen lío. Habían decidido, conscientemente, no decir nada a la policía y actuar por su cuenta; posiblemente habían cometido un error. Como no estaba dispuesto a explicarle por qué estaba en aquel perdido rincón de la geografía francesa, decidió improvisar:

–Estoy con Margaret Towers; como usted sabe es historiadora y deseaba visitar la zona donde se produjo la herejía de los cátaros, el antiguo territorio de la Occitania. Ya sabe, Carcasona, Albí, Beziers, Montségur...

–¡Déjese de monsergas, Blanchard, y dígame qué coño hace usted ahí con su amiga la escocesa!

Estaba acorralado; en ese momento, se encontraba en desventaja frente al comisario. No tenía otra salida que responder a la pregunta de Gudunov. Margaret no dejaba de mirarlo, tratando de enterarse de lo que estaba ocurriendo. Pierre decidió utilizar una treta que, en alguna que otra ocasión, lo había sacado de un apuro.

–¡Gudunov! ¡Gudunov! ¿Me escucha? ¿Me oye?

–¡Claro que le oigo!

–¡Maldita sea! ¡Se me acaba la batería! –murmuró algo ininteligible y cortó la comunicación, luego apagó el teléfono.

–¿Qué ocurre?

–Era Gudunov.

–Eso ya lo sé. ¿Por qué le has cortado?

–Quería que le dijese dónde estamos y qué hacemos aquí.

–¿Tiene derecho a una cosa así?

–No lo sé, pero me ha recordado la advertencia que me hizo de que no abandonase París sin decírselo. Me ha dicho, gritando, que llevaba varias horas tratando de localizarme y que ha tenido dificultades porque le han robado el teléfono.

–¿Al comisario le han robado el teléfono?

Margaret pensaba que eso era algo que les ocurría a turistas incautos o a gente despistada, las víctimas habituales de tales robos.

–Según me ha dicho, han robado en la comisaría y estaba hecho una furia. No sé si por haberse quedado sin móvil o porque nos hubiésemos largado de París sin decirle nada. Me ha dicho también que en París están ocurriendo cosas muy graves.

–¿Cosas graves? ¿Qué cosas?

–No lo sé, pero por el tono que empleaba deben de ser muy gordas. Esto me da mala espina. D'Honnencourt no contesta y tenemos a la policía furiosa.

–¿Estás preocupado?

Pierre resopló con fuerza y trató de quitar importancia a sus propias palabras; no deseaba contagiar a su amiga la tensión que le atenazaba desde que Gudunov había llamado.

–No te preocupes, dentro de unas horas llamaré a Gudunov y le largo una historia o, si lo prefieres, le cuento la verdad.

Miró el reloj y vio que no estaban sobrados de tiempo.

25

La Serpent era poco más que un caserío, varias docenas de casas que no configuraban una calle propiamente dicha. Se trataba de viviendas rurales, cercanas entre sí, que salpicaban un hermoso paisaje por el que discurrían las tranquilas aguas del Aude. Llamaba la atención la existencia de un castillo que se alzaba en medio de una pequeña masa boscosa, un edificio de cierto valor arquitectónico que destacaba sobre las construcciones del entorno. Las gentes de la zona, un centenar escaso de personas, lo llamaban el pequeño Versalles, porque recordaba al palacio mandado construir por Luis XIV en las afueras de París.

El lugar era apacible y el ambiente, tranquilo; apenas se observaba algún movimiento y, desde luego, nada indicaba que allí fuese a tener lugar una reunión. Margaret y Pierre enfilaron un pequeño camino asfaltado, hasta llegar al borde del bosquecillo que circundaba el castillo. Detuvieron el coche y se acercaron caminando por la arboleda, como si fuesen turistas que disfrutan del lugar.

–¿Estás segura de que aquellos dos individuos no estarán aquí?

–Eso fue lo que dijeron.

–¡Como estén, la hemos hecho buena! ¡Te identificarían al momento!

Pierre no lograba sacudirse la preocupación.

–Te veo tenso, Pierre. ¿Te ha dicho el comisario alguna cosa que no me hayas contado?

–No, no. Pero, no sé por qué, cada minuto que pasa estoy más nervioso.

Margaret, que caminaba por delante, se detuvo y le cogió la mano en un gesto cariñoso, poco habitual en la historiadora escocesa.

–Yo tampoco estoy tranquila, Pierre. No sé dónde vamos a meternos y tampoco sé si nos hemos equivocado al no avisar a la policía y, desde luego, la llamada de Gudunov no es de las que serenan el ánimo. Pero si hemos hecho este viaje es porque escuché una conversación que nos ha proporcionado una información que a mí, como historiadora, podría conducirme hasta una documentación que no me atrevo a calificar. A ti, como periodista, te ofrece la posibilidad de escribir el reportaje que deseas. Eso es lo que nos ha llevado a embarcarnos en esta locura porque, efectivamente, existe una secta, hermandad, fraternidad o como quieras llamarla que va a celebrar una reunión en lo que aquellos individuos denominaron el castillo de la Serpiente, el que tenemos delante de nuestras narices. La fecha a la que se referían es hoy y ellos, según comentaron, estarían ocupados en resolver un asunto en París. También tenemos casi la certeza de que la razón de esta reunión está relacionada con los problemas que ha generado ese maldito legajo. Eso fue lo que escuché y sobre esa base lo hemos planeado todo. ¿Que hay riesgo? Sin duda. ¿Que podemos dar marcha atrás? Ahora estamos a tiempo, tú decides.

Pierre miró a su alrededor y sintió un escalofrío. A medida que se adentraba en el bosque, era como si llevase una mochila sobre sus espaldas a la que añadían piedras y cuyo peso empezaba a resultarle insoportable. La llamada de Gudunov, a la que en un principio trató de restar importancia, lo intranquilizaba cada vez más. No podía quitarse de la cabeza sus palabras: «¡Aquí han ocurrido cosas muy graves!».

–Este lugar me da escalofríos, no se ve un alma. ¿Crees que aquí va a celebrarse una reunión?

En los ojos de Margaret había una mezcla de ternura y sorpresa. ¿Qué le estaba ocurriendo a Pierre? Se detuvo y lo miró a la cara.

–Por lo poco que sé, la Hermandad de la Serpiente, que firma como la Serpiente Roja, es el nombre tras el que se oculta una organización secreta que se ha mantenido en la sombra a través de los siglos. Como comprenderás, no van a ir anunciando sus actividades; todo lo que hagan se moverá en medio del sigilo y del secretismo. Involucrarse en los asuntos de ese tipo de gente siempre resulta peligroso. ¿Seguimos?

–Te veo muy decidida.

–Tú también lo estabas hasta hace un rato. ¿Te inquieta algo que no me hayas dicho?

–Gudunov ha dicho que en París han ocurrido cosas muy graves. ¿A qué se referiría? ¿Qué ha podido ocurrir en París?

–Eso es algo que no podemos adivinar, así que no le des más vueltas.

–¡Esto no es una excursión, Margot!

–Lo tengo muy claro desde el primer momento. Quienes se esconden detrás de todo esto han asesinado a dos personas y a mí me han raptado, aunque he de añadir que más que un secuestro parecía una especie de advertencia. En cualquier caso se trata de gente muy peligrosa, pero eso no lo hemos descubierto entre los árboles de este bosque, Pierre. Como acabas de decir, desde que salimos de París sabíamos que esto no era una excursión, sino algo mucho más peligroso. Estamos a tiempo de dar marcha atrás y dejar todo este asunto en manos de la policía. Posiblemente no seré yo quien descubra la historia que se esconde detrás de esa Serpiente Roja y, desde luego, tú te quedas sin reportaje. Te lo pregunto por segunda y última vez: ¿seguimos?

Pierre pensó que Margaret tenía razón, pero eso no impedía que su ánimo vacilase. Pensó en Madeleine y en su asesinato para darse ánimos. La muerte de su amiga lo había dejado en deuda con ella, era como si le debiese aquel reportaje que le había ofrecido en Le Vieux Bistro. Continuar hacia delante era lo menos que podía hacer.

–Seguimos.

La frondosidad de los árboles era su mejor aliado para aproximarse sin ser vistos hasta cerca del lugar donde iba a celebrarse la reunión. Al llegar al borde, se tendieron en la hierba para observar. En torno al castillo todo era tranquilidad y sosiego. Pierre pensó que la calma imperante resultaba sospechosa. Las puertas del edificio estaban cerradas y también las ventanas, y no se veían coches aparcados por los alrededores. No se observaba el más mínimo movimiento.

–Parece que no hay nadie –comentó Pierre.

–Resulta extraño –asintió ella.

–Demasiado extraño. Tendría que verse alguna actividad, aunque fuese mínima. Algún vehículo, no sé.

–¿Nos acercamos?

–Sí, será lo mejor. Simulemos ser turistas que se sienten atraídos por el castillo.

Se disponían a salir del escondite que les proporcionaba el bosque, cuando los alertó el ruido de un motor. Permanecieron quietos y al acecho. Poco después apareció una furgoneta que aparcó delante de la puerta del castillo; en sus costados llevaba rotulado «L'Éponge d'Or», Limoux y dos números de teléfono. Era el primer indicio de que en La Serpent había movimiento. Quien conducía era una mujer joven y en el asiento de al lado iba un hombre de cierta edad, vestido con un mono de trabajo y la cabeza cubierta con una gorra bolchevique. Bajaron del vehículo y sacaron de la furgoneta una caja de cartón y una especie de bandeja de mimbre llena de ropa blanca. Abrieron la puerta del castillo y penetraron en el interior, sin cerrarla.

Margaret miró a Pierre.

–¿Estás pensando lo mismo que yo?

–Sí.

–Entonces no perdamos un segundo.

Salieron al lindero del bosque y, sin detenerse, llegaron hasta la puerta. Husmearon desde el umbral y Margaret preguntó:

–¿Hola? ¿Hay alguien? –acentuó su pronunciación extranjera.

Lo que aparecía ante sus ojos no ofrecía el aspecto de un lugar donde iba a celebrarse una reunión. Tras una especie de vestíbulo, se veía una galería sumida en la penumbra, con las cortinas echadas y los muebles protegidos por fundas.

–¿Hay alguien aquí?

–¿Qué desean?

Era la mujer que había entrado con la bandeja de ropa.

–Disculpe, pero hemos visto la puerta abierta y... –señaló Pierre.

–Esto es un domicilio particular –protestó la mujer, que era más joven de lo que parecía desde lejos.

Por la expresión de su cara no le había gustado en absoluto la interrupción.

–Es un hermoso castillo. ¿Podríamos verlo?

–Lo siento, no están permitidas las visitas.

Margaret pensó que iban a ponerlos en la calle, sin la menor consideración.

–No parece que esté habitado, aunque todo aparece muy limpio y ordenado –señaló, acentuando su acento extranjero para dar la impresión de que eran turistas.

La mujer la miró y su actitud se relajó algo; Margaret había conseguido su propósito. Sabía por experiencia que para muchas personas, sobre todo las que realizan trabajos de limpieza, nada hay más halagador que se reconozca su tarea.

–Lo está, su propietario viene algunas veces. Precisamente hemos venido a poner ropa limpia en las camas, desenfundar los muebles, ventilar las habitaciones y dejar la despensa abastecida.

–¿Son ustedes de Limoux? –preguntó Pierre.

–Sí, tenemos una empresa de limpieza y mantenimiento.

–L'Éponge d'Or.

–¿La conoce usted?

Los ojos de la mujer se habían iluminado.

–He oído hablar de ella en Carcasona, por cierto en términos muy elogiosos.

–¿Es usted de Carcasona?

–Sí –mintió sin vacilar–. Estoy enseñando la zona a mi amiga, ella es escocesa y está entusiasmada. Nos ha sorprendido este hermoso castillo y al verlos entrar pensamos que podríamos echar una mirada. Pero, en fin... no la entretenemos más. Ha sido usted muy amable al atendernos.

Margaret lo miraba impresionada. Pierre estaba engatusándola de forma artera, le había mentido con un descaro increíble y estimulado su ego sin ningún pudor. Se sentía tan abochornada que estuvo a punto de salir corriendo. Permaneció allí porque, al fin y al cabo, Pierre era un periodista y comprobaba que, al parecer, actuar con procedimientos tan detestables era muy frecuente entre las gentes del ramo. Sin ir más lejos, ella había sido una víctima de los métodos periodísticos de su amigo. Comprendía por qué algunos de sus compañeros de la universidad los denominaban genéricamente como «la canalla».

–Acompáñenme, será una visita relámpago.

La mujer se había rendido a las mentiras del periodista.

El castillo, efectivamente, era una hermosa construcción del siglo XVII. Sus salones y estancias respondían al modelo versallesco, de ornamentación recargada, que se impuso en la Francia de la época, dando lugar al llamado estilo rococó. Los techos estaban decorados con llamativas pinturas alegóricas y en las paredes abundaban los espejos de marcos dorados y formas retorcidas.

Todo estaba ordenado y, desde luego, nada indicaba que allí fuese a celebrarse una reunión. Antes de despedirse y agradecer la visita a su improvisada guía, Pierre, que no había dejado de hacer comentarios elogiosos, le preguntó:

–¿Quién es el propietario?

–Un señor de París –lo dijo como si fuese el Olimpo.

–Supongo que de una importante familia.

–¡Oh, sí! Seguro que usted ha oído hablar de ellos. Son los Villerbanne de Saint Maurice.

Pierre trató de recordar, mientras la mujer lo miraba fijamente esperando que dijese algo.

–¿Se refiere usted a la familia del que fue presidente de la República?

–Pues claro que sí, ya decía yo que tenían que conocerles –y añadió–: El señor Valéry es un perfecto caballero. Muy estricto en sus costumbres, pero es tan elegante... tan... tan aristocrático. –La mujer estaba embelesada.

–Supongo que todo esto es porque hoy esperan su llegada.

Pierre trataba de obtener información.

–No lo sé con seguridad, quizá mañana o tal vez pasado.

Margaret y Pierre le agradecieron, una vez más, su tiempo y su amabilidad, y se despidieron con un apretón de manos. Se alejaron tranquilamente hacia el lindero del bosque y escucharon a su espalda cómo la puerta se cerraba. La operaria de L'Éponge d'Or no deseaba nuevas intromisiones en su quehacer.

–¿Qué opinas, Margot?

Pierre comprobó que ella estaba desconcertada.

–Estoy segura de que hablaron del castillo de La Serpent.

–Sin embargo, aquí hay algo que no encaja.

Pierre hizo un gesto de duda.

–¿Por qué?

–Porque no hay el menor indicio de que vaya a celebrarse

una reunión. ¿Estás segura de que aquellos tipos se referían a este lugar y al día de hoy?

Margaret dejó escapar un suspiro.

–Hablaron del castillo. *Château* es castillo, ¿no?

–Claro.

–Hablaron de La Serpent, dijeron que el lugar estaba cerca de Carcasona, hablaron de una reunión y hablaron de hoy. Eso es lo que yo escuché, pero ahora estoy confundida. –Más que confundida, la historiadora estaba abrumada–. No sé, tal vez se me escapó algún detalle, algún matiz.

También él estaba desconcertado. Mientras regresaban hacia el lugar donde habían dejado el coche, trataba de poner orden en las ideas que agitaban su mente. Apenas si se percató de que habían cruzado el bosquecillo y llegado al coche.

–¿Qué vamos a hacer? –preguntó Margaret.

Pierre se encogió de hombros.

–¿Se te ocurre algo?

La historiadora cogió un guijarro y lo lanzó a las tranquilas aguas del Aude.

–Estoy desconcertada. No sé si lo mejor es olvidarnos de todo esto, llamar al comisario y darle alguna explicación, y regresar a París, sin perder un minuto más.

Pierre cogió otro guijarro y lo lanzó al agua, con bastante menos pericia que su amiga.

En aquel momento el ruido de un motor rompió la tranquilidad del ambiente. Era la furgoneta de L'Éponge d'Or que tomaba el camino de Limoux.

26

Los reunidos eran diecinueve, los dos sillones vacíos señalaban las ausencias. Aquél era el núcleo de la Hermandad de la Serpiente. Estaba formado por veintiún miembros que tenían carácter vitalicio. Salvo en los casos del maestre y del senescal, a quienes los presentes se dirigían por sus nombres, a los demás, siguiendo una vieja costumbre establecida como mecanismo de seguridad, se les nombraba por el número del sillón que ocupaban.

Desde hacía siglos sus reuniones, dos al año, se celebraban coincidiendo con los solsticios de invierno y verano, salvo que, según el criterio del maestre, quien gozaba de amplios poderes, una circunstancia excepcional demandase una reunión extraordinaria. Se celebraban siempre en lugares diversos, por lo general enclaves apartados, lejos de las grandes ciudades. Era una medida de precaución que se tomó bajo el reinado de Luis XIV.

Acerca de esa decisión, se contaba una extraña historia que tuvo su origen en el resentimiento del poderoso banquero Nicolás Fouquet, despechado al no lograr su propósito de ingresar en la hermandad. Informó al soberano de su existencia y el Rey Sol trató de hacerse con su control, pero Oficus se ocultó habilidosamente y su maestre logró desviar la atención hacia una sociedad llamada del Santísimo Sacramento, que celebraba reuniones nocturnas en una conocida iglesia de París, sobre la que se abatió la ira del soberano. La venganza de Oficus fue sonada. Poco más tarde de que se produjesen estos acontecimientos, lograron que el rey acusase a Fouquet, después de que éste agasajase al soberano de forma ostentosa con una fiesta en el verano de 1661. El monarca quedó tan impresionado con la riqueza de un hombre que lo obsequiaba de aquella manera, que sospechó de Fouquet, pensando que malversaría fondos públicos. Condenado tras un juicio sumarísimo, fue conducido a la prisión de Pinerolo, perdida en las estribaciones montañosas de los Alpes.

Ahora concurría una circunstancia excepcional al haberse encendido la alarma, como consecuencia de unos hechos ocurridos hacía veinte años y que no fueron controlados a su debido tiempo.

La voz del maestre, Armand d'Amboise, sonaba grave, preocupada. Entre los reunidos la agitación era patente. Todos estaban indignados por el hecho de que días atrás, en la prensa, hubiese aparecido la noticia del asesinato de una bibliotecaria. La habían estrangulado y quienes la asesinaron dejaron su tarjeta de visita: un pequeño trozo de pergamino donde aparecía dibujada una serpiente con tinta roja. Para completar el panorama, la edición de *Le Figaro* de aquella mañana difundía una exclusiva sensacionalista: en primera página, con grandes titulares y a cuatro columnas, el prestigioso diario parisino explicaba a sus lectores que quien se ocultaba tras la firma de la Serpiente Roja había vuelto a matar. La víctima era otro bibliotecario, llamado Vaugirard.

–Todos vosotros conocéis la crisis vivida por nuestra hermandad a mediados de los años ochenta del siglo pasado. No era la primera vez que Oficus se veía obligado a afrontar una crisis, sabéis que nuestra larga historia está salpicada de ellas, pero sí que habíamos de hacer frente a una filtración de información fuera del círculo interno de la hermandad. Uno de nuestros hermanos, Gastón de Marignac, entendió que era la mejor fórmula para poner punto final a sus graves problemas financieros. Se equivocó porque la solución estaba dentro de la hermandad y no fuera de ella. Pagó con su vida, pero el mal ya estaba hecho. Afortunadamente los datos que habían escapado a nuestro control no eran vitales, si bien suponían para nosotros una grave amenaza, porque podían crearnos ciertas complicaciones. Supimos que el traidor había tenido contactos con un bibliotecario, al que había utilizado como intermediario, porque su propósito fue negociar la venta de la documentación con una potencia del Pacto de Varsovia. Ese bibliotecario viajó a la entonces República Democrática Alemana con dicho propósito, pero nuestros agentes evitaron que pudiese llevar a cabo la transacción, aunque no lograron apresarlo. Fue necesario entonces poner en marcha una compleja operación para que dicho bibliotecario, llamado Andreas Lajos, fuese expulsado del país. Agentes de seguridad de la *stasi* lo condujeron a la frontera y se vio obligado a regresar a Francia, donde eludió nuestro acoso durante varias semanas en las que vivió una situación rocambolesca porque deambuló por varias ciudades, con el maletín donde había una copia de la comprometida información que nosotros deseábamos conseguir.

Armand d'Amboise sintió cómo se le resecaba la garganta y bebió un sorbo de agua. La breve interrupción fue aprovechada por el número veinte, uno de los miembros más jóvenes de Oficus, para preguntarle:

–Si nuestros agentes consiguieron que la policía de la Alemania comunista lo llevase a la frontera ¿por qué no nos lo entregaron?

–Porque no deseaban que un asunto como aquél estallase en su país. Eran tiempos difíciles para los gobiernos de la órbita soviética. En realidad, quien deseaba hacerse con el material era un grupo polaco y los alemanes prefirieron sacudirse el problema. Nuestros agentes –el maestre retomó el hilo de su exposición– no descansaron hasta que lograron localizarlo y cumplieron la orden de eliminarlo. Lo arrojaron a las vías del tren en la estación de metro de Charonne y se apoderaron del maletín. Quienes entonces tenían la responsabilidad de nuestra hermandad se concentraron en eliminar a Gastón de Marignac, lo que ocurrió poco después, y en conseguir que cayese un tupido velo sobre ambas muertes. Hemos de reconocer que sus esfuerzos se vieron coronados por el éxito. Lograron que nadie estableciese una conexión entre ellas, las dos producidas en extrañas circunstancias, y lo que fue más importante: los expedientes policiales abiertos desaparecieron de los archivos. Por el contrario, no lograron taponar la filtración producida porque De Marignac había dejado información en un legajo que, con la ayuda del bibliotecario, quedó depositado en la Biblioteca Nacional de Francia, algo que no se supo entonces. Nos llevó mucho tiempo descubrir que había sido catalogado en una sección que no le correspondía, la sección Y, que está reservada a impresos raros y curiosos, carácter que de ninguna manera tenían los papeles que configuraban el legajo.

Algunos de los presentes, aunque seguían atentos la explicación, empezaron a impacientarse. La mayoría conocía los entresijos de lo que estaba contando, formaban parte de la historia de Oficus. ¿Adónde pretendía llegar el maestre recordando aquel doloroso episodio?

–Aquel legajo –prosiguió D'Amboise–, que contenía folios mecanografiados, recortes de prensa, algunos pliegos reproducidos con una multicopista, hojas arrancadas de libros y algún impreso era lo que De Marignac había conseguido. Con la colaboración del bibliotecario logró que aquel legajo quedase depositado en 1984 y no paró de realizar modificaciones hasta poco antes de su muerte, dos años después. Había sido catalogado con la signatura 7JCP070301, como si se tratase de una documentación de alto valor histórico. Cuando asumí la responsabilidad de ejercer el cargo de maestre de nuestra hermandad, decidí que lo más adecuado para cerrar este espinoso asunto sería hacernos con ese legajo. Así desaparecería el último vestigio de la filtración producida hace veinte años.

El maestre había captado de nuevo la atención de sus compañeros; lo último que acababa de explicar era algo novedoso. Solamente alguno de los presentes tenía noticia de lo que contaba en aquellos momentos.

–Pensé que si una mano podía alterar el contenido del legajo, también nosotros podríamos hacerlo. El plan era muy simple: sustituirlo por folios en blanco. Suponía un riesgo, porque los controles en la biblioteca eran cada vez mayores, pero podíamos conseguir una colaboración interna. Sin embargo, cuando el plan iba a ponerse en marcha, nos encontramos con un problema inesperado: se inició el traslado de los fondos de la sede de la biblioteca al nuevo edificio construido en Tolbiac, por lo que tuvimos que paralizarlo todo. Cuando lo retomamos, perdimos un tiempo precioso, porque pensamos que el legajo había quedado en los fondos de la antigua sede de la calle de Richelieu. Sin que hubiese una explicación clara para ello, el legajo había sido trasladado al nuevo edificio de Tolbiac. Esa circunstancia hizo que surgieran nuevos inconvenientes y nos vimos otra vez bloqueados.

–¿Qué ocurrió? –preguntó el individuo que ocupaba el asiento número trece.

–Estaban digitalizando los fondos y no era posible el acceso. Podríamos haber intentado una maniobra, pero hubiese puesto al descubierto nuestras intenciones y comprometido seriamente a la persona que podía prestarnos ayuda desde el interior. Entendimos que si el acceso estaba vetado para nosotros, lo estaba para todo el mundo; así pues, no suponía mayor problema el hecho de aguardar a que la situación se normalizase. Ésa era la situación cuando hace unos meses descubrimos que alguien había metido las narices en el asunto y el problema, aletargado durante mucho tiempo, podía cobrar una notoriedad peligrosa. Tuvimos que improvisar un plan para hacer frente a la amenaza que se nos venía encima.

–¿En qué consistía esa amenaza?

El número trece parecía el más interesado.

–Una bibliotecaria, llamada Madeleine Tibaux, estaba haciendo preguntas extrañas.

–¿Podrías ser más explícito, Armand?

La pregunta era del senescal, Philippe Losserand, quien por su rango estaba sentado a la derecha del maestre.

–En el proceso de digitalización de los fondos la señorita Tibaux descubrió que en aquel legajo concurrían circunstancias muy extrañas. Amén de que su contenido era un material poco en consonancia con el que recibía los honores de formar parte de la sección Y, comprobó además que se habían producido variaciones en su contenido, ya que esos fondos estaban microfilmados desde hacía un par de décadas, poco después de que el legajo fuese depositado en la biblioteca. Esas circunstancias llamaron su atención. Ignoro si todo fue fruto de la casualidad o había sido alertada por alguien. Lo más grave fue que la señorita Tibaux decidió llamar a un viejo conocido suyo, un periodista llamado Pierre Blanchard, para ponerlo al tanto del contenido del legajo y de las curiosas circunstancias que se daban.

–¿Ésa fue la causa de la muerte de la señorita Tibaux?

–En efecto, apenas dispusimos de algunas horas para improvisar un plan de acción.

–¿Hay alguna razón que justifique por qué hemos dejado una pista sobre el cadáver? –preguntó el senescal.

–Porque hemos querido dejar claro que en este asunto vamos

en serio. Se trata de una advertencia. Es un aviso para posibles navegantes que tengan la tentación de aventurarse en esas aguas. La muerte de esa bibliotecaria les indica que los escollos de esa costa son peligrosos y resulta conveniente alejarse de ellos.

–Sin embargo, hemos pagado un precio muy elevado –matizó Losserand.

–¿Qué quieres decir con un precio muy elevado?

–Los medios de comunicación nos han sacado a la luz pública en un momento... en un momento digamos poco conveniente.

Los labios del maestre, cuyo rostro era una máscara inescrutable, apuntaron una leve sonrisa.

–Eres demasiado generoso, Philippe –con toda intención llamó al senescal por su nombre de pila–. Para Oficus salir a la luz pública resulta siempre inadecuado en cualquier situación. Uno de nuestros principales activos ha sido siempre permanecer ocultos, sumidos en la agradable penumbra que proporcionan las sombras; ése es un terreno donde siempre nos hemos movido con soltura. Hemos salido a la superficie sólo cuando se trataba de cumplir alguno de nuestros objetivos o cuando la amenaza que pendía sobre nosotros lo convertía en una necesidad.

–¿Y la muerte de Vaugirard y de la joven que estaba con él? Tenía entendido que era...

La cejas del maestre se alzaron picudas y la sonrisa desapareció de sus labios. Interrumpió a Losserand con cierta brusquedad:

–Ése es un asunto que trataremos a su debido tiempo. En esas muertes se encuentra una de las claves principales de este embrollo y la razón última por la que estamos reunidos con carácter extraordinario.

El ocupante del último de los sillones, el número veintiuno, que indicaba su reciente incorporación al círculo interno de Oficus, alzó la mano. El maestre le concedió la palabra. Su pregunta suponía un alivio porque dejaba a un lado, al menos por el momento, la espinosa cuestión de la muerte de Antoine Vaugirard.

–Antes has señalado que la señorita Tibaux entró en contacto con un periodista llamado –leyó el nombre que tenía anotado en una cuartilla– Pierre Blanchard; ¿qué conocemos acerca de ese individuo? Por lo que sé, desde hace algún tiempo se dedica al llamado periodismo de investigación; realiza reportajes sobre asuntos que levantan cierto escándalo y una notable polvareda. Con tales antecedentes puede suponer un peligro.

–Me alegra que formules esa pregunta. Al de Pierre Blanchard hay que añadir el nombre de una historiadora. La advertencia dejada en el cadáver de la bibliotecaria iba expresamente dirigida a Blanchard, espero que también esa historiadora haya entendido el mensaje que con toda generosidad le hemos enviado.

–¿Sabemos algo acerca de esa profesora? –preguntó el senescal.

–Su nombre es Margaret Towers, creo que es escocesa y ejerce la docencia en Oxford. Puedo añadir que es una reputada medievalista y una de las máximas autoridades en la época de las Cruzadas. Su presencia en París sólo se explica por la amistad que tiene con Blanchard, lo que es un indicio claro de hasta dónde estaba dispuesto a llegar ese periodista en sus indagaciones.

–¿Es cierto que con la profesora Towers también se ha llevado a cabo alguna actuación?

El senescal estaba preguntando algo evidente, puesto que él tenía información detallada de la operación.

–Así es –señaló D'Amboise, cuyas cejas se mantenían alzadas–, digamos que la profesora Towers ha tenido limitada temporalmente su capacidad de movimientos. También hemos recogido nuestras pertenencias en el domicilio del señor Blanchard.

–¿A qué te refieres cuando hablas de nuestras pertenencias?

–Al material que la bibliotecaria le había entregado y que había generado las pesquisas de ese periodista. Se trataba de retirar de la circulación toda la información procedente de *Le Serpent Rouge*.

–En mi opinión, tres asesinatos y el secuestro de una prestigiosa historiadora nos han colocado en el punto de mira de mucha gente –comentó el senescal, empleando un tono de reprobación.

–Y yo creo, como máximo responsable de Oficus, que hemos actuado correctamente; además no se trata de tres asesinatos. –El brillo de los acerados ojos de Armand d'Amboise revelaban su incomodidad.

–¿Ah, no?

–No, como he dicho, ya daré cuenta más adelante de la muerte de Antoine Vaugirard y de la joven que lo acompañaba.

El senescal se puso de pie. Rondaría el metro noventa de estatura y se conservaba, al menos en apariencia, en una forma espléndida. Philippe Losserand, a pesar de haber dejado atrás su juventud, tenía un porte distinguido, aunque ocultaba algunos achaques propios de la edad.

–Insisto en que estamos dando demasiado pábulo a un asunto adormecido desde hace veinte años. Todo lo relacionado con ese legajo se está llevando de forma inadecuada en un momento en que todos nuestros esfuerzos deberían orientarse en una dirección mucho más importante. –Losserand se paseaba de un extremo a otro de la mesa–. Creo que nunca hemos tenido una coyuntura tan favorable para convertir en realidad uno de los grandes objetivos de nuestra fraternidad. Me atrevo a compararla con el momento en que se alcanzó el primero de los dos cometidos que le fueron confiados a Oficus hace cerca de setecientos años por la Orden del Temple.

–Mi querido Philippe, estás entrando en un terreno que no es por el que hemos de transitar en esta reunión. El objetivo que hoy nos convoca es cerrar, definitivamente, esa fisura con el propósito de concentrar nuestros esfuerzos en la principal de nuestras metas. Hemos considerado que el desgaste de unos titulares de prensa es un precio razonable para poner el punto final a un desafortunado episodio de nuestra historia.

–¿Estás seguro de que se le pone punto final?

–Por eso os he convocado.

D'Amboise pulsó un timbre e instantes después apareció su secretario por una puerta oculta en un trampantojo; llevaba un maletín de piel negra. Sus pasos eran medidos y su actitud ceremoniosa, consciente de que era el centro de atención de todas las miradas. Sin decir palabra, como quien cumple con una liturgia, se acercó al maestre y se lo entregó. Aprovechó el momento para susurrarle unas frases al oído.

–Está bien, André, está bien. Muchas gracias.

Se retiró tan silenciosamente como había irrumpido.

–Caballeros, aquí está toda la documentación generada a

partir del legajo que tantos quebraderos de cabeza nos ha producido.

Abrió el maletín y esparció sobre la mesa una abundante documentación, salvo el contenido de una bolsa de fieltro, de color morado.

–Todo lo que veis –prosiguió el maestre– procede de la casa de ese periodista. El DVD que le entregó la señorita Tibaux, una copia de seguridad que había duplicado el propio Blanchard, una copia impresa del contenido del DVD, tres folios con notas y un cuaderno que contiene el trabajo realizado por la profesora Towers, y varias docenas de pósits con pequeñas anotaciones. He de añadir que su ordenador ha sido completamente limpiado. Puedo aseguraros que, por esa parte, tenemos garantías de que no ha quedado el menor rastro.

Sacó otro mazo de papeles y explicó:

–Aquí está la copia que Antoine Vaugirard entregó al comisario Gudunov, de la Brigada de Homicidios de París, y también un informe sobre su contenido, elaborado por un inspector llamado Duquesne. Esto significa que también tenemos en nuestro poder todo el material que había en manos de la policía.

Por último, extrajo de la bolsa de fieltro una carpeta archivador de plástico y la alzó para que todos pudiesen verla.

–Éste, caballeros, es el legajo original que Gastón de Marignac depositó en su día en la Biblioteca Nacional. El origen de todos nuestros problemas. Este sobre contiene los microfilms que se hicieron del legajo. He de comunicaros que la copia digitalizada también ha sido destruida.

El salón se llenó de murmullos que el maestre escuchó con la satisfacción de quien ha conseguido un golpe de efecto.

–Esto significa que Oficus tiene bajo control el peligro que se cernía sobre ella –sentenció.

–¿Cómo hemos conseguido el legajo? –preguntó el senescal.

–¿Te refieres a esto? –El maestre alzó un palmo más la carpeta que aún mantenía en su mano y se respondió a su propia pregunta–: Nos lo ha facilitado Vaugirard, con quien habíamos iniciado relaciones hace bastante tiempo para hacernos con la documentación.

–¿Por qué no llegó antes a nuestras manos?

–Porque Madeleine Tibaux, la jefa de la sección Y con la que Vaugirard mantenía un pugilato por celos profesionales, ya estaba sobre la pista de los malditos papeles y le resultó más difícil de lo previsto hacerse con ellos. Fue él quien nos advirtió de que su jefa iba a entregar la información a Blanchard.

–Entonces ¿por qué está muerto?

–Lo ignoro.

Un murmullo de comentarios fue la respuesta de los presentes a la tajante afirmación del maestre.

–¿Dices que lo ignoras? –Losserand había detenido su paseo.

–En efecto.

–Sin embargo, la prensa afirma que junto a su cadáver y al de la joven ha aparecido un pergamino con una serpiente dibujada con tinta roja. –Losserand parecía un perro de presa que ha olfateado un rastro.

–Así es, pero puedo aseguraros que no hemos sido nosotros. Sus dificultades económicas lo habían convertido en una marioneta, cuyos hilos podíamos mover a nuestro antojo. En tales circunstancias puedo aseguraros que para nosotros era mucho más útil vivo que muerto, pero alguien ha acabado con su vida y se ha aventurado en un juego peligroso al tratar de involucrarnos.

El senescal, que había reanudado sus paseos para estimular su pierna derecha que se adormecía con frecuencia, tomó de nuevo la palabra. A diferencia de otros, no levantaba la mano para solicitarla.

–En resumidas cuentas, tenemos en nuestro poder la documentación, pero hemos levantado una buena polvareda. ¿No es así, Armand?

El maestre le dirigió una mirada donde se percibían las graves diferencias que los separaban.

–Es una forma burda de decirlo porque ignoras los matices. Ciertamente se ha levantado una polvareda, pero el polvo siempre se asienta. ¿Qué tiene la prensa? –El maestre se puso en pie para dominar el escenario–. Yo os lo voy a decir: ¡humo! ¡Sólo tiene humo!

–¿Quién te garantiza que ese periodista no seguirá escudriñando? Le hemos arrebatado la documentación y lo hemos privado de las fuentes. Pero conoce el contenido de ese maldito legajo. –El senescal señaló los documentos esparcidos sobre la mesa–. Le han dado para tres folios llenos de apuntes y un cuaderno con numerosas anotaciones.

–Eso no significa que haya descubierto lo único verdaderamente peligroso que hay en esa documentación, oculto bajo la hojarasca. Si lo hubiese hecho, os aseguro que ya lo sabríamos.

–Pero es posible que tenga elementos suficientes para elaborar un reportaje sensacionalista y nos mantenga en el ojo del huracán en un momento en que la discreción vale su peso en oro.

–Ningún medio que se precie aceptará una historia que a ese periodista no le sea posible documentar y eso es lo que hemos hecho: dejarlo sin documentación y sin la posibilidad de hacerse con ella. ¡Es el humo a que me refería antes!

–He de reconocer que en ese terreno tu planteamiento es brillante –concedió el senescal–, pero creo que en conjunto esta operación se ha llevado con notable torpeza.

–No comparto tu opinión. El único punto débil está en la actuación de la policía. En ese terreno es donde debemos guardarnos y, llegado el caso, utilizar la astucia.

–¿A qué te refieres?

Armand d'Amboise cogió media docena de folios sujetos por un clip.

–Éste es el informe del inspector Duquesne al que me referí antes. En él se han establecido lazos entre las dos muertes que provocó el *affaire* de *Le Serpent Rouge*. Ese sabueso ha rastreado las pistas y puede crearnos un serio problema. –Por primera vez el maestre reconocía que en la operación había algo que escapaba a su control–. En estos momentos estamos tratando de cerrar esa última grieta.

–¿Cómo has dicho que se llamaba ese policía?

–Duquesne, Jean Duquesne. También se ha quedado sin el material que puede permitirle realizar las pesquisas, pero tiene los contactos que la documentación del legajo le ha revelado. Días atrás logró localizar a una hija de Andreas Lajos y eso puede resultar peligroso.

–Con todo –insistió el senescal, que había vuelto a sentarse–, lo que más me preocupa es ese periodista. Por lo que he podido averiguar ha rodado por medio mundo como corresponsal de *Le*

Figaro. Es de esa clase de tipos que no cejan en su empeño y nunca se dan por vencidos. He de suponer que si se ha traído de Londres a toda una especialista, quiere decir que se ha tomado este asunto muy en serio. Si a ello le añadimos que hemos asaltado su domicilio privado, que esa profesora ha tenido limitada de forma temporal su capacidad de movimientos, según lo ha expuesto nuestro maestre, y que hemos acabado con la vida de la señorita Tibaux, con quien Blanchard tenía amistad desde la época de la universidad, tenemos todos los ingredientes para que se sienta lo suficientemente estimulado como para llegar al final de esta historia. En mi opinión, lo más acertado es eliminarlo a él y a la historiadora.

Un murmullo de asentimiento acogió la propuesta. El maestre aguardó a que se impusiese el silencio y miró al hombre que de nuevo se sentaba a su derecha. En sus ojos brillaba una expresión difícil de definir.

–No te entiendo, Philippe. Has señalado que el punto débil de esta operación se encuentra en que nos ha colocado en el ojo del huracán. Sin embargo, no muestras reparos en plantear una nueva acción que no haría sino proseguir en la línea que censuras. Dos nuevas ejecuciones duplicarían, cuando menos, los problemas a los que aludes.

–No tendríamos que dejar nuestra firma –se defendió Losserand.

–¡Su muerte sería la firma! ¿Acaso alguno de los presentes alberga la menor duda de que la policía establecería una relación en esa cadena de muertes donde el factor común es un legajo rotulado con el nombre de *Le Serpent Rouge*? Cometeríamos un grave error. En este momento nuestro mayor problema se llama Duquesne y estamos tratando de darle una solución. Es probable que nos la comuniquen antes de que se levante esta reunión.

Unos suaves golpes en la puerta por donde había desaparecido André hicieron que el maestre se callase. La recia hoja de roble que disimulaba el trampantojo se entreabrió y apareció su cabeza.

–¡Adelante, André!

El secretario ahorró, en esta ocasión, el ceremonial que daba a sus pasos y se acercó rápidamente al maestre. Parecía nervioso cuando le susurró al oído algo que completaba lo que podía leer en el teletipo que acababa de entregarle.

Una vez que el secretario se hubo marchado, D'Amboise pidió disculpas a sus compañeros.

–Lamento la interrupción y las formas, pero André tenía órdenes muy estrictas y se ha limitado a cumplirlas. Caballeros –elevó el tono de su voz–, según lo que se dice en este teletipo de la agencia France-Press, nuestro mayor problema ha dejado de serlo.

Aquellas palabras produjeron cierto revuelo. El maestre, que permanecía de pie, dominaba el espacio y algo más. En aquel momento se sabía ganador del pulso dialéctico mantenido con el senescal. Las reglas de la hermandad daban grandes atribuciones a los maestres de Oficus, pero a él le gustaba convencer. Todo el asunto del maldito legajo de Gastón de Marignac se había convertido en un verdadero quebradero de cabeza para él y había tenido que moverse sobre el filo de una navaja cuando los acontecimientos se precipitaron inesperadamente. Lo que había esperado resolver de forma «administrativa» había estado a punto de írsele de las manos por culpa de una bibliotecaria puntillosa. No le faltaba razón al senescal cuando se quejaba de que había colocado a la hermandad en el ojo del huracán. Pero ¿acaso podía haber actuado de otra manera? Lo que André acababa de susurrarle al oído, utilizando unas formas que rayaban en la más vulgar de las descortesías, era el episodio final de aquel *affaire* que, en modo alguno, podía permitir que se prolongase.

–André acaba de comunicarme un luctuoso suceso ocurrido en París, lo ha sabido a través de este teletipo: el inspector Duquesne ha fallecido en un accidente de circulación.

–¿Se sabe cómo ha sido? –preguntó Losserand.

–Según se lee aquí y por lo que me ha indicado André, las noticias son todavía muy confusas. Al parecer, su coche se ha estrellado contra el muro de hormigón en un paso subterráneo, cuando perseguía a unos delincuentes, con tan mala fortuna que el vehículo ha explotado. La noticia habla de que hay varios vehículos implicados en ese terrible accidente, que ha bloqueado una de las vías principales de la ciudad y originado un caos en el tráfico de la zona este de París. Aunque el número de muertos no está confirmado, los datos que baraja la policía señalan que puede superar la media docena y que la cifra de los heridos es aún mayor.

Con una ironía que rozaba la sorna, el senescal comentó:

–Ciertamente la providencia ha acudido en nuestra ayuda en el momento más oportuno. No obstante, sigo pensando que nuestro mayor problema se llama Pierre Blanchard.

–Reitero que no lo creo así.

Quedaba claro que en aquel punto las diferencias entre el maestre y el senescal de Oficus eran insalvables.

27

Pierre y Margaret habían decidido buscar un lugar donde almorzar antes de tomar una decisión. Tenían dos opciones: pernoctar en Carcasona y aprovechar el viaje para que Margaret conociese aquel enclave medieval, donde el tiempo parecía haberse detenido, o iniciar el viaje de regreso a París, aunque el cansancio acumulado no lo hacía aconsejable.

Encontraron una casa donde por unos módicos quince euros daban de comer a visitantes ocasionales. El ambiente era familiar, muy limpio y sin ninguna clase de pretensiones. Sólo estaban ellos.

Margaret daba cuenta de un trozo de pan, mientras esperaban el estofado. Llevaba casi veinticuatro horas sin comer, aparte de unos sándwiches, a lo que se añadían las emociones de la jornada; más que tener apetito, estaba hambrienta.

–Debió de escapársete algún matiz –apuntó Pierre, mientras servía el *blanquette* que acompañaba el menú.

–Estoy segura de que aquellos individuos dijeron que la reunión se celebraría hoy. Lo recuerdo perfectamente, dijeron pasado mañana. También el lugar que mencionaron era un *château* cerca de Carcasona y hablaron de la serpiente. Estoy segura de que pronunciaron esa palabra.

–¿No pudo ser que hablasen de una reunión de la Serpiente Roja en un *château* cerca de Carcasona y hayas confundido la forma en que utilizaron el término «serpiente»?

En aquel momento llegó la señora que los atendía con dos humeantes platos de estofado. Su aspecto era de lo más apetitoso.

Margaret notó cómo se estimulaban sus jugos gástricos, llenó la cuchara y se quemó la lengua. Soltó un taco, mientras comprobaba cómo sus papilas respondían al exceso de calor; tendría la lengua rasposa durante todo el día, quizá más. Trató de atenuar los efectos con un sorbo de *blanquette*.

–Es posible, estaba muy nerviosa.

Pierre sopló sobre el contenido de su cuchara, pensando que el hecho de haber encontrado un lugar llamado La Serpent y que tuviera un castillo había hecho que no analizasen otras posibilidades. Aquella coincidencia les había conducido por un sendero equivocado. Era probable que la reunión de los máximos responsables de Oficus estuviese celebrándose, pero en otro lugar. Consideró que la expresión *cerca de Carcasona* era ambigua, pero de todas formas la hermosa ciudad, que conservaba el perímetro de sus murallas medievales y era un ejemplo de restauración arquitectónica, estaba a pocos kilómetros de donde ellos se encontraban.

El estofado respondía a su olor y a su aspecto. Era excelente.

–No quiero pensar que esa gente esté reunida en algún castillo en un lugar cercano a Carcasona –comentó el periodista.

–Es más que una posibilidad.

La dueña de la casa trasteaba en un aparador, buscando algún utensilio.

–Disculpe, señora.

–¿Dígame, señor?

–¿Podría indicarnos usted algún castillo que merezca la pena visitar por los alrededores?

–¡Oh, señor! Ésta es tierra de castillos, está usted en el Languedoc y en el Rosellón, el país de los trovadores y de los cátaros. Tierra de templarios. Hay restos muy interesantes en Alet-les-Bains, también en Arques –al escuchar aquel nombre la historiadora dio un respingo–, aunque la gente se siente más atraída por las historias que se cuentan acerca del párroco de Rennes-le-Château, un sacerdote que...

–¿Cómo ha dicho? –la interrumpió Margaret.

–Rennes-le-Château, señorita, poco más allá de Antugnac, al otro lado del río.

–¡No, no! Disculpe, el lugar donde están esos restos tan interesantes.

–¡Ah! Se refiere a Alet-les-Bains.

–¡No, no! Arcs.

–¡Oh! No es Arcs, es Arques.

–¿Hay un castillo en Arques?

–Sí, señorita; el castillo de Arques es uno de los más hermosos de toda la región. Tiene una torre...

–¡Ése es el lugar del que hablaban aquellos individuos! –La exclamación de Margaret fue como una sentencia; sus palabras sonaron inapelables–. No supe interpretar algo de lo que aquellos tipos hablaron, creí que se referían a los arcos del castillo.

–¡Maldita sea! –Pierre había soltado la cuchara–. ¿A cuánto queda Arques?

–Está muy cerca. Por la carretera comarcal 613 se tardan unos veinte minutos.

–Gracias, señora.

–Ataquen el estofado, frío pierde mucho.

–Lo siento, Pierre –se excusó Margaret–, mi francés no es todo lo bueno que debiera, pero ahora estoy segura de que ése es el castillo del que hablaban. Cuando hablaban de la *serpent* se referían a la hermandad, no a una localidad y no ponderaban los arcos del *château*. Arques era el nombre del lugar donde estaba el castillo. La fatalidad de que por aquí hubiese una aldea con ese nombre y que tuviese un castillo nos ha jugado una mala pasada.

Pierre miró el reloj; faltaban unos minutos para que diesen las dos. Margaret puso palabras a la interrogación de su mirada:

–¿Estás pensando lo mismo que yo?

–Con un poco de suerte... si no perdemos un minuto...

El periodista dejó treinta euros sobre la mesa y se asomó a la cocina, donde les preparaban las truchas de su segundo plato.

–Muchas gracias, señora, pero no podemos entretenernos, llegamos tarde. El dinero de la comida lo tiene en la mesa. Gracias otra vez.

Cuando salió, ella ya lo esperaba junto al Renault. La sorprendida aldeana permanecía inmóvil en la puerta viendo cómo se marchaban, dejando su estofado casi intacto. Entró en la casa sin comprender qué había ocurrido, se llevó las manos a la cabeza y murmuró:

–¡Qué tiempos, señor! ¡Qué tiempos! ¡Yo creía que los locos estaban obsesionados con Rennes-le-Château!

La información de la campesina era correcta. Cruzaron el Aude en dirección este y tomaron la carretera que corría paralela al Rialses, un afluente del río que daba nombre al departamento. En apenas veinte minutos llegaron a Arques, una pequeña población, algo más grande que La Serpent. En el horizonte, como a unos quinientos metros del casco urbano, custodiando la aldea, se alzaba una impresionante torre de forma cuadrada y aspecto macizo, con unas torres circulares adornando las esquinas. Ocupaba el centro de un recinto amurallado en regular estado de conservación, junto a la ribera del río.

Aparcaron a una distancia prudencial y se acercaron por uno de los costados, paseando como inocentes turistas.

–¿Te has fijado?

Margaret señalaba la veintena de coches que llenaban el aparcamiento a la entrada de la muralla exterior. Haraganeando por el lugar, se veían por lo menos dos docenas de hombres jóvenes, vestidos con traje oscuro y corbata. Pierre comprobó que dos de aquellos individuos vigilaban atentamente el entorno, desde los extremos del espacio ocupado por los coches. No estaba seguro de que ya los hubiesen visto, pero eso ocurriría antes o después. El decorado respondía a lo que ellos esperaban: aquéllos eran los chóferes y los guardaespaldas, mientras sus jefes celebraban la reunión. También había un enorme tráiler de una compañía de mudanzas.

No cabía la menor duda: allí estaba la plana mayor de la Hermandad de la Serpiente.

–Éste es el lugar, Margot. Ahora viene lo difícil.

–¿Lo difícil?

–Sí. ¿Qué hacemos?

–¿Has conectado el móvil?

Su mente había lanzado una señal de alerta porque Pierre tenía razón, ahora comenzaba lo difícil y lo peligroso. Habían encontrado lo que llevaban buscando hacía muchas horas y se habían metido en la boca del lobo, de un lobo peligroso que les había indicado claramente que se alejasen. Ellos habían hecho justo lo contrario.

–¡Se me había olvidado!

–Pues no lo dejes ni un segundo más.

Conectó el teléfono, introdujo el PIN y una musiquilla le indicó que estaba activado. Tardó unos segundos en sonar la señal de llamada perdida o de mensaje en el buzón de voz, un instante después sonó otra vez y luego otra más. Si no deseaban llamar la atención...

–¡Joder con los pitidos!

Nervioso, lo puso en vibración.

A Margaret le dio por reírse, una risa que indicaba la tensión que la atenazaba. Si los dos individuos que la secuestraron estaban por allí, podía tener problemas muy serios porque tal vez tampoco hubiese entendido aquello de que no estarían en la reunión; eso era algo tan seguro como que el castillo era el de La Serpent.

–¿Tienes algún plan?

–Comprobar las llamadas y escuchar los mensajes.

Mientras el vigilante que estaba más cercano los miraba con descaro, Pierre comprobó que tenía dos llamadas perdidas, del mismo número, y un mensaje que correspondía a dicho teléfono. Antes de escucharlo, supo que era Gudunov. Tecleó el número del buzón de mensajes y escuchó la desesperante cantinela de una voz femenina que le indicaba, como si no lo supiera, que tenía un mensaje de voz nuevo y le recordaba los que conservaba guardados, luego le hacía una serie de recomendaciones y por fin daba paso al mensaje:

–«¡Blanchard, me tiene usted hasta los mismísimos cojones! ¡Llámeme inmediatamente o le juro por mis muertos que se acordará de mí toda su vida!»

–¿Qué dice Gudunov?

Pierre decidió suavizar las expresiones.

–Que está harto y que lo llame cuanto antes.

–Creo que deberías hacerlo.

Pierre pulsó el botón y después del segundo tonó se desencadenó un huracán en su oído.

–¡Blanchard, qué demonios le pasa! ¡Llevo intentando hablar con usted no sé cuánto tiempo! ¿Está con usted la profesora Towers?

–La tengo justo a mi lado.

–¿Y dónde coño es eso?

El titubeo del periodista dio alas al comisario.

–¡No se le ocurra decirme que se ha quedado sin batería! ¡Dígame dónde están!

–Ya se lo dije, cerca de Carcasona.

–Eso no es un sitio.

–Es que... Verá, vamos de un sitio para otro. Hemos estado en Limoux y visitando un castillo en un lugar llamado La Serpent. Margot quiere ir a Rennes-la-Château. –Le mintió, pero intentaba no pillarse los dedos–. También tiene interés en visitar algunos castillos de la zona como el de...

–Blanchard –lo interrumpió el policía–, ignoro lo que se trae entre manos, pero sepa que el inspector Duquesne está en la UCI de un hospital, debatiéndose entre la vida y la muerte. Ha sufrido un accidente, donde ya tenemos media docena de muertos y alguno más que caerá. Todo apunta a que le han tendido una trampa para quitárselo de en medio. Ya puede usted imaginarse quién está detrás de todo esto.

–La Serpiente Roja –musitó Pierre.

–No le quepa a usted la menor duda. Están acabando con todo aquel que tiene algo que ver con ese maldito legajo.

–¿Por qué... por qué Duquesne y... y...

–... y no yo? –Gudunov completó la frase–. La verdad es que todavía no lo sé. Tal vez porque Jean elaboró un informe donde estableció importantes conexiones, que misteriosamente ha desaparecido de la comisaría. ¡Vaya usted a saber por qué le ha tocado a él y no a mí! En cualquier caso yo sé protegerme. El problema son usted y su amiga. Aunque aquí hay algo que huele a chamusquina.

–¿El qué?

–Que tanto a usted como a esa historiadora, sobre todo a ella, han podido quitarlos de en medio y no lo han hecho. Desconozco la causa, pero resulta evidente.

–Según me ha dicho, lo de Duquesne ha sido un accidente. Tal vez ha sido simplemente eso.

–No sea ingenuo, le han embestido con un todoterreno hasta empotrarlo contra la pared y el cabrón que lo conducía se ha dado a la fuga, provocando un maremágnum de padre y señor mío. Uno de los coches implicados en el accidente ha explotado y toda la zona este de París es un caos circulatorio. Además, nuestros expertos trabajan en una extraña llamada que avisó a Duquesne de un intento de suicidio en un piso de la plaza de Valenciennes, que luego no ha podido confirmarse. ¡Lo han conducido hasta una trampa!

–¿Y usted dónde estaba?

–¡Maldita sea, Blanchard! ¡Si tanto le interesa, le diré que había ido a mi casa para buscar el maldito teléfono! ¡No recordaba si lo había olvidado! ¡Parece ser que los mismos que han robado la documentación se han llevado el móvil!

Margaret vio cómo el vigilante se acercaba hasta ellos. Compuso una sonrisa y adoptó la pose de una turista despistada. Con el fin de advertir a Pierre, ella se adelantó y marcó el acento inglés de su pronunciación:

–Hola, ¿qué tal?

–¿Buscan ustedes algo?

–Hasta luego, hasta luego.

Pierre cortó la comunicación y pensó en la cara que se le habría quedado a Gudunov. Tendría suerte si no lo encerraba en alguno de los calabozos de la comisaría las setenta y dos horas establecidas por la ley antes de ponerlo a disposición judicial.

–Hermoso castillo.

–¿Buscan ustedes algo? –repitió el corpulento individuo, cuyas espaldas duplicaban las del periodista.

–¿Has localizado el sitio? –preguntó Gudunov.

–Sí, comisario. Estoy fijando las coordenadas en la carta geográfica. ¡Vamos, vamos! –El informático jaleaba a su GPS–: ¡Aquí está! Ya lo tenemos: ese individuo hablaba desde un lugar llamado Arques, está en las afueras, y por lo que puedo deducir se trata de un núcleo pequeño de población; estaríamos hablando de unos doscientos o trescientos habitantes. Ese periodista está cerca de una especie de castillo.

–¿Qué estarán buscado esos dos? –Gudunov dejó escapar un suspiro–. Al menos no me estaba mintiendo... Pero ¿por qué habrá cortado de esa forma?

Encendió un cigarrillo –en los tres últimos días había roto la costumbre de hacerlo exclusivamente después de las comidas– y trató de ordenar sus ideas. Tenía unos asesinos, aunque desconocía su identidad, conocía el móvil de los asesinatos y tenía trenzada la relación que los unía, pero allí había algo que no encajaba. Por una parte, los asesinos trataban de eliminar a todos los que habían tenido acceso a aquel extraño legajo. Por otra, estaba claro que mandaban un mensaje al dejar su firma en el asesinato de Madeleine Tibaux, pero ¿a quién iba destinado? También tenía claro que alguien trataba de pescar en río revuelto con el asesinato de Vaugirard, pero lo hacía de forma muy burda. Y, sobrevolando por encima de todo, el rapto de Margaret Towers resuelto de una forma tan simple que parecía poco más que una travesura de chiquillos, de no ser porque estaba relacionada con el espeso entramado de lo que fuera que se ocultase detrás de la Serpiente Roja.

Apenas se había dado cuenta de que estaba fumando, cuando se percató de que tenía entre sus dedos una colilla. La aplastó malhumorado contra el cenicero y preguntó:

–¿Cuál es la comisaría más cercana a ese lugar?

–Limoux, señor.

–Ponme con ellos. Mientras hablo, llama al hospital y pregunta por Duquesne.

A Pierre no le gustaron los modales del matón y le respondió con otra pregunta:

–¿Acaso hay algo que buscar?

–Aquí, desde luego, no. –Se acercó con cara de pocos amigos.

Margaret comprendió que tenía que hacer algo.

–Perdone, señor. –Puso su mejor acento inglés–. ¿Éste es un castillo cátaro?

–¿Cómo dice?

–¿Que si esa torre pertenecía a una fortaleza de los cátaros en la Edad Media?

–No lo sé, señorita, pero aquí no pueden estar. ¿Por qué no se acercan al pueblo y preguntan ustedes?

–Veo que hay muchas personas visitándolo, todo está lleno de coches. ¿Por qué no podemos verlo nosotros?

La expresión de la historiadora combinaba una dosis de zalamería y despiste que resultaba atractiva. Margaret intentaba jugar con la testosterona de aquel individuo y con ese desconcierto que, en muchas personas, provoca la actitud de un turista despistado. No sabía si iba a encontrarse con un grito o con una respuesta.

–Porque está celebrándose una reunión.

La contestación mereció una sonrisa.

–Debe de ser muy importante para no permitir a las personas realizar una visita, ¿verdad?

–Sí, lo es. ¡Y ahora largo de aquí!

En aquel momento el matón debió de recibir una orden por el auricular prendido en su oreja, cuyo negro cable de conexión se perdía por el cuello de su camisa.

–Sí, señor... sí, señor. ¡Inmediatamente!

Sin dirigirles la palabra, se dio media vuelta y emprendió una carrera hasta los coches. Repentinamente se perturbó la paz del lugar. Aquellos individuos vestidos de negro, cortados por el mismo patrón –la única diferencia perceptible se encontraba en que algunos tenían la cabeza afeitada– se movían como hormigas que cumplen disciplinadamente con su cometido. Los conductores abrían las puertas de los coches y los vigilantes adoptaban posiciones de protección.

Ahora todo encajaba con lo que la historiadora había escuchado. La fecha, el lugar y toda la parafernalia que, era de suponer, rodeaba a una reunión como aquélla. Un lugar apartado, control absoluto y posiblemente una cobertura perfecta para no llamar la atención.

Desde cierta distancia, los dos asistían al espectáculo que, en buena medida, suponía todo aquello. En un acto de prudencia se desplazaron muy despacio, para no despertar suspicacias, hasta un enorme y añoso roble, aunque ya nadie parecía prestarles la menor atención. Su grueso tronco les proporcionaba alguna protección; desde allí podían pasar desapercibidos, incluso ver sin ser vistos. Unos minutos después, poco a poco, en grupos de tres o cuatro personas, empezaron a salir por la puerta del recinto que rodeaba el torreón central unos individuos de cierta edad, que parecían conversar relajadamente. Se detenían momentáneamente y reemprendían la marcha para volver a detenerse unos pasos más adelante. Algunos de ellos subieron a sus coches, los motores se pusieron en marcha y comenzó el desfile de automóviles por un camino que discurría entre el brillante verdor de la pradera que envolvía el castillo.

–Pierre, ¿te das cuenta? Esos tipos constituyen el núcleo duro de la Hermandad de la Serpiente.

Lo que pasó por su mente fue que entre aquellos individuos estaba el que había dado la orden de asesinar a Madeleine.

–¿Significa eso que crees en su existencia?

–¡La tengo delante de mis narices! ¡Es increíble que se hayan mantenido a lo largo de los siglos! ¡Jamás pude imaginármelo! –La historiadora alucinaba.

–No identifico a ninguno –comentó Pierre.

–¿Por qué dices eso?

–¡Bah, una tontería!

–No, no, ¿por qué lo has dicho? –insistió Margaret mientras trataba de no perder detalle.

–No sé... tal vez responda a esa creencia extendida de que las sociedades secretas están gobernadas por gentes poderosas, individuos vinculados al mundo de la política, magnates de la industria, importantes financieros, dueños de las grandes empresas de comunicación. ¡Imaginación!

–Estamos demasiado lejos, yo no podría identificarlos si me los encontrase mañana en una reunión.

–Entonces mi vista es mejor que la tuya.

Los coches, berlinas negras de alta gama, se desplazaban por la pradera formando una hilera que serpenteaba en busca de la carretera comarcal 613. El camino hacía un recodo y los coches pasaban muy cerca de donde ellos estaban apostados.

Margaret había contado hasta dieciséis personas, pero aún debían de quedar algunas en el castillo, según indicaban los vehículos que continuaban aparcados. En aquel momento hubiese dado cualquier cosa por saber quién era el máximo responsable, poder hablar con él, hacerle un montón de preguntas. ¡Aquello era una página de historia que la llevaba hasta el corazón de la Edad Media! Siempre se había negado a considerar la posibilidad de la existencia de una sociedad secreta vinculada a la Orden del Temple. No había una sola prueba, un solo documento que certificase que existían. Siempre había sonreído ante quienes afirmaban que hubo en 1319 una reunión en el bosque de Oriente, donde se tomaron ciertos acuerdos que supusieron el final efectivo de los templarios y el encargo a una extraña secta, conocida como la Hermandad de la Serpiente y que algunos denominaban Oficus, de vengar a la Orden.

Aguardaron un par de minutos hasta que salieron otros tres individuos, que también charlaban animadamente. Se estrecharon las manos al despedirse y, en ese instante, Pierre centró su atención en uno de ellos, que en ese momento le daba la espalda. No podía identificarlo, pero estaba seguro de conocer a aquel individuo. Su porte, sus ademanes, sus gestos, todo le resultaba vagamente familiar. Al darse la vuelta para dirigirse al coche, se cruzó uno de los guardaespaldas y lo privó momentáneamente de la visión. Iba a verle la cara en el momento que sonó una voz a sus espaldas:

–¡No se muevan!

Pierre respondió a su instinto, miró hacia atrás y vio a dos individuos que les apuntaban con sus pistolas.

28

La comisaría de Limoux era pequeña, como correspondía a una localidad que rondaría los diez mil habitantes, aunque sus efectivos atendían a todas las poblaciones de los alrededores.

Pierre y Margaret sabían que detrás de aquello estaba Gudunov. Los agentes que los sorprendieron los identificaron como las personas que, según las instrucciones recibidas desde París, debían detener. Ahora aguardaban, esposados como vulgares malhechores y sentados en el incómodo banco que constituía el único mobiliario de la celda, a que les explicasen por qué estaban allí.

Pierre estaba ofuscado porque el momento en que habían aparecido aquellos polizontes fue el más inoportuno. Se lamentaba continuamente de que, una vez rehecho de la sorpresa de verse encañonado, volvió a mirar pero aquel individuo ya había subido al coche y no pudo verle la cara. La protesta de Margaret se centraba en lo increíble que resultaba su detención. Se suponía que Francia era un país civilizado, donde las instituciones, incluida la policía, funcionaban según unas normas y los ciudadanos estaban protegidos por unos derechos. Los agentes se habían negado a darle explicaciones; la esposaron y la condujeron a aquel lugar donde estaban incomunicados desde hacía cerca de una hora. Su único contacto con el exterior era el sonido de un aparato de radio que llegaba hasta ellos. Después de una sarta de consejos publicitarios, escucharon el boletín de noticias de las cinco de la tarde. Junto a otras cuestiones menores, la información giraba en torno a dos asuntos: el estado de salud del Papa –el locutor dijo textualmente que el Vaticano era un hervidero y que por Roma circulaban toda clase de rumores, si bien la oficina de prensa pontificia había hecho público un desmentido acerca de un agravamiento del estado de Su Santidad–, y el grave accidente de circulación en el que habían resultado muertas seis personas; había once heridos de diversa consideración; dos de ellos, un inspector de policía y la dependienta de una floristería, en estado crítico. El locutor indicó que, en la confusión de los primeros momentos, se había dado por muerto al inspector. Se extendió después en una serie de consideraciones acerca del colapso circulatorio vivido en toda la zona este de París durante más de tres horas y señaló, como apunte de última hora, que una de las hipótesis con que trabajaba la policía se centraba en que el accidente hubiese sido intencionado.

–Supongo que Gudunov no me hará responsable de ese accidente –comentó Pierre con sarcasmo.

–Lo que yo supongo es que tendrá que dar explicaciones por retenernos de esta forma.

En la radio sonaba ahora una canción de Mireille Mathieu, llamada el Gorrión de Aviñón, quien encandiló con su prodigiosa voz y sus canciones a millones de parejas en los años sesenta y setenta. Se trataba de *¿Arde París?* y fue como un sedante para los conturbados ánimos de los dos detenidos. Margaret intentaba ajustar un rompecabezas, donde se combinaban los fundamentos científicos de una historiadora meticulosa y rigurosa con el acontecimiento que acababa de presenciar. Pierre, por su parte, buscaba en los pliegues de su memoria aquellos gestos y ademanes que le resultaban tan familiares. Por muchas vueltas que le daba, no obtenía una respuesta. Pensó que se había confundido, que se trataba de una especie de alucinación provocada por el deseo de saber, al igual que le ocurría a un agotado explorador cuando, perdido en el desierto, creía ver agua donde sólo había arena.

Su teléfono móvil vibró en el bolsillo del pantalón. Los agentes no les habían retirado sus pertenencias.

–¡Margot, rápido, mete la mano en mi bolsillo y coge el teléfono! ¡Alguien está llamando!

Notó cómo la mano de la historiadora hurgaba en su bolsillo. Al sacarlo se le cayó, la parpadeante luz de la pantalla indicaba que la llamada continuaba. Se agachó, lo cogió justo a tiempo de pulsar la tecla verde.

–¿Dígame?

–¿Señor Blanchard?

–Sí, dígame.

–Soy Gabriel, Gabriel d'Honnencourt.

–¡Qué sorpresa, señor D'Honnencourt!

Margaret se llevó las manos a la boca para tapar una palabra que no había pronunciado.

–Tengo que pedirle disculpas por no haber atendido a sus llamadas. Veo que lo ha hecho de forma insistente, pero espero que comprenda mi actual situación. Llevo pegado a los pergaminos desde que los tengo en mi poder. ¡Es una sensación tan extraña que resulta imposible de definir! No podría explicárselo, pero tal vez usted pueda entenderme. Los leo una y otra y otra vez. No me canso de buscar detalles, de tomar notas. ¡Es todo tan increíble! ¿Me creerá si le digo que mi curiosidad y mi excitación no se sacian? No he hecho otra cosa que estudiar todos y cada uno de sus detalles. Quiero que nos veamos y que, si usted lo cree conveniente, también la profesora Towers disfrute de estos documentos. ¿Continúa su amiga en París?

Pierre vaciló un momento antes de responder:

–Sí, está aquí a mi lado. ¿Cuándo quiere usted que nos veamos?

–¿Aceptarían una invitación para cenar esta noche? –propuso Gabriel.

–¿Una cena? ¿Esta noche? ¿En París?

Se produjo un breve silencio; a Gabriel le había sorprendido la última pregunta.

–¿Cómo que en París?

El momentáneo silencio permitió a Pierre darse cuenta del error que acababa de cometer y a D'Honnencourt sospechar que el periodista le estaba ocultando algo.

–Verá, Gabriel –trataba de improvisar una historia–, Margot y yo estamos en Romigny, cerca de Chartres, en la casa de unos amigos. Pasaremos aquí la noche y no regresaremos hasta mañana. No sabe cuánto lo lamento, si quiere podríamos almorzar mañana.

Era consciente de que su excusa no había sonado muy convincente y, además, se dio cuenta demasiado tarde de que acababa de cometer otro error. ¿Cómo había sido tan estúpido de quedar para un almuerzo en París, en la situación en que se encontraba?

–No sabía que estuviesen fuera de París; está bien, almorzaremos mañana. ¿Le parece buena hora la una y media?

–Me parece perfecto.

–Le propongo un pequeño pero excelente restaurante en la rue de la Paix, se llama...

–Discúlpeme, Gabriel –lo interrumpió Pierre.

En un arranque de sinceridad, decidió no mantener aquella farsa con un hombre que le había confiado el mayor de sus secretos e incluso lo había compartido con él.

–No comprendo. ¿Qué he de disculparle?

–Verá, Gabriel, en este momento estoy detenido en una comisaría.

–¿Detenido?

–Sí, en la comisaría de Limoux.

–¿Limoux? Eso está cerca de Carcasona, ¿no?

–Efectivamente.

–¿Qué ha ocurrido?

–No lo sé muy bien, pero la verdad es que estamos detenidos.

–¿También está detenida la profesora Towers?

–También.

–Discúlpeme, Pierre, pero ¿qué hacen ustedes tan lejos?

–Buscando la Serpiente Roja.

–¡Qué me está diciendo!

–Esa gente ha celebrado hoy una reunión.

–¿Una reunión? ¿Dónde?

–En Arques.

–¿Cómo se ha enterado?

–Es una historia complicada, Margot escuchó cómo los individuos que la secuestraron decían algo al respecto. Todo ha sido muy confuso, pero al final hemos localizado el lugar.

–¿Han podido averiguar dónde se reunían y quiénes son esa gente?

–No, porque la policía nos detuvo en el momento más inoportuno. No sé por qué lo han hecho, pero supongo que el comisario Gudunov está detrás de todo esto.

–¿Por qué lo dice?

–Está muy enfadado. Le han robado el teléfono móvil y el inspector Duquesne ha sufrido un grave accidente, al parecer intencionado.

–¡Qué me dice!

–¿No se ha enterado?

–La verdad es que no.

–Pues es primera noticia en todos los medios; el número de muertos es elevado y comparte titulares con la salud del Papa.

–Llevo casi cuarenta y ocho horas dedicado en cuerpo y alma a estudiar la documentación que ha generado el linaje de mis antepasados. Es mucho más fascinante de lo que podía imaginarme. Cuando la vea no va a creérselo, Blanchard.

–Primero tendré que salir de este lío.

–Si puedo serle útil en algo...

–Se lo agradezco, espero salir del atolladero sin muchos problemas. Veo que los documentos le han entusiasmado.

–¡Es algo fascinante, Pierre! Cuando los vea, comprobará que no exagero.

–Estoy deseándolo, pero antes tendré que solucionar mi situación. Espero que Gudunov me saque de este lío, aunque hace más de una hora que pedí hablar con él y no ha dado señales de vida.

–Bien, en tal caso...

–Me pondré en contacto con usted en cuanto regrese a París.

–De acuerdo, espero su llamada.

Cortó la comunicación y dejó escapar un suspiro. Margaret lo miraba esperando una explicación.

–Era D'Honnencourt.

–Eso ya lo sé.

Al fondo se escuchaban las noticias que incidían en el grave accidente de París y en el caos circulatorio vivido por la capital.

–Está entusiasmado con los documentos sobre su pertenencia a una familia *rex deus*. Ni siquiera estaba al tanto del accidente de Duquesne.

–¿Por qué se lo has contado todo?

Pierre hizo un ligero movimiento con los hombros.

–No podía mentir a un hombre que ha confiado en mí de la forma que él lo ha hecho.

La puerta se abrió y apareció un gendarme, les quitó las esposas e indicó a Pierre que lo acompañase.

–¿Y yo? –protestó Margaret.

–Aguarde aquí, señorita.

Lo condujo hasta el despacho del comisario; el teléfono que descansaba sobre la mesa estaba descolgado. El policía, señalándolo, le dijo:

–Es el comisario Gudunov.

Cogió el teléfono y preguntó:

–¿Dígame?

–¡Joder, Blanchard, creo que está usted en apuros!

Percibió un fondo de ironía, pero en su situación Pierre comprendió que no podía desahogarse como le hubiese gustado.

–En los que usted me ha metido.

–¿Por qué dice una cosa así?

–Porque no encuentro otra explicación a estar detenido desde hace más de una hora en esta comisaría. No he cometido ningún delito, no he alterado el orden público ni nada por el estilo. Soy un ciudadano modélico, víctima de una arbitrariedad. Además, aquí nadie me da una maldita explicación de por qué a la profesora Towers y a mí nos han tenido esposados e incomunicados todo este tiempo.

–Incomunicados no –protestó el titular del despacho, sin quitarse de la boca el cigarrillo que colgaba de sus labios–. Han tenido a su disposición sus teléfonos móviles.

Pierre le lanzó una mirada aviesa.

–¿Qué hacía usted en Arques?

Como ya daba igual, porque la oportunidad que había tenido delante de sus narices se había esfumado como las burbujas del champán, no se contuvo:

–Trataba de enterarme de las decisiones que tomaban los máximos responsables de la Hermandad de la Serpiente.

–¡Déjese de chorradas, Blanchard! ¡No me toque los cojones!

De forma ostensible el periodista apartó el auricular de su oído y miró al policía que lo observaba, componiendo en su rostro una expresión de hastío.

–Le hablo en serio. ¿Por qué coño cree que me he metido ochocientos kilómetros hasta esa aldea? ¿Piensa que para enseñarle a la historiadora un castillo? ¡Alrededor de París, a menos de dos horas de camino, los hay a montones! ¡He ido hasta Arques porque esa gente estaba reunida allí!

Gudunov permaneció en silencio unos segundos. Pierre supo que le acababa de asestar una estocada; las posiciones acababan de invertirse.

–¿Cómo lo supo?

Ésa era la pregunta que esperaba para echarle en cara su actuación y desahogar al menos una parte del malhumor y de la frustración producida por la detención. Habló muy bajo, como si susurrase un secreto.

–Ya conoce la regla, comisario.

–¿A qué cojones se refiere con eso de la regla?

La ironía había dejado paso a la cólera.

–¡Las fuentes no se revelan jamás!

–¡Blanchard! ¿Le han dicho alguna vez que es un verdadero hijo de puta?

–Tantas que he perdido la cuenta.

–Esta mañana me mintió descaradamente, cuando dijo que su amiga estaba interesada en los cátaros, los trovadores, los templarios y no sé cuántas leches más.

El comisario de Limoux podía escuchar los gritos de Gudunov, pero la expresión de su rostro únicamente revelaba indolencia mientras el cigarrillo se consumía en la comisura de sus labios.

–Efectivamente, no quería que me chafase el asunto. Por eso se acabó la batería del móvil.

–¿Por qué he de creerlo ahora?

–Porque le estoy diciendo la verdad. –Pierre miró al policía–. Pregúntele al comisario que está sentado delante de mí si había o no una reunión en el castillo de Arques. No una reunión cualquiera, le estoy hablando de una reunión de alto nivel: ¡guardaespaldas, conductores, coches que usted o yo no podríamos comprarnos ni juntando el sueldo de toda una vida!

–¡Páseme al comisario! –gritó Gudunov.

Pierre, sin decir una palabra, le ofreció el auricular al policía.

–Dime.

–¿Es cierto lo que dice ese periodista?

–¿Te refieres a la reunión de esa gente a los que el detenido se refiere como la Serpiente Roja?

–Me refiero a si ha habido en Arques o como se llame ese pueblo una reunión de alto nivel.

–Es cierto.

Gudunov recibió las dos palabras como si fuesen dos bofetadas.

–¿Cómo que es cierto?

–Que es cierto que en ese castillo se ha celebrado una reunión de ejecutivos de una importante firma farmacéutica suiza. Para celebrarla, han alquilado el castillo por una pasta. El alcalde estaba contentísimo, le han arreglado el presupuesto del año.

–¿Tienen costumbre de reunirse ahí?

–Que yo sepa es la primera vez que ocurre.

–¿Cómo se llama la industria?

–No lo sé pero, si tienes mucho interés, puedo enterarme.

–Tengo mucho interés.

–Veré qué puedo hacer.

–No lo dejes, es muy importante.

–Te llamo lo antes posible.

–Al periodista y a su amiguita diles que quedan en libertad, pero que no pueden abandonar Limoux hasta que no hayamos comprobado quién coño se ha reunido en ese castillo. Mejor, déjame que se lo diga yo.

Poco después Gudunov recibió la llamada de su colega y obtuvo todos los datos. La solicitud para alquilar el castillo había sido cursada al Ayuntamiento, tres días antes, por un individuo que se acreditó como representante de Farmacolin: una empresa farmacéutica con sede social en Zúrich, en el número 18 de la avenida de Jean Calvino. El alcalde le facilitó el teléfono de la centralita de la empresa y un número de fax. Habían pagado al contado la bonita suma de dieciocho mil euros por disponer del castillo desde la tarde del día anterior. También le informó de que la víspera un camión de mudanzas descargó mobiliario, que ya había recogido, dejando el lugar tal como lo habían recibido. El alcalde de Arques estaba encantado.

Diez minutos más tarde, una agradable voz de mujer respondía a la llamada de Gudunov.

–Farmacolin, ¿en qué puedo ayudarle?

–Perdone, pero no recuerdo su dirección postal. Es Jean Calvino, ¿número...?

–Dieciocho, señor.

–Muy amable, muchas gracias.

–Encantada de haberle podido ser de utilidad.

Gudunov cortó la comunicación, miró el auricular que aún sostenía en la mano y le habló:

–Conque la Serpiente Roja, ¿eh?

29

Una tenue luz entraba por los intersticios de la persiana cuando Pierre se despertó. Aunque nunca había disputado un combate de boxeo, tenía el cuerpo tan dolorido como el de un pugilista que ha perdido por puntos, después de un duro castigo a lo largo de quince asaltos.

Intentó abrir los ojos, pero el dolor se lo impidió. Tanteó sobre la mesilla de noche para coger el reloj y ver la hora. Hizo un esfuerzo para vislumbrar algo entre sus pestañas y comprobó que eran cerca de las ocho. Trató de recordar, exigiéndole a su dolorida cabeza un penoso esfuerzo.

A eso de las seis de la tarde les dejaron en libertad, sin darles ninguna explicación. Se subieron al coche y fueron hasta Arques; no había más de quince kilómetros. Llegaron al castillo poco antes de que el sol se pusiese; anochecía y la fortaleza estaba cerrada a cal y canto. Un cartel en la puerta señalaba el horario de visitas: de martes a domingo, de diez a trece y de quince a dieciocho horas. Precio: tres euros; los menores de doce años, euro y medio, igual que los pensionistas. Había precios especiales para los colegios y los grupos de más de quince personas. Las únicas huellas que quedaban de la reunión celebrada eran las rodadas de los neumáticos sobre la hierba; allí no había otro rastro. A las siete menos veinte decidieron, en un alarde de locura, regresar a París. Podían hacer el viaje en nueve horas, incluida una parada en un área de servicio para repostar, ir al lavabo y comer unos sándwiches. Se turnarían al volante.

Faltaban cinco minutos para que diesen las cuatro de la madrugada cuando cruzaron el Sena por el puente de Austerlitz y enfilaron el boulevard de la Bastilla. Las grandes avenidas parisinas se encontraban vacías. En menos de diez minutos estaban en la puerta de su apartamento. El viejo Renault se había portado como en sus mejores tiempos. Pierre se tapó la cabeza con el edredón para dormir algunas horas más, pero un ruido en la cocina le hizo cambiar de opinión.

–¡Será posible que ya esté levantada! ¡Ha dormido menos de cuatro horas después del viajecito! –Su malhumor era evidente.

Alcanzó la bata, se alisó el pelo, y dando tumbos y murmurando protestas, con todos los huesos de su cuerpo doloridos y la cabeza a punto de estallarle, apareció en la cocina, donde la historiadora preparaba algo de comer. Lo recibió mirando el reloj.

–¿Qué tal, dormilón? ¡Has dormido casi dieciséis horas!

–Déjate de bobadas, son las ocho.

–Para ser exactos pasan tres minutos.

Pierre miró por la ventana.

–¿Qué hora es?

–Las veinte horas y tres minutos.

Margaret dejó por un momento de batir los huevos, encendió otro de los fuegos de la encimera y colocó una sartén para que se calentase. Al lado había roto a hervir el agua donde se cocían media docena de salchichas.

–¡No es posible!

–Lo es. Has estado durmiendo dieciséis horas, ya te lo he dicho.

–¡Son las ocho de la noche! –exclamó Pierre con incredulidad.

–Veo que empiezas a situarte.

–¡Qué barbaridad!

–Tienes una llamada.

–¡De quién?

–Era D'Honnencourt, estaba preocupado porque no respondías a las llamadas del móvil.

Margaret no dejaba de batir con energía y estaba pendiente del fuego.

–Debe de haberse quedado sin batería. ¿Ha llamado a casa?

–Sí, hace una hora. Se tranquilizó al saber que estábamos en París. Le dije que lo llamarías. ¿Quieres comer algo?

–No, lo que necesito es un cóctel de aspirinas; la cabeza me va a estallar y me duele todo el cuerpo. ¿Tú cómo estás?

Puso un buen trozo de mantequilla en la sartén, que se deshizo en medio de un chisporroteo, echó una pizca de sal y volcó el contenido del bol. Rápidamente el huevo tomó consistencia y la historiadora lo revolvió con habilidad, deshaciéndolo con una espátula.

–Mi cuerpo todavía se resiente de la paliza, pero doce horas de sueño me han recompuesto y la ducha ha sido reconfortante. Creo que deberías darte una y, desde luego, si vas a tomar algún analgésico, deberías comer algo.

–¿Qué preparas?

–Unos huevos revueltos y unas salchichas, tu nevera no da para mucho más. ¿Quieres un poco?

–Se me está abriendo el apetito. ¡Me doy una ducha rápida y comemos!

–¡No tengas prisa! ¡Relájate bajo el agua!

Les llamó la atención el lugar y la austeridad. Era un apartamento antiguo, situado en la rue de Saint Vincent, a la espalda del Sacré Coeur. Un pequeño vestíbulo daba paso a un largo y estrecho pasillo sumido en la penumbra, apenas había muebles.

–Permítanme que vaya por delante –se excusó D'Honnencourt.

El salón era amplio, luminoso y frío. Salvo la enorme mesa, plantada en el centro, y dos sillas, carecía de mobiliario. Los ricos cortinajes que enmarcaban las ventanas llamaban la atención. Sobre la mesa, desplegados, había cuatro pergaminos donde, muy marcadas, resaltaban las líneas de los dobleces. En los caracteres hebreos de su escritura era visible la mano de los diferentes escribas que habían dejado allí su testimonio. A pesar de su antigüedad, las letras tenían un brillo extraordinario, como si hubiesen sido escritas la víspera. Una persona inexperta habría pensado que era un indicio de falsificación, pero Margaret sabía que era debido a la calidad de las tintas empleadas.

Aunque Gabriel d'Honnencourt había sido educado para dominar sus sentimientos y no extralimitarse en ninguna situación, la satisfacción, muy contenida, se reflejaba en su rostro, al igual que el orgullo que se apreciaba en sus azules ojos de destellos grises. Las palabras salieron de su boca, solemnes, como cuando un chambelán realiza el anuncio de un gran acontecimiento ante un selecto auditorio:

–Ahí la tienen, por increíble que parezca: la genealogía completa de una familia *rex deus*.

Extendió su brazo derecho con la palma de la mano abierta, el gesto daba licencia a sus dos huéspedes para que pudiesen aproximarse al tesoro que él tanto había añorado.

Se acercaron a la mesa y Margaret percibió el olor del tiempo en los pergaminos. Acarició con la punta de sus dedos el borde de uno de ellos y apreció la finura de la vitela. El tercer pergamino llamó su atención: la textura era mucho más tosca y la tinta se veía opaca, sin brillo; debieron de confeccionarla con algún ingrediente ácido. En algunos lugares se apreciaba que la vitela estaba corroída y el pergamino aparecía agujereado. Estaba fascinada. Aspiró el aroma del cuero viejo, como quien deleita su olfato con un perfume. Era el olor de los siglos.

–Exactamente, ¿cuál es su contenido? –preguntó Pierre.

–Aquél –Gabriel señaló con su índice– es el más antiguo; recoge los elementos que configuran los antecedentes históricos de las dinastías reales del judaísmo bíblico, las llamadas familias *rex deus*. Ese otro contiene el comienzo de la línea genealógica de mi familia, que es la línea que desciende del sumo sacerdote Sadoc. Llega hasta el año... bueno hasta mediados del siglo VI de la era cristiana. Esos dos pergaminos salieron de Israel con mis antepasados, al producirse la diáspora después de que las legiones romanas de Tito destruyesen Jerusalén. El tercero, desde un punto de vista cronológico, es ése. –Señaló el más tosco y deteriorado–. Eran tiempos muy difíciles, creo que los historiadores británicos –miró a Margaret– se refieren a esos siglos como *The dark ages*, los tiempos oscuros. Supongo que a mi antepasado le resultó difícil encontrar un pergamino mejor y una tinta más adecuada: observen cómo ha corroído el pergamino. –Indicó una marca donde la acidez de la tinta había agujereado la vitela–. Su valor, sin embargo, es extraordinario. Mi madre me dijo que había escuchado decir a la suya, quien se lo oyó a su abuelo, que en esa época, llena de dificultades, fueron varias las familias que perdieron el rastro de su ascendencia y de su genealogía. El cuarto de los pergaminos es el más reciente, aunque tiene más de trescientos años: las últimas trece generaciones de mis ancestros, que llegan hasta mi madre. Como podéis comprobar, sólo está escrito hasta poco más de la mitad. Esos últimos párrafos –Gabriel señalaba las últimas líneas– fueron escritos por mi madre.

–¡Esto es increíble!

La exclamación salió espontáneamente de la boca de Margaret, que parecía estar en otro mundo. Iba de un pergamino a otro, sin levantar la vista de los documentos. Nunca pudo imaginarse que las llamadas dinastías del judaísmo bíblico fuesen una realidad. Como muchos de sus colegas, creía que se trataba de una leyenda a la que los judíos se habían aferrado para dar cuerpo a una tradición. Sería necesario analizar detenidamente la textura de los pergaminos, analizar las tintas y su composición, pero hasta donde podía percibir aquello era auténtico. Su acartonamiento como consecuencia del paso de los siglos, el polvo incrustado, los dobleces... No podía pronunciarse sobre la escritura porque sus conocimientos de hebreo eran limitados, pero las diferencias en la caligrafía revelaban manos distintas en la elaboración de aquel árbol genealógico.

–También yo estoy vivamente impresionado –indicó el descendiente del linaje bíblico–. No podría decir cuántas veces he conciliado el sueño pensando en estos documentos, que imaginé de mil formas diferentes, pero la realidad es... es como ha dicho usted –miró a Margaret–, increíble. Además, nunca pensé que mis antepasados hubiesen conservado, además de la genealogía familiar, un testimonio histórico donde se explica el origen de las familias *rex deus*. Es probable que exista alguno más, pero como comprenderán, es algo de lo que no se habla. Apenas existe relación entre los diferentes linajes del judaísmo bíblico, entre otras razones porque, con el paso de los siglos, las diferentes familias se fueron alejando entre sí.

–¡Vaya historia! –exclamó Pierre.

–¿Le parece interesante?

Las palabras sonaron cálidas, acogedoras, envolventes.

–¿Que si me parece interesante? ¡Esto es una bomba, Gabriel!

D'Honnencourt esbozó una suave sonrisa y miró a Margaret, que estaba literalmente volcada sobre la mesa.

–Me gustaría conocer la opinión de la experta.

Estaba tan abstraída que no pareció escuchar la pregunta. Iba de un pergamino a otro, dando vueltas alrededor de la mesa, sin levantar la vista de los documentos.

–¿Qué le parecen? –preguntó otra vez D'Honnencourt.

Ella se incorporó, llevándose las manos a los riñones.

–¡Esto es extraordinario! –La fascinación que le producía todo aquello estaba impresa en sus ojos–. ¡Una genealogía que se remonta, sin interrupciones, al siglo primero de nuestra era, referida a la descendencia de uno de los miembros del colegio sacerdotal de Jerusalén! ¡No me lo puedo creer! –A Margaret sólo le faltaba dar saltos de alegría como una colegiala–. ¡Además, ligada a la historia de las llamadas familias *rex deus*! ¡Estoy abrumada, señor D'Honnencourt! No me explico cómo ha podido usted soportar tantos años alejado de estos documentos que le pertenecen por derecho de familia.

Gabriel hizo un gesto de resignación.

–Usted lo ha dicho, el derecho de familia. Eso pertenece al ámbito privado y yo no tenía el menor margen de maniobra. Mi hermano es mayor que yo, nada podía decirle acerca del secreto que mi madre me había confiado, sin provocar su ira. La paciencia ha sido la mayor de mis virtudes a lo largo de estos años que, puedo asegurarle, han resultado penosos.

–¿Qué piensa hacer ahora? –preguntó la historiadora.

–He de pensar en el futuro; yo tengo un grave problema de descendencia...

El móvil de Pierre sonó en aquel momento. Comprobó la llamada, mientras sonaba la música de Dvorák, y vio que era Gudunov. No pensaba responder, pero recordó la experiencia de Limoux.

–¡Disculpadme un momento!

Se alejó unos pasos hasta un rincón, buscando instintivamente una intimidad imposible.

–¿Dígame?

–Blanchard, es urgente que hable con usted –le espetó sin preámbulos; las buenas maneras no formaban parte de las formas habituales del comisario, aunque ahora no había soltado ninguna grosería.

–¿Ha ocurrido algo?

–Sí.

–¿Podría ser más explícito?

–Por teléfono, no. ¿Puede venir a la comisaría?

–Verá, ahora mismo –miró hacia donde estaban Margaret y Gabriel– estoy atendiendo a unas personas y...

–Se trata de la Serpiente Roja.

–¿La Serpiente Roja? ¿Qué ha ocurrido?

–Ya le he dicho que por teléfono, no.

–Muy bien, puedo estar ahí en una hora.

Supuso que el comisario estaba de acuerdo, aunque lo que llegó a su oído fue el cierre de la comunicación.

–Era Gudunov, quiere hablar conmigo.

–¿Sobre la Serpiente Roja? –preguntó Margaret.

–Sí, pero no ha soltado prenda. Quiere que vaya a la comisaría.

–Ese comisario es testarudo como una mula –sentenció D'Honnencourt–. Me sentí intimidado cuando me interrogó acerca del mensaje que me enviaron para comunicarme el lugar donde usted se hallaba secuestrada.

Margaret aprovechó el momento.

–Eso es algo a lo que no he encontrado explicación. ¿Por qué esa gente se dirigió a usted, que ni siquiera me conocía, para indicarle el lugar donde me retenían?

–Probablemente porque también a mí me habían amenazado y me consideran involucrado en todo este asunto. Piense que sobre esa secta se sostienen dos versiones y una de ellas afirma que son los protectores de una de las familias *rex deus*, los descendientes de los merovingios. Aunque mi opinión es que tal protección, si alguna vez existió, ha desaparecido con el tiempo.

–¿Y la otra? –preguntó Margaret.

–Que custodian un secreto y, además, tienen como misión completar lo que ha venido en denominarse como la venganza templaria.

–¿Cómo ha dicho? –preguntó Margaret.

–¿Sabe algo de una reunión celebrada en 1319, donde los templarios decidieron dar por finiquitada su Orden?

–Algo he leído, pero eso es una leyenda, como tantas otras tejidas en torno al Temple –comentó con displicencia.

–No lo crea, profesora. Muchos templarios franceses lograron huir de la trampa que les tendió Felipe IV; eran núcleos aislados, pero tenían voluntad de resistencia. Los animaba ver que en otros lugares de Europa los reyes no se decidían a acabar con la Orden. Llegaron a elaborar un plan para rescatar al último de su maestre, Jacques de Molay, pero fracasaron. Durante los años siguientes un grupo muy numeroso trató de presionar al Papa y conseguir la restauración del Temple, con todos sus derechos; incluso, dada la abundancia de encomiendas en la zona del Languedoc, se mostraron dispuestos a plantear la creación de un estado templario en aquel territorio.

–¡Todo eso son patrañas! –exclamó Margaret con gran vehemencia.

Una mueca casi imperceptible asomó a los labios de Gabriel. Aunque sabía controlar sus emociones, la historiadora lo había contrariado. Sin embargo, prosiguió con su explicación:

–Otros, por el contrario, consideraban el proyecto como una quimera y abogaban por la disolución. Para tomar una decisión, se reunieron en las afueras de Troyes en 1319 y allí impusieron su criterio estos últimos. El Temple quedaba definitivamente liquidado. Sin embargo, se adoptó un acuerdo de gran importancia.

Margaret consideraba todo aquello una sarta de mentiras, aunque por todas partes afloraban referencias a asuntos relacionados con tales supuestos. En cualquier caso no dejaba de impresionarla la seguridad con que D'Honnencourt se explicaba.

–¿Qué acordaron? –preguntó Pierre.

Gabriel dejó que una leve sonrisa asomase a sus labios.

–¡Es una pena que tengan que marcharse! Me hubiese gustado hablar de todo esto tranquilamente y, desde luego, conocer la valiosa opinión de una experta como la profesora Towers, pero entiendo que el comisario tenga preferencia.

A Pierre le sorprendió la reacción de D'Honnencourt; no la esperaba. Estaba claro que, aunque disimulase, la actitud de Margaret lo había ofendido mucho más de lo que sus formas dejaban traslucir.

–Supongo que atender a Gudunov no es obstáculo para que volvamos a reunirnos.

–Desde luego, desde luego que no. La profesora Towers tiene los documentos a su entera disposición para que pueda usarlos como considere oportuno.

Margaret no daba crédito a lo que acababa de escuchar.

–¿Habla en serio?

–Completamente.

–¿Significa que podría estudiarlos e incluso publicar un trabajo sobre ellos?

–Sin ningún problema.

Margaret se abrazó al cuello de Gabriel y le estampó un beso en cada mejilla.

–¡Vamos, vamos, Margaret, no es para tanto!

–¡Cómo que no! Esos pergaminos constituyen el sueño de cualquier historiadora. ¡Son documentos valiosísimos!

Pierre recordó las páginas mecanografiadas y los recortes que configuraban *Le Serpent Rouge* y sintió una punzada de celos. Aquellos documentos que tenía el privilegio de contemplar eran una tentación para cualquiera.

–Ni que decir tiene que también están a disposición de Pierre. Sería injusto no ofrecérselos a él.

–¿Me está ofreciendo el material para un reportaje?

–Por supuesto, aunque con ciertas limitaciones.

El periodista frunció el ceño.

–¿Limitaciones? ¡Eso no es justo! No he escuchado que se las ponga a Margot.

–Mi querido Pierre, supongo que estará de acuerdo conmigo en que hay notables diferencias entre el ámbito académico y el mundo periodístico.

–¿A qué se refiere exactamente?

–Tendrá que comprender que el reportaje no puede caer en el sensacionalismo al que tan aficionados son ustedes. Compréndalo, tendríamos que establecer ciertas normas. Ése es un terreno que usted conoce sobradamente, ha tenido que negociar información. –Pierre sabía muy bien de lo que estaba hablándole–. Si está dispuesto a que las establezcamos, le aseguro que no seré demasiado exigente.

Pierre asintió con un movimiento de cabeza.

–¿Cómo puedo ponerme en contacto con usted? –preguntó el periodista.

–Puede llamarme al móvil que debe de tener en la memoria de su teléfono.

30

–Supongo que no tendrá inconveniente en que la profesora Towers me acompañe, al fin y al cabo ella está al tanto de todo.

–No sólo no tengo inconveniente, sino que me parece bien que haya venido; tal vez aporte algo interesante. Ya conoce el viejo dicho: cuatro ojos ven más que dos.

–¿Qué noticias tiene de Duquesne?

A Pierre le pareció un detalle preguntar por el inspector y se percató de que un individuo tan tosco en sus formas como Gudunov le agradecía el gesto.

–Estamos en un compás de espera, aunque parece ser que su estado, dentro de la gravedad, ha mejorado algo.

–Me alegro.

–Sin embargo, todo apunta a que le quedarán importantes secuelas. Los médicos no sueltan prenda porque no quieren pillarse los dedos. Se muestran satisfechos porque llegó al hospital clínicamente muerto; de hecho, algunos medios difundieron la noticia de que Duquesne había fallecido.

–¿Han averiguado algo más sobre el accidente?

–Que fue provocado. Estamos investigando algunas pistas y puedo asegurarle que vamos por buen camino.

–¿Se confirman las sospechas sobre la Serpiente Roja?

–Eso espero.

Pierre comprendió que el policía no iba a ser más explícito y optó por guardar silencio, hasta que el comisario tomase la iniciativa.

–Como habrá podido comprobar, he dejado que se recupere de su viaje a Limoux.

–¿Debo darle las gracias?

–Blanchard, siempre que habla, tiene usted la virtud de tocarme los cojones.

Miró a Margaret y farfulló una disculpa.

–No pretenderá que esté feliz y contento, después de que nos detuviesen sin motivo, nos esposasen y nos retuviesen en la comisaría, como si fuésemos vulgares malhechores.

–Digamos que fue el pago por su intolerable actuación.

–¿Eso también me incluye a mí? –protestó la historiadora, a quien le parecía insultante que un miembro de la seguridad del Estado dijese cosas como aquélla.

–Créame que lo lamento por usted, le pido disculpas, pero Blanchard tenía la advertencia de no abandonar París sin comunicarlo previamente.

–¿Eso significa que estoy bajo sospecha?

–No necesariamente, pero sepa que es pieza fundamental de una investigación en marcha. No olvide que usted fue la última persona que vio a Madeleine Tibaux con vida.

Pierre pensó que Gudunov le estaba tendiendo una trampa: si admitía con su silencio que él era el último que la había visto viva, podrían considerarlo el asesino.

–Si excluimos a quienes la mataron –puntualizó.

–No empecemos otra vez, Blanchard.

–Simplemente deseaba dejar claro que yo no fui el último. Si con mi silencio diese por bueno lo que acaba de decir, me temo que podría sacar conclusiones equivocadas.

Gudunov decidió no seguir por ese camino.

–El otro día me dijo que fueron a Arques porque allí estaba celebrándose una reunión de la Hermandad de la Serpiente.

–Y usted me respondió que me dejase de chorradas.

Gudunov pasó por alto la pulla.

–He averiguado algo.

Margaret y Pierre se miraron.

–¿Qué ha averiguado?

–El castillo de Arques fue alquilado a su Ayuntamiento por el representante de una importante compañía.

–¿Qué clase de compañía?

–Tranquilo, Blanchard, la compañía se llama Farmacolin y tiene su sede social en Zúrich.

El periodista pensó que Gudunov trataba otra vez de tenderle alguna trampa, aunque no podía estar seguro de ello. Esa sensación era consecuencia de la desconfianza que le inspiraba el comisario. Decidió tantear el terreno.

–¿Ha dicho Farmacolin?

–Sí, una compañía farmacéutica. Pero he descubierto alguna cosa más.

–¿Qué más?

–Que en ninguna farmacia hay productos de los laboratorios Farmacolin. Se trata de una tapadera.

–¡La tapadera de Oficus!

–No vaya tan deprisa, Blanchard.

Pierre miró a Margaret, que mantenía un prudente silencio. Buscaba su apoyo.

–En el mismo inmueble donde Farmacolin tiene la sede social, están registradas al menos media docena de compañías, cuyas actividades son tan variadas como una empresa noruega dedicada a la pesca del salmón; otra alemana, cuya actividad es la fabricación de envases y bolsas de plástico; otra sueca que trabaja en el sector de la madera, principalmente elaboración de pasta de celulosa para la fabricación de papel. Hay una francesa –Gudunov echaba ojeadas a uno de los papeles que había sobre su mesa– llamada Acerías de Metz, que produce lingotes de hierro para la industria pesada; incluso hay una rusa cuyo objetivo es la cría de esturiones para la obtención de caviar.

–¡Qué barbaridad! –exclamó Pierre.

–Todas estas industrias tienen algo en común, aparte de compartir la misma sede social: ninguna de ellas produce artículos que lleguen al consumidor, salvo el caso de Farmacolin, aunque, como le he dicho, tampoco hemos encontrado productos en las farmacias.

–Veo que no ha perdido el tiempo en las últimas cuarenta y ocho horas.

–Mientras usted dormía, yo trabajaba. Ahora viene la pregunta principal: ¿quiénes estaban reunidos en Arques?

–Ya se lo he dicho.

–Sigue sin moderar la velocidad, Blanchard.

–Es que no albergo la menor duda respecto a quiénes eran los que estaban allí reunidos.

–Está bien, admitámoslo como hipótesis. Pero ahora quiero

que me cuente con todo detalle, sin omitir absolutamente nada, esa historia. ¡Ah! y le advierto que no se le ocurra escudarse en que las fuentes no se revelan, porque lo empapelo por negarse a colaborar en el esclarecimiento de no sé cuántos asesinatos.

–Eso tendrá que decirlo un juez.

–Tiene toda la razón, pero le aseguro a usted que, con lo que tenemos por delante, un juez no tardaría ni una hora en procesarle. Si lo que quiere es una historia para la prensa sensacionalista, le prometo que la tendrá. Podemos llegar a un acuerdo y todos contentos.

–No sé qué dice mi horóscopo para hoy, pero seguro que presenta el día como una jornada propicia para los tratos.

–¿Por qué lo dice?

–Por nada, por nada... cosas mías.

–¿Acepta mi propuesta?

Pierre miró a Margaret, como un náufrago que ve perderse entre las olas el último madero al que aferrarse.

–¿Qué opinas, Margot?

–Que podemos intercambiar información. Quizá, como historiadora, averigüe qué se esconde detrás del nombre de la Serpiente Roja. Tú tendrás, según lo prometido por el comisario, un reportaje sensacional y la policía tendrá más posibilidades de resolver unos asesinatos; hasta es probable que al comisario le caiga un ascenso.

Pudo ser que Gudunov sonriera, su poblado bigote le tapaba el labio, pero no se mostró enfadado con la ironía.

–No se puede decir mejor, con menos palabras. Lamento no ser alumno en alguna de sus clases. –Miró a Pierre y le planteó–: Blanchard, si está de acuerdo, soy todo oídos.

–Está bien, pero antes quiero que me explique cómo me garantizará la historia para el reportaje.

La cúpula de la Escuela Militar resaltaba sobre el conjunto de edificios que cerraba por el este el Campo de Marte. El caballero, que disfrutaba de la tranquilidad del ambiente, estaba sentado a una de las pocas mesas ocupadas de la elegante terraza, y pasaba las páginas de *Le Figaro*, ojeando los titulares. Prestó atención a una noticia referida a la hipótesis que barajaba la policía sobre las causas del grave accidente sufrido por varios vehículos en un paso subterráneo, donde habían perdido la vida seis personas. También leyó con detenimiento la crónica enviada por el corresponsal de Roma sobre el estado de salud del Papa, que fuentes vaticanas calificaban como «estable», y pensó que «astucia» era la palabra que mejor encajaba para definir los vericuetos por los que se movía el mundo Vaticano. ¿Qué significaba estable? ¿Estable respecto a qué? En realidad no significaba nada porque no había referencias sobre su verdadero estado de salud. Sonrió y dio un pequeño sorbo al agua mineral que tenía sobre la mesa. Se mostró particularmente interesado en las declaraciones concedidas, en exclusiva al diario, por el comisario Gudunov. Cuando concluyó su lectura, lo plegó, consultó su reloj y alzó la vista. Un individuo pulcramente vestido, aunque el corte del traje denotaba la confección en serie, se acercaba hacia él. Las casi imperceptibles gotas de sudor que perlaban su frente señalaban su agitación y su rostro, ligeramente contraído, revelaba la turbación de André.

Armand d'Amboise lo recibió con un cortante:

–Te has retrasado diez minutos.

–Lo lamento, señor, pero el tráfico está cada vez más imposible. Además, he tenido que dedicar algún tiempo a un asunto sumamente grave.

–¿Más importante que acudir a la llamada de tu maestre?

–Lo siento mucho, señor –se excusó, visiblemente azorado.

–¿Qué vas a tomar? –preguntó a la vez que hacía un gesto al camarero, que se acercó solícito.

El recién llegado miró la botella que había sobre la mesa.

–También agua, señor.

–Siéntate y cuéntame qué es eso de tanta gravedad.

André se sentó en el borde de la silla, sin relajar un ápice la tensión que lo atenazaba.

–La policía está pisándonos los talones, señor.

–Eso ya lo sé.

–No me refiero a la pista de Arques, señor, ésa creo que podemos borrarla con facilidad.

–No te confíes, André, hay que actuar con diligencia, Gudunov ha olfateado el rastro. Sus hombres preguntan en las farmacias por productos de los laboratorios Farmacolin y también se ha interesado por las Acerías de Metz. Supongo que estará escudriñando las pesquerías noruegas, los bosques escandinavos o las piscifactorías rusas.

–¡Qué me dice!

–Ese sabueso es más peligroso de lo que creíamos. El problema estaba tanto en el inspector, que según dice la prensa parece que sobrevivirá, como en el comisario Gudunov. –Armand d'Amboise señaló el periódico doblado sobre la mesa–. Ahí lo tienes.

André miró el periódico donde aparecía una fotografía del comisario, pero no se atrevió a cogerlo.

–Tiene cara de sabueso, señor.

–Si te he hecho venir a este apacible lugar es porque, en estos momentos, no me fío de que el despacho sea un lugar seguro. No sé hasta dónde han llegado las pesquisas policiales. Pero tenemos que abandonar la sede de Zúrich y dejarla completamente limpia; dispones de veinticuatro horas para hacerla desaparecer y no dejar rastro. Ya sabes, cancelación de cuentas bancarias, líneas telefónicas, fax, ADSL, mobiliario. Farmacolin, y todo el entramado asociado a esa sede, dejan de existir. Desde pasado mañana entra en funcionamiento el centro operativo de Milán. ¿Alguna aclaración?

–Ninguna, señor. Milán entrará en funcionamiento inmediatamente; borrar todas las huellas de Zúrich quizá lleve algo más de veinticuatro horas.

–Veinticuatro horas, André; ni una más. Mañana por la tarde el local debe estar vacío. Si la policía sigue esa pista, tiene que estrellarse contra un muro de silencio.

André asintió; sabía que las instrucciones del maestre simplemente se cumplían.

–Así será, señor.

Armand d'Amboise iba a decir algo, pero la presencia del camarero lo llevó a guardar un prudente silencio. El hombre sirvió el agua con profesionalidad y se retiró, después de preguntar si los señores deseaban algo más.

–Ahora, explícame ese asunto de tanta gravedad.

El maestre había alzado sus cejas.

–Verá señor, la policía, también ese tal Gudunov, está investigando todo lo relacionado con el accidente. La operación no resultó tan limpia como esperábamos.

–¿Tan limpia, dices? –Un destello de ira apareció en los ojos de D'Amboise–. Fue un fracaso estrepitoso, André. Un desastre: seis muertos y Duquesne no está entre ellos. No podía resultar peor.

–Lo lamento, señor –se excusó, azorado.

–No lo lamentes y explícate.

–La policía ha llegado hasta el taller donde están reparando los desperfectos del vehículo que utilizamos en la operación Duquesne.

El maestre frunció el entrecejo y lo miró con dureza.

–No se te ocurra volver a hablar de ese asunto con tal denominación. ¿Cómo han llegado hasta el taller?

–Eso es lo que me preocupa, señor: preguntaban por un modelo concreto y por una matrícula específica; por el momento, les falla un número. Alguien debió de verla, aunque no con suficiente nitidez, y se la ha facilitado a la policía.

–Supongo que las placas serían falsas.

–Sí, señor, lo que significa que ya saben que no se trató de un accidente de circulación. Ya habrán localizado el vehículo que tiene la matrícula correcta.

–¿Entonces por qué te preocupas?

–Porque si estuviesen preguntando en cientos de talleres no tendría la menor importancia, pero si han ido a tiro fijo...

–¿Qué quieres decir?

–Que no han preguntado en ningún otro taller de la zona.

El maestre miró hacia la cúpula de la Escuela Militar y al cabo de unos segundos, preguntó:

–¿Quiénes participaron en esa operación?

–Grenouville y Leroy.

–¿Los mismos que limpiaron el apartamento del periodista y retuvieron a la historiadora?

–Sí, señor.

–Tienen que desaparecer durante una temporada.

–Muy bien, señor.

–¿Los del taller son de confianza?

–Por supuesto, señor.

–¿Absoluta confianza? –insistió D'Amboise.

–Sí, señor.

–En tal caso que retiren del coche las placas falsas, que le cambien los neumáticos, pero que utilicen unos usados, de distinta marca, y que no paren hasta eliminar los desperfectos de la carrocería. Tal vez logremos despistarles.

–¿Alguna otra orden?

–No, ponlo todo en marcha y sin pérdida de tiempo. Si hay algún problema, ya sabes dónde localizarme.

Armand d'Amboise vio cómo André, que no había probado el agua de su botella, se alejaba en dirección a la torre Eiffel. Luego miró el periódico y buscó la página donde se hablaba de la enfermedad del Papa. Le extrañaba que aún no le hubiesen llamado de Roma, aunque tal vez era lo mejor. Tenía que acabar de atar los cabos sueltos en París y para ello necesitaba todavía dos o tres días.

31

El Boeing 747 del vuelo de Alitalia procedente de París acababa de aterrizar a la hora prevista en el aeropuerto internacional Leonardo da Vinci. La azafata le entregó su abrigo y el pequeño maletín que constituía todo su equipaje. Fue el primer pasajero que bajó del avión y, sin detenerse, se encaminó hacia la salida. Nada más verlo, se le acercó un individuo vestido con traje oscuro, mientras otros dos permanecían atentos al entorno.

–¿El señor ha tenido buen viaje? –lo saludó mientras se hacía cargo del maletín.

–Perfecto, Pietro. Incluso hemos llegado sin retraso, lo que constituye toda una noticia.

El impoluto Mercedes negro brillaba reluciente. Uno de los guardaespaldas le abrió la puerta de atrás y el viajero se acomodó en el asiento de la derecha. Cuando todo estuvo en orden, los guardaespaldas en su sitio y Pietro al volante, el coche se deslizó suavemente.

–¿Adónde vamos, señor?

–A la vía del Corso, ya sabes el número.

–Muy bien, señor.

Armand d'Amboise permaneció en silencio durante todo el recorrido, sumido en sus pensamientos.

La fachada del inmueble ofrecía un aspecto deplorable, renegrida por los humos de los coches y sucia, pero el panorama cambiaba al cruzar la puerta: vestíbulo alfombrado, maderas nobles, vidrieras emplomadas, reluciente cristal y bruñidos metales. Escoltado por sus guardaespaldas, subió por la escalera en lugar de tomar el ascensor; al fin y al cabo iba a la primera planta. En la puerta del apartamento ya le aguardaba un joven, cuya sotana era un modelo de pulcritud.

–Bienvenido, señor.

–Gracias.

–Su Eminencia le aguarda en el gabinete.

–En tal caso, no le hagamos esperar.

Paolo Minardi, a sus setenta años, podía pasar como arquetipo del ascetismo: huesudo y delgado, grandes ojos negros en un rostro macilento y afilado, que alargaba una barba puntiaguda y encanecida. Sentado tras su mesa de trabajo, aparentaba anotar en unas cuartillas las ideas que sacaba de un voluminoso libro. En realidad, disimulaba para afrontar aquel encuentro que posponía desde hacía semanas, hasta que la presión de la Hermandad de la Serpiente hizo imposible retrasarlo un día más. Había decidido salvar la situación hasta donde fuese posible, pero si el encuentro se deslizaba por un terreno que no deseaba...

Los saludos fueron correctos, incluso hubo alguna manifestación de cordialidad, pero cuando los dos hombres quedaron solos se desató la tensión, aunque ninguno de ellos alzó la voz. Los dos estaban educados para no alterarse.

–No acabo de comprender la causa de tanto retraso –se quejó D'Amboise–. Esta reunión tenía que haberse celebrado hace ya algunos meses.

Minardi ofreció un cigarrillo a su visitante, que éste rechazó con un gesto de la mano. Así que encendió el suyo, expulsó el humo de la primera calada y comentó:

–No tengo que explicarte cómo son estas cosas. Se esparcen rumores interesados, se guardan silencios forzados por las circunstancias, los medios de comunicación inflan detalles insignificantes para llamar la atención, e incluso se ofende a la verdad con titulares sensacionalistas.

–Todo eso está muy bien, pero la realidad es que el momento se acerca, la salud del Papa está deteriorada, su final está próximo y nuestro plan requiere de una elaboración, donde la improvisación no tiene cabida.

–El problema, mi querido Armand, no es la improvisación. He visto cómo se resolvían asuntos de gran complejidad en minutos y también he asistido a situaciones eternizadas en el tiempo con asuntos verdaderamente simples. Todo es cuestión de voluntad.

El maestre de Oficus clavó su mirada en los ojos del cardenal.

–¿Qué quieres decir?

Antes de responder, Minardi dio una calada al cigarrillo.

–Que no hay voluntad.

El maestre alzó las cejas, sus ojos grises se agrandaron. Aquellas cuatro palabras explicaban el retraso de una reunión que debía haberse celebrado mucho antes.

–¿Quieres decir que el secretario de Estado no ha prestado su colaboración?

–No sólo no ha colaborado, sino que se ha convertido en el valladar más resistente al proyecto; en realidad, han sido él y el camarlengo quienes lo han dinamitado.

D'Amboise apretó los labios, que se convirtieron en apenas una línea en su boca.

–Hace unos meses estaban de acuerdo.

–Hace unos meses –ratificó el cardenal, expulsando el humo junto a las palabras.

–¿Qué ha ocurrido?

–Lo ignoro, todos mis intentos han fracasado. La respuesta es que no dan ninguna respuesta.

–Supongo que ésa es la causa por la cual esta reunión se ha retrasado tanto tiempo.

–Ésa es una de las causas; la otra es que yo tampoco acabo de ver claro que la posición mantenida en las conversaciones sea la postura que debe adoptar el Vaticano.

El príncipe de la Iglesia no pudo sostener la mirada del maestre: su ferocidad resultaba insoportable.

–¿Significa que rompes el acuerdo?

–No, simplemente creo que no es el momento.

–El momento es algo que está decidido desde hace mucho tiempo, precisamente porque no es tiempo lo que nos queda. Si no lo hacemos ahora, es probable que no pueda hacerse nunca. ¡El tiempo se acaba! –había elevado ligeramente el tono de su voz.

–Yo no estaría tan seguro.

–Todo, absolutamente todo apunta en esa dirección. Podría admitir que una sola de las previsiones plantease dudas, pero sabes que ésa no es la situación.

–El miedo al apocalipsis es algo que ha acompañado al hombre a lo largo de la historia –se defendió el purpurado–. En los primeros siglos de nuestra era se fijaron muchas fechas para el final de los tiempos y todas quedaron superadas. Los terrores del año mil espantaron a las gentes de aquel tiempo. Luego se han barajado otras fechas y todas han resultado un fiasco.

La dureza de la mirada del maestre se había aflojado, dando paso a una expresión de sorpresa creciente.

–No puedo dar crédito a las palabras que salen de tu boca.

El cardenal guardó silencio.

D'Amboise se puso en pie; la reunión había resultado mucho más breve de lo imaginado.

–En tal caso, debes saber que nosotros, a partir de este momento, nos consideramos liberados de cualquier compromiso.

Las palabras del maestre sonaron frías.

–¿Es una amenaza? –indicó Minardi levantándose a la vez que apagaba lo que quedaba de su cigarrillo–. No olvides que la Iglesia tiene dos mil años y ha hecho frente a toda clase de crisis que, en ocasiones, la han reforzado.

–Tú sabes de lo que estoy hablando.

–Es doctrina; ahí interviene la fe y eso queda en nuestras manos.

Armand d'Amboise se percató de que el hombre que tenía delante marcaba distancias cada vez mayores. El tono de voz del cardenal ganaba aplomo después de soltar la pesada carga que suponía decirle que no iba a cumplir un acuerdo trabajosamente elaborado durante cerca de tres años.

–Olvidas que es tan grave que ni el mismísimo Bernardo de Claraval, que manejó en su tiempo los hilos de la cristiandad, se atrevió a destruir aquel testimonio. Pensó que era más importante preservar el secreto y custodiarlo adecuadamente.

–Nuestra doctrina es cuestión de fe –insistió el cardenal.

–La fe no es un valor de nuestro tiempo.

–¿Entonces...?

–Vuestro riesgo es mayor –también el maestre marcó distancias– si no lo asumís según el acuerdo que hemos negociado. En mi opinión ésa era vuestra mejor baza.

–Ésa era, precisamente, tu jugada.

Por segunda vez sus picudas cejas se alzaron.

–¿Qué quieres decir?

–Que, aunque tarde, he comprendido que la mejor forma de hacernos un daño irreparable era aceptar tu propuesta en un momento plagado de dificultades. Históricamente, en la Iglesia se produce cierto desconcierto cuando su cabeza visible se tambalea, dada la enfermedad del Papa.

El maestre estaba visiblemente molesto.

–Con tu actitud nos has hecho perder un tiempo precioso.

–Compréndelo, Armand.

–Para vosotros será mucho peor.

–¿A qué te refieres?

–No esperarás que nos quedemos de brazos cruzados. Desligados de todo compromiso, actuaremos por nuestra cuenta.

Los dos hombres se miraron en silencio; apenas los separaba un metro y la tensión entre ambos era muy fuerte.

–No nos importa aceptar el desafío.

–Supongo que eres consciente de que nos has traicionado.

–En realidad, si quieres saber toda la verdad, la apertura de negociaciones, después de aquellos contactos preliminares en Ginebra hace ahora tres años, responde a un plan perfectamente diseñado y que funciona desde hace más de doscientos años.

–¿Un plan diseñado desde hace doscientos años?

El brillo que apareció en los ojos de Armand d'Amboise era difícil de interpretar.

–¿Tienes prisa? –le planteó el purpurado.

–¿Por qué lo dices?

–Porque me gustaría contarte una historia. En las presentes circunstancias no tiene mucho sentido mantener su secreto.

En realidad Minardi no estaba seguro de lo que acababa de afirmar, pero se resistía a darse el gusto que suponía contar al maestre de Oficus una historia que le pondría el vello de punta.

La respuesta de D'Amboise fue sentarse de nuevo.

–Sitúate en tu amado París en el año 1793, en la actual plaza de la Concordia, llamada entonces de la Revolución. Luis XVI es conducido a la guillotina y el verdugo lo decapita. Nada más rodar la cabeza del rey, los tambores dejan de sonar; su redoble ya no es necesario. En ese momento un individuo surge de la muchedumbre, salva la barrera de soldados, sube al cadalso y grita a la multitud, enmudecida ante lo que acaba de presenciar: «¡Jacques de Molay, tu venganza continúa!».

–Conozco la historia.

–Pero ignoras que alguien sacó las lógicas consecuencias de aquel gesto.

–¿Lógicas consecuencias? –El maestre de Oficus entrecerró los ojos, como si de esa forma mejorase su visión.

–Sí, lógicas. Por muy agitados que fuesen aquellos tiempos, por mucho descontrol que hubiese, se necesitaba de una organización para convertir en realidad aquel desafío. El individuo que saltó al cadalso aquella fría mañana del veintiuno de enero de 1793 no podía ser un espontáneo. Por otro lado, sus palabras fueron medidas, lo que gritó exactamente fue: «¡Jacques de Molay, tu venganza continúa!». Como si con aquellas palabras señalase otra fase de la famosa maldición del último de los maestres del Temple. La muerte del Papa y del rey dieron pábulo a la historia de la venganza templaria. En cualquier caso, hubo quienes no la dieron por concluida, puesto que continuaba casi quinientos años después y en alguna estancia del Vaticano se analizó todo con sumo cuidado.

–¿Qué quieres decir?

–Que se buscó determinar con precisión el significado que tenían las palabras de aquel individuo. Si la venganza de Jacques de Molay continuaba, ¿en qué consistía dicha continuación? A ti no necesito contártela, tú eres el maestre de Oficus, el máximo responsable de la Hermandad de la Serpiente. Lo importante de esta historia que ahora te cuento es que quienes se reunieron en aquella estancia vaticana hicieron una lectura correcta: la venganza no se había dado por concluida con la muerte de Clemente V y de Felipe IV. Quienes urdieron la trama decidieron que alcanzaría a las instituciones que ambos representaban, a la monarquía francesa y al papado. Así era como adquirían significado las palabras pronunciadas en el cadalso donde Luis XVI fue guillotinado. El rey era la representación de una monarquía borrada por el turbión revolucionario. La venganza, además, no se daba por cerrada. «Continúa» fue la palabra empleada por el agitador. ¿Hacia dónde podía dirigirse? ¿Cuál era la otra institución? No había que buscar mucho.

El maestre estaba pálido. La tensión que se reflejaba en su mandíbula señalaba su esfuerzo por contenerse. Se imaginaba cómo continuaba la historia, pero deseaba escucharla de boca de Minardi, aunque en su cabeza empezaba a revolotear un pensamiento preocupante.

–Desde aquel momento –prosiguió el cardenal–, el Vaticano estableció sus mecanismos de defensa y buscó la forma de entrar en la Hermandad de la Serpiente al considerar que era la fórmula más adecuada para defenderse. Para tu satisfacción he de decirte que no resultó fácil encontrar una pista fiable para llegar hasta la hermandad y mucho menos introducirse en su círculo interno, donde cada uno de sus miembros propone, en el momento de su ingreso, a su posible sucesor, si bien el propuesto ha de contar con la aquiescencia de los demás miembros. No es un mal procedimiento porque permite mantener bajo vigilancia al candidato y revocarlo, si se tuviese alguna sospecha. Se necesitó tanto tiempo que no alcanzo a explicarme cómo no se abandonó el proyecto. ¿Sabes que fue necesario más de un siglo para llegar hasta Oficus?

Minardi cogió otro cigarrillo y se recreó al encenderlo, estaba disfrutando del momento.

–Ciertamente –prosiguió–, la paciencia es una de las virtudes de la Iglesia. No logramos tener una pista realmente segura hasta 1906 y durante cerca de ochenta años más fracasaron todos los intentos para penetrar en su interior, si bien hemos de admitir que ése fue un plazo más que razonable, dada la estructura de la hermandad. Había que ser muy cautos para no despertar sospechas. Lo más importante fue que, descubierta la amenaza, logramos que nuestros mecanismos de protección funcionasen y, en momentos de dificultad, tales como el ascenso de los bolcheviques al poder en Rusia o las complicadas relaciones que mantuvimos con los regímenes totalitarios, conseguimos que Oficus no pudiese intervenir. He de confesarte que hubimos de pagar un precio muy alto porque en modo alguno queríamos volver a vivir una situación tan comprometida para la Iglesia como la de los años anteriores a 1870, cuando las tropas piamontesas y los garibaldinos entraron en Roma. Entonces no pudimos probarlo, pero en el Vaticano se tenía la convicción de que agentes de Oficus estaban detrás de los principales movimientos que condujeron a la unificación de Italia. Que era la Hermandad de la Serpiente quien apoyaba a las logias de los carbonarios y quien estaba detrás del movimiento de la llamada Joven Italia, impulsada por Mazzini. Llegamos a pensar que el conde de Cavour, el verdadero cerebro gris de aquella operación, era el maestre de la hermandad, y dimos por supuesto que Garibaldi era una marioneta movida en la distancia por ella e interpretamos, no sé si acertadamente, que el color rojo de las camisas que identificaban a sus *mille* era una referencia a la llamada Serpiente Roja.

Hasta los oídos del maestre llegaban las palabras del purpurado, pero su mente estaba ocupada en algo que, en aquellos momentos, le inquietaba mucho más. D'Amboise estaba convencido de que sólo podía haber una explicación para que Minardi le contase todo aquello: tenían previsto matarlo.

–Los años siguientes fueron muy duros para el pontificado. Tras una resistencia pasiva de varios papas que, encerrados en el Vaticano, se consideraron prisioneros de los gobiernos italianos, llegando a establecer la prohibición para los católicos de participar en la vida política italiana, se encontró una salida con la firma de los acuerdos lateranenses, en 1929, que redujeron los Estados Pontificios a la actual ciudad del Vaticano, algunas basílicas romanas y la villa de Castelgandolfo.

–¿Cuándo entrasteis en el círculo interno de Oficus? –preguntó el maestre.

–¿No te lo imaginas?

La sonrisa de Minardi tenía algo de malévola.

–¡Gastón de Marignac! –Fue una intuición, un chispazo.

–¡Magnífico, Armand, magnífico! –El cardenal simuló un aplauso–: ¡Has acertado a la primera!

–Ésa fue la verdadera razón por la que ese traidor orquestó todo lo referente al maldito legajo.

Sus palabras fueron poco más que un susurro, como si hablase consigo mismo poniendo voz a sus pensamientos, que volaban hacia quien fue el sucesor propuesto por Gastón de Marignac y quien, dado el tiempo transcurrido, había sucedido al sucesor. En aquel momento no lo sabía, pero Minardi acababa de facilitarle el nombre del agente vaticano introducido en el círculo interior de la Fraternidad de Oficus.

–¡Exacto! Aunque llamarlo traidor me parece injusto: estaba cumpliendo con su obligación.

–En Oficus siempre se pensó que eran cuestiones económicas las que lo habían impulsado a organizar el complicado *affaire* que se vivió en torno al legajo...

–En cierto modo tienes razón –lo interrumpió el cardenal–. Su muerte, sin embargo, nos dejó la operación a medio camino porque De Marignac nos traicionó.

–¿Qué quieres decir?

–Tardamos mucho tiempo en conocer la causa por la que entró en contacto con Andreas Lajos y por qué decidió entregarle cierta información al bibliotecario para que la vendiese por una fuerte suma de dinero a una de las potencias del bloque soviético. Hace pocos años hemos averiguado que necesitaba dinero porque llevaba un tren de vida inadecuado para sus ingresos. Trató de que el gobierno comunista polaco le comprase una información que perjudicaría a la Iglesia, lo que significaría un duro golpe para el sindicato Solidaridad, que por aquellas fechas traía en jaque al gobierno de ese país y que contaba con el decidido apoyo del Papa, quien deseaba ver a su patria libre del yugo comunista.

–Sin embargo, el bibliotecario no viajó a Polonia.

–El encuentro estaba programado en una ciudad de la República Democrática Alemana, pero no pudo celebrarse la reunión. Suponemos que fuisteis vosotros quienes lo impedisteis. De hecho, la policía política de la Alemania comunista lo condujo hasta la frontera y lo expulsó del país, y poco después fue asesinado en una estación de metro.

–¿Por qué no seguisteis adelante?

–Porque la actuación de De Marignac, que poco después apareció ahorcado en su apartamento, fue un duro golpe para nosotros. Desbarató muchos planes y se tardó tiempo en reaccionar. Hemos estado paralizados cerca de veinte años, hasta que hace tres decidimos una nueva estrategia. En lugar de enfrentarnos a la Hermandad de la Serpiente, se planteó la posibilidad de buscar un acuerdo. Era algo muy complicado, pero a lo largo de nuestra historia hemos afrontado situaciones muy difíciles.

Minardi dio una última calada al cigarrillo y aplastó la colilla en el cenicero.

–Por otro lado, nuestra política de los últimos años ha estado encaminada a desactivar una buena parte del problema, gracias a cierta información, aunque fragmentaria, que De Marignac nos había proporcionado. Por ello, como ya te he dicho en varias ocasiones, se decidió cambiar radicalmente la imagen de María Magdalena. Pasaría de ser una prostituta arrepentida, apartada del mundo y purgando sus pecados, a ser una de las mujeres fuertes que no abandonó a Jesús en el terrible momento de su crucifixión. Estaba en el Gólgota, al pie de la cruz, desafiando con su presencia a los poderes que imperaban en la Jerusalén de entonces. No adoptó la postura de los apóstoles, que se escondieron acobardados. María Magdalena sería la mujer que acompañó a Jesús en su martirio y la que recibiría el premio mayor en el glorioso momento de la resurrección. Es a ella a quien primero se aparecerá Jesús, y dice el evangelista que intentó abrazarlo pero Jesús la apartó delicadamente.

–¿Pretendes decirme que el concilio Vaticano II estaba determinado por el secreto que custodia la hermandad?

Paolo Minardi soltó una carcajada.

–¡Mi querido Armand, no seas iluso! El Vaticano II era mucho más que eso. Sin embargo, he de reconocer que, al socaire de los nuevos vientos, se aprovechó para convertir en inocuo una parte de vuestro secreto.

–Admitiendo como bueno tu razonamiento, debo recordarte que no tienes toda la razón.

–Cierto, aún quedan pendientes otras dos cuestiones sumamente graves. Ése es el motivo por el que decidimos negociar contigo.

D'Amboise asintió con un ligero movimiento de cabeza; la tensión que soportaba se reflejaba en su apretada mandíbula.

Confirmaba en aquel momento, por boca de un miembro de la curia, la razón principal por la cual la Iglesia de Roma llevaba dos mil años en el centro del poder. ¡No sólo contaba con la poderosa arma de la interpretación de la fe, sino que siempre se había adelantado a sus enemigos! ¡Ellos lo habían dicho antes! ¡Se les podía acusar con fundamento, pero podían defenderse indicando que habían rectificado, que ya habían cambiado su discurso!

–¿Y qué ha ocurrido para que hayáis cambiado de opinión? ¿Cuál es la razón por la que ahora os echáis para atrás en el compromiso de reconocer públicamente el cúmulo de falsedades que hay en vuestros Evangelios?

–Porque otra vez soplan nuevos vientos en los pasillos vaticanos. Mi querido Armand, ya ha pasado la época del arrepentimiento. Lo cual no es obstáculo para que estemos dispuestos a hacer una oferta.

Al escuchar las últimas palabras, el maestre se quedó atónito.

–¿Una oferta?

–Sí.

–No hablarás en serio.

–Completamente en serio.

–¡No puedo dar crédito a lo que me dices! Después de dar carpetazo a tres años de negociaciones, incumpliendo todos vuestros compromisos, ¿te atreves a proponerme una oferta?

–¿Qué inconveniente hay en ello? Que no se haya podido cerrar un acuerdo no invalida otras posibilidades. Piensa, mi querido Armand, que los contendientes de una guerra, donde la muerte y la devastación se han enseñoreado, se sientan a negociar.

Aquel planteamiento confundió a D'Amboise, aunque le aportaba una explicación parcial de la razón por la que Paolo Minardi le estaba contando todo aquello. Eso era algo que lo tranquilizaba y alejaba una parte de los malos presentimientos que lo acechaban desde hacía rato.

–¿Qué clase de oferta? –preguntó tanteando el terreno.

–Nosotros estamos interesados en ese documento; nos gustaría saber si poseemos algo que despierte el interés de Oficus.

El maestre se acarició la mejilla y midió con la mirada a Su Eminencia; lo veía tranquilo, casi inalterable. Pensó que lo habían educado como a él. Por eso supo que, aunque estuviese a punto de estallar, no daría la menor muestra de agitación. Refrenó el impulso de levantarse porque intuyó que si el cardenal le hacía una oferta por algo que suponía invalidar siglos de historia, tenía necesariamente que haber una explicación. Aquello que había atemorizado al Vaticano durante al menos dos siglos no podía solventarse tan fácilmente. Decidió valerse de argucias que le permitiesen ganar algún tiempo, aunque fuesen sólo unos minutos.

–¿Eres consciente de lo que acabas de proponerme?

–Por supuesto, estoy haciéndote una oferta por algo que, desde cierto punto de vista, ha perdido una parte de su valor.

D'Amboise supo que el valor del pergamino era mucho mayor que cualquier oferta.

–En tal caso, me extraña tu generosidad.

–¡Oh, Armand! No me atribuyas virtudes de las que carezco o a lo sumo poseo en un grado tan elemental que podemos considerar despreciable.

–¿Cuándo necesitas la respuesta?

Paolo Minardi se puso en pie.

–No tenemos prisa, pero tampoco podemos aguardar indefinidamente. La vida de Su Santidad está apagándose y no sabemos qué puede depararnos el futuro. Como has podido comprobar, en las estancias vaticanas los vientos cambian de dirección con facilidad.

Al subir al vehículo, bajo la protección de sus guardaespaldas, se sintió más seguro, pero estaba abrumado, anonadado. Había resistido con nervios de acero la reunión más dura de su vida, a pesar de que su existencia estaba marcada por trances muy difíciles.

Dio breves instrucciones para que le sacasen un billete en el primer vuelo que pudiese tomar con destino a París.

–¿Significa que vamos al aeropuerto, señor? –preguntó el conductor.

–Así es, Pietro.

El guardaespaldas, que ocupaba el asiento del copiloto, no dejaba de llamar para hacerse con los horarios de los vuelos y los billetes necesarios.

En silencio trataba de asimilar la historia que acababan de contarle. Si le concedía cierta credibilidad era porque se trataba del Vaticano, y allí el límite entre la fantasía y la realidad era tan borroso que, casi siempre, resultaba difícil discernirlo. Había escuchado historias tan extrañas que resultaban increíbles, como aquella que afirmaba que mientras se celebraban en San Pedro, con toda solemnidad, las honras fúnebres por Enrique IV de Francia, apuñalado por Françoise Ravaillac, unos metros más abajo, en una cripta subterránea de la misma basílica, se decía una misa por el eterno descanso del alma del asesino; o que la unidad de élite de su servicio secreto, conocida con el nombre de Círculo Octogonus, había eliminado a los agentes nazis desplazados a Roma para la llamada operación *Eitles Gold*, mediante la cual el Reich de Hitler pretendía comprar la elección del Papa, en el cónclave celebrado en 1939.

Recordó que el propio Minardi le había contado esta historia hacía un par de años durante una cena que celebraron en el restaurante del hotel Adlon, mientras por la ventana veían cómo se rodaba un anuncio de automóviles ante la Puerta de Brandenburgo. Fue entonces, paseando por la Unter den linden, cuando le preguntó: «¿Es cierto que existe el Círculo Octogonus?». Minardi le respondió sin pestañear: «Tan cierto como que existe Oficus».

Retrepado en el asiento del coche, intentó analizar, fríamente, la reunión, cuyos derroteros habían discurrido por caminos tan inesperados. Había acudido allí a cerrar el acuerdo que le permitiese poner en marcha un plan trabajosamente elaborado y se encontró con que sus posibles aliados habían cambiado de opinión. Con todo, lo más importante era la confesión de Minardi. ¡Le costaba trabajo hacerse a la idea de que desde hacía veinte años el Vaticano tenía introducido un topo dentro de Oficus! Ahí surgía el más grave de sus interrogantes: ¿por qué razón el cardenal le había revelado un secreto como ése? Eso significaba que se quedarían sin ese eslabón que, según confesión del propio prelado, tanto les había costado introducir. Minardi podía haberse limitado, como hizo durante la primera parte de la reunión, a poner dificultades y darla por concluida. Aquella revelación lo había dejado estupefacto y durante un buen rato tuvo la convicción de que no saldría vivo del apartamento de Minardi.

Dejó vagar su mirada por la ventanilla y vio los edificios de EUR, la ciudad levantada por Mussolini, y recordó los pactos lateranenses que permitieron a Benedicto XV un acuerdo provechoso y salir del atasco político en que se encontraba el papado desde hacía más de medio siglo. Por asociación de ideas recordó la propuesta que Minardi le había hecho por el pergamino; la frase empleada había sido: «... Nos gustaría saber si poseemos algo que despierte el interés de Oficus». Las palabras eran medidas. No había ofrecido nada, pero había dejado la puerta abierta a cualquier posibilidad.

–Disculpe, señor, creo que tenemos suerte. Hay un vuelo que sale dentro de hora y media del Leonardo da Vinci. Podemos estar en el aeropuerto en menos de media hora, el tiempo justo para cerrar el embarque, si usted me autoriza.

–Hazlo.

Eso significaba que a las seis podía estar en París y celebrar una reunión de urgencia con el senescal y el secretario, la tríada que configuraba la cúpula de Oficus. Tenía que informarles y tomar decisiones acerca de las dos consecuencias más importantes derivadas del encuentro: descubrir al topo del Vaticano y estudiar detenidamente las ventajas e inconvenientes de la extraña propuesta de Minardi.

32

André aguardaba en el aeropuerto la llegada del maestre. El retraso del vuelo, veinte minutos, estaba dentro de lo tolerable, sobre todo porque no tenían que añadir un tiempo de espera para recoger equipaje. Ya había avisado al senescal y al secretario para que acudiesen a una reunión urgente en un piso del boulevard Haussmann.

Paseaba nervioso por la zona de acceso al aeropuerto y había perdido la cuenta de los cigarrillos fumados; la información que tenía para el maestre no era la que hubiese deseado.

Subieron al coche, otro Mercedes impoluto, reluciente y de color negro, protegidos por los guardaespaldas que, tras sus gafas oscuras, escudriñaban en todas direcciones, atentos a cualquier movimiento sospechoso. El rostro del maestre era el de una esfinge.

–¿Todo en orden, André?

–Si se refiere a la reunión con el senescal y el secretario, ya está convocada.

Armand d'Amboise, lo miró, alzando las cejas:

–¿Qué ocurre?

–Las noticias de Zúrich son excelentes, pero las de París no tanto.

–Primero Zúrich.

–La sede de Farmacolin ha desaparecido, el número dieciocho de la avenida Jean Calvino ya es un local vacío, los contratos de teléfono, luz y gas están cancelados, también las cuentas bancarias y la línea ADSL. Puedo deciros que no ha quedado el menor rastro.

D'Amboise asintió con leves movimientos de cabeza.

–Ahora París.

–Los hombres de Gudunov han localizado el vehículo del accidente.

El maestre no abrió la boca, pero su mirada era inquisitorial y André supo que debía continuar.

–Los mecánicos no fueron todo lo diligentes que debían –se excusó el secretario.

–La última referencia de que dispongo decía que la policía ya había pasado por el taller y que no hubo complicaciones.

–Así es, señor. Sin embargo, debieron de sospechar algo porque al día siguiente irrumpieron de improviso y...

–¿Al día siguiente? –se extrañó el maestre.

–Sí, señor.

–¿No estaba para entonces todo resuelto?

–Por lo visto no, señor.

D'Amboise no hizo comentario alguno y aunque su rostro parecía inescrutable, el secretario se percató de lo contrariado que estaba. Fue André quien rompió un silencio que, conforme se prolongaba, le resultaba más agobiante.

–Desde esta mañana las emisoras de radio no paran de repetir que el accidente del subterráneo fue un atentado para acabar con la vida del inspector Jean Duquesne y atribuyen a la Serpiente Roja su autoría.

El maestre, que tenía la mirada perdida fija en la luna tintada del coche, continuaba sin decir palabra. André, muy nervioso, lanzaba furtivas miradas a su derecha, pero el rostro del máximo responsable de la Hermandad de la Serpiente no manifestaba emoción alguna. Las arrugas de su rostro, que daban a su semblante un aire aristocrático, parecían talladas en frío mármol.

Cruzaron la puerta de Clichy y el boulevard Berthier, y dejaron a la derecha el cementerio de Montmartre. El tráfico era fluido, demasiado fluido para los deseos del nervioso secretario a quien se le acababa el tiempo; en pocos minutos llegarían al boulevard Haussemann.

André dejó escapar un suspiro y dejó caer la noticia que tanto lo mortificaba:

–Señor, me preocupa mucho la noticia con la que abren los boletines informativos de la tarde.

–¿Qué dicen?

–El cardenal Paolo Minardi ha aparecido muerto en su apartamento de la vía del Corso.

Un destello de furia brilló en los ojos del maestre.

–¡Cómo dices!

–El cardenal ha aparecido muerto –repitió André con un soplo de voz.

–¿Por qué no me lo has dicho antes? –Más que una pregunta era una acusación.

André, confuso, agachó la cabeza.

–¿Desde cuándo emiten esa noticia?

–Recibí una llamada a eso de las tres y cuarto; se difundió por primera vez en el informativo de las tres. Ya no pude avisarle.

–¿Qué dicen?

André miró el reloj.

–Faltan tres minutos para las seis, si le parece podríamos oírlo por la radio.

–¿En qué emisora?

–Da lo mismo, señor, todas abren sus boletines informativos con la noticia.

Un escalofrío recorrió su espalda cuando escuchó la voz del locutor de France-1, que informaba a sus oyentes. La voz tenía un ligero fondo metálico:

–«En Roma continúan las investigaciones para determinar la causa de la muerte del cardenal Paolo Minardi. Todo es muy confuso en torno al inesperado fallecimiento de Su Eminencia. El Vaticano guarda silencio y remite a las investigaciones policiales. Los carabinieri señalan, por su parte, que la muerte del cardenal está sub iúdice. France-1 ha podido saber que el secretario de monseñor Minardi ha declarado que el óbito se produjo inmediatamente después de que su eminencia mantuviese una tensa reunión. Preguntado acerca de ello, se ha limitado a señalar que se trataba de una persona que se había desplazado de París para mantener un encuentro con el cardenal. Acerca de la expresión "tensa reunión", ha dicho que escuchó voces muy alteradas y que Su Eminencia tenía el semblante demudado cuando concluyó la entrevista, que inmediatamente se sintió mal y falleció en sus brazos.»

El rostro de D'Amboise se había convertido de nuevo en una máscara.

Antes de bajarse del automóvil, ordenó a André:

–Intenta que el senescal y el secretario adelanten su llegada; no podemos perder un minuto.

Después de una larga conversación, Margaret y Pierre llegaron a un acuerdo con Gudunov. Colaborarían, en la medida de sus posibilidades, para que el comisario pudiese desenmascarar a los asesinos; ella tendría acceso a la documentación que aflorase como consecuencia de la investigación del caso de la Serpiente Roja y él conseguiría la exclusiva para su reportaje. Fue de gran importancia que el comisario pusiese sobre la mesa el trabajo realizado por Duquesne. Aunque habían perdido el detallado informe realizado por el inspector, Gudunov recordaba la relación que su subordinado estableció entre las muertes de Gastón de Marignac y de Andreas Lajos, y la de Madeleine Tibaux. Gudunov les puso al corriente de que el asesinato de Antoine Vaugirard no había sido obra de la Serpiente Roja. El pergamino con la serpiente que dejaron los asesinos de Madeleine nada tenía que ver con el que apareció en el dormitorio donde estaba Vaugirard. «Alguien ha tratado de pescar en río revuelto», afirmó el comisario. También les aportó un dato que arrojaba no poca confusión a la muerte del bibliotecario: el original de *Le Serpent Rouge* había desaparecido de los fondos de la Biblioteca Nacional.

Pierre aprovechó que la historiadora se daba una ducha para hacer una llamada que llevaba posponiendo todo el día. Estaba tan nervioso que al marcar los números en el dial su dedo índice temblaba de forma descontrolada. Marcó despacio, como si temiese equivocarse. Cuando escuchó el tono, pensó que al menos había acertado y el teléfono estaba operativo. Creyó que ya no recibiría respuesta cuando escuchó la voz.

–¿Dígame?

El tono le resultó extraño.

–¿Gabriel? ¿Gabriel d'Honnencourt?

–Sí, dígame.

–Soy Pierre Blanchard, ¿tiene un minuto?

La voz de D'Honnencourt sonó agradable.

–Por supuesto, Pierre.

–Verá, he pensado en la propuesta que me hizo el otro día

acerca de publicar un reportaje. Me gustaría conocer las condiciones a las que usted aludió entonces.

–¡Ah, era eso!

–Si le parece, podríamos quedar...

Gabriel lo interrumpió.

–¿Le parece bien mañana a las diez? No... mejor a las once, así tendré preparadas unas copias para que pueda llevárselas.

–Me parece perfecto. ¿Dónde nos vemos?

–En el mismo lugar, el piso de la calle Saint Vincent.

–No sé cómo agradecerle...

–No me lo agradezca todavía; tal vez las condiciones no sean de su agrado.

–Estoy seguro de que lo serán.

Cuando colgó el teléfono tenía las manos empapadas. La llamada que acababa de hacer, a espaldas de Margaret, aprovechando que ella no podía escucharlo, tenía algo de clandestina. Actuar sin decirle una palabra era muy desagradable. Tenía la impresión de estar traicionándola.

La reunión se desarrolló en un clima de tensión que revelaba la falta de sintonía entre el maestre y el senescal. Este último, desde el primer momento, se mostró contrario a cualquier acuerdo con el Vaticano, aunque éste hiciese pública una declaración en la que se pondría en entredicho el contenido de los Evangelios. Pensaba que ese acuerdo les ofrecía un margen de maniobra y que podrían capear el temporal mucho mejor que si ellos lanzaban a bombo y platillo una acusación en toda regla, dando a conocer el secreto que contenía el documento que ocultaban desde hacía casi novecientos años. Sin embargo, el maestre hizo valer sus prerrogativas: tres años atrás había abierto las conversaciones que acababan de revelarse como un fiasco.

D'Amboise hizo una detallada exposición de su encuentro con Minardi, señalando que el Vaticano daba por rotas las negociaciones. Estaba cada vez más tenso porque el rostro de Losserand revelaba el regodeo con que escuchaba la confesión de su fracaso. Abrevió, dejando para el final lo que él consideraba las dos cuestiones más importantes.

–Tengo que informaros también de dos asuntos de suma importancia.

–¿Más importantes que el desastroso resultado de tus iniciativas? –Losserand quiso dejar claro que se trataba de un fracaso personal.

–Me temo que sí, aunque todo es cuestión de opiniones. La primera es que esta mañana he tenido conocimiento de que, desde hace más de veinte años, el Vaticano tiene introducido un topo en el corazón de la hermandad.

El maestre miró a sus compañeros, esperando la reacción, pero el impacto había sido tan fuerte que estaban paralizados. Fue él quien tuvo que romper el silencio.

–No alcanzo a comprender la razón que ha animado a Minardi a confiarme tal cosa, pero así ha sido. Me ha contado una larga historia que se remonta al momento en que Luis XVI fue guillotinado. Según él, desde esa fecha, el Vaticano buscó la forma de penetrar en nuestra hermandad. Les costó mucho trabajo porque...

–¿Cuándo lo lograron y cuál es su nombre? –lo interrumpió el senescal, cuyo semblante había tomado una tonalidad cenicienta.

Los dos hombres se midieron con la mirada.

–Fue Gastón de Marignac.

El senescal golpeó la mesa con el puño y exclamó:

–¡La fuente de todos nuestros problemas!

–¿Alguno de vosotros recuerda la línea de De Marignac? –preguntó D'Amboise.

Ninguno respondió, pero el secretario se levantó y abandonó la estancia para regresar instantes después. Portaba un grueso volumen toscamente encuadernado, donde el paso del tiempo había dejado su huella. Se sentó y comenzó a buscar la página correspondiente a la par que bisbiseaba:

–De Marignac... De Marignac... ¡Aquí está!

–¿Qué dice?

Leyó textualmente:

–«Gastón de Marignac entró a formar parte del Círculo el siete de octubre de 1984 a propuesta de Emmanuel Dubois. Falleció el veinticinco de marzo de 1986. Su muerte se produjo en extrañas circunstancias. Las investigaciones policiales no consiguieron descubrir al autor o autores del asesinato. Su propuesta sucesoria fue Victor d'Enghien, que contó con el apoyo de la hermandad.» Veo que hay una llamada que nos lleva a una nota en la página... Un momento, por favor.

El secretario buscó la página y leyó:

–«Dadas las circunstancias que concurrieron con De Marignac, Victor d'Enghien fue sometido a una revisión exhaustiva para comprobar cualquier asunto relacionado con su persona. La conclusión fue que su figura estaba limpia de los manejos económicos que empañaban a quien lo propuso.»

D'Amboise y Losserand permanecían inmóviles y el secretario pasó algunas hojas, bisbiseando de nuevo:

–D'Enghien... D'Enghien... Victor d'Enghien ingresó en el Círculo el veintidós de marzo de 1986 a propuesta de Gastón de Marignac. Falleció de un ataque al corazón, según consta en el certificado de su defunción, el veintitrés de julio de 1988. Su propuesta sucesoria fue Eric von Moltke, que contó con el apoyo de la hermandad.

Repitió la misma operación y comprobó que Von Moltke fue miembro de la hermandad desde octubre de 1988 hasta febrero de 1997, cuando su lugar fue ocupado por Heinrich Schliemann, después de que fuese rechazada una primera propuesta a favor de Marco Antonio Fanfani. Buscó al sucesor de Schliemann, que había fallecido en 1999 en un accidente de circulación. Pasó algunas páginas más y no pudo contener una exclamación:

–¡Es increíble! ¡Todas las propuestas de Schliemann, cinco en total, fueron rechazadas! Su muerte repentina hizo que no tuviese sucesor y que la propuesta, según señalan los estatutos, fuese realizada por el maestre.

–Lo recuerdo perfectamente. Recuerdo los rechazos y también el accidente que costó la vida a Schliemann –señaló Losserand.

Los tres hombres se interrogaron con la mirada.

–Ahora me lo explico todo –comentó el maestre–. ¡Minardi no me revelaba nada al confesar la historia del topo vaticano!

–¡Menudo granuja! –exclamó el secretario, que curioseaba algunos detalles en el libro.

–¿Cuál es la segunda de las cuestiones? –preguntó el senescal con voz cortante, como si estuviesen en un callejón que no conducía a ninguna parte y seguir quejándose fuese una pérdida de tiempo.

–Su rechazo a cerrar el acuerdo no ha sido obstáculo para que Minardi nos haga una oferta a cambio del pergamino.

–¿Quieren el pergamino? –preguntó el secretario, quien al cerrar el libro agitó pequeñas partículas de polvo.

–Sí.

–¿Qué clase de oferta? –preguntó el senescal.

–Sus palabras textuales fueron: «Nos gustaría saber si poseemos algo que despierte el interés de Oficus».

–Es decir, no han ofrecido nada.

–No te confundas, Philippe. Su oferta es nada y también lo es todo, una actitud muy vaticana.

–Sin embargo, ahora su propuesta no vale un soplo de viento. Te supongo enterado de la noticia: el cardenal Minardi está muerto y corren rumores que nos incriminan solapadamente. ¿Hubo algo más que palabras en vuestro encuentro?

Armand d'Amboise tuvo que hacer un verdadero esfuerzo para contenerse.

–Acerca de su muerte sé lo que dicen las emisoras.

–¿Hemos tenido algo que ver con ella? –insistió el senescal–. En cualquier caso, debes saber que contaría con mi aprobación. Por lo que nos has contado, ese Minardi era un malandrín que ha jugado contigo miserablemente.

La crítica a la forma en como se había llevado el asunto iba implícita en sus ácidas palabras.

–Aunque la muerte de Minardi deje su oferta sin valor, quiero estudiar detenidamente el pergamino –señaló D'Amboise, ignorando la última pregunta de Losserand y haciendo, una vez más, uso de sus prerrogativas.

–¿Alguno de los que has mencionado en la línea de Marignac pudo acceder al contenido del texto? –El tono del senescal era más amable; la pregunta iba dirigida al secretario.

–Podría buscar los antecedentes, pero creo que el único que pudo hacerlo fue Von Moltke. Las reglas señalan que cualquiera de los miembros del círculo, con una antigüedad superior a tres años, tiene acceso al documento con las restricciones establecidas. No podrá salir de la sala de estudio, tendrá que ser en el horario establecido, habrá de...

–No sigas, el senescal y yo conocemos las normas. Una de ellas dice que las restricciones no afectan al maestre. Por lo tanto os comunico mi decisión de estudiarlo detenidamente durante el tiempo que considere oportuno.

Los reunidos se sorprendieron al ver parpadear el piloto rojo del teléfono que había sobre la mesa. Tenía que ser algo muy importante para interrumpir una reunión como aquélla. D'Amboise descolgó el teléfono.

–¿Qué pasa, André?

–Señor, llaman de Roma.

–¿De Roma?

–Sí, señor, de la secretaría de Estado del Vaticano. Les he dicho que está usted reunido, pero insisten en que es muy urgente.

–¿Quién llama?

–Un momento, señor.

El maestre aguardó tamborileando con los dedos sobre la mesa.

–Es el secretario de Estado, el cardenal Passarolo.

D'Amboise tapó el micrófono con la mano y dio a su voz un tono de confidencialidad:

–Es Passarolo, el secretario de Estado Vaticano. –Descubrió el micrófono y ordenó a André–: Está bien, pásame la llamada, pero hazlo cuando el cardenal esté al teléfono.

D'Amboise consideraba que si Passarolo deseaba hablar, era él quien debía aguardar. Colgó el auricular y miró a sus acompañantes, ninguno de los cuales hizo ademán de abandonar la estancia. Aguardaron en silencio casi un minuto; el maestre seguía tamborileando, mientras recordaba que Minardi le había dicho que el secretario de Estado se había convertido en un valladar para frenar el proyecto tan arduamente elaborado. Al primer parpadeo del piloto, descolgó y escuchó la voz de André:

–Le paso, señor.

–¿Sí?

–¿Armand d'Amboise?

–Sí, soy yo. –Su voz era fría, distante.

–*Caro amici!* Soy Angelo Passarolo. ¿Cómo está mi buen amigo?

–Para ser sincero, no muy bien. Mi viaje a Roma ha sido una lamentable pérdida de tiempo y cuando he llegado a París me he encontrado con la noticia de la muerte de Minardi.

–¡Una pena! ¡Una pena! ¡Ha sido todo tan inesperado!

–Inesperado, pero alguien ya ha difundido un rumor malintencionado.

–¿A qué se refiere?

–¿No ha oído la noticia?

–Bueno, se dicen tantas cosas que...

–El secretario de Minardi me señala de forma solapada como la causa de la muerte de Su Eminencia.

–¿Qué me dice? ¡Qué barbaridad! ¡La muerte del cardenal se ha producido como consecuencia de un fallo cardíaco! –El italiano se mostraba locuaz–. ¡Cómo se puede decir una cosa así! ¡He tenido el certificado médico en mis manos!

–En tal caso, ¿tendría Su Eminencia inconveniente en aclarar este asunto? Para nosotros resulta muy enojoso.

–Desde luego que sí. Daré órdenes expresas al respecto.

–Se lo agradezco. Y ahora, ¿dígame? ¿Cuál es el motivo de su llamada?

No deseaba mostrarse cordial con quien, según el difunto, había sido uno de los principales obstáculos para culminar lo que había considerado la empresa de su vida.

–Supongo que el cardenal le comentó nuestras dificultades para asumir el plan, porque este momento requiere de la mayor serenidad, ya sabe que la vida del Santo Padre pende de un hilo. Espero que se haga cargo y comprenda nuestra situación.

–El cardenal Minardi ha sido muy explícito al respecto y sé cuál ha sido su posición.

El secretario de Estado decidió llevar la conversación a otro terreno.

–Supongo que Minardi le ha hecho una oferta.

D'Amboise midió sus palabras. Era consciente de que a la hora de hablar con las altas instancias vaticanas había que ser sumamente cuidadoso.

–En realidad, pretendió dejar una puerta abierta.

–Minardi le diría que estamos vivamente interesados en ese documento.

–Así es.

–El motivo de mi llamada, señor D'Amboise, es para ratificarle nuestro interés. Supongo que Su Eminencia le indicaría que nos gustaría saber qué desean a cambio.

–Su Eminencia no debe partir de un supuesto tan poco sólido como es el de que estemos dispuestos a desprendernos de ese documento.

–En cualquier caso, sepa usted que nosotros sí estamos dispuestos a negociar, sin condiciones previas por nuestra parte.

–Puede ahorrarse las muestras de magnanimidad, Passarolo. Su posición no le permite poner condiciones. Ustedes quieren algo que nosotros tenemos y nosotros todavía no hemos dicho que deseemos algo que esté en su poder. Por lo tanto, somos nosotros quienes marcamos los términos de la negociación. –D'Amboise estaba soltando toda la bilis acumulada a lo largo de una jornada cuyo mejor calificativo era el de penosa–. Comprenderá Su Eminencia que después de la experiencia vivida no nos mostremos muy proclives a negociar con ustedes.

A pesar del varapalo, la voz de Passarolo sonó imperturbable:

–Lamento mucho que las cosas hayan ido por ese derrotero, pero las circunstancias han impuesto su ley.

–Creo no equivocarme si digo que han sido las circunstancias y algo más.

–Creo que el cardenal Minardi le ha explicado la situación con todo detalle.

–Ciertamente ha sido muy explícito.

–Bien, en tal caso, aguardamos su respuesta. Sepa que para mí ha sido un placer mantener esta conversación.

–Sepa Su Eminencia que también yo la he disfrutado.

Nada más colgar el auricular, el senescal, que había seguido la conversación sin perder detalle gracias a la explicación que el maestre les había dado, preguntó sin preámbulos.

–¿Qué piensas hacer?

D'Amboise lo miró a los ojos.

–Leer muy despacio el pergamino.

33

A las nueve y media Pierre Blanchard aguardaba, leyendo el periódico y tomando un capuchino, en una cafetería situada frente al piso donde se reuniría con Gabriel hora y media más tarde. Hojeaba las páginas de *Le Figaro*, pero estaba pendiente de todo lo que ocurría en la calle. Atrajo su atención un llamativo titular en la página diecisiete: «Extraña muerte de un cardenal». A cuatro columnas, se explicaba con todo detalle la noticia de la muerte de monseñor Paolo Minardi y se afirmaba que los carabinieri barajaban la posibilidad de que no se tratase de una inesperada muerte natural. El cardenal había recibido la mañana de su muerte una visita procedente de París con la que, según confesaba el propio secretario de Minardi, había sostenido una fuerte discusión. Se investigaba sobre el individuo en cuestión.

Paladeó el capuchino y dejó el periódico sobre la superficie de mármol de la mesa para concentrarse en lo que ocurría al otro lado de la calle. Acababa de detenerse en la acera de enfrente un reluciente Mercedes y observó cómo D'Honnencourt se bajaba. Cogió el periódico y se ocultó tras sus páginas; lo último que deseaba era que lo viese. Gabriel se entretuvo un instante dando unas instrucciones al individuo que había bajado por la otra puerta del vehículo y entró en el inmueble. En aquel momento se cercioró de lo que tanto le había costado descubrir. Miró su reloj y comprobó que aún faltaban cincuenta y cinco minutos para la cita. Dudó si hacer una llamada telefónica o dar un paseo por la plaza du Tertre, que a esas horas sería un lugar apacible y tranquilo. El turismo atraído por los bohemios de cartón piedra y los dibujantes de retratos por precios módicos era principalmente vespertino. Se decidió por lo segundo, pagó la consumición y deambuló por las callejuelas que quedaban al costado izquierdo del Sacré Coeur que, en opinión de Pierre, era la más horrible de las iglesias parisinas.

Gabriel sacó de un maletín, el mismo que llevaba en su mano cuando bajó del coche, un sobre de color crema y recia textura, y extrajo cuidadosamente, como si de un tesoro se tratase, unas reproducciones fotográficas de los pergaminos que acreditaban su pertenencia a un linaje *rex deus*. Estaban hechas en un papel que imitaba al pergamino envejecido. Las extendió sobre la mesa y se inclinó para observar algunos detalles; al cabo de unos segundos exclamó lleno de satisfacción:

–¡Mírelas! ¡Son perfectas!

Pierre comprobó la veracidad de la afirmación y Gabriel le mostró un acta notarial donde se certificaba su autenticidad. Para sorpresa del periodista, con sumo cuidado las guardó de nuevo en el maletín y le preguntó:

–¿No está contento?

Le respondió con otra pregunta.

–¿Por qué iba a estarlo?

–Acaba de ver las copias, tal como le prometí, y además un certificado que las autentifica como reproducciones exactas de los originales, por si la revista tiene algunas reservas acerca de su autenticidad.

–Acaba de guardarlas; supongo que ahora señalará las condiciones a las que aludió el otro día.

Gabriel abrió las manos en un gesto amistoso.

–¡Bah! No debí decir nada, tratándose de un profesional como usted. En realidad, lo único que deseo es que aborde el asunto con elegancia, sin ironía y sin sensacionalismos. Ya sabe que éste es un terreno muy resbaladizo y fácilmente se puede conducir al lector por una senda... En cualquier caso hay una condición.

–Dígamela.

–No quiero, bajo ningún concepto, que en su reportaje aparezca algo relacionado con la Serpiente Roja. Si quiere los documentos, tendrá que olvidarse por completo de ese asunto. –D'Honnencourt se mostraba tajante.

–¿Por alguna razón especial?

–No deseo que mi linaje aparezca relacionado con la Serpiente Roja, la firma de una secta que ha asesinado a varias personas. Supongo que lo comprende, se trata de mi familia. Además, también ése es el nombre que se da a una de las familias *rex deus*, y no quiero que alguien vaya a sacar conclusiones disparatadas.

–Le aseguro que cada cosa quedará en su sitio, seré muy escrupuloso.

–Creo haberme explicado con suficiente claridad. No se trata de escrupulosidad, sino de que se olvide de todo lo relacionado con ello. ¿No deseaba una buena historia? Pues aquí la tiene, se la estoy ofreciendo en bandeja.

Pierre decidió que había llegado el momento de entrar a fondo en la cuestión por la que estaba allí.

–¿Me pide que me olvide del asesinato de Madeleine Tibaux?

Gabriel d'Honnencourt lo miró sorprendido.

–¿Por qué dice usted eso?

–Porque quien asesinó a mi amiga, como usted acaba de indicar, dejó esa firma.

–Me temo que si quiere contar la historia de mi familia tendrá que olvidarse de eso.

Pierre no pudo contenerse; la pregunta brotó tan rotunda que dio por sentado que Gabriel estaba allí:

–¿Qué hacía usted en el castillo de Arques?

D'Honnencourt frunció el ceño y sus cejas se alzaron en un gesto de sorpresa.

–¿Qué quiere usted decir? –El tono de su voz había cambiado.

–Que debe explicarme su presencia en una reunión que se celebró hace tres días en el castillo de Arques, una pequeña población del departamento del Aude.

–No sé de qué me está usted hablando.

–Le estoy hablando de la Hermandad de la Serpiente, señor D'Honnencourt.

–Usted está confundido –negó con convicción.

–Es inútil que trate de disimular; Margaret y yo estábamos allí cuando usted y los miembros de esa extraña hermandad, que no para de matar a gente, abandonaban el lugar.

–Está confundido –insistió D'Honnencourt, pero sus palabras ya no sonaban tan convincentes.

–No, no estoy confundido. Es cierto que lo vi de lejos, pero estoy seguro de que era usted. Me ha costado mucho identificarlo, usted es muy parco en ademanes, pero desde la noche en que nos conocimos en la sede de los Amigos de Occitania sus medidos gestos, su corrección, sus aristocráticos movimientos captaron mi atención porque es algo innato a su naturaleza. Usted no se altera, mantiene siempre una actitud correcta. He de decirle que lo más significativo de su gesticulación queda reducido a poco más que el curioso movimiento de sus cejas.

–¿Cree que soy el maestre de la Fraternidad de Oficus?

–¿Así es como lo denominan en su condición de máximo responsable de la hermandad?

Gabriel se percató demasiado tarde de que acababa de cometer un desliz, que en aquellas circunstancias significaba un error fatal. Era la consecuencia de una tensión que se prolongaba ya demasiado tiempo. En ningún momento Blanchard había insinuado que él fuese el maestre. Esa carta la había enseñado él.

–El nacimiento de Oficus está ligado a la Orden del Temple, no es de extrañar que den el mismo tratamiento a quien es su máximo responsable.

–¿Es usted el maestre?

–Veo que duda, Pierre. Ha perdido la seguridad de que hacía gala hace un momento, cuando afirmaba que soy miembro de esa fraternidad.

–Se equivoca. Tengo certeza de ello, mi sorpresa se debe a que acaba de revelarme algo que ignoraba: que usted es el responsable de esa secta de asesinos. Apareció en mi vida justo en el instante en que Madeleine Tibaux acababa de ofrecerme una historia extraordinaria que podía servir de soporte a un reportaje con todos los ingredientes para seducir a cientos de miles de lectores. Luego me cuenta una historia donde hay ciertos elementos comunes a la que me ofreció Madeleine. Además, sus apariciones han sido siempre muy extrañas. No acabo de comprender por qué me confió un secreto tan extraordinario, como el que me confesó la noche que di la conferencia en la Asociación de Amigos de Occitania. Tampoco comprendo por qué quienes se esconden detrás de la Serpiente Roja, que también han amenazado a su hermano, se valen de usted para comunicarme el lugar donde tienen secuestrada a la profesora Towers. Es usted un personaje sumamente extraño. Cuando estábamos en casa de su hermano Isaac y recibí la llamada telefónica, donde me ordenaban olvidarme de todo lo relacionado con la Serpiente Roja, estaba tan excitado y preocupado que no di importancia al hecho de que insistiese en sus comentarios sobre esa secta, a pesar de que teníamos ante nosotros algo con lo que usted había soñado a lo largo de toda su vida. Pensé que, siendo una persona de exquisita educación, se mostraba deferente conmigo y, en cierto modo, dejaba en un segundo plano los pergaminos donde constaba la certificación de su pertenencia a una familia *rex deus*. Algo por lo que usted había suspirado durante largos años, aunque debo reconocer que durante algunos minutos estuvo tan abstraído en la contemplación de los manuscritos que parecía ausente; varias veces pronunció la misma exclamación: «¡Dios mío!».

Con suavidad, como si fuese a sacar un pañuelo del bolsillo, Gabriel d'Honnencourt sacó una pequeña pistola, la misma que en la casa de Fontenay-sous-bois.

Pierre, instintivamente, dio un paso hacia atrás.

–Usted me obliga, Pierre. No sabe cuánto lo lamento, jamás hubiese deseado llegar a esta situación. He tratado por todos los medios de apartarlo del peligro, hasta el punto de enfrentarme a alguno de mis compañeros que no entienden mi forma de actuar en las presentes circunstancias.

–Tampoco yo alcanzo a comprender por qué actúa usted de ese modo. ¿Lo ha hecho por alguna razón?

Sin dejar de apuntarle, D'Honnencourt respondió con voz cansina:

–Es una vieja historia; cuando ocurrió usted ni siquiera había nacido.

El periodista siguió reculando hasta llegar a la pared. Por su culpa todo había transcurrido demasiado deprisa. Necesitaba ganar tiempo, su experiencia en situaciones límite le indicaban que un hombre como el que empuñaba la pistola no vacilaría en disparar. Un individuo que controlaba sus sentimientos como D'Honnencourt no titubearía ni le temblaría el pulso.

–¿Qué clase de historia?

La pregunta se debía tanto al interés por conocerla como al deseo de ganar unos segundos. Hubo un destello de duda, apenas perceptible, en los ojos de Gabriel. Dudaba entre acabar con aquel asunto, que tantos quebraderos de cabeza le había proporcionado en los últimos días, y contar a Pierre Blanchard la verdadera razón por la que había aparecido en su vida.

–He procurado pagar la deuda que contraje con su padre cuando yo era un joven de dieciséis años.

Pierre, que tenía pegada la espalda a la pared, se olvidó por un instante de la delicada situación en que se encontraba.

–¿Una deuda con mi padre?

El interés por lo que D'Honnencourt podía contarle sobre ello sobrepasaba en ese momento al deseo de procurarse un tiempo añadido.

–¡Siéntese! –le ordenó D'Honnencourt, señalando una de las dos sillas que había en la habitación y apuntándole con la pistola.

Pierre obedeció.

–Como le he dicho, se trata de una vieja historia, que tuvo lugar antes de que usted naciera. Ocurrió en Argel, cuando el entonces coronel Raymond Blanchard prestaba servicio en Argelia.

–¿Qué tiene que ver mi padre con todo esto?

–Su padre era un hombre valeroso y justo. Uno de los militares más valiosos con que contaba el ejército francés en los difíciles años de la lucha contra el Frente de Liberación Nacional de Argelia. No tenía prejuicios de raza, ni de cultura. El mejor testimonio de lo que digo es usted, el resultado de un matrimonio que muchos jefes y oficiales de su unidad censuraron en voz baja: el coronel Blanchard se casaba con una argelina. Tengo que alabar su buen gusto porque era toda una belleza. Su padre era un ciudadano del mundo y un caballero, un militar de vocación que luchó valerosamente y evitó muertes innecesarias en un conflicto en el que las venganzas formaron parte de la guerra desde el primer momento.

–Sigo sin comprender qué tiene que ver mi padre con todo esto.

–No sea usted impaciente. Mi madre y yo quedamos en deuda con él cuando, en los momentos finales de la lucha por la independencia de la colonia, el descontrol se apoderó de Argel. No había un atisbo de autoridad en la ciudad, las unidades francesas se retiraban y llegaron los terribles momentos que se producen cuando hay un vacío de poder, aunque sea momentáneo. Nadie prestaba atención a lo que ocurría porque mientras unos buscaban ponerse a salvo, otros vivían la euforia del momento. El resultado de todo aquello era que en Argel reinaba el caos más absoluto. Uno de los numerosos grupos de delincuentes que operaban en la ciudad desde hacía un par de días, aprovechándose de la situación, asaltó nuestra joyería. Uno de ellos era un individuo con quien mi padre había acordado, a cambio de una fuerte suma, facilitarnos la salida de la ciudad y pasaje en un barco. A la hora convenida apareció en nuestro negocio, acompañado por cuatro individuos más, pero sus planes eran muy diferentes. Aquel canalla había decidido que podía hacerse con un cuantioso botín, sin tener que dar muchas explicaciones. Mi padre se enfrentó a los malhechores y lo pagó con su vida. Se apoderaron de lo más valioso de nuestra joyería, que mi padre había preparado con sumo cuidado para llevárselo, una verdadera fortuna en oro y piedras preciosas. No contentos con ello decidieron violar a mi madre antes de acabar con nosotros. Ella tenía treinta y siete años y era una mujer muy atractiva; ya le habían rasgado el vestido, dos de ellos la sujetaban y un tercero se preparaba para consumar su acción, mientras yo era testigo impotente, amenazado por los otros dos.

–¿Qué ocurrió?

–La intervención de su padre nos salvó. Fue algo providencial: pasaba por delante de nuestro establecimiento y vio algo extraño por el único escaparate que mantenía alzada la persiana. ¡Imagínese usted! ¡Algo llamó su atención en una ciudad donde la normalidad había desaparecido! Entró acompañado de los dos hombres que iban con él, empuñando su pistola, y cuando vio a mi madre, desnuda y tendida en el suelo, disparó sin vacilar sobre los violadores. Sus acompañantes acabaron con los que me sujetaban. Se interesó por nosotros en unas circunstancias en las que cualquier otro oficial hubiese seguido su camino sin preocuparse de lo que ocurría. Argel era una ciudad sin ley. Los últimos soldados franceses salieron en tres aviones que despegaron del aeropuerto aquel mismo día. Nos salvó la vida y nos sacó de aquel infierno en el que mi padre se había empeñado en permanecer hasta el último minuto. Nos ayudó a recoger lo más valioso de nuestras pertenencias y nos embarcó en uno de aquellos últimos aviones que salieron del aeropuerto bajo bandera francesa.

Pierre escuchaba asombrado, pero recordó un dato que no encajaba en la historia que D'Honnencourt acababa de contarle.

–¿Vivió en Argelia hasta entonces?

–Así es, aunque durante los años de mi infancia pasaba en París los veranos en Fontenay-sous-bois. A los pocos días de terminar el curso escolar, mi madre y yo nos veníamos: el verano resulta muy duro en Argelia, el calor es insoportable.

Al menos aquello encajaba con lo que le había dicho cuando lo llamó para contarle la historia de la llamada comunicándole el lugar donde Margaret estaba secuestrada.

–Cuando todo eso sucedió, yo no había nacido. ¿Cómo supo de mi existencia? ¿Mantuvo usted algún contacto con él? Mi padre jamás hizo el menor comentario acerca de lo que acaba de contarme.

–Nunca volví a verlo. Mi madre y yo nos instalamos en Dijón y abrimos una joyería. El negocio funcionó tan bien que algunos años más tarde habíamos abierto una cadena de establecimientos. Posiblemente usted habrá oído hablar de ellos. Tenemos varios en París.

–No conozco la joyería D'Honnencourt.

–Porque nuestra cadena de joyerías no se llama así. ¿Le suena Marcel, en la plaza Vendôme o en el boulevard de los Capuchinos?

–¿Usted es el dueño?

D'Honnencourt apuntó una sonrisa en su boca y asintió con un ligero movimiento de cabeza.

–¿Cómo me encontró? –preguntó Pierre más interesado en conocer los entresijos de aquella historia que preocupado por la situación en que se encontraba.

–Fue fruto de la casualidad.

–¿Le importaría explicármelo?

–En absoluto. La Hermandad de la Serpiente había tomado la determinación de hacerse con el legajo rotulado con el nombre de *Le Serpent Rouge* que usted conoce y que nunca debió ser depositado en la Biblioteca Nacional. Pero fue algo que ocurrió, por una serie de circunstancias que no vienen al caso. Estábamos a punto de culminar la operación rescate, con la colaboración de Antoine Vaugirard, cuando, inoportunamente, una bibliotecaria llamada Madeleine Tibaux metió las narices donde no debía. Descubrió ciertas anomalías en el legajo porque el individuo que reunió aquella documentación, llamado Gastón de Marignac, incorporaba nuevos datos al legajo o modificaba los existentes en función de la información que conocía. La bibliotecaria, extrañada, indagó y reunió alguna información. Incluso llegó a hablar con la hija de un bibliotecario, un tal Andreas Lajos, que ayudó a De Marignac en su propósito. Vaugirard nos puso sobre aviso y decidimos controlar la situación.

–¿Así es como se refiere al asesinato de Madeleine?

–Teníamos que eliminar el problema que representaba Madeleine Tibaux. La bibliotecaria pensó que la historia podría resultar de interés para un periodista, viejo amigo de su época estudiantil. Vaugirard, que tenía su teléfono bajo control, nos puso sobre aviso y establecimos un plan para acabar con ella la misma mañana que habló con usted, pero no nos fue posible. Madeleine se reunió con usted en Le Vieux Bistro y le contó la historia, por lo que decidimos acabar también con usted. Fue entonces cuando supimos que el periodista se llamaba Pierre Blanchard. ¡Blanchard! Decidí investigar sobre usted y no resultó complicado averiguar que era hijo del coronel que nos había salvado la vida a mi madre y a mí. Ordené un cambio de planes en el último momento. Acabaríamos con la señorita Tibaux y le dejaríamos claro que no era conveniente entrometerse en asuntos de la hermandad, cuyo símbolo es una serpiente roja, aunque nada tenemos que ver con una supuesta familia *rex deus* a la que algunos conocen con ese mismo nombre. Era un mensaje para usted, que ya tenía en su poder un DVD con el legajo de *Le Serpent Rouge*. Personalmente decidí asumir el riesgo de dejar nuestra tarjeta de visita a pesar de que suponía darle una pista a la policía; a nuestro favor jugaban anteriores experiencias en que se habían mostrado inoperantes ante el cinturón protector que, desde hace siglos, ha mantenido a la hermandad al abrigo de investigaciones. He de confesar que cometí un grave error.

–¿Por qué?

–Porque si el hijo del coronel Blanchard poseía alguna de las virtudes de su padre, no se arredraría tan fácilmente. De todas formas, urdí un plan con el propósito de apartarlo de la historia relacionada con el legajo. Decidí ofrecerle algo más tentador: la genealogía de un linaje *rex deus;* tampoco conté con que haría venir de Londres a una historiadora para que le ayudase en sus pesquisas.

Pierre se pasó la mano por la mejilla; sabía que la historia que acababa de conocer tocaba a su fin y lo que ello significaba.

–Eso explica su presencia en la conferencia promovida por los Amigos de Occitania.

–Efectivamente.

–También explica que, desde entonces, usted haya tratado de apartarme de cualquier pista que pudiese incitarme a investigar qué se escondía detrás de ese pergamino con una serpiente roja.

–Digamos que he hecho todo lo que estaba en mi mano para conseguirlo. Por ello inspeccionamos detenidamente su apartamento y retiramos toda la información sobre la hermandad. Aprovechamos la limpieza para enviarle un nuevo mensaje de advertencia.

–¿Qué quiere decir?

–Retuvimos a la profesora Towers durante unas horas para que usted comprobara la facilidad con que podíamos actuar.

–¡Eso aclara por qué usted recibió el mensaje de los secuestradores!

–Puede llamarlo así.

–Supongo también que fueron ustedes quienes se apoderaron de la copia del legajo que tenía la policía.

–Supone bien. He de admitir que en ese terreno hubimos de hacer frente a un factor inesperado.

–¿A qué se refiere?

–El inspector Duquesne había elaborado un excelente informe y establecido ciertas conexiones con unos hechos acaecidos hace más de veinte años, que para nosotros era sumamente importante que no se relacionasen con lo que estaba ocurriendo ahora. He de reconocer que ese Duquesne es un buen policía, mucho mejor que su jefe, un sabueso que no sabe distinguir los aromas cuando olfatea.

–Por eso provocaron el accidente que costó seis vidas, no sé cuántos heridos y tuvo colapsado a medio París durante horas.

–Creo que eso recibe, de un tiempo a esta parte, la denominación de daños colaterales.

–Otro fallo –apuntó Pierre, quien ahora trataba de ganar segundos, esperando un milagro.

–¿Por qué?

–Duquesne ha sobrevivido.

–He de reconocer que esta operación tiene demasiadas grietas. Incluso un individuo tan torpe como Gudunov ha sido capaz de encontrar el vehículo con que se provocó el accidente.

–Compruebo que no tiene el menor empacho en reconocer todo el entramado criminal que han puesto en marcha.

D'Honnencourt encogió ligeramente los hombros.

–En realidad, nada de lo que le he dicho, salvo la relación que me unió a su progenitor, es desconocido por la policía. Acabo de decirle que han encontrado el vehículo que provocó ese accidente múltiple y también ya sabe, por las razones que le he explicado, que no nos ocultamos ante la muerte de la señorita Tibaux. He de señalar, sin embargo, que nada hemos tenido que ver con la muerte de Vaugirard, aunque en la prensa haya aparecido cierta información sobre la existencia de un pergamino con una serpiente roja dibujada, como en el caso de la bibliotecaria. Esa muerte tiene otra razón; al fin y al cabo el bibliotecario había colaborado fielmente con nosotros. Hoy el legajo de *Le Serpent Rouge*, rotulado con la signatura 7JCP070301, ya no existe en los fondos de la Biblioteca Nacional de Francia, y debo añadir que la colaboración de Vaugirard no fue altruista.

–¿Cuánto? –preguntó más por ganar unos segundos que por conocer el precio de la corrupción de Vaugirard.

–Ya que tiene interés, no veo inconveniente en satisfacer su curiosidad. Recibió sesenta mil euros. Al parecer tenía aficiones muy costosas y había contraído deudas con individuos poco recomendables. Era un adicto al juego y al sexo. Si Gudunov quiere descubrir a sus asesinos, debería investigar en esa dirección.

–Supongo que si me está contando todo esto, mi vida no vale un céntimo.

–Ayer yo era de la misma opinión cuando me encontraba ante una persona que me contó unas cosas que solamente revelaría a un cadáver potencial. He de confesarle que me llevé una gran sorpresa.

–¿Qué ocurrió?

–En lugar de eliminarme, me propuso un acuerdo.

Pierre miró la pistola con la que no había dejado de amenazarlo.

–¿Piensa hacer lo mismo?

Ahora fue D'Honnencourt quien miró el arma.

–He de añadir que mi interlocutor no estaba armado.

–¡Ya!

–De veras que lo lamento, Pierre. He hecho cuanto ha estado en mi mano, pero usted no ha prestado la más mínima colaboración.

–¿Siendo hijo de mi padre, esperaba que me cruzase de brazos ante tanto desafuero?

–Ya he reconocido mi error, le ruego que no me fustigue más. ¿Quiere formular algún deseo?

–La verdad es que sí.

–Si está en mi mano y no se trata de algo descabellado...

–¿Qué hay de verdad en el linaje *rex deus*?

–No albergue la menor duda acerca de la existencia de los linajes de las dinastías reales del judaísmo bíblico, aunque es cierto que algunos, tal vez la mayoría, se han perdido con el paso de los siglos.

–Me refiero al suyo.

Las cejas del hombre que lo encañonaba se alzaron.

–¿Por qué me lo pregunta?

–Antes me ha dicho que desde que supo que yo era hijo del

coronel Blanchard trató de alejarme del legajo que me ofreció Madeleine, proporcionándome una historia más atractiva. Tengo la impresión de que lo que me contó acerca de su hermano y de los pergaminos escondidos en esa antigua cómoda es una patraña. Como comprenderá, después de lo que me ha explicado, no puedo creer que la Hermandad de la Serpiente lo amenazase y saliese corriendo de París. Todo eso huele a montaje.

D'Honnencourt fijó su mirada en el periodista con los ojos entrecerrados.

–¿A usted qué le parece?

–Que esa trama no se sostiene.

–Me refiero a la autenticidad de los documentos *rex deus* de mi familia.

–¿A los pergaminos?

–Sí, a los documentos escondidos en la vieja cómoda.

Pierre dudó. Estaba seguro de que la supuesta amenaza de la Hermandad de la Serpiente al también supuesto Isaac d'Honnencourt para que huyese como una liebre asustada y dejase expedito un camino que estaba bloqueado desde hacía tantos años era el producto de un plan trazado por el individuo que lo amenazaba con la pistola; sin embargo, los documentos parecían auténticos.

–Supongo que su amiga la historiadora habrá emitido una opinión –le ayudó D'Honnencourt.

–Para Margaret son auténticos, aunque me ha dicho que serían necesarias algunas pruebas de laboratorio para confirmarlo.

–¿No se fía de su ojo de experta?

Pierre compuso con sus labios una expresión de duda.

–Supongo que prefiere asegurarse.

D'Honnencourt dejó escapar un suspiro.

–Créame que lamento de veras haber llegado a esta situación. –El periodista miró el arma con que le apuntaba. Parecía un objeto inofensivo, pero tenía experiencia de armas increíblemente eficaces y mortíferas que parecían de juguete–. Me he enfrentado a algunos miembros de la hermandad, que no entendían mi modo de proceder. He abusado del poder que tiene el maestre de la Hermandad de la Serpiente, pero todo ha sido inútil. Ahora ya conoce la causa: estaba en deuda con su padre; por eso no he vacilado en ofrecerle lo mejor que tenía a mi alcance: los documentos que certifican la pertenencia de mi familia a uno de los linajes *rex deus* y permitirle, con las limitaciones que impone la discreción más elemental, hacer ese reportaje con que sueña todo periodista. Supongo que tomar una decisión como ésa habrá hecho que los huesos de alguno de mis antepasados se hayan violentado en su tumba. ¡Pero es usted tan tozudo! He intentado proporcionarle un material que le compensase de lo ofrecido por Madeleine Tibaux, a la vez que trataba de impedir que fisgonease en los asuntos de la Hermandad de la Serpiente.

–¿Tan importante es para usted?

–Imagíneselo.

–¿Va a matarme?

–Sí.

Fue un monosílabo frío, sin vida.

Pierre se puso de pie y D'Honnencourt alzó la pistola. En aquel momento un pequeño ruido a su espalda distrajo por un instante su atención. Al abrirse la puerta apareció André, que entraba con los brazos en alto.

–¿Qué...?

La pregunta de Gabriel se quedó en el aire, al ver el rostro de Gudunov por encima del hombro de su secretario. No necesitó más para darse cuenta de lo que ocurría. Sin vacilar, se volvió y abrió fuego; durante unos segundos la habitación se llenó con los estampidos de las detonaciones.

34

Sobre la línea del horizonte un sol rojizo ponía destellos dorados a la tarde parisina. Hasta la terraza de su apartamento, donde trataba de relajarse, llegaba amortiguado, como un rumor, el bullicio de gente que transitaba por la calle. Muchos caminaban hacia los grandes almacenes que se alzaban a unos centenares de metros y que eran uno de los referentes en la vida parisina.

La jornada había sido agitada y tensa. Hacía media hora que había llegado del hospital, donde lo atendieron. Con gesto lánguido, Pierre dejó sobre la mesa el ejemplar de *Le Figaro*. Había vuelto a leer la misma noticia que llamó su atención por la mañana, la de la página diecisiete: «EXTRAÑA MUERTE DE UN CARDENAL». Su brazo izquierdo, apretado contra el costado por un vendaje, entorpecía sus movimientos. Margaret dio un sorbo a su taza de té, sin apenas percatarse de que se había quedado frío; su cabeza estaba en otra parte.

–¿En qué piensas? –le preguntó el periodista.

Ella tardó unos segundos en responder.

–En realidad, son muchos los pensamientos que se entrecruzan en mi cabeza.

Pierre le cogió la mano y apretó sus dedos en un gesto cargado de cariño.

–Ponlos en fila.

–El primero, lo estúpidos que sois algunos hombres.

–¿Lo dices por alguien en concreto?

–Por ti.

Pierre se encogió y sintió una punzada de dolor, entrecerró los ojos y preguntó:

–¿Puedo saber la causa?

–Si Gudunov no te hubiese puesto bajo vigilancia, ahora estarías varios palmos bajo tierra.

–Todavía no –bromeó el periodista–. Mi cadáver reposaría en un frigorífico del Instituto de Anatomía Forense o, a lo sumo, estaría recibiendo un responso por el eterno descanso de mi atribulada alma.

Margaret movió la cabeza y su rubia melena, húmeda todavía por el agua de la ducha, se agitó.

–No comprendo por qué lo hiciste. Te marchaste sin decir nada. Cuando me levanté y vi que no estabas, pensé que habías ido a comprar los brioches que me habías prometido. Aguardé, como una estúpida, pensando que íbamos a compartir el desayuno, pero conforme pasaban los minutos y no regresabas me fui poniendo cada vez más nerviosa y cuando llamaron del hospital pensé... pensé que podías... –Se le formó un nudo en la garganta y no pudo terminar la frase.

–¿Que podía estar muerto?

–¡Sí! –gritó con las lágrimas asomando al borde de sus ojos.

Pierre supo que ésa era la herida por la que ella respiraba y le ofreció una excusa:

–Necesitaba una certeza.

–Eso no justifica que actuaras por tu cuenta. ¿Por qué no me lo dijiste?

Pierre se encogió otra vez de hombros y de nuevo sintió una punzada de dolor. Encajarle la clavícula había resultado más complicado de lo previsto y, desde luego, mucho más doloroso.

–Si confirmaba mis sospechas, el peligro era real y no quería que te vieses involucrada.

Margaret se levantó.

–¡Eso es genial! ¿A estas alturas tu argumento es que no deseabas involucrarme? ¡Y me lo dices después de que me hayan secuestrado, me hayan detenido y esposado, y haya tenido que prestar declaración como si fuese una delincuente! ¡No me lo puedo creer!

–Todo eso es cierto, pero en ningún momento estuviste expuesta al peligro.

–¿Ah, no? ¿No era peligroso plantarse en el lugar donde se reunía Oficus? ¿A qué fuimos allí? ¿De excursión? ¿A una reunión con hermanitas de la caridad?

–No era lo mismo –se defendió con un hilo de voz.

–¿Por qué no?

–Porque ahora el riesgo estaba al otro lado de la puerta. Yo no podía prever cuál sería la reacción de D'Honnencourt, cuando le soltase a bocajarro que pertenecía a esa hermandad de asesinos. Porque si confirmaba mis sospechas, iba a culparlo del asesinato de Madeleine.

–Podías haber advertido a Gudunov –protestó Margaret, que mantenía su disconformidad.

–El pájaro hubiese volado. Gudunov habría desplegado a sus hombres y D'Honnencourt se hubiese percatado de que tenía encima a la policía. No olvides que son una secta clandestina y cuando se actúa en esas condiciones, se aguzan los sentidos hasta límites increíbles.

–Sin embargo, no fue capaz de detectar cuáles eran tus verdaderas intenciones.

–Porque las circunstancias eran extraordinarias.

–¿Qué quieres decir?

–D'Honnencourt se consideraba en deuda conmigo.

Margaret puso cara de sorpresa y se sentó de nuevo.

–¡Es lo último que me faltaba por oír!

–Es una historia que se remonta muchos años atrás, cuando él era un muchacho, hijo de unos acaudalados joyeros instalados en Argel. Mi padre le salvó la vida a él y a su madre, acabó con los asesinos de su padre y los sacó de Argelia con una fortuna en joyas, oro y piedras preciosas. Pudieron repatriarse a Francia y reiniciar una nueva vida, sin problemas económicos.

La historiadora le preguntó recelosa.

–¿Cuándo te has enterado de eso?

–Lo he sabido esta mañana.

–¿Te ha contado su vida?

–No exactamente, pero me ha explicado, mientras me amenazaba con una pistola, que urdió la historia del linaje *rex deus* para apartarme de la Hermandad de la Serpiente al enterarse de que el periodista a quien Madeleine Tibaux había confiado sus descubrimientos sobre el legajo se llamaba Blanchard y que era hijo del coronel que lo había salvado.

–Sin embargo, iba a matarte.

–Cuando Gudunov apareció, me explicaba lo mucho que lo lamentaba.

–¡No me lo puedo creer!

–Pues créetelo porque eso era lo que me estaba diciendo en aquel momento.

Se hizo un breve silencio que ella rompió con una pregunta:

–¿Eso significa que los pergaminos son falsos?

–No lo sé.

–¿Cómo que no lo sabes? Acabas de decir que el propio D'Honnencourt te confesó que había urdido la historia de ese linaje.

–Urdió todo lo referente al hecho de que esos documentos estaban en poder de un hermano amenazado por la Serpiente Roja y a que llevaban años ocultos en un mueble al que no podía acceder. En realidad supongo que no tiene hermanos. Cuando me contó la historia de lo ocurrido en Argel, se refirió a su madre y a él.

–¿Significa entonces que los pergaminos son auténticos?

–Eso tendría que...

En aquel momento sonó el timbre del interfono. Margaret acudió a responder.

–¿Dígame?

Escuchó durante unos segundos y preguntó:

–¿Y dice que ya suben?

Asintió con ligeros movimientos de cabeza y dio las gracias.

–¿Qué pasa? –preguntó Pierre desde la terraza.

–Es el portero, que nos avisa de que la policía está subiendo.

–¡Qué demonios querrán ahora!

El timbre del apartamento anunció su llegada.

–¿Te importa abrirles, Margot?

Margaret los condujo hasta la terraza. A Gudunov lo acompañaba un joven inspector y Pierre pensó en Duquesne.

–Disculpe que no me levante –el comisario hizo un gesto con la mano– y tomen asiento. ¿Qué tal Duquesne?

–Según los médicos, está fuera de peligro, pero tendrá que permanecer al menos una semana más en el hospital. Ayer salió de la unidad de cuidados intensivos.

–Me alegro.

–Gracias. ¿Cómo está su hombro?

–Jodido, aunque pudo haber sido mucho peor. Pero, por favor, tomen asiento y dígame a qué se debe esta inesperada visita.

–Le presento al inspector Gambetta. –Gudunov señaló al policía que lo acompañaba, quien inclinó ligeramente la cabeza a modo de saludo.

–Encantado.

Se sentaron y Margaret preguntó:

–¿Quiere tomar algo, comisario?

–Muy amable, profesora, un café me vendría bien; muy cargado, por favor.

–¿Y usted?

–Café también, por favor.

–¿Cargado?

–Sí, por favor.

Cuando ella se hubo retirado, Gudunov, en un tono malicioso, preguntó:

–¿Hay algo entre usted y la historiadora?

Pierre lo miró de frente, sin responder, y Gudunov comprendió su error.

–Bueno, no se lo tome a mal, Blanchard, pero es que la veo ejercer de anfitriona.

–Al grano, Gudunov, no estoy para muchos trotes. –Se miró el refajo que aprisionaba su brazo al costado.

–Por su mala cabeza –lo culpó el comisario.

–Según se mire. Gracias a ello tiene resueltas unas cuantas cosas.

–No demasiadas.

Pierre estiró la cabeza hacia atrás como si desease tener más perspectiva para comprender mejor la negación del comisario.

–¿No lo dirá en serio?

–Haga la cuenta: un muerto más, un piso y un detenido, que se ha suicidado.

–¿Quién se ha suicidado?

–Ese tal André... André...

–Caseilles –le ayudó Gambetta.

–Había depositado grandes expectativas en ese tipo, pero se ha ahorcado en la habitación del hospital, adonde lo llevaron para curarle la herida del hombro.

–¿Cómo ha sido?

–Aprovechó un descuido y se colgó con el cinturón. El tío no llevaba documentación encima, con lo que ni siquiera sabemos si ése era su verdadero nombre. Ya hemos comprobado que el piso es una tapadera, está a nombre de una sociedad que desapareció poco después de su adquisición, por cese de actividad. Todo legal, salvo que se les olvidó hacer la modificación correspondiente en la titularidad del piso. No queda ningún rastro. No había teléfono, ingresaban los impuestos municipales en metálico y lo mismo hacían con el recibo de la luz. Sabemos que, al percatarse de nuestra presencia, el tal André dio aviso con un teléfono móvil a un número que borró inmediatamente y que todavía no hemos podido localizar. Supongo que ya nadie aparecerá por el inmueble, está «contaminado», según la terminología utilizada por las bandas.

–Pero perderán la propiedad del inmueble –señaló Pierre.

–Eso es algo que no les importará demasiado; lo incluyen como gastos de actividad.

–Pero la Hermandad de la Serpiente...

–Deben manejar recursos ingentes, sin que tengamos referencias de su procedencia. Si la sede de sus empresas estaba en Suiza, allí la opacidad es total. Pueden tener cuentas multimillonarias a las que no accederíamos ni en cien años. Una de las claves del negocio bancario suizo es su falta de transparencia, lo que supone una seguridad absoluta para sus clientes.

–¿Y los dos guardaespaldas?

–Lograron huir. Ya hemos comprobado que las placas del Mercedes son más falsas que Judas.

–Sin embargo, ha caído la cabeza.

–No es tan importante como pueda pensar.

–¿Por qué?

–Primero, porque no es seguro.

–¿Cómo que no es seguro?

–Lo único que hemos podido sacar a ese André es que el nombre del maestre de esa hermandad era Armand d'Amboise.

–¿Cómo dice?

Pierre se rebulló en su sillón, buscando una postura más cómoda para su brazo.

–Armand d'Amboise es el nombre que aparece en el pasaporte y en el carné de conducir.

–¡Ese hombre se llamaba Gabriel d'Honnencourt! –exclamó el periodista, como si se tratase de una evidencia.

Gudunov apuntó una sonrisa maliciosa y en sus ojos brilló un destello de ironía.

–¿Está seguro?

Pierre comprendió su error. Al fin y al cabo, qué pruebas tenía de que no le había mentido, protegiéndose bajo un nombre falso. Si lo pensaba fríamente, era lo más lógico.

–La verdad es que no tengo prueba alguna.

En aquel momento, apareció Margaret con los cafés.

–Tampoco nosotros la tenemos –admitió el comisario, después de agradecerle a ella el café.

–Y el pasaporte ¿qué garantías le ofrece a usted? –preguntó de nuevo Pierre.

–Falso, como el carné de conducir. Nos lo han comunicado cuando veníamos hacia aquí.

–Entonces lo que tenemos es...

–Un cadáver anónimo, un suicida que no ha dejado pistas y un inmueble que no ofrece información alguna. Ya se lo he dicho, Blanchard, no tenemos gran cosa.

–Lo lamento.

–Pues no lo lamente y estrújese el cerebro. La única posibilidad que en estos momentos tenemos para que las pistas no se diluyan como un azucarillo es precisamente usted.

–¿Yo?

–Sí, usted.

–Explíquese.

–Quiero que me cuente todo lo que recuerde de su relación con el señor... el señor..., bueno, como quiera que se llame ese individuo, sin pasar por alto el menor de los detalles. Quiero que me lo cuente todo, empezando por el principio. Absolutamente todo. ¿Cómo se conocieron? ¿Cuántas veces se han visto? ¿De qué han hablado? Todo, Blanchard, todo –insistía el comisario–, y no se le ocurra ocultarme información, como hizo el otro día. Le juro que esta vez lo detengo por ocultación de datos. –Gudunov, con la sequedad que le era habitual, se dirigió a Margaret–: También usted podría sernos de utilidad.

La actitud del policía hizo que aflorasen en Pierre las desagradables sensaciones que habían caracterizado sus relaciones desde el primer momento.

–Creo que con amenazas empezamos mal. Deduzco de sus exigencias cierto recelo.

–No se equivoque. El recelo hacia usted, después de lo que ha hecho, es total.

–¿Quiere decirme qué he hecho?

–¿Le parece poco haber ido a ver a ese individuo, sin decirme nada? –Gudunov estaba irritado.

–Si usted me pide que colabore, lo haré con mucho gusto, pero antes debo decirle que yo jugué limpio el otro día. Cerramos un acuerdo y Gabriel d'Honnencourt, o como se llame, no entraba en el trato; en aquel momento yo no lo había relacionado con la Serpiente Roja. Ha sido después cuando he tenido conocimiento de ello.

–Pudo avisarme de sus sospechas –se quejó el comisario.

–Tiene razón en eso –concedió Pierre–. La misma que yo si le digo que no jugó limpio cuando me puso bajo vigilancia.

Gudunov carraspeó.

–Para usted fue una suerte.

–No me quejo del resultado, sino de un hecho que denotaba absoluta falta de confianza.

–Reconocerá que no andaba muy descaminado.

Margaret se dio cuenta de que si la conversación continuaba por aquel derrotero podía conducir a un final poco deseable y decidió intervenir:

–Creo que un buen lugar para investigar es la casa donde me retuvieron.

Gudunov miró a la historiadora, que permanecía en pie.

–La hemos registrado de arriba abajo y no hemos hallado nada que merezca la pena. Esos individuos hacen honor a su nombre, son astutos y escurridizos.

–¿A quién pertenece esa casa?

–Es propiedad de una familia holandesa; vienen a pasar parte de sus vacaciones en verano. Ellos han sido los primeros sorprendidos. Hemos hecho numerosas comprobaciones y todo indica que no tienen nada que ver con el caso. Posiblemente, alguien perteneciente a Oficus conocía las condiciones de la casa y decidieron que era un buen lugar para su propósito.

–D'Honnencourt me dijo que conocía el lugar porque allí pasaba los veranos de su infancia –indicó Pierre.

–Insistiremos en nuestras pesquisas sobre la zona, por si hallásemos algo interesante.

–Hay un piso en los Campos Elíseos, donde estuve con ese individuo. Me dijo que pertenecía a su hermano, pero no creo que tuviese hermanos.

Gambetta ya estaba anotando.

–¿Recuerda el número?

–Sí, estuve aguardando en la puerta veinte minutos hasta que logré parar un taxi, es el cuatrocientos ochenta y dos.

–¿Quiere repetirlo, por favor? –Gambetta alzó la cabeza con el bolígrafo suspendido en el aire.

–El cuatrocientos ochenta y dos.

–¿Se trata de un piso en la confluencia con la rue de Balzac? –preguntó Gudunov.

Pierre miró sorprendido.

–¿Cómo lo sabe?

–Porque hay una denuncia de un extraño rapto. Se llevaron al portero y allanaron un ático. Los vecinos nos informaron de que habían entrado y sacado un mueble, pero nadie le dio importancia.

Pierre soltó un bufido.

–Me temo que estamos hablando del mismo piso –sentenció el comisario–. Lo comprobaremos, pero al final nos toparemos con un muro de cemento.

Gudunov se acarició el mentón bajo la atenta mirada de Pierre, quien ya había tomado una decisión: solamente le contaría una parte de su relación con Gabriel d'Honnencourt.

–¿Cuándo y cómo conoció a ese hombre?

–Fue la misma noche en que le conocí a usted. Se me acercó al terminar mi conferencia en la Asociación de Amigos de Occitania. Me dijo que...

La reunión se prolongó por espacio de tres horas. Pierre estaba agotado y, cuando Gudunov se despedía, el dolor de su hombro le resultaba insoportable.

–Cuídese ese hombro. La verdad es que se lanzó al suelo como un jugador de rugby cuando tiene al alcance de la mano conseguir un ensayo. ¡Menos mal! ¡Su amigo disparaba a matar!

Los policías estaban a punto de marcharse cuando Pierre recordó algo.

–Gudunov, tengo algo que tal vez puede resultarle de interés.

El comisario lo interrogó con la mirada.

–Tengo un número de teléfono, el del móvil de ese individuo.

–Me temo que será el mismo que encontramos en su bolsillo, y eso tampoco nos llevará a ninguna parte.

–¿Por qué?

–Porque era un teléfono que funcionaba con tarjeta de prepago. ¿Me dice el número?

Pierre señaló los nueve dígitos y vio cómo Gambetta, que tenía en la mano su bloc de notas, le decía al comisario:

–Es el mismo número.

El aroma del café que llegaba desde la cocina despertó a Pierre. Para ser escocesa, Margaret hacía un excelente café. Su hombro lesionado le había dado una mala noche. Miró el reloj y comprobó que eran las nueve y media, se bajó de la cama con dificultad y tuvo algunos problemas para ponerse la bata. Entró en la cocina y se encontró a Margaret vestida con un traje azul muy sencillo, pero elegante. Se la veía relajada después de un sueño reparador, tras tantos días de tensión. Tenía el pelo recogido y su rostro, sin maquillar, emanaba frescura.

–¡Estás radiante!

–¡Déjate de bobadas!

Pierre se acercó y la besó en la punta de los labios; ella le devolvió el beso.

–¿Te importaría, por favor, servirme una taza de café? –Se miró el brazo de forma significativa.

–¡Qué cara tienes!

–¿Quieres que nos sentemos en la terraza?

Margaret preparó una bandeja y Pierre fue al cuarto de baño. Cuando apareció en la terraza, donde ya estaban servidos los cafés, llevaba en la mano un sobre que dejó sobre la mesa. Se sentó, paladeó el café y exclamó:

–¡Margot, este café se merece un premio!

–¡Déjate de bobadas! –repitió ella como si fuese una muletilla de aquella mañana.

–¿Te interesaría ver lo que hay en ese sobre?

–¿Existe alguna razón?

–Compruébalo por ti misma –la invitó Pierre.

La historiadora sacó un fajo de papeles y le llamó la atención que fuesen unas copias de los pergaminos que contenían la línea genealógica *rex deus* que ella conocía. Sin levantar la cabeza de los papeles, le preguntó:

–¿Cómo es posible que tengas esto?

Mientras ella leía el papel donde se certificaba que eran reproducciones exactas de los originales, Pierre guardó silencio, pendiente de cada una de sus reacciones.

–¿Te las dio D'Honnencourt?

–No exactamente.

–¿Entonces? –ahora lo miraba a los ojos.

–Me las había mostrado minutos antes de que apareciese la policía.

Margaret frunció el ceño.

–¿Puedo saber cómo han llegado a tu poder? Ayer Gudunov se quejaba de que no tenían pistas.

–¡A la porra con Gudunov! Me hice con ellas al tirarme al suelo en medio del tiroteo, según ese polizonte como un jugador de rugby profesional. La verdad es que con los disparos y el revuelo subsiguiente nadie reparó en ello. ¡No te puedes imaginar la que se formó allí en pocos segundos! –Pierre dio un sorbo a su café y añadió–: Mi principal preocupación mientras me trasladaban al hospital y me atendían de la luxación en el hombro fue no perder de vista mi maletín.

–¿No le has dicho nada a la policía? –La historiadora buscaba la respuesta más en sus ojos que en sus palabras.

–¿Para qué? –comentó con desparpajo; y añadió a modo de justificación–: No creo que le sirva de mucho. Yo soy un periodista y, después de tantos años, sé dónde hay una buena historia y mi obligación es atraparla.

–¡Eres incorregible! –protestó Margaret, aunque en el fondo estaba encantada.

–Habrás visto que además de las copias hay un papel. Se trata de un acta notarial que certifica su autenticidad. D'Honnencourt era uno de los individuos más meticulosos que jamás he conocido: llevó los originales y las copias a un notario para que los cotejara y certificase que se trataba de reproducciones fidedignas.

–¿Gabriel d'Honnencourt o Armand d'Amboise? Ayer cuando Gudunov planteó la duda, vacilaste.

–Es cierto, aunque creo que nosotros podremos desentrañar ese asunto.

–¿Cómo?

–Su linaje *rex deus* podrá indicarnos si es uno u otro.

Margaret se levantó y le devolvió el beso con mucha más vehemencia de la que él había empleado en la cocina. El periodista lamentó tener uno de sus brazos inmovilizado.

–Necesitaremos un experto en hebreo que nos traduzca estos textos.

–Tengo un amigo judío que podría ayudarnos.

–¿Es de confianza?

Pierre hizo un gesto ambiguo.

–Me debe un favor. Aunque para estar más seguros le contaremos una historia...

–Pero esto es un linaje *rex deus*. Si es judío despertará su interés.

–No creo que tenga conocimientos de todo esto de las dinastías reales del judaísmo bíblico.

–¿Seguro? –insistió ella.

–Si tú tienes una opción mejor...

Margaret eludió la provocación.

–¿Cuándo podría ver los documentos?

–¿Puedo terminarme el café, antes de llamarlo por teléfono?

Monseñor Passarolo indicó a su secretario que no le pasara ninguna llamada ni lo molestase, salvo que fuese el camarlengo o el mismísimo Santo Padre. Necesitaba estar a solas. Cerró la puerta de su despacho con llave para evitar posibles sorpresas y después tecleó la clave de la caja fuerte oculta tras un pequeño fondo donde Rafael de Urbino había interpretado su visión de la Sagrada Familia. Allí guardaba algunos documentos de singular valor que estaban bajo su custodia, en su condición de secretario de Estado. Al coger el sobre que buscaba, notó cómo un escalofrío recorría su espalda. Siempre que lo cogía su cuerpo se estremecía; no podía superar la terrible angustia que lo invadía cada vez que se enfrentaba a aquellos folios.

Nunca olvidaría el momento, hacía ya más de cinco años, en que su antecesor en el cargo, el cardenal Landriani, le hizo entrega de los documentos guardados en aquella caja, cuando se produjo el relevo en la Secretaría de Estado. Estaban en las vísperas de la Navidad del año 2000. El viejo Landriani le dijo al entregarle aquel sobre amarillento:

–Prepárese Su Eminencia porque cuando conozca el contenido de estos folios, caerá sobre sus espaldas una carga tan pesada que ni siquiera puede imaginar.

–¿Qué hay en ellos?

–Ya lo verá Su Eminencia. Ya lo verá.

Cuando Landriani abandonó el despacho, apoyándose en su bastón y arrastrando una pierna que apenas le respondía, y se quedó a solas con su nueva responsabilidad, abrió el sobre y leyó los tres folios que había redactado un tal Hermann von Moltke, en su condición de miembro de la Hermandad de la Serpiente. No tuvo que esforzarse para comprender las palabras de Landriani y valoró la magnitud de la amenaza que suponía para el Vaticano. Lo que leyó se convirtió en una losa que aplastaba su conciencia.

Aquella misma tarde se reunió de nuevo con Landriani. Quería saberlo todo acerca de aquel informe: ¿Quién lo había redactado? ¿Por qué lo había hecho? ¿Qué era la Hermandad de la Serpiente? ¿Dónde estaba el original al que se aludía? Después de una larga conversación, comprendió por qué aquel viejo texto había convulsionado a un espíritu como el de san Bernardo hasta el punto de llevarlo a crear la Orden del Temple y, según se decía en el informe, la mismísima Hermandad de la Serpiente, como una especie de círculo interior de la Orden de los monjes guerreros. Muchas veces se había preguntado también por qué el santo prefirió conservarlo y no decidió destruirlo. Tal vez, si algún día lograba tenerlo en sus manos, encontraría una explicación.

Se sentó en su bufete, sacó un pañuelo del bolsillo de su sotana, se secó el sudor que perlaba su frente y leyó, una vez más, el terrible informe donde se señalaba que el documento en cuestión tenía la estructura de un evangelio, que por las referencias que contenía había sido escrito mucho antes que los llamados Evangelios canónicos y, según el autor, se trataba de un testimonio irrefutable, como había entrevisto el propio san Bernardo. Von Moltke destacaba de su contenido tres elementos que alteraban los fundamentos de la doctrina de Roma.

Era algo tan terrible que monseñor Passarolo plegó los folios, los guardó y trató de apartar de su mente lo que acababa de leer, cayó de rodillas y se puso a orar, buscando el bálsamo que necesitaba su atormentado espíritu. Mientras rezaba, se preguntaba si no habría alguna forma de conseguir aquel pergamino que no significase, como había querido Armand d'Amboise, una confesión por parte del Vaticano, declarando su culpabilidad en algo tan grave como lo que allí se vislumbraba.

–Era lo más lógico –comentó Margaret.

–¿Por qué?

–Porque la clandestinidad estaba en Oficus. Ahí es donde, por razones de seguridad, sus integrantes utilizarán nombres falsos.

Pierre y Margaret caminaban relajadamente por el boulevard Saint Michel, después de una larga e ilustrativa conversación con el amigo de Pierre, un profesor de matemáticas que daba clase en la Escuela Superior de Ingenieros de Minas. Entraron en la Cité y cruzaron por delante del edificio del Ministerio de Justicia, donde se alzaba una de las joyas del gótico francés: la Sainte Chapelle.

–¿Por qué su familia cambiaría de nombre en 1349? –preguntó Pierre.

–La clave de ese cambio hay que buscarla en la fecha: fueron los años de la llamada peste negra que asoló Europa. La mortandad fue tan grande que algunas comarcas quedaron despobladas; muchas perdieron dos tercios de su población y la mayoría más de la mitad. La gente necesitaba buscar un chivo expiatorio, donde descargar su cólera ante tanta muerte y horror, y se acusó a los judíos de envenenar el agua y los alimentos, de practicar horribles rituales que incluían la crucifixión de niños. Los pogromos fueron terribles por todas partes. Muchos judíos murieron masacrados por muchedumbres incontroladas o espoleadas por las autoridades que, de esa forma, rebajaban una tensión que podía volverse contra ellos. Los que pudieron huyeron de sus lugares de residencia para escapar de las persecuciones y camuflaron su identidad. Como comprenderás, llamarse Jacob ben Sadoc era denunciar sus orígenes.

–Pero si buscaban esconder su condición de judíos, se arriesgaron mucho adoptando el nombre de los D'Honnencourt; ése era un apellido ilustre –objetó Pierre.

–No lo creas; en realidad fueron muy astutos. Sabían que habían muerto todos los miembros de esa familia asentada en el Languedoc y, después de asegurarse de que en la zona no había supervivientes que pudiesen reclamarles ese apellido, lo hicieron suyo y se fueron a la Borgoña.

–Algunas cosas resultan increíbles.

–Lo más llamativo de todo este asunto es que hayan mantenido un testimonio de su genealogía desde los comienzos de la era cristiana, a través de los siglos. No conozco ningún otro caso.

–Supongo que podrás preparar un artículo que cause sensación en los medios académicos. Barthelemy se ha comprometido a entregarnos la traducción completa de esas páginas en tres días.

–Después de la experiencia vivida, tendré que cambiar algunos de mis planteamientos. Cuando llegué a París, hubiese calificado de visionario a quien sostuviera lo que yo voy a defender ahora, aunque no sé si escribiré ese artículo.

Pierre se detuvo, la miró a los ojos y exclamó:

–¿Has dicho que no sabes si escribirás un artículo sobre la genealogía *rex deus* de la familia D'Honnencourt?

–Eso he dicho.

–¿Y por qué, si puede saberse?

–Porque si lo hago, me enfrentaré a numerosos problemas.

Pierre le pasó el brazo por encima del hombro.

–No sé a qué te refieres.

–Al documento original, Pierre. Mis colegas, como siempre, exigirán la prueba documental. Sin documento no hay testimonio y yo no tengo uno para mostrarlo.

Pierre se detuvo otra vez.

–Tienes ese certificado notarial.

–Si se me ocurre exhibirlo, seré el hazmerreír de mi universidad.

–¿Por qué?

–Porque querrán el original. Si un notario ha certificado su existencia, pondrán el grito en el cielo exigiendo ver el original y especularán sobre la razón por la cual no lo muestro. Tendría que explicar que su propietario era el maestre de una organización secreta, que surgió del propio corazón de la Orden del Temple, cuyo nombre es la Hermandad de la Serpiente y que tiene como símbolo una serpiente roja. Las carcajadas llegarían desde Oxford hasta Cambridge. Mi prestigio profesional rodaría por los suelos.

–¿Y si pudieses exhibir los originales...?

–Sería diferente, aunque antes habría que encargar un análisis para cerciorarse de que la antigüedad de los pergaminos corresponden a la época que se indica en el texto y también que un paleógrafo estudiase los distintos tipos de letra. La verdad es que, a simple vista, los originales parecían auténticos, pero también lo parecía Gabriel d'Honnencourt.

–¿Cuándo piensas volver a Londres?

–Me quedaré en París hasta que tu amigo nos entregue la traducción para satisfacer mi curiosidad y que tú tengas ese brazo un poco mejor, pero creo que no escribiré una sola línea.

–¿Hablas en serio?

–Sí.

–¿Eso quiere decir que te quedarás en París tres días más?

Ahora fue Margaret la que detuvo el paso.

–¿Te molesta?

–¡No digas tonterías!

El médico le informó de que su hombro evolucionaba favorablemente, pero tendría que mantenerlo inmovilizado un par de días más. La consulta apenas había durado cinco minutos; iban a dar las ocho y media cuando salió del centro sanitario, situado a unos centenares de metros de su vivienda. Compró en una pastelería unos brioches para el desayuno, pero cuando entró en su apartamento, Margaret lo aguardaba impaciente. Le echó los brazos al cuello, sin reparar en el hombro lesionado. Los brioches quedaron aplastados. Pierre se sorprendió, aunque en el fondo esperaba un recibimiento parecido.

–¡Pero bueno! ¿Qué ocurre aquí?

–Ocurre que eres un canalla, pero un canalla encantador.

–¿Estás contenta?

Antes de responderle, lo besó en la boca.

–La historiadora satisfecha y Margot feliz.

–¿Podrás ahora escribir ese artículo con el que soñabas?

–Al menos lo intentaré.

Pierre alzó el paquete de la pastelería.

–¿Desayunamos?

–Primero quiero que me cuentes por qué me has ocultado los originales.

–Con todo lujo de detalles.

Pierre le contó que, poco antes de que la policía irrumpiese en la habitación. D'Honnencourt le había mostrado las copias y el certificado y que después los había guardado en un maletín.

–Yo no tenía ojos más que para la cartera y cuando me arrojé al suelo, ya la tenía en mis manos; en ningún momento la policía sospechó que esa cartera no fuese mía. Cuando la abrí para ver las copias que me había mostrado, me llevé una extraordinaria sorpresa. ¡En otro sobre estaban los pergaminos originales!

Margaret lo miraba emocionada, aunque en sus ojos había un brillo de preocupación.

–Si Gudunov se entera, te arranca el pellejo a tiras.

Pierre le dio otro beso.

–Nunca lo sabrá, a no ser que tú se lo digas.

La historiadora compuso un gesto desdeñoso en sus labios.

–Tendré que pensármelo porque, de alguna forma, habrás de pagar habérmelo ocultado.

–Ha sido una estupidez. Pensé que podrías preparar tu artículo con las copias y el certificado. Eso habría bastado para vender un reportaje a una revista, pero por lo visto en el mundo académico las cosas funcionan de otra manera. No sé si mejor o peor, pero de otra manera. Ahora que tienes los originales, ¿qué piensas hacer?

–Quedarme en París hasta que tenga la traducción.

–Yo podría enviártela en cuanto Barthelemy me la entregue. Me ha dicho que será cuestión de tres o cuatro días.

Margaret se puso muy seria, mordisqueó uno de los brioches mejor parados del apretón y comentó:

–Desde ayer estoy algo confusa. Tengo la sensación de que deseas que me marche lo antes posible.

Pierre le cogió la mano y se la llevó a la boca.

–No debes pensar eso.

35

Margaret Towers se relajó después de cruzar el control de pasaportes; los gendarmes comprobaron su identidad y el escáner no detectó nada anormal en un sobre con papeles. Fue entonces cuando comprobó que su ánimo sentía cierta nostalgia después de haber vivido los días más azarosos de su vida. No encontraba una explicación para la sensación que la embargaba.

Antes de marcharse para buscar la puerta de embarque del vuelo 1.141 de la British Airways con destino a Londres, se volvió hacia donde Pierre la despedía agitando la mano. Se puso la mano bajo la barbilla, dio un beso y sopló.

Una vez acomodada en su asiento, no acababa de creerse que llevase aquel tesoro en su equipaje de mano. Nada menos que la genealogía de una familia *rex deus*, la traducción del texto hebreo y la confirmación de un reputado paleógrafo israelí, que, sin haberse repuesto de su asombro, confirmaba que las tintas correspondían a las diferentes épocas señaladas, así como las diversas caligrafías que aparecían en los textos. Todo encajaba. En Londres aguardaría el resultado de un análisis de carbono-14 y otro de radio-argón para determinar la antigüedad de los pergaminos. Iba a escribir el artículo que tantas noches había soñado, antes de quedarse dormida.

Había agotado sus días de vacaciones antes de comenzar el duro tramo de final de curso que la esperaba a su llegada a Londres. Ahora vendría la preparación de pruebas y la penosa corrección de exámenes, que siempre había constituido la parte más tediosa de su actividad docente. Cerró los ojos y pasó revista a aquellas dos semanas, donde había vivido desde la ilusión por conocer el contenido del fraudulento legajo que tanta decepción le produjo, hasta la ira desatada cuando descubrió la trampa que Pierre le había tendido maliciosamente.

Después apareció la controvertida figura de Gabriel d'Honnencourt, luego los terribles momentos del asalto al apartamento de Pierre y su secuestro, y más tarde la liberación, el viaje al Languedoc, el episodio del castillo de La Serpent y el descubrimiento en Arques de la plana mayor de Oficus. Sus labios se contrajeron ligeramente cuando rememoró su detención en las dependencias de la comisaría de Limoux. Sintió un pequeño estremecimiento al revivir el momento en que aquel superviviente de uno de los linajes sacerdotales del templo de Jerusalén le mostró los documentos que acreditaban su ascendencia.

Había conocido a un Pierre Blanchard muy distinto del que viviera en Londres unos años atrás; capaz de lo mejor y de lo peor. Había sentido un rechazo visceral hacia sus marrullerías y también un creciente afecto, que en aquellos momentos le producía cierta zozobra y que era incapaz de evaluar adecuadamente. Sólo podía decir que se había sentido muy dichosa cuando él le había dicho que en un par de semanas, cuando resolviese ciertos asuntos que tenía pendientes, le haría una visita en Londres. El recuerdo de su última noche en París era tan placentero que todavía la emocionaba.

Mientras Margaret Towers, adormilada por el ruido de los motores del Boeing 737, se recreaba en aquellos pensamientos, Pierre Blanchard apuraba la potencia de su gastado Renault para llegar lo antes posible a casa. El cielo gris encapotaba París y la negrura de los nubarrones aumentaba conforme declinaba la tarde. Se confirmaba el anuncio de los partes meteorológicos que pronosticaban una fuerte tormenta.

Saludó al portero y tomó el ascensor. Entró en casa, se sirvió una generosa ración de bourbon y marcó un número de teléfono.

–¿Profesor Lavalle?

–Al aparato.

–Soy Blanchard, Pierre Blanchard. No sé si me recuerda.

–¿El periodista?

Pierre pensó que el viejo Lavalle se mantenía en plena forma, pese a que ya rondaría los ochenta años.

–En efecto, profesor. ¿Le molesto en este momento? Si usted quiere, puedo llamarlo más tarde.

–¿A qué debo el honor de su llamada?

–Necesitaría su ayuda para un trabajo.

A Lavalle le sorprendió una petición como la que acababa de escuchar; después de unos instantes, preguntó:

–¿Qué clase de trabajo?

–La traducción de un texto.

–Veo que se le sigue resistiendo el griego.

La voz de su viejo profesor del liceo sonaba con el mismo soniquete que utilizaba en clase, sólo que algo más cascada. Henri Lavalle había sido un gran profesor, demasiado erudito para sus alumnos, y sobre todo un excelente traductor. Todavía podían verse en las librerías sus traducciones comentadas, con densos aparatos críticos, del *Anábasis* de Jenofonte o la *Historia de la guerra del Peloponeso*, de Tucídides, publicados por Hachette. En un par de ocasiones, hacía ya algunos años, Pierre había acudido a él para salir del paso con alguno de sus reportajes. Recordaba uno sobre la Acrópolis de Atenas, cuando el gobierno griego planteó la devolución de las esculturas del Partenón que lord Elgin se llevó a Londres cuando Grecia se encontraba bajo dominio otomano.

–Nunca fue mi fuerte, profesor. Lo que ocurre es que necesito una buena traducción, no se trata de algo para salir del paso.

–¿Algún reportaje situado en la antigua Hélade?

–No exactamente. En realidad, no sé muy bien de qué se trata, pero intuyo que tengo entre manos una buena historia.

–Explíquese, Blanchard.

–Verá profesor, me gustaría poder contárselo personalmente –aventuró Pierre, y aguardó con cierto temor la respuesta de Lavalle.

–En tal caso, ¿cuándo le vendría bien venir a casa?

Tuvo que hacer un esfuerzo para contener su alegría. El viejo era una autoridad en la cultura clásica, pero también un cascarrabias que lo mismo hubiese dicho que estaba muy ocupado y que no podía atenderlo en un par de semanas. Eso hubiese sido una verdadera tragedia.

–Cuando usted me diga.

–Tengo la tarde libre.

–¿Significa que puedo ir a hacerle una visita?

Pierre no daba crédito a su buena suerte.

–¿Cuánto tardaría en llegar?

–¿Supongo que continúa usted viviendo en el boulevard de la Chapelle?

–En el cuarto piso del número treinta y dos.

–Puedo estar allí en menos de una hora.

–En tal caso aquí lo espero.

El profesor Lavalle parecía sacado de una obra de Zola o de Balzac. Vestía traje negro, con chaleco, corbata de grueso nudo y cuello almidonado, y calzaba unos voluminosos zapatos. Pierre no supo si ése era su atuendo de ir por casa o se había vestido a toda prisa para recibirlo. Su imagen era la de un viejo profesor, sacado de alguna fotografía de la época de la Primera Guerra Mundial. Adusto en sus formas, aislado del mundo y casi de espaldas a él; justo lo que el periodista necesitaba. Lavalle lo recibió con medida cordialidad.

En el piso todo era rancio, incluso los olores.

Mientras lo guiaba por un largo pasillo sumido en la penumbra y que conducía hasta su despacho, Lavalle le preguntó:

–¿En qué anda metido, Blanchard?

–Verá, profesor, ha llegado a mis manos la copia de un viejo texto, cuyo contenido me sería de gran utilidad conocer.

El despacho estaba tapizado con un papel, algo desvaído, que imitaba seda roja; la librería, atestada de volúmenes, era un mueble de calidad, aunque la polilla estaba haciendo estragos. Olía a papel viejo.

–Tome asiento y muéstreme ese texto –fue casi una orden.

Se sentó, sacó de su cartera una carpeta de plástico transparente donde había una docena de fotocopias, de calidad fotográfica, y se las entregó. Luego aguardó pacientemente, sin apartar sus ojos del profesor, que se había engolfado en la lectura bajo la luz de una lámpara de mesa, aislándose de lo que ocurría a su alrededor. Henri Lavalle leía el griego clásico como si fuese su lengua materna. Pierre permaneció en silencio durante más de una hora, atento a cualquier gesto que le suministrase un indicio, pero el rostro del profesor, que no alcanzaba a ver con claridad, era inescrutable. De vez en cuando anotaba algo en un bloc, utilizando un lápiz, y se limpiaba el sudor de su frente con un pañuelo. Cuando concluyó, alzó la cabeza, se limpió el sudor una vez más y se quitó las gafas, una auténtica pieza de museo. Tenía el semblante serio.

–¿De dónde ha sacado esto?

A Pierre no le cogió de improviso, en realidad había previsto la pregunta.

–Profesor, tengo que guardar la confidencialidad. Ya sabe que es una regla de oro de nuestra profesión.

Lavalle asintió con ligeros movimientos de cabeza a la par que mordisqueaba una de las patillas de sus gafas.

–Comprendo. ¿Sería posible ver el original?

Pierre dudó.

–Sería complicado –se defendió el periodista.

–¿Sí o no? –planteó la disyuntiva de forma tan enérgica que parecía impropia de un hombre de ochenta años.

Pierre sabía que Lavalle era el hombre adecuado. Por su edad ya no tenía pretensiones de ninguna clase, además haría una traducción limpia, perfecta. También sabía, desde el momento en que marcó su número de teléfono, que habría de soportar el difícil carácter de aquel alsaciano de formas toscas.

–Puedo intentarlo.

–Entonces ¿a qué espera?

No sabía si levantarse para cumplir el mandato o hacerle la pregunta. Se decidió por lo segundo.

–¿Puede decirme de qué se trata?

Lavalle se colocó las gafas, enroscando las patillas a sus orejas; echó una ojeada a las fotocopias y sentenció:

–Esto es un Evangelio.

–¿Cómo dice?

–En este texto se narran aspectos de la vida de Jesús y se recogen testimonios de su doctrina, pero lo que aquí está escrito difiere sustancialmente de la historia que conocemos. También señala en una nota marginal que los sacerdotes del Templo de Jerusalén, antes de que las legiones de Tito asaltasen la ciudad, escondieron en los subterráneos del grandioso edificio construido por Herodes las ingentes riquezas que constituían el tesoro del Templo. Dicha nota, escrita en latín, dice textualmente: *Templi equites, anno MCXXVI Domino Nostro nato inuente, id in viginti et quattuor abditas cellas divisunt invenerunt.*

–Lo lamento, pero lo mío no fueron las lenguas clásicas. Usted lo sabe bien.

Lavalle dejó escapar un suspiro, se quitó las gafas y mirando a su antiguo discípulo a los ojos sentenció:

–Olvídese de esa nota, lo verdaderamente importante es lo que revela acerca de la vida y la doctrina de Jesucristo.

Pierre notó cómo se le encogía el estómago y también su virilidad.

–¿Qué dice exactamente?

–Prefiero darle los detalles cuando vea el original. Piense que el valor de este texto está en su antigüedad. Si se tratase de la obra de un falsario, carecería por completo de interés, incluso para un reportaje sensacionalista.

–Puedo asegurarle que se trata de un antiguo pergamino.

–Lo mejor es verlo.

Pierre estaba tan perplejo que tomó una decisión sin reflexionar.

–Si no me avanza el contenido, no le mostraré el original.

El rostro de Lavalle se endureció.

–Está bien. Le adelantaré algo. Aquí –golpeó las fotocopias con la punta de su índice– se señala una fecha para el final de los tiempos, una fecha para el llamado Apocalipsis que el apóstol Juan dejó recogido en un extraño libro titulado con ese nombre. Pero mientras Juan se limita a indicar, utilizando un lenguaje críptico, una serie de acontecimientos que lo precederán, aquí se precisan con claridad y se indica la fecha.

–¡Qué me está diciendo!

–Lo que acaba de escuchar.

–¿Quién puede atreverse a dar una fecha como ésa?

–Jesús de Nazaret; según el autor del texto, Jesús utilizaba para conocer el futuro los conocimientos que le proporcionaba lo que aquí aparece bajo la denominación de la ciencia del Bien y el Mal. Como usted sabe, en varios pasajes de los Evangelios, Jesús hizo algunos pronósticos. Habló, por ejemplo, de la destrucción del Templo de Jerusalén. Pero por lo que acabo de leer es aquí donde pone de manifiesto sus conocimientos en este extraordinario terreno.

–¿Eso de la ciencia del Bien y el Mal tiene algo que ver con el Paraíso terrenal?

Lavalle se rascó el lóbulo de su oreja, como si aquel gesto le ayudase a encontrar una respuesta.

–La Biblia, en el Génesis, el primero de los cinco libros que forman el Pentateuco, señala que la expulsión de Adán y Eva del Edén fue la consecuencia de comer el fruto prohibido, que era el del llamado árbol de la ciencia del Bien y el Mal.

Pierre asintió.

–En efecto, fue por comer de esa fruta prohibida por lo que Dios los expulsó del paraíso.

–¿Recuerda usted cómo la serpiente tentó a Eva?

–Creo que le dijo que si comían del fruto prohibido serían como Dios.

–Así fue, Blanchard, compruebo que la historia sagrada se le da mucho mejor que el griego. Eso nos lleva a una suposición factible: si comían del fruto, lograrían dominar los conocimientos que al parecer encerraba esa extraña ciencia y, en consecuencia, acabarían siendo como Dios.

–¡Todo esto es increíble! –Pierre miraba al anciano desconcertado ante una revelación como aquélla–. ¿Cuál es la fecha?

Una maliciosa sonrisilla, apenas esbozada, apuntó en los labios de Lavalle.

–Se lo diré cuando me traiga el original.

–No, ahora –exigió Blanchard.

–Si se empeña... –El profesor se encogió de hombros, como si con aquel gesto se eximiese de toda responsabilidad–. Aquí dice... aguarde un momento.

Lavalle cogió un volumen de una estantería, comprobó unos datos y realizó unos cálculos para pasar la fecha hebrea al calendario cristiano.

–Será en noviembre del año 2012 y estará precedido por grandes calamidades meteorológicas. Subirán las temperaturas y eso hará que ascienda el nivel de las aguas del mar y muchas zonas del planeta quedarán anegadas. Todo ello irá precedido de grandes sacudidas sísmicas, tanto en tierra firme como en las profundidades del mar. Habrá sequías e inundaciones, olas de calor, grandes incendios, nuevas enfermedades y una violencia creciente, que conducirá al mundo a una especie de locura colectiva.

Pierre escuchaba inmóvil, casi sin respirar.

–Le diré más. –Henry Lavalle se quitó las gafas y clavó su mirada en los ojos de su antiguo alumno–. Lo terrible de este texto es que no está concebido como una profecía, sino que la amenaza está expuesta como un aserto, como si fuese una realidad que estuviese constatada.

–¿Le importaría explicarse?

–Que todo lo relacionado con el Apocalipsis se explica en un contexto más amplio, donde se abordan otras cuestiones relacionadas con una doctrina, donde la vida es el resultado de una lucha entre las fuerzas del bien y del mal, entre la luz y las tinieblas.

–¿Usted cree eso, profesor?

–Tal como está expuesto resulta difícil no aceptarlo. Lo más llamativo, en mi opinión, es que coincide con otras profecías procedentes de fuentes muy diferentes.

–¿Qué quiere decir?

Un intenso relámpago alumbró el despacho.

–¿Ha oído hablar de las profecías de san Malaquías?

–Sí.

La respuesta casi se perdió con el estruendo de un trueno que estalló encima de sus cabezas. La tormenta había comenzado y el agua golpeaba con tanta fuerza en los cristales que daba la sensación de que no iban a soportar el aguacero.

–En ese caso sabrá usted que el actual pontífice es el antecesor del último de la lista, el llamado Pedro Romano, cuyo pontificado va asociado a una frase que anuncia el fin del mundo.

–¿Qué dice esa frase?

–Algo así como que en la persecución final de la Santa Iglesia Romana reinará Petrus Romanus, quien alimentará a su grey en medio de muchas tribulaciones. Después de esto, la ciudad de las siete colinas será destruida y el temido juez juzgará a su pueblo –y Lavalle añadió–: Si estamos en el penúltimo pontificado, las fechas indican que no sólo entra dentro de lo posible, sino de lo probable que el de Petrus Romano sea el último pontificado. También nos alerta sobre esa misma fecha el llamado código secreto de la Biblia, donde se afirma que colocando las letras del texto en una línea ininterrumpida se forma una cinta con casi trescientos cinco mil signos; en ella están recogidas profecías sobre acontecimientos que han de venir. El servicio secreto israelí sabe mucho de esto y en ese código secreto se señala el año 2012 como la fecha fatídica. También ese año, en concreto el 21 de diciembre, es la fecha en que concluye el llamado calendario maya, que comenzó tres mil ciento y pico años antes de Cristo. Son muchos los que sostienen que no iba más allá porque, si el mundo se acababa, carecería de sentido.

Pierre estaba abrumado, Lavalle era un pozo de sabiduría que no parecía tener fondo. Le había dado toda una lección sin recurrir más que a sus conocimientos. Le molestó que lo despidiese con unas palabras cortantes:

–Y ahora se acabó, ya le he dicho bastante más de lo prometido. ¡Tráigame el original y le contaré el resto!

Sin decir una palabra, Pierre abandonó el despacho.

Al salir a la calle se encontró con una tormenta torrencial. Hubo de aguardar casi un cuarto de hora hasta conseguir un taxi; la espera le sirvió para recuperarse de la sacudida que lo había estremecido. Mientras iba hacia su apartamento, en medio de un tráfico denso donde cada pocos metros se producían retenciones, trataba de poner en orden sus ideas. Recordaba haber leído en *Le Serpent Rouge* algo relacionado con un Evangelio, pero no lograba precisarlo. Era una vaga sensación, algo relacionado con el secreto que custodiaba la Hermandad de la Serpiente. Se preguntaba por qué Gabriel d'Honnencourt llevaba en el maletín aquel texto que Lavalle acababa de calificar como un Evangelio donde, entre otras cosas, se apuntaba una fecha para la llegada del fin del mundo.

–Aguarde aquí, vuelvo en un momento –indicó al taxista mientras se bajaba a toda prisa.

Apenas tardó cinco minutos. Ahora llevaba una cartera de piel negra, que protegía de la lluvia con sus brazos.

–Volvemos al treinta y dos del boulevard de la Chapelle.

El tráfico había empeorado. Necesitó bastante más de una

hora para recorrer un trayecto que en circunstancias normales no hubiese requerido más de veinte minutos.

Cuando Henri Lavalle tuvo el cuaderno en sus manos no pudo evitar que le temblasen. Lo primero que hizo fue cotejarlo con las fotocopias.

–Es el mismo texto, no hay la menor duda.

Después estudió detenidamente el cuaderno; pasaba las hojas y escrutaba minuciosamente su contenido. Ayudándose con una lupa, hojeaba hacia delante y hacia atrás. Estaba absorto.

Después de un cuarto de hora, Pierre se atrevió a preguntar con un hilillo de voz:

–¿Qué le parece?

–¡Fantástico, Blanchard, fantástico!

–¿No puede ser más explícito?

Lavalle no levantaba la cabeza de la lupa.

–Esta letra es del siglo primero, yo diría que es un texto de mediados de dicho siglo, y por los giros y la forma de construir las frases apostaría el cuello a que es la obra de un helenista.

–¿Un helenista?

–Sí, además de amante o experto en cultura griega, un helenista era un judío que había asimilado la lengua y la cultura de los griegos. Después de la destrucción de Jerusalén, muchos se instalaron en ciudades de la zona de Asia Menor y en la península del Peloponeso. Eran territorios bajo dominio romano, pero helenos de cultura y lengua. Ya lo sabe usted, la romanización no funcionó en la Hélade. Culturalmente los griegos sacaban muchos cuerpos de ventaja a los romanos, que a lo sumo fueron unos discípulos medianamente aventajados, aunque mucho más prácticos.

–¿Hay alguna alusión al autor?

–Si es cierto lo que aquí dice, y no tengo razones para ponerlo en duda, este texto fue escrito por el apóstol Andrés o fue dictado por él a alguno de sus discípulos.

Lavalle se levantó con menos dificultad de la que sería normal para su edad y buscó un volumen entre los anaqueles.

–Aquí está. Fue el primero de los apóstoles de Jesús de Nazaret, procedente de las filas de Juan el Bautista. Según señala el Evangelio de Juan, era uno de los discípulos más próximos al maestro. Evangelizó Acaya, región de la península del Peloponeso, y murió en Patrás, ciudad de la costa noroeste de dicha península, crucificado en una cruz en forma de aspa. La historia que cuenta en estos pergaminos echa por tierra lo que cuentan los Evangelios de Mateo, Marcos, Lucas y Juan. Se refiere a ciertos aspectos de la vida de Jesús, afirmando que su discípula predilecta era una mujer, María Magdalena, con la que contrajo matrimonio, como correspondía a un judío de la época, que además era considerado un rabí. Dice incluso que ese matrimonio tuvo descendencia. También explica los fundamentos esenciales de su doctrina, señalando, como ya le apunté antes, que desde el principio de los tiempos las fuerzas del bien y las del mal sostienen una lucha donde no hay tregua ni se da cuartel. Así será hasta el final de los tiempos, que acaecerá dentro de algo más de seis años, en la fecha que le adelanté.

–¡Todo encaja! –La voz sonó a la espalda de Pierre.

El periodista volvió la cabeza y vio en la puerta del despacho a tres individuos vestidos impecablemente; uno de ellos empuñaba una pistola con silenciador. Desconcertado, Pierre miró a Lavalle. El profesor había cerrado el libro y no daba muestras de sorprenderse ante aquella aparición.

–¿Quiénes son ustedes?

–Los dueños de ese pergamino del que usted se apropió indebidamente.

Iba a ponerse en pie, pero una voz autoritaria le ordenó permanecer sentado.

–No se mueva o le descerrajo un tiro.

–¿Qué ocurre aquí profesor?

Henri Lavalle, con pasmosa tranquilidad, se levantó, colocó el libro en su lugar y a continuación ejerció de anfitrión, dejando petrificado a su antiguo alumno cuando le dijo:

–Le presento a Philippe Losserand, senescal de la Hermandad de la Serpiente.

Pierre miraba alternativamente a Lavalle y a Losserand, sin dar crédito a lo que estaba ocurriendo.

–¿Usted...? –Miraba al anciano profesor–. ¿Ustedes...?

Se volvía hacia los recién llegados.

–El hermano Lavalle nos ha avisado justo a tiempo.

Pierre miró otra vez a su antiguo profesor.

–¿Usted es miembro de Oficus?

Lavalle se sentó en su sillón.

–Efectivamente, Blanchard. Para su desgracia, lo ha adivinado demasiado tarde.

36

Gudunov soltó una maldición. Somnoliento, descolgó el teléfono, miró el reloj y con la voz pastosa, preguntó:

–¿Qué coño pasa?

–Comisario, lamento molestarle, pero jamás me perdonaría si no lo llamase. –Era la voz de Gambetta.

–¿Qué ocurre?

–Un coche patrulla ha localizado un cadáver.

Gudunov resopló y se incorporó, pegando la espalda al cabecero de su cama.

–¿Dónde?

–Estaba tirado en una cuneta, en el cruce de la Periférica con la A1.

–¿Cómo lo han localizado?

–Se recibió una llamada.

–¿Quién era?

–No quiso identificarse.

Poco a poco se despabilaba.

–¿Cuándo llamó?

–Según me han informado, eran las once menos cinco.

El comisario comprobó que habían transcurrido casi tres horas.

–¿Por qué ha tardado tanto en avisarme?

–He tenido dificultades, señor.

Fue la forma que encontró de justificarle que estaba en la cama de una amiga y tenía el móvil apagado. Cuando lo conectó, tenía seis llamadas perdidas.

–¿Dónde está usted ahora?

–Preparándome para ir al lugar; por lo visto ya están allí el juez y el forense.

–¡Maldita sea, Gambetta, qué coño ha estado usted haciendo

todo este tiempo! –Salió de la cama y ordenó–: ¡Mándeme un coche! ¡Lo quiero aquí en diez minutos!

Media hora después Gudunov llegaba al lugar donde estaba el cadáver; antes de bajarse del coche se alzó el cuello del impermeable y, por un momento, se quedó parado, mirando por el parabrisas las extrañas composiciones que formaban sobre el asfalto las luces giratorias de los vehículos policiales allí aparcados; tenían algo de psicodélico. Se preguntó quién podía asesinar una noche como aquélla. La tormenta descargaba en forma de un aguacero, que no paraba desde hacía siete horas.

Gambetta se acercó con un paraguas y cruzaron la calzada sin decir palabra. Uno de los gendarmes encendió una linterna y alumbró el rostro del muerto. Tenía los ojos muy abiertos, espantados; la lluvia había lavado la sangre de la cara y apelmazado su blanquecina melena. Tenía un disparo en la sien; el agujero era limpio, aunque en el otro lado de la cabeza la salida de la bala había causado mayores destrozos.

–¡Es Pierre Blanchard!

Gudunov miró a Gambetta con cara de pocos amigos. El inspector se limitó a decir:

–Sí, señor.

–¿Por qué no me lo ha dicho antes?

–Porque estaba boca abajo y no lo hemos movido hasta que el juez ha autorizado el levantamiento; lo hemos identificado instantes antes de que llegase usted.

–¿Dónde está el juez?

–Ya se ha marchado.

–¿Y el forense?

–También. ¡Con esta noche nadie se hace el remolón!

Dos camilleros, con la ayuda de los gendarmes, introdujeron el cadáver en un saco térmico y, sin muchos miramientos, cerraron la cremallera. Lo colocaron sobre una camilla articulada y rápidamente lo introdujeron en una ambulancia.

Gudunov contempló, inmóvil bajo la lluvia, cómo se alejaba el vehículo.

–¿Ha encontrado algo?

–Nada, señor. No hay el menor rastro, ni una huella. Supongo que lo liquidaron en otro lugar y después lo abandonaron aquí.

El funeral no estuvo excesivamente concurrido, apenas una treintena de personas; entre ellas estaba Margaret Towers, avisada por Gudunov. A la historiadora le costaba mucho retener las lágrimas, que pugnaban por desbordar sus ojos. También asistía el comisario, sentado en el último banco del pequeño templo, pendiente de cualquier indicio. La muerte de Blanchard lo tenía a oscuras: ni el menor indicio para tirar del hilo que desenredase el ovillo, aunque estaba convencido de que la clave para resolver aquel asesinato estaba en la Hermandad de la Serpiente, si bien en esta ocasión la escurridiza secta no había dejado su tarjeta de visita.

Al terminar el responso, Margaret se acercó a Gudunov.

–Voy a acompañar el cadáver de Pierre hasta el cementerio, pero no me gustaría regresar a Londres sin hablar con usted.

–Yo también tenía pensado ir. Si no tiene inconveniente, puede venir en mi coche.

–Se lo agradezco.

La mañana que despedía los restos mortales de Pierre Blanchard era fresca. El cielo estaba completamente azul, sin una sola nube. En el cementerio había media docena de personas. Al caer las primeras paladas de tierra sobre el féretro, Margaret dio rienda suelta al llanto, tanto rato contenido, y Gudunov le ofreció su pañuelo. Fueron diez minutos dolorosos.

–¿Cuándo sale su avión?

Margaret miró su reloj.

–Dentro de cuatro horas.

–¿Le apetecería un café? ¿Quizá un té?

–Me vendría bien tomar algo caliente.

Margaret tenía la nariz hinchada y los ojos enrojecidos.

La cafetería estaba poco concurrida, pero Gudunov escogió una mesa apartada, propicia para las confidencias. Él pidió un café, muy cargado, y ella un té con leche.

–Siento mucho la muerte de Blanchard, pero mis lamentos no servirán para descubrir a su asesino. He de confesarle que estoy completamente descolocado.

–Desenmascare a quien está detrás de la Serpiente Roja y tendrá al asesino. –Margaret lo dijo con la contundencia de algo que resulta evidente.

Gudunov la miró fijamente.

–¿Por qué está tan segura?

–Pierre se apoderó de una cartera que pertenecía a Gabriel d'Honnencourt.

El comisario soltó una maldición, sacó su paquete de tabaco y encendió un cigarrillo. En los últimos días el control que ejercía sobre el tabaco había saltado por los aires.

–¿Quiere hacer el favor de explicarme detenidamente eso que acaba de decir?

–Supongo que ya tendrá usted una idea de cómo era Pierre. Le gustaba estar en el filo de la navaja y eso resulta peligroso.

–Sobre todo cuando se trata de una navaja afilada.

–Le ha costado demasiado caro. –A Margaret se le formó un nudo en la garganta–. Cuando usted apareció en el piso, justo en el momento en que ese individuo lo amenazaba con su pistola, creo que se produjo un intercambio de disparos, y Pierre aprovechó los segundos de desconcierto para hacerse con la cartera.

Trató de hacer memoria y revivir el momento en que D'Honnencourt disparó sobre él, pero erró el tiro e hirió a André en el hombro. Pierre se arrojó al suelo, lo recordaba perfectamente. Luego recordaba un segundo disparo del maestre y cómo, al caer André, se quedó desprotegido y abrió fuego. Vio cómo D'Honnencourt se doblaba herido de muerte y antes de que la pistola cayese de su mano, un último disparo se incrustaba en la pared.

–Recuerdo que se levantó del suelo con el hombro dolorido y sujetando una cartera de color negro, como si le fuese la vida en ello. Supuse que era suya.

–Pues no lo era.

–¿Cómo lo sabe?

–Porque él me lo dijo.

–¡Maldita sea! Todos los periodistas son iguales: liantes, enredadores, te sonsacan y engatusan sin miramiento. Son...

–No es momento para lamentaciones, comisario –lo interrumpió Margaret–. Sepa que esa cartera contenía unos importantes documentos pertenecientes a la familia D'Honnencourt.

La historiadora miró a ambos lados para cerciorarse de que no había ojos indiscretos, abrió su bolso y sacó un sobre de recia textura del que extrajo los pergaminos, las copias y el acta notarial. Gudunov abrió desmesuradamente los ojos.

–¿Qué es esto?

–El árbol genealógico de D'Honnencourt. Aquí está consignada su familia, generación tras generación, desde hace más de dos mil años.

El comisario dejó escapar un silbido.

–¿Se llamaba D'Honnencourt?

–Sí, ése era su nombre. Aunque en realidad su apellido original era Ben Sadoc, su familia lo cambió a mediados del siglo XIV para ocultar su ascendencia judía.

–¿Esto tiene algo que ver con la Serpiente Roja?

–No lo creo.

–¿Entonces?

–Tal vez la cartera contuviese otros documentos.

–¿Tal vez?

–No puedo afirmarlo, pero estoy convencida de que sí.

Gudunov apagó el cigarrillo, aplastándolo en el cenicero, y dejó vagar su mirada por el ventanal, viendo cómo la gente pasaba. Al cabo de un rato comentó:

–En la muerte de Blanchard hay algo que no encaja.

–¿Lo dice por algo en concreto?

–Porque esa gente no ha dejado su firma.

–Posiblemente ya no resulte conveniente a sus intereses.

–¿Cómo lo sabe?

–Porque cuando asesinaron a la bibliotecaria, D'Honnencourt tenía mucho interés en dejar un mensaje para que Pierre se alejase del asunto sobre el que Madeleine Tibaux había llamado su atención. Escúcheme atentamente... –La llegada del camarero hizo que Margaret se callase momentáneamente.

»Pierre me contó una extraña historia...

De forma resumida, explicó al comisario la dura vivencia de D'Honnencourt en Argel y su deseo de proteger al periodista, alejándolo de Oficus y ofreciéndole una historia que le compensase, pero a condición de que se olvidase del legajo de *Le Serpent Rouge*.

–Sin embargo –concluyó Margaret ante un cada vez más asombrado Gudunov–, la tozudez de Pierre lo llevó a descubrir que Gabriel d'Honnencourt y el maestre de la Hermandad de la Serpiente, bajo el nombre falso de Armand d'Amboise, eran la misma persona. Eso significaba que era el culpable de la muerte de Madeleine Tibaux. Las cosas no sucedieron como el maestre había planificado y por eso D'Honnencourt iba a matarlo cuando ustedes irrumpieron en el piso donde estaban reunidos.

–¿Por qué tiene usted esta genealogía?

–Pierre me la regaló, como una forma de compensarme por mi colaboración. –Margaret no aludió a la añagaza de que se había valido–. Yo estaba muy contenta, una documentación como ésta es algo realmente increíble. Sin embargo, cuando me llamó usted para decirme que lo habían asesinado, supe que no podía continuar con ella en mi poder. Es como si me quemase las manos.

–¿La han amenazado?

–No, al menos todavía no lo han hecho. Por eso estoy convencida de que en la cartera había alguna otra documentación.

–No comprendo.

–Si lo que querían era eso –señaló los documentos–, me habrían buscado, y no lo han hecho. Eso me lleva a una conclusión: lo han matado porque tenía algo en su poder que ellos querían.

Gudunov mostró sus dudas y señaló:

–Es una posibilidad.

–Yo estoy segura.

–Quizá me haya equivocado al avisarle de la muerte de Blanchard.

–¿Por qué lo dice?

Antes de responder, Gudunov encendió otro cigarrillo y expulsó el humo lentamente.

–Porque no debería haber venido a París; aquí está en grave peligro.

–Supongo que no mucho más que en Londres. Me temo que los tentáculos de la Hermandad de la Serpiente son alargados. En cualquier caso no le hubiera perdonado que no me avisase. A pesar de sus defectos, Pierre era una excelente persona.

Gudunov dio un puñetazo sobre la mesa y las tazas bailaron.

–¡Había llegado a un acuerdo con él!

Margaret se sonó la nariz, las lágrimas estaban otra vez a punto de desbordar sus ojos.

–Ya sabe cómo son los periodistas... Pierre no era una excepción.

El comisario dio una larga calada al cigarrillo, como si fuese un calmante para su malhumor.

–Me ha dicho antes que desenmascare a quien está detrás de la Serpiente Roja y tendré al asesino. Ya sabe en qué punto estamos: D'Honnencourt muerto, su secretario suicidado, un inmueble vacío, sin la menor pista. La empresa que alquiló el castillo de Arques convertida en humo... Tampoco la pista que habíamos logrado con el coche que provocó el accidente del inspector Duquesne nos ha conducido a ninguna parte. Como sospechaba, el piso de los Campos Elíseos no pertenecía a Isaac d'Honnencourt; el hermano era un invento. Verdaderamente hacen honor a su símbolo: son silenciosos, escurridizos y astutos como las serpientes.

–Llevan agazapados en la sombra muchos siglos y por los hilos que a veces quedan sueltos deben ocultar un secreto tan terrible que, para protegerlo, matan sin vacilar.

El comisario miró el sobre donde Margaret acababa de guardar los documentos.

–Supongo que es consciente de que he de quedarme con el contenido de ese sobre.

–Por supuesto. Estaba interesada en escribir un artículo sobre un hallazgo verdaderamente extraordinario. No se conoce ninguna otra genealogía que se remonte tanto en el tiempo y, además, tiene un valor histórico que la convierte en única. Pero como le he dicho, me quema en las manos. Si hubiese decidido quedarme con ellos, usted no habría tenido noticia de su existencia.

La historiadora miró la hora.

–Se me hace tarde, tengo que cerrar el embarque.

–La acompañaré al aeropuerto.

–No se moleste, tomaré un taxi.

–No es molestia, será un placer.

El té y el café se habían enfriado y se quedaron intactos sobre la mesa, donde Gudunov dejó un billete de diez euros.

Durante el trayecto al aeropuerto el comisario le explicó que ya estaban en vías de esclarecer las circunstancias del asesinato de Antoine Vaugirard. Su mujer les había proporcionado algunas pistas.

–Todo apunta a que se trata de un ajuste de cuentas por impago de deudas. El individuo o los individuos que lo asesinaron se permitieron jugar con las referencias que los periódicos habían publicado acerca del asesinato de Madeleine Tibaux. Intentaron desviar la atención hacia la Serpiente Roja, pero la muerte de Vaugirard está relacionada con el mundo del hampa.

Regresaba a París, después de despedir a la historiadora, cuando sonó su teléfono móvil. Era una llamada de la comisaría.

–Gudunov al habla.

–Comisario, acaba de llegar el sobre que estaba esperando.

–¿El del servicio de criptografía?

–Sí, señor.

–Voy para allá.

Lo rasgó sin mucho miramiento; deseaba ver lo que había dado de sí el folio que Duquesne en su informe señalaba como un texto cifrado. La colaboración de la señora Vaugirard les había permitido obtener una copia de *La Serpent Rouge,* que el bibliotecario había hecho después de apoderarse del legajo 7JCP070301 y que conservaba en su casa. La viuda sabía que la policía andaba detrás de aquellos papeles.

A Gudunov se le iluminaba la cara conforme leía. Se sentó en su sillón y abrió el cajón de su mesa. Gambetta lo miraba en silencio.

–Los muchachos de criptografía han necesitado dos semanas, pero han hecho un buen trabajo.

–¿Han descifrado el texto?

–No sólo eso, creo que nos han proporcionado una valiosa pista.

Sacó una carpeta y buscó la dirección que les había facilitado la última llamada que André Caseilles tuvo tiempo de hacer, antes de ser detenido.

–¡Aquí está! –exclamó Gudunov, a quien su bigote ocultaba la expresión de triunfo que había en sus labios.

–¿Qué es lo que está, comisario?

–Lo que ese tal Gastón de Marignac dejó consignado en un

texto codificado era una relación de lugares pertenecientes a la Hermandad de la Serpiente.

–¿Cómo lo sabe?

–Porque el texto que nos han enviado los de criptografía es, en realidad, una relación de direcciones. ¡Mire, Gambetta, mire! Aquí está el piso de la calle Saint Vincent, también el bajo del número 42 de la avenida de Pierre Brossolette, la dirección a la que pertenecía el teléfono al que Caseilles llamó, incluso está la casa de Fontenay-sous-bois, donde tuvieron secuestrada a la inglesa. ¡Mire, mire usted! –Gudunov señalaba en el papel–. La lista nos ofrece una docena más de direcciones; con un poco de suerte tal vez podamos sorprenderlos en alguna de ellas.

–Esa lista es muy antigua, señor, es posible que sirva de poco.

–No lo creo, las tres direcciones que le he comentado seguían siendo utilizadas hasta hace unos días; posiblemente se sientan seguros en las otras que aquí aparecen. Aunque es cierto que tienen una extraordinaria habilidad para escabullirse y no dejar rastro, ahora nosotros contamos con una ventaja sobre ellos: el factor sorpresa juega a nuestro favor.

El cardenal Passarolo se puso al teléfono con el ánimo conturbado. Su secretario había dudado mucho antes de pasarle una llamada anónima, aunque el individuo decía hablar en nombre de la Hermandad de la Serpiente. Ante la duda, consultó a Su Eminencia que también vaciló, aunque finalmente decidió atenderla.

–¿Dígame?

–¿Continúa en pie su oferta?

Passarolo apartó el teléfono de su oído y lo miró extrañado. Lo acercó de nuevo a su mejilla y preguntó:

–¿A qué oferta se refiere? –preguntó con inquietud.

–A la que el cardenal Minardi hizo a Armand d'Amboise sobre el Evangelio de Andrés.

–¿Quién es usted?

–Philippe Losserand, desde hace veinticuatro horas el nuevo maestre de la Hermandad de la Serpiente. Lo supongo enterado de los luctuosos sucesos que costaron la vida a mi antecesor.

–Algo he leído en la prensa.

–En ese caso, sepa que estamos dispuestos a negociar, siempre que ustedes se muestren razonables.

Passarolo contuvo un momento la respiración; no daba crédito a lo que acababa de escuchar. El tono de su voz cambió de forma radical.

–Señor Losserand, ¡es un placer escucharle!

–En tal caso, diré a Su Eminencia que se trata de un placer compartido.

El cardenal levantó la mirada hacia el techo y pensó en la eficacia de la oración.

–¿Qué me ha dicho respecto a nuestra oferta?

–Le he preguntado si tras la muerte de Armand d'Amboise la mantienen ustedes en pie.

–Por supuesto, mi querido amigo, por supuesto.

–En tal caso, sería conveniente mantener una reunión. Lo supongo enterado del contenido del Evangelio.

Passarolo notó un pellizco en el estómago al escuchar aquella palabra con que se designaban los testimonios de la vida y la doctrina de Jesucristo.

–¿Por qué supone usted una cosa así?

Losserand decidió arriesgar.

–Porque Hermann von Moltke se lo comunicaría a ustedes.

El secretario de Estado pensó que era una estupidez negar lo que aquel individuo sabía.

–En efecto, Von Moltke nos hizo llegar un informe muy completo.

El nuevo maestre ya tenía la confirmación de lo que deseaba saber.

–Tengo entendido, según me comunicó el difunto D'Amboise, que el cardenal Minardi le dijo textualmente si ustedes tenían algo que despertase nuestro interés.

–En efecto.

–¿Le parece a Su Eminencia que cuarenta y ocho horas es un plazo excesivo para que le hagamos llegar nuestra petición?

–¡Ésa es una excelente noticia!

–En tal caso, le llamaré pasado mañana.

–Espero su llamada.

Después de colgar el teléfono, el rostro del cardenal Passarolo irradiaba satisfacción. Una amplia sonrisa iluminaba su boca. Se habría crispado si hubiese escuchado las instrucciones que en aquellos momentos impartía el nuevo maestre de la Hermandad de la Serpiente desde su cuartel general: una apartada finca, lejos de miradas indiscretas, situada en las afueras de París y que no figuraba en la relación que dejó Gastón de Marignac en *La Serpent Rouge,* porque todos aquellos lugares habían sido abandonados a toda prisa por Oficus, al tener conocimiento de que el servicio de criptografía de la policía había descifrado el texto, pudiendo así averiguar los lugares utilizados por la hermandad.

PETER HARRIS,
5 de agosto de 2007